Annis Bell
Hill House – Sturm über Mandeville Park

AF178681

Das Buch

England, 1915. Ihre Eltern erwarten von Lady Rose Mandeville eine vorteilhafte, standesgemäße Vermählung. Davon will sie jedoch nichts wissen. Als Suffragette glaubt sie an Gleichberechtigung und Selbstbestimmung der Frauen. Als sie im Kriegsministerium in London eine Stelle antritt, trifft sie auf den charismatischen Rechtsanwalt Michael Wodehouse, der ihre Ideale teilt. Doch ihre zunehmend vertraute Bekanntschaft weckt den Argwohn seiner Frau.

Die Sehnsucht nach Michael sowie die Sorge um ihren im Krieg verschollenen Bruder machen Rose beinahe verrückt. Kann sie bei ihrer Freundin Alice Buxton in Hill House einen Ausweg aus ihrem Dilemma finden?

Die Autorin

Annis Bell ist Schriftstellerin und Geisteswissenschaftlerin und hat bereits viele erfolgreiche Romane veröffentlicht. Seit ihrer Jugend ist sie vom Schreib- und Reisefieber gepackt. Nach Jahren in den USA und England lebt und arbeitet Bell heute als freie Autorin in Deutschland und England. Besonders das viktorianische England hat es der Autorin angetan.

Annis Bell

Hill House

Sturm über Mandeville Park

Roman

Deutsche Erstveröffentlichung bei
Tinte & Feder, Amazon Media EU S.à r.l.
38, avenue John F. Kennedy, L-1855 Luxembourg
August 2019
Copyright © der deutschsprachigen Ausgabe 2019
By Annis Bell

Umschlaggestaltung: bürosüd⁰ München, www.buerosued.de
Umschlagmotiv: © Karol Kozlowski / Shutterstock; © gyn9037 /
Shutterstock; © Mariabo2015 / Shutterstock; © non15 / Shutterstock;
© Bildagentur Zoonar GmbH / Shutterstock; © sakdam / Shutterstock
Lektorat: Diana Schaumlöffel
Korrektorat: Manuela Tiller/DRSVS
Gedruckt durch:
Amazon Distribution GmbH, Amazonstraße 1, 04347 Leipzig /
Canon Deutschland Business Services GmbH, Ferdinand-Jühlke-Straße 7,
99095 Erfurt /
CPI books GmbH, Birkstraße 10, 25917 Leck

ISBN 978-2-91980-669-0

www.tinte-feder.de

Die Zukunft hat viele Namen.
Für die Schwachen ist sie das Unerreichbare.
Für die Furchtsamen ist sie das Unbekannte.
Für die Tapferen ist sie die Chance.

Victor Hugo

Diesen Roman widme ich allen Frauen,
den mutigen, den kämpferischen, den tapferen,
den duldsamen, den gequälten, den unterdrückten.

Mein Respekt und meine tiefe Hochachtung gelten jenen Frauen,
die für das Wahlrecht und die Gleichstellung
der Frauen gekämpft haben – in Zeiten, in denen
nichts selbstverständlich war.

PROLOG

Während der Sturm heulte und durch jede Ritze des alten Gemäuers zu dringen schien, toste unten das wütende Meer gegen die Klippen. Bereits am Nachmittag hatten erste Sturmböen die weißen Zelte durch den Park gefegt. Das letzte Sommerfest der diesjährigen Saison war zum Verdruss seiner Gastgeberin, der legendären Lady Sudworth, im Regen ertrunken. Doch Lady Sudworth wurde ihrem Ruf als vollendete Gastgeberin auch diesmal gerecht. Die Speisen waren exquisit, genau wie die Tischdekorationen, die Musiker und das eingespielt agierende Personal.

Rose Mandeville war in Begleitung ihrer Eltern nach Cornwall gereist und hatte sich vor allem auf das Wiedersehen mit Celia Sudworth gefreut. Die Tochter der Sudworths war vier Jahre älter als die fünfzehnjährige Rose. Für einige Monate hatten sie dasselbe Internat besucht. Rose hatte die selbstbewusste Celia für deren außergewöhnliches künstlerisches Talent bewundert. Trefflich hatte diese es verstanden, Mitschülerinnen zu porträtieren und Lehrerinnen zu karikieren.

An diesem Wochenende jedoch war Celia nur ein Schatten ihrer selbst. Die ehemals strahlende dunkelhaarige Schönheit der Künstlerin, ihre vibrierende Energie schienen erloschen.

Celia wechselte kaum ein Wort mit Rose, wirkte abwesend und bewegte sich marionettengleich durch die Räume von Mowbray House. Vergeblich hatte Rose auf einen ruhigen Moment gehofft, um sich allein mit der ehemaligen Mitschülerin zu unterhalten.

Sie hatte bis nach Mitternacht gewartet, als endlich auch die letzten Gäste leicht beschwipst in ihre Zimmer gefunden hatten. Vorsichtig öffnete Rose ihre Zimmertür und lugte in den Korridor hinaus. Der Duft von schwerem Parfüm und Zigarettenrauch hing noch in der Luft und gedämpfte Stimmen und unterdrückte Seufzer drangen durch einige Türen. Am Ende des Korridors huschte eine Frau in das gegenüberliegende Zimmer. Rose schmunzelte, denn lange Wochenenden auf dem Lande waren bekannt für amouröse Abenteuer.

Rose eilte auf Zehenspitzen durch den Gang ins Treppenhaus und zuckte zusammen, als ein greller Blitz die Sturmnacht erhellte. Sie hielt sich automatisch am Geländer fest und starrte durch die bodentiefen Sprossenfenster hinaus. Der Sturm trieb die Wolken dicht über die sich auftürmenden Wellenberge, deren Gischtkronen im Licht der Blitze sichtbar wurden. Ein eisiger Schauer lief Rose über den Rücken. Unwetter flößten ihr normalerweise keine Furcht ein, doch diese Nacht war anders, das spürte sie mit jeder Faser ihres angespannten Körpers. Es lag etwas Unheilvolles über dem Anwesen.

Celias Zimmer befand sich im gegenüberliegenden Flügel. Rasch lief Rose an einer Konsole mit Blumenschmuck vorbei und erreichte eine lebensgroße römische Skulptur, als laute Stimmen ertönten, eine Tür im Gang vor ihr aufgestoßen wurde und das erstickte verzweifelte Weinen einer Frau zu vernehmen war. Instinktiv verharrte Rose hinter der Statue und presste sich die Hand vor den Mund, während sie beobachtete, wie zwei Männer eine Frau aus einem Zimmer zerrten. Die Männer waren ihr fremd, doch unter der Kapuze des Umhangs sahen Celias schwarze Haare hervor.

Rose öffnete ihren Mund und wollte einen Schritt nach vorn machen, als Lady Sudworth mit grimmiger Miene hinter der Dreiergruppe erschien. Sie zischte ihrer Tochter etwas ins Ohr, woraufhin diese den Kopf senkte und sich widerstandslos von den Männern wegführen ließ. Nie würde Rose den verzweifelten Ausdruck in den Augen der jungen Frau vergessen.

Am nächsten Morgen war Celia verschwunden. Als Rose Lady Sudworth nach ihrer Tochter fragte, erwiderte diese brüsk: »Celia ist nach Italien gereist. Hat sie das nicht erwähnt?«

»Nein, aber …«

»Damit ist das Thema erledigt. Ah, verehrte Lady Torrington. Was halten Sie von einer Partie Bridge?« Mit diesen Worten ließ Lady Sudworth die verdutzte Rose stehen.

In den verbleibenden zwei Tagen schien es so, als hätte Celia nicht existiert. Was auch immer die Tochter von Lady Sudworth getan hatte, um bei ihrer Familie in Ungnade zu fallen, es musste schwerwiegend gewesen sein. So schwerwiegend, dass Rose nie wieder von Celia hörte.

1

Langsam kam Rose die Treppe in die große Halle herunter. Ihr Kopf fühlte sich noch etwas schwer an, eine Folge der gestrigen Nacht. Sie hatten die Champagnervorräte von Mandeville Park geplündert und hoffnungsvoll auf ein neues friedvolles Jahr angestoßen. Konfetti lag auf den Stufen und Papiergirlanden hingen über den anmutigen Marmorskulpturen. Rose nickte einem Apollo zu, der sich in ewig eleganter Pose um Daphne – oder war es Psyche? – bemühte. Ihr Geist funktionierte noch nicht vollständig an diesem kalten Januarmorgen.

»Guten Morgen, Lady Rose. Ein frohes neues Jahr wünsche ich Ihnen!« Die Stimme gehörte einem Gentleman, der entspannt am Treppengeländer lehnte und sie lächelnd musterte.

Rose runzelte die Stirn, was ihr einen Schmerzenslaut entlockte. »Das wünsche ich Ihnen auch.« Sie machte eine Pause und suchte nach einem Namen zu dem Gesicht des attraktiven Mannes. Er mochte in den Dreißigern sein. Seine braunen Haare waren gewellt und er trug keinen Bart. Militärisch wirkte er ebenfalls nicht. Kein Offizier also.

Der Unbekannte hob eine Augenbraue und lächelte mitfühlend. »Sie wissen nicht, wer ich bin, nicht wahr? Tut mir leid. Wir sind uns gestern Nacht nur kurz vorgestellt worden.

Ich kann Ihnen jedoch versichern, dass Sie eine bezaubernde Gastgeberin waren und die Patienten und Gäste sich noch lange an diese Nacht erinnern werden. Michael Wodehouse, Rechtsanwalt und ein Freund von Gerald.«

Er ging ihr einige Stufen entgegen und bot ihr seinen Arm an. »Im Salon wartet ein verdammt guter Kaffee auf uns. Ich weiß es, weil ich ihn schon probiert habe.«

Rose lächelte erleichtert und hakte sich bei Mr Wodehouse unter. »Wundervoll, genau das, was ich brauche.« Die Erinnerungen kehrten nach und nach zurück. Doktor Wodehouse war mit Gerald Ridley, dem Earl of Tredegar, angereist. Tredegar war auf ausdrücklichen Wunsch ihrer Mutter eingeladen worden, denn die Duchess hoffte noch immer auf eine vorteilhafte Vermählung ihrer Tochter. Der wohlhabende und noch dazu aristokratische Tredegar war in den Augen der Duchess ein perfekter Kandidat. Rose kannte Tredegar seit vielen Jahren und mochte den charmanten Schwerenöter, der für seine Erfolge im Reitsport und seine amourösen Abenteuer bekannt war. Mehr als freundschaftliche Gefühle hegten beide jedoch nicht füreinander.

Rose Mandeville, die einzige Tochter der Duchess und des Duke, engagierte sich, sehr zum Missfallen ihrer Familie, seit Jahren im Kampf der Frauen für das Wahlrecht und gehörte den verpönten Suffragetten an. Seit Ausbruch des Krieges gab es eine Art Waffenstillstand zwischen Gegnern und Befürwortern der Frauenrechtsbewegung, und inhaftierten Suffragetten war eine Amnestie gewährt worden. Allein aus diesem Grund war Rose im Herbst des vergangenen Jahres aus ihrem Pariser Exil zurückgekehrt.

Sie gab dem Apollo einen aufmunternden Klaps auf den wohlgeformten Hintern. »Auch dir ein frohes neues Jahr!«

Wodehouse lachte herzlich. »Gestern wollten Sie sogar mit ihm tanzen. Glücklicherweise konnte ich Sie davon überzeugen, dass es sich mit einem Mann aus Fleisch und Blut leichter Walzer tanzt.«

Beschämt strich sich Rose eine blonde Locke aus der Stirn. »Was muss ich nur für einen furchtbaren Eindruck auf Sie gemacht haben. Eigentlich verfüge ich über recht passable Manieren. Zumindest in dieser Hinsicht bin ich keine Enttäuschung für meine Eltern …«

»Es ist nie einfach, die Erwartungen seiner Familie zu erfüllen, und oft muss man sich fragen, ob man das tatsächlich möchte«, erwiderte Wodehouse zu ihrer Überraschung.

»Meinen Sie das wirklich? Das klingt ja fast revolutionär. Nun ja, als Mann kann man sich solche Freiheiten erlauben. Von uns Frauen wird …«, sie biss sich auf die Zunge. »Verzeihung. Ich möchte Sie nicht langweilen.«

»Lady Rose, ganz im Gegenteil. Lassen Sie uns später weiterplaudern. Ah, Gerry! Wie geht es dir, mein Bester? Sieh, wen ich auf der Treppe getroffen habe.«

Die Tür zum kleinen Salon im Erdgeschoss stand offen und gab den Blick auf Gerald Ridley und den gedeckten Frühstückstisch frei. Diesen Teil des Hauses hatten die Mandevilles für sich beansprucht. Der Großteil des weitläufigen Anwesens wurde seit Monaten vom Roten Kreuz für die Verwundeten als Sanatorium genutzt.

Nachdem im August vergangenen Jahres das Deutsche Reich Russland und Frankreich den Krieg erklärt hatte und in Belgien einmarschiert war, hatten die Briten Deutschland den Krieg erklärt. Der Kontinent versank seither in Blut und Tränen. Zu viele junge Männer und Zivilisten hatten bereits ihr Leben lassen müssen und die Nachrichten von schrecklichen Schlachten, Torpedierungen und Luftangriffen rissen nicht ab. Sobald Rose erwachte, galt ihr erster Gedanke ihrem Bruder Spencer, der als Pilot für das Royal Flying Corps Kampfeinsätze flog.

Die Kälte der ungeheizten Eingangshalle ließ Rose frösteln und sie betrat den warmen Frühstücksraum. Gerald Ridley begrüßte sie mit einem Wangenkuss. Trotz der kurzen Nacht wirkte er munter und war so gesprächig wie immer.

»Rosie, meine Hübsche, was fangen wir in diesen grauenvollen Zeiten mit dem neuen Jahr an? Bitte, setzen wir uns doch.« Gerald deutete auf drei Stühle und ein Dienstmädchen brachte eine Teekanne herein.

Man bediente sich selbst am reich gedeckten Büfett, ein Luxus, den Rose für unangemessen und übertrieben hielt. Die finanzielle Situation von Mandeville Park war einer der Streitpunkte zwischen ihr und ihren Eltern.

»Danke, Ella. Ein frohes neues Jahr!«

Das Mädchen knickste und erwiderte: »Danke, Lady Rose. Sie sind sehr freundlich.«

»Sind die anderen noch nicht auf?«, erkundigte sich Rose.

Das Dienstmädchen schüttelte den Kopf. Sie trug ein weißes Häubchen und auch ihre Schürze war makellos. Den wachsamen Augen der Duchess entging nicht der winzigste Fleck und ihre Strenge war gefürchtet.

»Sie sind die Ersten. Möchten Sie Kaffee?«

Rose lehnte dankend ab, doch Gerald nickte. »Stark und mit viel Zucker.«

Auf dem Hof fuhr ein Wagen vor, im Lazarett war man schon länger auf. Die Patienten bedurften der Pflege und es gab Verwundete, die von Albträumen geplagt wurden und nicht schlafen konnten und deshalb wie Schatten ihrer selbst durch die Räume und den Park wandelten.

Der Jurist stellte einen Teller mit eingelegtem Fisch an seinen Platz und grinste, als er Rose' skeptischen Blick bemerkte. »Was gibt es Besseres als sauren Hering an einem Neujahrsmorgen?«

»Da fallen mir spontan eine Menge anderer Gerichte ein. Seht euch das an. Es schüttet schon wieder wie aus Kübeln!«

Dicke Regentropfen klatschten gegen die Fenster und Rose murmelte: »Der Himmel weint …«

Gerald kam mit zwei Tellern an den Tisch zurück und stellte einen vor Rose hin. »Früchte und Porridge, meine Liebe, das wird dich aufmuntern. Erinnerst du dich noch an das grässliche Fest von Lady Sudworth in Cornwall? Wie lange ist das her? Fünf Jahre? Jedenfalls hat es genauso gegossen und gestürmt. Die Zelte sind durch den Garten geflogen und im Haus ging es drunter und drüber!«

Rose stach mit einem Löffel in den warmen Haferschleim. »Sieben Jahre ist das her. Meine Güte. Ein schreckliches Wochenende. Dabei mag ich Cornwall sehr.« Sie hielt inne. »Da war doch diese merkwürdige Geschichte mit Celia, der Tochter der Sudworths. Weißt du, was aus ihr geworden ist, Gerry?«

Der Earl of Tredegar überlegte kurz, gab einen Löffel Honig auf sein Porridge und antwortete: »Nein, da muss ich passen. Was denn überhaupt für eine Geschichte? Ich weiß nur, dass Celia ausgesprochen hübsch war, meinem Charme aber widerstanden hat.«

Rose verdrehte die Augen und sah entschuldigend zu Michael Wodehouse. »Machen Sie sich nichts daraus, wir sind nicht immer so.«

Der Jurist schmunzelte. »Ich kenne unseren lieben Freund hier schon lange genug. Wir haben uns in Oxford kennengelernt. Meine Familie gehört nicht zur Aristokratie. Mein Vater hat es durch kaufmännisches Geschick zu einem Vermögen gebracht. Übrigens hat meine Mutter die Bücher geführt.«

»Wirklich? Meine Hochachtung! Lassen Sie das nur nicht die Duchess hören. Arbeit hält sie für etwas Unschickliches.« Rose' Interesse für den Anwalt wuchs, er hatte unkonventionelle und erfrischend moderne Ansichten.

Tredegar stellte seine Tasse ab. »Jetzt weiß ich es wieder. Es gab damals Gerüchte, dass Celia mit einem französischen Maler durchbrennen wollte, aber ihre Familie hat das verhindert.«

Rose trommelte mit den Fingern auf das Tischtuch. »Das habe ich wohl in der Nacht beobachtet. Man hat die arme Celia gegen ihren Willen aus dem Haus geschafft.«

»Du dramatisierst, Rosie«, meinte Tredegar. »Wahrscheinlich hat man sie zu Verwandten geschickt oder auf Reisen. Wenn sie schwanger war, wollte Lady Sudworth sicher einen Skandal verhindern. Daran ist nichts Außergewöhnliches. So wird das nun einmal in unseren Kreisen gehandhabt.«

Der Löffel fiel klirrend auf ihren Teller. »Du enttäuschst mich, Gerry. Von dir hätte ich ein wenig mehr Mitgefühl und Verständnis für die Lage in Not geratener Frauen erwartet.«

»Ach, du bist ja eine von diesen Suffragetten, das vergesse ich immer.« Gerald zuckte mit den Schultern und lächelte dem Dienstmädchen zu, das eine Mokkatasse vor ihn hinstellte.

»Es gibt viel Handlungsbedarf, was die Gesetzeslage der Frauen betrifft«, meinte Michael Wodehouse. »In welchem Verband sind Sie aktiv? Nicht bei Millicent Fawcett, nehme ich an, denn dort wären wir uns sicher schon begegnet.«

Ungläubig sah sie ihn an. »Sie engagieren sich für unsere Sache?«

Millicent Fawcett war die Präsidentin des NUWSS, der National Union of Women's Suffrage Societies. Rose hatte sich vor Jahren der Women's Social and Political Union, der Vereinigung von Emmeline Pankhurst, angeschlossen. Die WSPU versuchte, ihre Ziele mit teils militanten Mitteln durchzusetzen.

»Aber sicher. Ich habe Rechtswissenschaften studiert, weil ich mich für die Rechte von Menschen einsetzen will, aller Menschen«, erklärte Michael Wodehouse. »Zurzeit arbeite ich in London im Kriegsministerium, aber wenn der Krieg vorüber ist …« Er wurde vom Butler unterbrochen, der mit einem Telegramm hereinkam.

»Sir, das wurde eben für Sie abgegeben«, sagte der Butler und hielt ihm das Telegramm auf einem Silbertablett hin.

»Danke!« Rasch öffnete Wodehouse den Umschlag und überflog die Zeilen. »Diese Schlächter!«, entfuhr es ihm. »Heute Nacht haben die Deutschen eins unserer Kriegsschiffe vor der Küste von Devon torpediert. Die *HMS Formidable* ist von einem U-Boot versenkt worden. Über fünfhundert Tote.«

Tredegar stürzte seinen Mokka hinunter und sah seinen Freund an. »Wann fahren wir?«

»Sofort. Verzeihen Sie, Lady Rose«, sagte Wodehouse. »Aber wir werden in London erwartet.«

Mit zitternden Händen griff Rose nach ihrer Teetasse. Die Welt wurde jeden Tag aufs Neue erschüttert. Wie lange sollte dieser Wahnsinn noch andauern?

2

Der Streit

Nachdem Wodehouse und Tredegar den Raum verlassen hatten, saß Rose wie gelähmt vor ihrem Teller und starrte auf den Tisch. Ihre Finger begannen zu zittern und trommelten unkontrolliert gegen das Geschirr. Erst das Klirren der umstürzenden Teetasse, deren Inhalt sich über das weiße Tischtuch ergoss, brachte sie zur Besinnung. Das Dienstmädchen eilte mit einem Lappen zu ihr.

»Lady Rose, bitte, lassen Sie nur, ich räume das weg«, versicherte das Mädchen hastig, als Rose begann, Teller und Tasse zusammenzustellen.

Der Tee war auch auf ihren Rock getropft, doch Rose wischte nur nachlässig mit ihrer Serviette darüber und richtete ihren abwesenden Blick auf das junge Mädchen. »Danke, Ella. Hast du das gehört? Über fünfhundert Männer sind ertrunken. Mütter verlieren ihre Söhne, Frauen ihre Männer, Schwestern ihre Brüder …« Rose ballte ihre Hand zur Faust.

»Wenn ich das sagen darf, Mylady, aber die Männer kämpfen für unser Land. Es ist ein ehrenvoller Tod.« Ella trug die Teller zur Anrichte.

»Ich habe daran so langsam meine Zweifel, Ella. Sie sind tot. Und wenn sie verwundet zurückkehren, sind sie oft nicht mehr dieselben. Warst du mal drüben auf der Krankenstation? Hast du mit den Männern gesprochen? Manche von ihnen haben ihr Gedächtnis verloren, starren nur noch vor sich hin, andere müssen lernen, mit abgerissenen Gliedmaßen zu leben, und dann die Schüttelneurotiker!« Rose hatte Verständnis für die Soldaten, die durch den sogenannten Granatschock nicht mehr in der Lage waren, sich wieder in ihre Familien einzugliedern und zu sozialen Außenseitern wurden. Bei einigen Betroffenen reichte das Zerbrechen von Geschirr oder das Klappern eines Löffels, um sie in wimmernde, sich verkriechende Elendsgestalten zu verwandeln. Familienangehörige zeigten oft wenig Mitgefühl und kaum Verständnis für die traumatisierten Männer.

Ella war bei diesen Worten blass geworden. »Ich weiß, ja, das ist schon richtig, aber wenn wir doch angegriffen werden. Da müssen wir uns doch verteidigen!«

»Tja, das stimmt, aber wir hätten es nicht so weit kommen lassen dürfen. Die Herren der Regierungen hätten miteinander sprechen müssen, verhandeln, bis sie eine Lösung gefunden hätten.« Immer öfter dachte Rose an ihre Freundin Alice, die eine überzeugte Pazifistin war.

Alice Buxton lebte mit ihrem Vater, dem berühmten Schriftsteller Geoffrey Buxton, nebenan in Hill House. Die Buxtons führten ein unkonventionelles Leben und ein offenes Haus. Zum illustren Freundeskreis der Buxtons gehörten der Maler Raymond Saull, die Tänzerin Stella Sackby, der Dichter Clyde Enzor und seit Kurzem auch der italienische Kriegsberichterstatter Lorenzo Ranieri. Ranieri war Alice' große Liebe und Rose schätzte den gebildeten und sensiblen Mann, in dem ihre Freundin einen Partner gefunden hatte. Einziger Wermutstropfen der Beziehung war Ranieris Beruf, der ihn an die Front und in gefährliche Krisengebiete führte.

In der Halle erklangen energische Schritte und die laute Stimme der Duchess. »Guten Morgen! Sie wollen uns schon wieder verlassen, Doktor Wodehouse?«

Kurz darauf rauschte die Hausherrin in einem eleganten maronenfarbenen Kostüm durch die Tür und musterte ihre Tochter mit einem erbosten Blick. »Mokka!«, befahl sie Ella kurz, beugte sich zu ihrer Tochter und sagte dicht an Rose' Ohr: »Was sitzt du hier herum, wo doch unser Ehrengast nach London fahren will! Tu etwas, kümmere dich um Tredegar, sonst hat er dich vergessen, sobald sein Automobil vom Hof rollt. Gott, Kind, habe ich dir denn gar nichts beigebracht?«

»Mutter, hör auf damit! Ich lasse mich nicht länger von dir gängeln. Ich dachte, das hätten wir geklärt. Tredegar und ich sind Freunde, mehr nicht, und daran wird sich nichts ändern«, erwiderte Rose leise, aber bestimmt.

Margret Mandeville holte hörbar Luft und strich über den Pelzbesatz ihrer Kostümjacke. An einer Goldkette schimmerte ein aufwendig gearbeiteter Anhänger, dessen Perlen und Edelsteine nicht echt waren. Nach und nach hatte die Duchess sich diskret von ihrem kostbaren Schmuck getrennt, einige Stücke jedoch durch Repliken ersetzt. Ihr Stolz verbot der Duchess, das kleinste Anzeichen von Schwäche zu zeigen, aber die prekäre Finanzlage der Mandevilles hing seit Jahren wie ein dunkler Schatten über ihnen.

Margret packte ihre Tochter am Arm. »Wie kannst du nur so starrköpfig sein! Es wäre so einfach für dich, deine Familie zu retten. Einmal ganz davon abgesehen, dass es deine Pflicht ist, deinen Eltern zu gehorchen.«

Rose räusperte sich und schüttelte die mütterliche Hand ab. »Wie oft haben wir schon darüber gesprochen, Mum? Die Zeiten ändern sich. Und das ist gut so. Wir zahlen Steuern wie die Männer, haben aber kein Wahlrecht. Die Männer schaffen Gesetze, an deren Beratung wir keinen Anteil haben. Wir müssen gehorchen, immer nur gehorchen. Ich bin es leid und du solltest es auch leid sein. Weißt du, wie man den Zustand nennt, in dem sich die Frauen befinden? Sklaverei. Wir haben alles, aber nur alles, was man uns aus Güte bewilligt.«

Rose sah ihre Mutter fest an, doch die Miene der Duchess blieb unbewegt.

»Willst du denn keine Entscheidungsgewalt haben? Jeder unwissende männliche Bürger hat das Recht, zur Wahlurne zu gehen, über sein Leben zu bestimmen. Aber wir Frauen nicht, wir sind unmündig!« Bei den letzten Worten war Rose aufgestanden.

»Du musst mir nicht demonstrieren, wie gewandt du mit den Argumenten umgehen kannst, die man dir in diesem Hexenverein eingebläut hat«, erwiderte die Duchess kühl.

»Hexenverein?«, rief Rose und schlug die Hände zusammen. »Meine Güte, in welchem Jahrhundert lebst du eigentlich?«

»In diesem und du auch. Es gibt Regeln, Traditionen und Verpflichtungen, die nicht ohne Grund seit Jahrhunderten bestehen. Die Gesellschaft wird aus den Fugen geraten, wenn Frauen sich überall einmischen. Lies doch bitte einmal die Argumente von Lord Curzon. Immerhin war er Vizekönig von Indien! Die wichtigste Aufgabe einer Frau ist die Rolle der Mutter! Familien würden auseinanderbrechen. Wo soll das denn hinführen? Stell sich einer vor, eine Frau würde Premierministerin werden, unser Ansehen bei anderen Nationen würde ins Bodenlose sinken!«

»Was du da sagst, ist lächerlich. Du käust wieder, was Lord Curzon in seiner Arroganz von sich gegeben hat. Unreflektiert und armselig ist das. Du enttäuschst mich, Mum.« Rose verzog verbittert den Mund. »Wobei es mir schwerfällt, das Wort Mutter mit dir in Einklang zu bringen. Eine Mutter sollte warmherzig und liebevoll sein, so wie Louise Buxton es gewesen ist. Wie habe ich Alice immer um ihre Mutter beneidet«, sagte Rose.

Die Ohrfeige ihrer Mutter traf sie unvorbereitet und über-raschend. Im Gang klirrte Geschirr und Ella blieb mit dem Tablett zögernd stehen. Rose' Wange brannte und sie war den Tränen nahe, doch schon als Kind hatte sie sich verboten, ihrer Mutter gegenüber Schwäche zu zeigen. »Danke, Mutter, dass du mich daran erinnert hast, warum ich ins Exil nach Paris gegangen bin. Weil ich nämlich hier, bei meiner Familie, kei-nen Rückhalt finde.«

Die Duchess zitterte vor Wut und herrschte das Dienstmädchen an: »Was stehst du da herum. Bring den Mokka her oder hast du ihn verschüttet, dummes Ding!«

Ella wurde blass und kam langsam herein. Um die Mokkatasse hatte sich eine Lache gebildet und sie stellte das Tablett ab und wollte nach einer Serviette greifen, doch die Duchess keifte: »Das soll ich trinken? Trag es zurück und lass eine neue Tasse aufbrühen! Zu nichts zu gebrauchen und so was soll Rechte erhalten? Das wird der Untergang des Empires.«

Ella griff das Tablett und wäre in der Tür beinahe mit dem Duke zusammengestoßen, der mit betrübter Miene eintrat. »Was ist denn hier los? Euren Zank hört man bis in die Halle. Ist die Zeitung schon da? Die *HMS Formidable* wurde versenkt. Die Aktien befinden sich im freien Fall ...«

Duke Douglas Mandeville war groß und von schlanker Statur. Er bewegte sich mit der Lässigkeit und Selbstsicherheit eines Mannes, dessen Familie seit fünfhundert Jahren zu den ranghöchsten Peers des Königreiches gehörte. Doch Schicksalsschläge und Verschwendungssucht hatten das Vermögen der Mandevilles schwinden lassen. Dass der Vater von Rose das Familienvermögen mit seiner Spielsucht durch-gebracht hatte, war ein offenes Geheimnis. Selbstverständlich sprach niemand darüber. Der Kriegsausbruch stellte eine Zäsur da, die den finanziellen Niedergang der Mandevilles auf Eis legte. Es war Rose' Idee gewesen, Mandeville Park dem

Roten Kreuz als Unterkunft anzubieten. Die Einnahmen aus der Kriegskasse deckten zwar kaum den Unterhalt des riesigen Anwesens, doch sie verschafften dem Duke eine Atempause.

Ihr Vater hatte sich Speck und Toast aufgefüllt und der Butler, Cole, der eben eingetreten war, schenkte ihm Tee ein. Obwohl Cole wahrscheinlich seit Monaten kein volles Gehalt mehr ausgezahlt bekommen hatte, blieb sein Verhalten tadellos. Er bewegte sich diskret und war immer zur Stelle, wenn der Duke oder die Duchess seiner bedurften. Auch bei der Verteilung der Räumlichkeiten für das Rote Kreuz hatte er Umsicht und Organisationstalent bewiesen. Rose zollte dem schweigsamen Mann, den sie seit Kindertagen kannte, über dessen Privatleben sie jedoch so gut wie nichts wusste, großen Respekt. Vor allem im Umgang mit ihrer Mutter zeigte Cole Takt und diplomatisches Geschick.

»Für den Turner liegt ein Angebot vor, Eure Lordschaft«, sagte Cole sehr leise, sodass nur Rose, die neben ihm stand, es hören konnte.

Seit Jahren verschwanden immer wieder Kunstgegenstände aus Mandeville Park und Rose fragte sich, was überhaupt noch echt war, obwohl das eigentlich keine Rolle spielte. Niemand benötigte beinahe hundert Räume! Das war die reine Verschwendung, ein Luxus aus Zeiten, die längst Geschichte waren.

»Warum verkauft ihr den Kasten nicht einfach?«, entfuhr es ihr spontan.

Die entsetzten Blicke ihrer Eltern und auch des Butlers sprachen Bände.

»Hat deine Mutter mit dir über Tredegar gesprochen?«, kam es stattdessen von ihrem Vater.

Sie musste dieses Haus verlassen. »Es wird keine Heirat geben.«

Ihr Vater hob den Blick. Zum ersten Mal seit Langem sah er sie direkt an, so als bemerke er sie erst jetzt. »Was das für die Familie bedeutet, ist dir bewusst?«

Sie nickte. »Es tut mir leid, ich kann nicht.«

»Ich habe versucht, sie zur Vernunft zu bringen, Douglas. Aber sie will einfach nicht gehorchen!« Erbost starrte ihre Mutter sie an.

Müde winkte ihr Vater ab. In dieser Geste lag eine endgültige Resignation, die Rose erschreckte. »Lass sie, Margret. Es hat doch keinen Sinn, wenn sie sich sträubt.«

»Es gibt Wege …«, hob die Duchess an, wurde jedoch von ihrem Mann unterbrochen.

»Genug davon. Wir sprechen später darüber. Cole, verbinden Sie mich in zehn Minuten mit Mr Eldridge. War er noch in Boston?«

»Entschuldigt mich, bitte.« Rasch verließ Rose den Salon und suchte nach Tredegar und Wodehouse, um sich von ihnen zu verabschieden.

Der Jurist kam ihr mit seiner Tasche auf der Treppe entgegen. »Ich habe schnell selbst gepackt. Gut, dass Ihr Butler das nicht gesehen hat. Der ist strenger als das Jüngste Gericht«, meinte er grinsend, fügte jedoch ernster hinzu: »Sie sehen blass aus. Geht es Ihnen nicht gut?«

»Danke, ein Streit mit meiner Mutter hat gewöhnlich diese Wirkung. Sagen Sie, Mr Wodehouse, wissen Sie eine Beschäftigung für mich in London? Benötigt man im Ministerium vielleicht noch eine Sekretärin?«

Sie dachte schon seit Weihnachten darüber nach, wieder nach London zu gehen. Der heutige Streit hatte den Ausschlag gegeben.

»Ich kann mich gern für Sie umhören, Lady Rose. Aber der Verdienst ist sicher nicht hoch. Wenn Sie das nicht abschreckt?«

Vehement schüttelte sie den Kopf.

3

Die Freundin

Rose hatte sich Mantel und Mütze angezogen, um Wodehouse und Tredegar nach draußen zu begleiten. Nur raus aus dem bedrückenden Gemäuer, weg von den überkommenen Traditionen und dem falschen Standesdünkel ihrer Mutter. Rose hatte immer gehofft, ihre Mutter würde irgendwann einsehen, dass Frauen lange genug demütig gedient und geschwiegen hatten. Nun, diese Hoffnung hatte sich heute Morgen in aller Deutlichkeit zerschlagen.

»Lord Curzon, dieser gestrige Mensch!«, entfuhr es Rose laut.

Michael Wodehouse, der zwischen ihr und Tredegar ging, sah sie an. »Ich kann Sie gut verstehen, Lady Rose, aber Männer wie Curzon haben noch immer großen Einfluss.«

»Alte verbitterte Männer, die nicht wahrhaben wollen, dass die Tage ihrer Alleinherrschaft gezählt sind«, murrte Rose.

Gerald Ridley, Earl of Tredegar, erwiderte: »Meine liebe Rosie, ich hatte bisher noch nicht die Gelegenheit, dich so offen über deine Arbeit als Aktivistin sprechen zu hören. Und ich muss sagen, ich bin recht froh, dass du mich nicht heiraten wolltest.«

»Oh, das nenne ich feige, mein lieber Gerry«, meinte Rose lachend.

»Nein, nein, das ist der reine Selbstschutz. Aber wir können beide schwerlich mitreden, konnten wir den Fesseln der Ehe doch bislang entkommen. Anders unser guter Michael hier. Wie geht es der werten Blanche?«

»Ich nehme an, gut. Sie zieht es vor, den Krieg auf dem Anwesen ihrer Eltern in Laurel Park in Hampshire zu verleben.« Sie hatten das Automobil erreicht, mit dem die Männer vor zwei Tagen angereist waren. Wodehouse öffnete die Beifahrertür und warf seine Tasche nach hinten.

Rose entging nicht der leicht sarkastische Unterton, der in seinen Worten mitschwang. Diese Ehe war anscheinend nicht glücklich. Der Name, dachte sie, woran erinnerte sie der Name seiner Frau? »Blanche Crafton?«, fragte sie laut.

Michael Wodehouse nickte. »Der alte Crafton hat mit Aktien ein Vermögen gemacht. Blanche war eine der besten Partien des Empires, leider hatte sie sich in den Kopf gesetzt, einen mittellosen Anwalt zu heiraten.« Er grinste schief.

»Sie hätten doch nicht heiraten müssen. Sie sind ein Mann!«, stellte Rose sachlich fest.

»Da kennen Sie Blanche schlecht. Wenn sie etwas will, bekommt sie es. Aber genug davon. Ich bin selbst schuld. England ist groß genug, um sich aus dem Weg zu gehen, nicht wahr?«

Tredegar klopfte auf das Dach des Automobils. »Wollen wir hier Wurzeln schlagen? Beschwert sich auch noch, der Tropf. Wo seine Frau schwerreich ist. Ts, ts … Rosie, meine Hübsche.« Tredegar ging zu ihr, drückte sie fest an sich und küsste sie auf beide Wangen. »Pass auf dich auf. Und lass dich von dem alten Drachen nicht unterkriegen.«

»Vielleicht komme ich nach London. Hier gibt es nichts mehr für mich zu tun. Dann kannst du mir die skandalösen Klubs zeigen, in denen du dich herumtreibst.«

Tredegar strich sich über den Schnurrbart. »Worauf du dich verlassen kannst, meine Süße!«

Wodehouse warf seinem Freund einen zweifelnden Blick zu. »Ob ich das so gutheißen kann … Haben Sie vielen Dank für Ihre Gastfreundschaft, Lady Rose.« Er nahm ihre Hand und drückte sie sanft an seine Lippen.

Selbst durch die dünnen Lederhandschuhe spürte sie seine Berührung, schlug die Augen nieder und verbot sich jedes unziemliche Gefühl. Er war ein verheirateter Mann. Sie sah dem Wagen nach, bis er vom Hof durch das Tor gerollt war.

»Ein frohes neues Jahr, Lady Rose!« Ein Sanitätsoffizier kam rauchend auf sie zu. Er trug das rote Kreuz auf dem Ärmel und verschiedene Orden auf der Brust. Viele Ärzte hatten bereits in anderen Kriegen gedient, vor allem auf dem afrikanischen Kontinent.

»Das wünsche ich Ihnen auch, Lieutenant! Wie geht es den Patienten heute?«

Der Lieutenant, ein versierter Chirurg, sog den Zigarettenrauch ein und stieß ihn langsam aus. »Keine Verluste in der Nacht, keine schweren Anfälle. Das war eine der besseren Nächte. Ein schönes Fest war das gestern. Wir können Ihnen und Ihrer Familie nicht genug für Ihre Gastfreundschaft danken.«

»Das ist doch selbstverständlich, Lieutenant. Diese Männer riskieren ihr Leben für unser Land. Das Mindeste, was wir tun können, ist, es ihnen so angenehm wie möglich zu machen, wenn sie verwundet zurückkehren. Wissen Sie, ich bin kein gläubiger Mensch, aber seit mein Bruder beim Royal Flying Corps ist, bete ich täglich für ihn und unsere Soldaten.« Rose strich sich eine Strähne unter die Wollmütze, denn es nieselte.

Der Boden war aufgeweicht und der Hof glich einem morastigen Acker.

Der Mediziner warf den Zigarettenstummel zu Boden und trat ihn aus. »Aus mir macht selbst der Krieg keinen Gläubigen mehr, vergeben Sie mir, Lady Rose. Dafür sehe ich zu viel Leid. Aber ich kann Sie gut verstehen. Heißt es nicht, dass der Glaube Berge versetzt? Vielleicht bringt er Ihnen auch Ihren Bruder unversehrt zurück.«

»Lieutenant, kommen Sie bitte schnell!« Eine Krankenschwester kam aus dem Seitenflügel gerannt, in dem sich die Räume mit den Verwundeten befanden. »Die Gesichts-OP aus der Acht hat sich den Verband heruntergerissen.«

Der Chirurg unterdrückte einen Fluch. »Haben Sie ihn denn nicht festgeschnallt, wie ich angeordnet hatte?«

Die Schwester sah schuldbewusst zu Boden. »Er wollte nur etwas aufschreiben und da dachte ich ...«

»Jaja, schon gut, sehen wir, was noch zu retten ist.« Gemeinsam eilten die beiden ins Haus.

Es bedurfte nicht viel Fantasie, sich auszumalen, wie es dem frisch operierten Patienten ging. Einige hielten die Schmerzen nicht aus oder rissen sich im Wahn die Verbände herunter. Rose zog die Mütze tiefer in die Stirn und verließ den Hof durch das Tor zum Garten. Von dort lief sie geradewegs bis ans andere Ende des Parks und durch den Wald, der zum Land der Mandevilles gehörte. Sie hätte diesen Weg auch in tiefster Dunkelheit gefunden. Seit Kindertagen verband sie mit Alice Buxton, die auf der anderen Seite des Waldes in Hill House lebte, eine tiefe Freundschaft.

Der Regen wurde dichter und Rose spürte, wie ihre Kleidung sich mit Feuchtigkeit vollzusaugen begann. Am Ofen des Cottage könnte sie sich trocknen und aufwärmen. Alice hatte das lange Zeit leer stehende Cottage mit dem dazugehörigen Land vor einem Jahr gekauft. Die Erbschaft ihrer verstorbenen Tante, Lady Beresford, hatte Alice dabei geholfen. Nicht, dass ihr Vater, der Schriftsteller, seiner Tochter finanzielle Unterstützung verweigert hätte, doch so war das Cottage mit der Montessori-Schule ganz allein Alice' Projekt geworden. Immer, wenn sie den strengen Regeln und der mütterlichen Diktatur hatte entkommen wollen, war Rose nach Hill House geflohen. Das Leben dort war ihr paradiesisch erschienen, denn Geoffrey und seine verstorbene Frau Louise waren Künstler, Freigeister, genau wie ihre zahlreichen Freunde, die häufig zu Besuch waren.

Da Alice von mitfühlender, hilfsbereiter Natur war, hatte sie, als sie alle noch Kinder waren, ein Mädchen aus dem Dorf nach Hill House gebracht: Vera Lyttleton, die Tochter des Dorfschullehrers, die unter der aufbrausenden, gewalttätigen Herrschaft ihres Vaters litt. Irgendwann war Vera ein ständiger Gast in Hill House geworden. Rose wischte sich den Regen aus den Augen. Sie hatte nie verstanden, warum Alice sich solche Mühe mit dem eigensinnigen und verstockten Mädchen gegeben hatte. Sie selbst hatte Vera toleriert, aber wenn sie ehrlich war, hatte sie sie immer als lästiges Anhängsel betrachtet. Es war etwas an Vera, das ihr unheimlich war, etwas Unberechenbares. Dabei hatte Vera eine Ausbildung zur Krankenschwester absolviert und war mit einem Sanitätscorps auf dem Kontinent. Grund genug, die alten Ressentiments endlich abzulegen, dachte Rose.

Rose stand am Waldrand und sah hinüber zum Cottage, aus dessen Schornstein Rauch aufstieg. Seit der Krieg im vergangenen August ausgebrochen war, beherbergte das Cottage Dauergäste – Kinder und auch Mütter, denen der Krieg den Mann genommen hatte oder die allein nicht mehr überleben konnten. Von Weitem hörte sie Gelächter und Gesang. Alice, die in Rom Dottoressa Maria Montessori kennengelernt hatte, arbeitete mit den Kindern nach den neuen Methoden der Italienerin.

Es waren noch wenige Meter bis zum Gatter, als die Haustür aufgestoßen wurde und Alice mit einem kleinen Jungen heraustrat.

»Siehst du, wie nass es ist, Tommy? Nimm dein Flugzeug und lass es drinnen fliegen, ja?«

Der Junge hielt ein Holzflugzeug in die Luft und machte ein trauriges Gesicht. »Aber die großen Flugzeuge fliegen doch auch bei Regen. Dann muss meins das doch auch können!«

Rose winkte. »Hallo Allie! Ein frohes neues Jahr euch allen!«

Der Junge lief mit dem Spielzeug herum und imitierte Motorengeräusche von Propellermaschinen. Dabei stolperte er die Treppen hinunter und landete im Matsch vor Rose' Füßen. Sie wollte ihm aufhelfen, doch der Junge wischte sich mit der kleinen Hand durch das Gesicht, begutachtete seinen Flieger und steckte ihn unter seinen Pullover. »Nicht kaputt, aber er muss trocknen.«

Alice sah dem Jungen lächelnd nach und umarmte ihre Freundin. »Rosie, meine liebste Rosie. Komm rein, du bist ja pudelnass.«

Die widerspenstigen braunen Locken ihrer Freundin wollten sich nie recht in Form bringen lassen, was die wilde Schönheit von Alice Buxton jedoch nur unterstrich. Ihre grünen Augen waren voller Lebensfreude und selbst in diesen schweren Zeiten verströmte sie eine positive Energie, die sich auf alle, die mit ihr zu tun hatten, übertrug. Kein Wunder, dass Ranieri sich in Alice verliebt hatte.

»Ist Lorenzo noch hier, Allie?« Ihre Freundin nickte, während sie Rose den nassen Mantel abnahm und an die Garderobe hängte. Rose begrüßte die Frauen und Kinder, die in der Küche und im großen Wohnraum beschäftigt waren. Dora, ein Mädchen, das als Küchenhilfe in Hill House begonnen hatte, verteilte Tee und Kekse. »Guten Tag, Lady Rose, möchten Sie auch eine Tasse Tee? Wir haben eben welchen aufgebrüht und die Rosinenkekse kommen frisch aus dem Ofen.«

»Danke, gern, Dora. Wer könnte da widerstehen.« Rose folgte Allie zu einem kleinen Sofa, auf dessen Lehne ein rotbrauner Kater schlief. »Guten Tag, Sir John, dich kann wohl gar nichts erschüttern …«

Rose streichelte den alten Kater, der ihrer Freundin auf Schritt und Tritt folgte.

»Er ist schussfest, Knallkörper stören ihn nicht und selbst wenn die Kleinen manchmal schreien, dass mir das Trommelfell platzt, bleibt er einfach liegen.« Allie setzte sich neben Rose und kraulte den Kater, worauf dieser laut zu schnurren begann.

Nachdem Dora ihnen ein Tablett mit zwei Teetassen gebracht hatte, sagte Allie: »Was ist los, Rosie? Dich bedrückt doch etwas. Spence geht es doch gut?«

Rose seufzte. »Ich hoffe es. Eine gegenteilige Nachricht haben wir zumindest nicht erhalten. Allie, ich kann nicht länger in Mandeville Park bleiben. Ich werde nach London gehen und dort arbeiten.« Sie fasste kurz den Streit mit ihrer Mutter zusammen.

»Sie können dir nichts anhaben, Rosie, nicht solange der Krieg andauert. Das kann ich mir einfach nicht vorstellen.«

»Du kennst sie nicht. Meine Mutter sieht keinen Ausweg mehr und wahrscheinlich gibt es auch keinen. Aber mir ist das egal. Ich brauche weder diesen alten Palast noch einen Titel. Ich will nur meine Freiheit, Allie. Erinnerst du dich an die Tochter der Sudworths, die damals in Cornwall verschwunden ist? In letzter Zeit muss ich ständig an die arme Celia denken. Ich bin mir sicher, dass ihre Familie sie gezwungen hat zu verschwinden, oder vielleicht hat man sie umgebracht?«

Allie schüttelte den Kopf. »Das halte ich für übertrieben, Rosie! Wahrscheinlich ist sie nach Übersee gegangen und erfreut sich eines Lebens außerhalb des Einflussbereichs von Lady Sudworth.«

»Hm. Tja, vielleicht sind es der Krieg, die Verwundeten bei uns und die Sorge um Spence. Ach Allie, wenn sie doch endlich Frieden schließen würden. Warum ist das so schwer? Tredegar und sein Freund, Doktor Wodehouse, waren zu Besuch. Möglicherweise kann ich mit ihrer Hilfe Arbeit als Sekretärin finden.«

Alice Buxton sah ihre Freundin mitfühlend an. »Ich kann dich so gut verstehen, Rosie. Etwas zu tun, zu helfen, ist das Einzige, was einen vom Grübeln abhält. Lorenzo reist in zwei Tagen ab und es zerreißt mich schon jetzt deswegen. Komm, wir besuchen die Männer oben in Hill House. Sie werden sich freuen, dich zu sehen.«

Sie brachten das Geschirr in die Küche. Rose fragte: »Hast du von Vera gehört, Allie? Mir würde sie ohnehin nicht schreiben. Wir waren nie die besten Freundinnen, aber irgendwie tut es mir jetzt leid. Obwohl sie ein schwieriger Mensch ist …«

Alice nickte und gab Rosie ihren Mantel. »Sie hat es nie leicht gehabt und das hat sie geprägt. Deshalb hatte ich immer Mitleid mit ihr. Aber seit Sebastians Tod habe ich nichts von ihr gehört. Ihr Brief war so vorwurfsvoll.«

»Ihr ganzes Verhalten war ein Vorwurf. Sie wollte Sebastian für sich, davon bin ich überzeugt.«

Die jungen Frauen traten vor die Tür, wo Alice einen Regenschirm aufspannte. »Wirklich? Aber er hätte sie nie geheiratet.«

»Das hält ein Mädchen nicht vom Träumen ab. Hoffen wir, dass es ihr gut geht.«

Arm in Arm rannten sie durch den Regen.

4

London, Februar 1915

Etwas unsicher stieg Rose mit ihrem Koffer und einer Reisetasche die Stufen zum Haus von Samuel und Mabel Goodwyn hinauf. Die Tür ihrer Tante, Lady Avebury, blieb Rose seit ihrer Verurteilung und der anschließenden Flucht nach Paris verschlossen. Auf die Mitstreiterinnen der WSPU konnte Rose nicht bauen, nicht in diesen schweren Zeiten. Familien, deren Oberhaupt sich zum Kriegsdienst gemeldet hatte, kämpften ums nackte Überleben. Oft übernahmen die Frauen nun die Arbeit der Ehemänner. Plötzlich sah man Kaminkehrerinnen, weibliche Kutscher oder Kohlenträgerinnen. Die Verdienste der Frauen fielen jedoch deutlich geringer aus als die der Männer in diesen Berufen.

Mit Ausbruch des Krieges hatten die Anführerinnen der Frauenliga dem militanten Aktionismus abgeschworen. Christabel Pankhurst, mit der Rose in Paris zusammengearbeitet hatte, war mit Annie Kenney auf eine sechsmonatige Tour nach Amerika gefahren. Christabel wollte die Amerikaner davon überzeugen, in den Krieg einzutreten, während es Annies Aufgabe war, den aktiven Kampf für das Frauenwahlrecht voranzutreiben. Seit Christabel auch für die Herausgabe der Zeitschrift *The Suffragette* verantwortlich war, zeigte sich das

Blatt antideutsch und druckte patriotische Artikel, in denen der Krieg durchweg befürwortet wurde. Diese Entwicklung missfiel Rose sehr.

Die Wohnung der Goodwyns befand sich in einem zweistöckigen Backsteinhaus in einer ruhigen Seitenstraße im Stadtteil Chelsea. Der Cheyne Walk war nahe und Rose wusste von Alice, dass hier viele ihrer Künstlerfreunde lebten. Auch Raymond Saull hatte hier eine Wohnung. Ein Zimmer in der verruchten Wohnung des Künstlers wäre die allerletzte Möglichkeit gewesen, obwohl Rose wusste, dass Ray sich ihr gegenüber tadellos verhalten würde. Bei ihrem Besuch in Hill House war Lorenzo zugegen gewesen und hatte ihr angeboten, seine Freunde in Chelsea um Hilfe zu bitten. Er selbst wohnte oft bei den Goodwyns und nun stand Rose also vor der Tür von Lorenzo Ranieris Freunden und hoffte, dass diese sich von ihrer Anwesenheit nicht allzu gestört fühlen würden.

Zaghaft betätigte sie den Türklopfer und wartete. Es war ein nasskalter Februartag und ein wenig Nebel stieg noch immer von der Themse auf. Sie musste nicht lange warten, bis die Tür von einem Dienstmädchen geöffnet wurde. »Guten Tag, wen darf ich melden?«

Das Mädchen sprach mit einem starken östlichen Akzent, wenn Rose es richtig deutete. Unter einer gestärkten Haube war glänzendes schwarzes Haar zu sehen und dunkle Augen musterten Rose freundlich.

»Lady Rose Mandeville. Mrs Goodwyn erwartet mich.«

»Bitte, kommen Sie herein.« Das Mädchen wollte ihr beide Gepäckstücke abnehmen, doch Rose behielt die Tasche in der Hand.

»Die trage ich. Das ist doch viel zu schwer.«

»Nicht schwer. Zu Hause habe ich Körbe mit Holz auf dem Kopf getragen.«

Ein schmales Treppenhaus führte in den ersten Stock, wo sich die Wohnung befand.

»Und woher kommst du?«

»Armenien. Bitte, treten Sie ein.«

Wurden die Armenier nicht vom großen Nachbarn Türkei aus ihrem Land vertrieben? Rose erinnerte sich vage an Berichte in den Zeitungen.

»Anush, du sollst doch nicht die schweren Sachen tragen. Oh, wie schön, dass Sie da sind, Lady Rose!« Eine Frau um die dreißig kam in einem blaugrünen Kleid aus fließendem Stoff auf sie zu. Beim Nähertreten erkannte Rose, dass es sich um ein schlichtes Kleid und einen exotischen Tagesmantel handelte.

»Mabel Goodwyn, es ist mir eine große Freude, Sie in unserem bescheidenen Heim willkommen heißen zu dürfen.« Mabel drückte Rose Küsse auf die Wangen und schien überhaupt ein herzlicher Mensch zu sein.

Erleichtert über die ungezwungene Art ihrer Gastgeberin, folgte Rose ihr in einen kleinen Salon, dessen zur Straße gewölbte Fensternischen mit gepolsterten Bänken eine gemütliche Atmosphäre verbreiteten. Ein Ofen verströmte angenehme Wärme, die nur von einem durchdringenden Geruch getrübt wurde. Rose schnupperte und sah sich um.

Mabel lachte und ging in eine Ecke, wo eine abgehängte Staffelei halb von einem Paravent verdeckt stand. »Stört Sie der Geruch der Farben? Ich male und bereite eine Ausstellung vor. In Ihrem Zimmer riechen Sie nichts davon, versprochen.«

Rose lächelte beschämt. »Nein, das stört mich überhaupt nicht. Ich bin es nur nicht gewohnt. Darf ich es sehen?« Sie wollte sich dem Bild nähern, doch Mabel schüttelte energisch den Kopf.

Ihre dunkelbraunen Haare waren lose am Hinterkopf aufgesteckt und eine mehrreihige Kette aus bunten Halbedelsteinen schimmerte in ihrem Dekolleté. Diese Frau war auf einnehmende

Art ungewöhnlich. Auf einem Tisch stand ein großes silbernes Gefäß, eine bauchige Teekanne, daneben befanden sich kleine Teegläser. »Darf ich Ihnen ein Glas Tee aus dem Samowar anbieten? Mein Mann und ich haben lange Jahre Persien und den Osten Europas bereist und ohne Samowar wollten wir nicht nach England zurück.«

Bevor Rose noch überlegen konnte, wohin sie ihren Mantel legen sollte, war Anush zurück, um ihr aus der Verlegenheit zu helfen. Mabel hantierte mit dem Teekocher und sagte über die Schulter: »Nehmen Sie Platz, Lady Rose. Sie sind doch sicher erschöpft von der Reise. Anush!«

»Ja, Mam?« Das Mädchen kam aus dem Flur zurück.

»Haben wir noch von den Zimtplätzchen? Und lass Sandwiches zubereiten. Kresse, Krabben und Gurke.«

Anush eilte davon.

»Das ist nicht nötig, Mrs Goodwyn. Machen Sie sich meinetwegen keine Umstände«, sagte Rose und setzte sich in einen bequemen Sessel, der mit einem interessanten Stoff bezogen war. Überhaupt war die Ausstattung der Wohnung ungewöhnlich. Exotische Musikinstrumente, Bilder von Elefanten und der Wüste, Fotografien von Mabel und ihrem Mann in verschiedenen Ländern, zu Pferd, auf dem Kamel oder im Automobil spiegelten das illustre Leben des Ehepaares. Rose nahm an, dass die Gemälde von Mabel Goodwyn gemalt worden waren. Es handelte sich um Porträts und Landschaften im Stil der Avantgarde. Fasziniert betrachtete Rose das Bild, das ihr gegenüber an der Wand hing. Es zeigte eine Mutter in fremdländischer Tracht mit ihrem Kind. Beide schauten den Betrachter mit einer Mischung aus Skepsis, Trauer und Hoffnung an. Bemerkenswert, dachte Rose.

»Gefällt es Ihnen?« Mabel reichte ihr ein Teeglas in einem silbernen Halter, dessen Griff sich kaum erwärmte. »Zucker?«

Rose nickte und Mabel gab einen Löffel Zucker in ihren Tee, der nach Gewürzen duftete. »Danke. Das Gemälde ist sehr intensiv. Wer ist das?«

»Das sind Mutter und Schwester von Anush. Sie kamen kurz nachdem wir dort waren ums Leben. Ihre Mutter hat mir Modell gesessen und mich angefleht, ihre Tochter mit nach England zu nehmen.«

Erstaunt sah Rose ihre Gastgeberin an. »Das muss sehr schwer für die Mutter gewesen sein. Gab es Krieg?«

Mabel schloss kurz die Augen und seufzte. »Vielleicht erzählt Anush Ihnen selbst irgendwann, was geschehen ist. Für meine Freunde bin ich Mabel.« Mit einem einnehmenden Lächeln reichte sie Rose die Hand.

»Rose. Sie sind, ich weiß gar nicht, was ich sagen soll … danke!« Rose drückte gerührt die Hand.

»Und nun erzählen Sie mir von Ihren Plänen. Vielleicht kann ich Ihnen auf irgendeine Weise behilflich sein«, meinte Mabel.

Es stellte sich heraus, dass Mabel zwar für das Frauenwahlrecht, aber keine Aktivistin war. Als Rose von den Heiratsplänen ihrer Eltern sprach, die einzig der Rettung des Familienvermögens dienten, lachte sie.

»Verzeihen Sie, meine Liebe, aber das klingt so ungeheuerlich für mich. Selbst wenn meine Familie der Aristokratie angehören würde, was nicht der Fall ist, kann ich mir unter keinen Umständen vorstellen, eine Vernunftehe einzugehen. Keine Frau sollte dazu gezwungen sein.« Sie nahm sich eins der Zimtplätzchen und bot auch Rose davon an.

»Die sind köstlich, danke.«

»Ich gebe das Kompliment an unsere Köchin weiter. Zwei ihrer Söhne haben sich gerade für den Kriegsdienst gemeldet.«

Betrübt sagte Rose: »Mein Bruder ist Pilot. Das ist auch einer der Gründe, warum ich nach London gekommen bin.

Hier erfahre ich schneller, wo er steckt, und falls er … aber daran mag ich einfach nicht denken. Wir haben unser Anwesen dem Roten Kreuz zur Verfügung gestellt und das Leid der Verwundeten ist einfach unbeschreiblich.«

Mabel sank in ihrem Sessel zurück. »Krieg ist dumm und sinnlos. Bertha von Suttner ist Ihnen sicher ein Begriff. Sie erhielt verdientermaßen den Friedensnobelpreis. Sie hat einmal gesagt, dass es keinem vernünftigen Menschen einfallen würde, Tintenflecken mit Tinte oder Ölflecken mit Öl fortzuwischen. Nur Blut soll immer wieder mit Blut fortgewaschen werden.«

»Das hat sie treffend formuliert. Ja, natürlich ist mir Frau von Suttner präsent. Sie ist leider im vergangenen Jahr verstorben. Ich hatte nicht die Ehre, sie persönlich kennenzulernen«, sagte Rose.

»Ich habe sie durch meinen Mann, Sam, kennengelernt, leider nur flüchtig. Sie war eine beeindruckende Persönlichkeit. Sam hat mich vor sieben, nein, acht Jahren mit nach München auf den Weltfriedenskongress genommen. Wissen Sie, dass Bertha von Suttner vor diesem Krieg gewarnt hat? Im Herbst vergangenen Jahres sollte es einen weiteren Friedenskongress in Wien geben.« Mabel unterdrückte ein verbittertes Lachen.

»Ich muss gestehen, dass ich anfangs an den Krieg geglaubt habe. Wie fast alle meine Mitstreiterinnen bei der WSPU.« Rose leerte ihr Teeglas. Der starke süße Tee wärmte und gab ihr neue Kraft. »Inzwischen bin ich anderer Meinung und schäme mich für meine Verblendung.«

»Das müssen Sie nicht, Rose. Seien wir ehrlich, den Menschen wurde ein ehrenvoller Marsch mit Säbelgerassel und ein Sieg bis Weihnachten letzten Jahres verkauft. Was sie bekamen, oh, welche Überraschung!«, ätzte sie sarkastisch, »ist ein blutiges, grauenvolles Gemetzel mit einem Gegner, der vor nichts zurückschreckt.«

Erstaunt über die Informiertheit ihrer Gastgeberin, erwiderte Rose: »Wir alle hätten es besser wissen müssen. Warum hat man nicht auf die warnenden Stimmen gehört?«

»Mein Mann sagt, dass die Politiker es gewusst haben, aber es nicht wahrhaben wollten. Aber ich überfalle Sie gleich bei Ihrer Ankunft mit diesem furchtbaren Thema. Was müssen Sie nur von mir denken!«

»Ich bin Ihnen zutiefst dankbar, dass Sie mich aufnehmen, Mabel. Sobald ich eine Stelle gefunden habe, zahle ich die vereinbarte Miete.« Die Goodwyns hatten eine geringe Miete für das Zimmer veranschlagt, das sie gelegentlich an Freunde untervermieteten.

»Das hat Zeit, machen Sie sich keine Sorgen. Ich freue mich, dass Sie hier sind, denn ich bin nicht gern allein in dieser großen Wohnung, wenn Sam unterwegs ist. Früher hätte ich ihn begleitet, aber unter diesen Umständen …« Mabel zog den Mantel enger um ihren Leib.

Etwas an der Geste rührte Rose. »Sind Sie guter Hoffnung?«

Mabel errötete. »Es ist noch früh, aber ich hoffe es so sehr. Wir wünschen uns seit Jahren ein Kind. Ich hatte drei Fehlgeburten und jung bin ich auch nicht mehr. Aber wenn eine Mutterschaft mir doch noch vergönnt sein sollte, dann wäre jetzt wohl die letzte Chance. Ausgerechnet jetzt. Eine kleine grausame Laune des Schicksals.«

»Sagen Sie das nicht! Ein Kind ist immer willkommen. Falls Sie Unterstützung brauchen, helfe ich Ihnen. Sie werden sich wundern, wie praktisch veranlagt ich bin, trotz meiner aristokratischen Herkunft. Du liebe Zeit, man hätte uns auf dem Internat lieber über das Kindergebären, Kinderkrankheiten und dergleichen unterrichten sollen. Mit französischer Konversation ist einem da nicht geholfen!«

Mabel lachte herzlich. »Sie schickt der Himmel, Rose. Haben Sie denn schon eine Stelle in Aussicht oder soll ich mich umhören?«

Die Türglocke ging und sie hörten Anush nach unten laufen. Zur gleichen Zeit begann im Erdgeschoss jemand Klavier zu spielen. Mabel verdrehte die Augen. »Das ist dieser grässliche Junge. Der lernt das Klavierspielen nie, da können seine Eltern noch so viel bezahlen. Miss Bergemann wohnt unter uns. Sie ist Österreicherin und war Pianistin, bis sie ein Familiendrama aus der Bahn warf. Eine reizende ältere Dame, die sehr für sich lebt.«

»In diesem Haus ist so viel Leben, wie wundervoll! Zu Ihrer Frage, eigentlich hoffe ich auf eine Stellung als Sekretärin im Kriegsministerium. Doktor Wodehouse ist mein Kontakt hier. Er ist ein Freund von Gerald Ridley, dem Earl of Tredegar.« Rose grinste. »Einer der besagten Heiratskandidaten, aber Gerald kann nichts dafür, er ist nett.«

»Wodehouse? Ich habe den Namen schon gehört, aber …« Mabel unterbrach sich, als Anush mit einem Telegramm hereinkam.

»Das ist für Sie, Mam.«

Nervös riss Mabel das Telegramm auf und überflog die Zeilen. Als sich Erleichterung in ihrer Miene zeigte, atmete auch Rose auf. »Es geht ihm gut«, murmelte Mabel und lächelte glücklich.

5

Neue Wege

Join Your Country's Army, God Save The King!
(Melde dich zur Armee, Gott schütze den König!)
Rekrutierungsplakat, 1915

Rekrutierungsplakate waren an vielen Hauswänden zu sehen. Auf einigen dieser Aushänge waren auch Mütter abgebildet, die sich nichts sehnlicher wünschten, als dass ihr Sohn sich endlich freiwillig zum Kriegsdienst meldete. Rose nahm die Veränderungen in der Stadt wahr, die sich nicht nur in Äußerlichkeiten, sondern vor allem im Verhalten der Menschen zeigten. Es herrschte eine gesteigerte Betriebsamkeit und vor allem waren mehr Frauen in beruflichen Tätigkeiten zu sehen, die vor dem Krieg nur von Männern ausgeführt worden waren. Wie sich das auf lange Sicht entwickelte, blieb abzuwarten, dachte Rose und beobachtete, wie eine kräftige junge Frau Kohle von einem Wagen schaufelte. In der Telegrafenstation hatte Rose ebenfalls eine Frau entdeckt, ein Posten, der sonst ausschließlich männlichen Angestellten vorbehalten war.

Zu ihren Eltern hatte sie seit ihrem Fortgang aus Mandeville Park keinen Kontakt mehr. Dabei hatte es ihr im Herzen wehgetan, sich im Streit von ihrer Mutter zu trennen, doch die

Duchess wollte es nicht anders. Schon als Kind hatte Rose erkennen müssen, dass ihre Mutter unbeugsam und nicht in der Lage oder willens war, einmal getroffene Entscheidungen zu revidieren. Wenn sie heute an ihre Kindheit zurückdachte, sah sie vieles in einem anderen Licht. Vielleicht hatte die kaltherzige Art der Duchess mit dazu beigetragen, dass ihr Vater sich in seine eigene Welt geflüchtet und Zerstreuung am Spieltisch und in den Armen anderer Frauen gesucht hatte. Da weder ihr Vater noch ihre Mutter über Gefühle sprachen, würde sie die wahren Gründe wohl nie erfahren.

Sich den Suffragetten anzuschließen, war ihr als einziger Ausweg aus einem vorbestimmten Leben voller Zwänge erschienen. Unter den Frauen, die für das Frauenwahlrecht kämpften, hatte Rose sich unter Gleichgesinnten gefühlt, man respektierte sie und niemand machte sich wegen ihrer Überzeugungen über sie lustig. Ihre beste Freundin, Alice, verstand sie ebenfalls und unterstützte sie, wann immer sie Hilfe brauchte. Doch Alice führte ihr eigenes Leben, in dessen Mittelpunkt ihr Vater, der berühmte Schriftsteller, stand. Alice hatte nie für ihre Freiheit kämpfen müssen, weil man sie ihr von klein auf gelassen hatte. Es war nur folgerichtig gewesen, dass Alice sich für die fortschrittlichen, sanften Lehrmethoden der italienischen Doktorin Montessori begeistert und sie in einer eigenen kleinen Schule umgesetzt hatte. Außerdem liebte Alice Lorenzo Ranieri und Rose wünschte den beiden alles Glück der Welt.

Der Abschied von Mandeville Park war noch bitterer geworden, als sie erfahren musste, dass ihr Vater ihre Mitgift bereits zur Schuldentilgung verwendet hatte. Außer den Koffern voller Kleider und ihrem Schmuck besaß sie nichts. Vielleicht veräußerten ihre Eltern auch den Rest ihrer Garderobe, der noch in Mandeville war. Alice hatte ihr Geld geliehen, Geld, das sie nicht hatte annehmen wollen. Doch ihre Freundin hatte darauf bestanden und jetzt war sie froh, dass sie für die ersten Wochen nicht gänzlich mittellos in der Stadt ihr Leben beginnen musste. Mabel war reizend, aber Rose wollte ihr nicht auf der Tasche liegen.

Rose betrachtete die imposanten Häuser, die sich zu beiden Seiten von Whitehall erhoben. Die Frühlingssonne schien versöhnlich wärmend von einem blauen Märzhimmel auf die Stadt. Für Augenblicke waren die schwarzen Wolken des Krieges vergessen, doch man brauchte nur in die Gesichter der vorbeieilenden Männer und Frauen zu sehen, um die Furcht vor der drohenden Gewalt zu spüren. Horse Guards Avenue, las Rose auf dem Straßenschild und blieb vor dem riesigen Gebäude stehen, in dem sie die nächste Zeit arbeiten sollte. Das War Office, das Kriegsministerium, wirkte mit seiner festungsartigen Fassade und den Kuppeltürmen einschüchternd, sodass Rose ihre Schultern zurücknahm und tief durchatmete.

Sie hatte sich für ein dunkles Kostüm, eine weiße Bluse und einen Mantel mit einem schmalen Pelzkragen entschieden. Ihr Hut wurde lediglich von einem hellen Band geschmückt. Nicht zu auffällig, aber auch nicht zu bieder. Ihre blonden Locken hatte sie sich gestern kurz entschlossen auf Kinnlänge stutzen lassen und sie fand, dass die moderne Frisur zu ihrem neuen Leben passte. Mabel hatte sie zwar etwas überrascht angesehen, ihr jedoch zu der mutigen Entscheidung gratuliert.

»Rosie? Rose Mandeville? Bist du das tatsächlich?«, rief eine männliche Stimme.

Sie drehte sich um und entdeckte Gerald Ridley an der Ecke vor dem War Office. Er winkte und kam auf sie zu, um sie herzlich zu begrüßen. »Du siehst verändert aus, Rose, aber es steht dir!« Der Earl of Tredegar trug einen eleganten dunklen Anzug, unter dem eine gestreifte Weste zu sehen war. Sein Hut entsprach der neuesten Mode und seine Schuhe glänzten. Er reichte ihr seinen Arm. »Du willst sicher in unser Monster. Soll ich dich herumführen?«

»Welch treffende Beschreibung für diesen hässlichen großen Kasten. Wie schön, dass ich dich getroffen habe, Gerry.« Erleichtert nahm sie seinen Arm und ließ sich über die Straße zum Haupteingang des Kriegsministeriums führen.

»Michael hat mir erzählt, dass er dir einen Job besorgen konnte. Hast du denn schon als Sekretärin gearbeitet?« Tredegar zeigte dem Wachmann am Eingang seinen Ausweis.

An der Empfangsloge musste Rose sich ebenfalls ausweisen und in eine Liste eintragen. Uniformierte und Zivilisten liefen durch die imposante Halle, die von einem gigantischen Treppenhaus aus weißem Marmor dominiert wurde, und verteilten sich in dem riesigen Gebäudekomplex. Licht fiel durch die große Kuppel ein.

»Ich habe Schreibarbeiten für die WSPU gemacht und damit erschöpfen sich meine Erfahrungen, aber ich bin entschlossen und lernfähig«, antwortete sie fest, obwohl ihr die Knie ein wenig zitterten angesichts der geschäftigen Militärs und Bürokraten. Das hier war etwas anderes als die Zentrale der Frauenbewegung. Hier wurden Beschlüsse gefasst, die über das Schicksal einer Nation, das Leben von Menschen entschieden.

Tredegar drückte ihren Arm. »Nur Mut, Rose, du schaffst das schon. Es wird sicher eine Weile dauern, bis du dich eingewöhnt hast, aber hier befindet sich alles im Umbruch. Abteilungen und Ministerien werden neu aufgestellt und zusammengelegt. Ich selbst erhalte meine Order einmal von dieser, dann von der anderen Abteilung.«

Ein Offizier kam mit einer Mappe unter dem Arm aus einem Raum und winkte Tredegar, als er ihn entdeckte. »Kommen Sie mit, Tredegar, der Stab berät sich jetzt.«

Ganz entgegen seines sonst eher dandyhaften Auftretens nahm Tredegar beinahe Haltung an. »Sehr wohl, Major, ich wollte nur noch …«

46

»Sofort!«, kam es knapp von dem Offizier, der weiterging, ohne sich noch einmal umzusehen.

»Tut mir leid, Rose. So geht es hier zu. Die Pressestelle der Home Front ist im zweiten Stock!« Bei den letzten Worten eilte Tredegar bereits davon.

Nach einigem Suchen und mit der Hilfe eines freundlichen Mitarbeiters der Intendantur stand Rose endlich im Büro der Pressestelle. Eine resolute Frau mittleren Alters sah von ihrem Schreibtisch auf. Auf einem Schild stand *Mrs Lorna Muir*. Eine Schottin, dachte Rose und lächelte zaghaft.

»Ja? Was wollen Sie?« Mrs Muir blätterte eine Akte durch und legte sie auf einen Stapel. Es gab drei weitere Aktenstapel und aus dem Nebenzimmer war das rhythmische Klappern zahlreicher Schreibmaschinen zu hören.

»Ich sollte mich heute bei Ihnen melden, wegen des Postens als Sekretärin. Rose Mandeville. Doktor Wodehouse hatte …«

Die Frau sah auf und musterte sie leicht abschätzig. Lorna Muir trug ein schlicht geschnittenes Kostüm aus grauem Wollstoff und eine silberne Brosche in Form einer Distel. »Ach, die Lady. Richtig, die Suffragetten pausieren ja derzeit. Jetzt langweilen Sie sich und denken, wir brauchen Sie hier?«

Auf eine derart unverschämte Begrüßung war Rose nicht gefasst und musste sich zur Ruhe zwingen, um keine wütende Erwiderung zu geben. Mrs Muir schien die Leiterin des Büros zu sein, denn die drei Frauen, die außer ihr im Büro saßen, hielten die Köpfe über ihre Unterlagen gesenkt, hörten jedoch aufmerksam zu.

Rose hob das Kinn und erwiderte sachlich: »Mrs Muir, es freut mich, dass Sie meine Tätigkeit bei der WSPU erwähnen, die mich mit großem Stolz erfüllt. Jede Frau sollte das Recht haben zu wählen, genau wie jede Frau das Recht auf Eigentum und Selbstbestimmung haben sollte. Dieser Krieg zeigt ganz deutlich, wie qualifiziert Frauen sind und dass sie durchaus in der Lage sind, Berufe auszuüben, die bislang Männern vorbehalten waren. Um auf Ihre Frage zurückzukommen, ja, ich denke, Sie brauchen mich.«

Aus den Augenwinkeln sah sie, wie die jüngeren Frauen bewundernd nickten.

»An Selbstbewusstsein mangelt es Ihnen nicht. Um es kurz zu machen, ich teile Ihre Ansicht nicht, sondern bin von Lord Curzons Argumenten überzeugt, Traditionen und eine stabile Gesellschaft gehen Hand in Hand.« Der schottische Akzent der Büroleiterin war unüberhörbar.

»Die Zeit wird es weisen, Mrs Muir. Darf ich Sie nun bitten, mir meinen Arbeitsplatz zu zeigen?«, schlug Rose vor.

Mrs Muirs Miene versteinerte kurzzeitig, doch sie legte ihren Füllhalter auf den Tisch und erhob sich. »Folgen Sie mir, Lady Rose.«

Die Schottin wies ihr einen winzigen Tisch in einer zugigen Ecke des Nebenraumes zu. Auf dem Tisch stand eine Schreibmaschine und daneben lag ein Stapel Papiere.

»Das sind Berichte von der Home Front. Bringen Sie die Vorkommnisse in eine lesbare Form. Die Artikel müssen kurz und fesselnd sein. Das Ziel ist die Motivation der Bevölkerung zum Durchhalten. Können Sie das?«

»Ja, das kann ich.« Rose überflog den ersten Bericht, den die Augenzeugin eines Überfalls auf den Schlachterladen einer deutschen Familie geschrieben hatte. »Solche Berichte schüren den Hass gegen Menschen, die schon seit vielen Jahren Teil der Gemeinde hier sind. Ist das richtig?«

Lorna Muir musterte sie verärgert. »Das fragen Sie? Kollaborieren Sie etwa mit dem Feind?«

Rose erbleichte. »Nein! Aber dennoch sind es Menschen …«

Mrs Muir nahm den Bericht und drückte ihn Rose in die Hand. »Fangen Sie an!«

An diesem Vormittag schaffte Rose es, vier Berichte umzuschreiben. Es dauerte ein wenig, bis sie wusste, wie die kleinen Artikel aufgebaut und in welchem Stil sie verfasst sein sollten. Aber nachdem sie ein Dutzend verschiedener Berichte gelesen und ihren Kolleginnen über die Schulter gesehen hatte, war sie mit ihren Resultaten zufrieden. Neben ihr saß Evelyn, eine Londonerin, deren Ehemann sich zum Kriegsdienst gemeldet hatte. Und ein Stück weiter vorn arbeitete Rhoda, die sich in einer ähnlichen Situation befand, nur war es ihr Verlobter, der in Frankreich kämpfte.

Als eine Glocke ertönte, hörte das Geklapper der Maschinen auf und die Frauen streckten sich. »Mittagspause«, sagte Evelyn. »Haben Sie sich etwas zu essen mitgenommen, Lady Rose? Tee gibt es unten.«

Rose nahm ihre Tasche. »Oh, bitte, ich bin einfach Rose.« Sie reichte Evelyn die Hand, die diese freundschaftlich drückte. »Kann ich mir hier einen Lunch kaufen?«

»Es gibt ein Restaurant, aber das ist mehr oder weniger den Herren vorbehalten. Wir bescheiden uns mit dem Teeraum. Nimm deinen Mantel mit, denn es ist feucht und zugig dort.« Evelyn hatte sich bereits angekleidet.

»Es zieht hier überall!« Fröstelnd schlang Rose sich ihren Schal um den Hals.

Als die drei jungen Frauen das Büro gemeinsam verließen, fragte Rose leise: »Wie ist denn der schottische Drachen an diese Stelle gekommen?«

Evelyn kicherte. »Ihr Mann ist ein Cousin von Sir Henry Sclater. Leg dich nicht mit ihr an. Aber du müsstest dich eigentlich besser in diesen Kreisen auskennen als wir.«

Sir Henry Sclater hatte eine beeindruckende politische Karriere vorzuweisen. Er hatte die großen Nilexpeditionen der 1880er-Jahre geleitet und sich später im Burenkrieg als General verdient gemacht. Da ihre Mutter ein wandelnder

Almanach der englischen Prominenz war, erinnerte sich Rose daran. Zudem war Sclater zeitweilig Direktor einer Abteilung des War Office gewesen, bekleidete noch immer den Rang eines Generals und war Mitglied des Army Council. Eine einflussreiche Persönlichkeit, zweifelsohne.

»Sclater, selbstverständlich ist er mir ein Begriff. Mrs Muir dagegen nicht. Evelyn, es gibt überall Licht und Schatten, und glaub mir, die Schatten über Mandeville Park sind sehr düster. Ich wusste schon sehr früh, dass ich mein Leben selbst bestimmen möchte. Deshalb bin ich zu den Suffragetten gegangen. Das hat meinen Eltern nicht gefallen. Die Tochter eines Duke demonstriert nicht auf der Straße und lässt sich nicht ins Gefängnis sperren.«

Das große Treppenhaus wirkte wie das Innere einer Uhr, dachte Rose und blieb einen Augenblick stehen, um die Menschen zu beobachten, die von allen Seiten aus Gängen und Zimmern liefen und die verschiedenen Treppenaufgänge hinauf- oder hinuntereilten.

»Es ist beeindruckend, nicht wahr?«, fragte Morgan. Ihre Worte hatten einen melodischen Klang, wie er den Walisern eigen war. Ihre Sommersprossen und das frische Gesicht und die abgearbeiteten Hände ließen auf eine ländliche Herkunft schließen.

»Das ist es tatsächlich. Es scheint, als hätte der Krieg die Welt in ein Rad geworfen, in dem sich alles schneller und immer schneller dreht«, sagte Rose bedächtig.

»Meine Brüder sind drüben, alle drei«, sagte Morgan leise.

Rose antwortete: »Meiner auch, er ist bei den Fliegern.«

Verständnisvoll sahen die Frauen einander an.

»Lady Rose? Sind Sie es? Hallo, hier drüben!« Eine vertraute männliche Stimme erregte ihre Aufmerksamkeit und ihr Herz schlug unangemessen höher, als sie Michael Wodehouse eine Treppe über ihr entdeckte.

6

Licht und Schatten

Rose wandte sich ihren neuen Kolleginnen zu. »Es tut mir leid, aber …«

»Geh nur, du weißt ja, wo du uns findest«, sagte Evelyn und lief mit Morgan weiter.

Sie hatte die Skepsis in Evelyns Stimme wahrgenommen, die so klang, als erwarte Evelyn nicht, dass Rose sich tatsächlich mit den Frauen abgeben würde. Nun, sie konnte es ihr nicht übel nehmen, hatten sie sich doch eben erst kennengelernt.

Sie blieb auf dem Treppenabsatz stehen und wartete, bis Doktor Wodehouse sie erreicht hatte. Er nahm ihre behandschuhte Hand und führte sie an die Lippen, ohne sie zu berühren. Über zwei Monate lagen zwischen ihrer letzten Begegnung in Mandeville Park. Der Zauber der Neujahrsnacht war lange verflogen, die bittere Realität hatte sie alle längst eingeholt. Er wirkte ernst, doch seine Augen ruhten voller Wärme auf ihr. In seiner Gegenwart fühlte sie sich auf eine bislang nicht gekannte Art sicher, so als sähe er sie als den Menschen, der sie war, nicht nur die schöne Fassade. Vielleicht war es die respektvolle Weise, in der er mit ihr sprach, ihr zuhörte. Aber sie durfte sein Verhalten nicht überbewerten, zumal er ein verheirateter Mann war.

Unter einem Arm trug er eine Aktentasche. »Wie schön, dass ich Sie hier treffe, Lady Rose. Leider bin ich gerade auf dem Weg zu einer Besprechung, aber wenn Sie heute Abend Zeit haben, würde ich Sie gern zum Essen einladen. Dann erzählen Sie mir von Ihrem ersten Arbeitstag. Das heißt, wenn Sie den Klauen von Mrs Muir unbeschadet entkommen«, fügte er mit einem schiefen Lächeln hinzu.

Rose lachte. »Da habe ich mir etwas eingebrockt. Die Dame scheint mir schlimmer als ein ganzer Haufen wild gewordener Suffragetten und das soll etwas bedeuten.«

»Sie nehmen es mit Humor, gut so. Genauso habe ich Sie eingeschätzt. Es tut mir leid, dass Sie sich mit Ihrer Familie überworfen haben. Tredegar deutete es an. Geht es Ihnen gut?« Während er sich nach ihr erkundigte, flog sein Blick zur Balustrade hinauf, wo sich einige Herren versammelten.

»Danke, ja. Ich komme zurecht. Aber lassen Sie sich nicht aufhalten, Mr Wodehouse«, sagte sie und deutete mit dem Kopf nach oben.

Er lächelte entschuldigend. »Verzeihung, ich … ja, wie wäre es, wenn wir uns nach dem Dienst in der Halle unten treffen? Es gibt hier in der Nähe einige gute Lokalitäten.«

Sie nickte. »Sehr gern.«

»Wodehouse! Wir warten!«, rief ein großer bärtiger Mann von oben herunter.

Sie erkannte einen Sekretär aus dem Stab von Parlamentsmitglied Baker. Michael Wodehouse neigte höflich den Kopf und eilte die Treppen hinauf.

Der Tea-Room war nichts weiter als ein schlichter Raum mit zweckmäßigem Mobiliar und einem schmalen Tresen, hinter dem mehrere Frauen Tee zubereiteten. Ein paar Butterkekse fanden sich für Rose, die sich mit ihrem kargen Lunch zu Evelyn und Morgan begab. Die beiden standen an einem Fenstersims und sahen sie erwartungsvoll an.

»Du bist mit Doktor Wodehouse bekannt? Dass ein so reizender Mann eine so schreckliche Frau haben muss …«, meinte Evelyn.

»Ist das so? Ich kenne ihn noch nicht lange, er ist mehr der Freund eines alten Freundes, Tredegar, von mir. Wie auch immer, er hat mir diese Stelle hier verschafft. Ich bin ganz offen zu euch, meine Erfahrungen als Sekretärin sind sehr beschränkt, aber ich brauche diese Arbeit und werde mich doppelt bemühen, den Drachen nicht zu enttäuschen.«

Morgan sah sie neugierig an. »Du brauchst diese Arbeit? Ich hätte gedacht, dass du genügend Geld hast und das hier zum Spaß machst, weil du dich langweilst.«

»Versteh uns nicht falsch, Rose, wir mögen dich. Aber Leute deines Schlages, aus deiner Klasse, die amüsieren sich eben gern. Tredegar? Der Earl of Tredegar? Hm, ach komm, Rose, sei wenigstens ehrlich mit uns.« Evelyn wärmte sich die Hände an ihrem Becher und sah sie bedeutungsvoll an.

»Ich stehe gerade ganz furchtbar auf dem Schlauch. Ja, Gerald Ridley, Tredegar, ist ein guter Freund, schon seit Kindertagen. Warum sagst du das so merkwürdig?«

Morgan und Evelyn sahen sich an und hoben die Schultern. »Vielleicht weiß sie es wirklich nicht. Na, Tredegar gehört doch zu dieser verrufenen Partygang um den Sohn von Premier Asquith. Die Coterie nennen sie sich, steht doch auch dauernd in den Zeitungen.«

Sie hatte es geahnt, doch Gerrys wilde Zeiten waren längst Geschichte. »Ach, das sind doch alles aufgebauschte Geschichten von Zeitungsleuten, die sonst nichts zu berichten haben. Gut, Raymond Asquith und Lady Diana Manners sind für ihre Ausschweifungen berüchtigt, aber alles andere … nein, Tredegar könnt ihr da ganz rausnehmen.«

»Schade, ich fand, das hörte sich herrlich skandalös an. Sie schnüffeln Chloroform und treiben es wild auf ihren Orgien, huh!« Morgan sprach leise und errötete dabei.

Rose zog eine Grimasse. Zur Gruppe um Raymond Asquith und Lady Diana Manners gehörten Iris Tree, Edward Horner, Lord Elcho und einige mehr, die Rose flüchtig von gesellschaftlichen Anlässen wie Jagdwochenenden oder Sommerfesten kannte. Veranstaltungen, denen sie nie etwas hatte abgewinnen können und denen sie seit Jahren fernblieb. »Du weißt aber auch, dass es zwei Todesfälle gab? Sie haben es übertrieben und glücklicher sind sie auch nicht, glaub mir. Und überhaupt hat der Krieg alle auf den Boden der Tatsachen zurückgeworfen.«

Sie leerte ihre Teetasse und aß die Kekse, wobei sie merkte, wie hungrig sie war.

»Ich wollte nicht respektlos sein, Rose, aber wir haben sonst nicht die Gelegenheit, mit jemandem zu sprechen, der aus diesen Kreisen kommt. Für uns sind das unerreichbare Welten, von denen wir nur träumen. Oder wir lesen eben in den Zeitungen über …« Morgan biss sich verlegen auf die Lippen.

»Über Leute wie mich. Ist schon in Ordnung, Morgan. Wir können uns unsere Herkunft nicht aussuchen. Deshalb kämpfe ich für die Rechte der Frauen, damit sie es endlich leichter haben, damit wir alle eine Stimme bekommen«, sagte Rose voller Überzeugung.

Die beiden sahen sie erstaunt an. »Du meinst das wirklich ernst! Respekt, Rose, du bist anders, du …« Evelyn reichte ihr die Hand und drückte sie fest, als Rose einschlug. »Du machst uns Mut, Rose. Jetzt ist Krieg, da können wir nichts tun außer unsere Pflicht, aber dann …«

Morgan sah auf ihre Uhr. »Kommt schon, wir müssen zurück, sonst kürzt sie uns das Gehalt.«

Der Nachmittag verging mit weiteren Berichten, die Rose geschickt umformulierte und für die sie eine Sprache fand, die selbst Mrs Muir überzeugte. Als der erste Arbeitstag um achtzehn Uhr beendet war, sagte Mrs Muir: »Ich hätte nicht gedacht, dass Sie zu etwas nutze sind, Lady Rose. Aber selbst ich kann mich irren.«

Die Büroleiterin sammelte die Berichte ein, legte sie in eine Mappe und übergab sie einem Botenjungen, der damit zur Druckerei lief. Rose ging zur Garderobe, wo Evelyn bereits in ihren Mantel schlüpfte und ihr zuflüsterte: »Das eben war ein Kompliment vom Drachen.«

»Ich hatte es fast befürchtet«, erwiderte Rose ebenso leise.

Als sie in die Halle kam und sich vor der Empfangsloge nach Wodehouse umsah, schien sie nicht die Einzige zu sein, die auf jemanden wartete. Vielmehr schien es üblich, dass sich die Mitarbeiter des War Office nach den offiziellen Bürostunden zu weiteren, informellen Gesprächen trafen. Sie musste sich jedoch noch zwanzig Minuten gedulden, bis Michael Wodehouse mit gequälter Miene die Treppe hinuntereilte.

»Lady Rose, ich bin untröstlich. Die Sitzung wollte kein Ende nehmen. Wenn es um Geld geht, verstehen die Herren keinen Spaß, nicht einmal im Krieg.« Er war keine so eindrucksvolle Erscheinung wie Lorenzo Ranieri oder der elegante Tredegar, doch Wodehouse hatte offene Gesichtszüge und ein verschmitztes Lächeln, das sie äußerst anziehend fand.

»Sie müssen sich nicht entschuldigen, Mr Wodehouse. Ich freue mich, dass Sie sich Zeit für mich nehmen. Es ist alles noch sehr neu und Sie können mir ein paar Hintergrundinformationen geben. Natürlich nur, soweit es Ihnen erlaubt ist.« Rose ärgerte sich, dass sie keinen ihrer mondäneren Hüte mitgenommen hatte, doch nun musste es auch die solide Garderobe tun.

»Bitte, nach Ihnen, Lady Rose!« Er hielt ihr die Tür auf und auf der Straße hakte sie sich leicht bei ihm unter.

»Es ist nicht weit, gleich hier um die Ecke gibt es ein kleines Lokal, in dem es sich sehr gut essen und reden lässt. Der

Inhaber kommt aus Falmouth, wo ich aufgewachsen bin.« Er geleitete sie in eine schmale Seitenstraße, in der es zwei Pubs und besagtes Lokal gab. »*Seven Rivers,* das ist es. Wissen Sie, woher der Name kommt?«

Wodehouse blieb kurz vor der Tür stehen und nahm Stock und Aktentasche unter den Arm.

»Nein! Falmouth, Cornwall. Aber sieben Flüsse?« Sie wartete, während drei Herren an ihnen vorbei ins Lokal gingen. »Es scheint beliebt zu sein.«

»Aber ja, Denis macht den besten Fisch und sein Shepherd's Pie ist legendär. Sieben Flüsse treffen sich in der Bucht von Falmouth. Die Bucht heißt Carrick Roads und ist so tief, dass Hochseedampfer dort vor Anker gehen können. Außerdem ist die Küste einfach malerisch schön, rau, aber wundervoll. Bitte.«

Sie folgte ihm in das Innere des kleinen Lokals, das rustikal und mit viel maritimem Flair eingerichtet war. Eine Kellnerin fand einen kleinen Ecktisch für sie und Denis Gillow, der Inhaber, kam, um sie persönlich zu begrüßen.

»Denis, darf ich dir Lady Rose vorstellen? Sie hat gerade im War Office angefangen und muss sich ein wenig von ihrem ersten Tag erholen. Haben Sie überhaupt Hunger, Lady Rose?«

Sie nickte. »Sehr großen sogar.«

Denis lachte. »Das sind mir die liebsten Gäste. Essen Sie gern Fisch? Wir haben gebackenen Barsch in Salzkruste und Muscheln traditionell auf cornische Art.«

Rose entschied sich für den Barsch und überließ den Rest der Bestellung Wodehouse, der zu ihrer Überraschung Bier bestellte.

»Hey Denis!« Immer neue Gäste strömten in das Lokal und der Wirt grüßte und plauderte mit allen.

Als zwei Gläser hellen Bieres auf dem Tisch standen, sagte Wodehouse: »Auf Ihr Wohl, Lady Rose! Ich freue mich, dass ich

Ihnen ein wenig helfen konnte, wenn ich mir auch gewünscht hätte, dass es unter weniger traurigen Umständen wäre.«

»Danke, Mr …«

»Michael, wenn es Ihnen recht ist. Ich kenne Tredegar schon so lange und kann gar nicht verstehen, dass wir uns noch nie begegnet sind.«

Sie war ehrlich erfreut über seine unkomplizierte Art und antwortete: »Danke, Michael, und ich meine das von ganzem Herzen. Ich hätte schon viel früher einen Schnitt machen müssen.«

Das Bier war leicht herb und erfrischend, genau wie ihre Gesellschaft, dachte Rose.

»Das sagt sich leichter, als es ist. Niemand trennt sich leichtfertig von seiner Familie, egal, wie schwer es mit ihr ist. Ohne sie kann es noch viel schwerer sein.« Michael Wodehouse drehte sein Glas ein wenig, sodass sich das Licht der Petroleumlampe darin brach. In seinen Worten lag eine traurige Ernsthaftigkeit, die auf eigene Erfahrungen hindeutete.

Alle Tische des Lokals waren besetzt. Schwarze Anzüge und Uniformen herrschten vor. Elegante Damen sah man wenige, dafür Frauen in Kostümen, teils mit Abzeichen des Roten Kreuzes oder eines Sanitärcorps. »Das ist richtig, Michael, aber manchmal wird einem keine Wahl gelassen. Ich muss damit leben, eine Enttäuschung für meine Familie zu sein.«

Sie hob den Blick und sah ihn an. »Ihnen kann ich es sagen, weil Sie sich ebenfalls für die Gleichberechtigung der Geschlechter einsetzen. Ich könnte mich selbst nicht mehr respektieren, wenn ich mich wie Vieh auf einer Auktion meistbietend versteigern lassen würde. Um nichts anderes geht es. Die Finanzen von Mandeville Park sind seit Jahren desolat. Der Krieg hat uns nur einen Aufschub gewährt.«

»Ich hatte ja keine Ahnung. Das tut mir sehr leid.«

»Oh, das ist kein Geheimnis, die Spatzen pfeifen es bereits von den Dächern, wie man so schön sagt. Es ist eher so, dass meine Mutter es nicht akzeptieren kann.« Rose räusperte sich. »Aber genug von mir. Seit Längerem schon muss ich an eine Geschichte denken, die ich als Kind in Cornwall erlebt habe. Sie haben mich wieder daran erinnert. Kennen Sie Lady Sudworth?«

Michael nickte. »Mowbray House gehört den Sudworths. Ein schönes Anwesen, auch wenn ich es nur von unseren Bootsausflügen kenne.«

»Oh, dann kennen Sie die Tochter der Sudworths nicht, Celia?«

Michael überlegte kurz. »Nicht persönlich, nein, aber es gab da eine unschöne Geschichte, nicht wahr? Ich meine, Tredegar erwähnte das mal.«

»Alle halten sich nur an das, was Lady Sudworth erzählt. Celia hätte eine Affäre mit einem französischen Maler gehabt und wäre nach Amerika gegangen. Aber ich habe da meine Zweifel.« Rose erzählte ihm kurz, was sie damals beobachtet hatte. »Sie ist wie vom Erdboden verschwunden. Ich habe nie wieder von ihr gehört.«

Zweifelnd erwiderte Michael: »Das ist sicher ungewöhnlich, Rose, aber es beweist nichts. Ich nehme an, Sie wollen darauf hinaus, dass man Celia gegen ihren Willen fortgebracht hat.«

»Ganz genau. Und wenn man die arme Celia einfach weggesperrt hat?«

»Warum? Für uneheliche Kinder, sollte dies der Grund gewesen sein, gab es schon immer Lösungen.«

»Es kommt Ihnen sicher albern vor, aber ich weiß, was es heißt, wenn man vor der Allmacht der Eltern fliehen muss und kein Gesetz einen schützen kann. Ich hatte Freunde bei der WSPU, Celia nicht.«

Nachdenklich meinte Michael: »Wenn Sie möchten, höre ich mich ein wenig um, aber äußerst diskret. Lord Sudworth war mit Sir Henry Sclater auf dem Kontinent und hat an den Gesprächen mit dem Kaiser teilgenommen.«

Mit mächtigen Männern sollte man sich nur im Notfall anlegen, das war auch Rose bewusst. »Wobei die Gespräche den Krieg nicht verhindern konnten.«

Der Anwalt trank einen Schluck Bier. »Nein, das haben sie nicht.« Das Essen wurde serviert und Rose sog genüsslich den Duft von Fisch und Kartoffeln ein.

»Guten Appetit, ich hoffe, ich habe nicht zu viel versprochen«, sagte Michael und griff nach Messer und Gabel.

Nach dem Essen musste Rose zugeben, dass Denis aus Cornwall sein Handwerk verstand. Zufrieden legte sie das Besteck auf den Teller. »Es war ganz ausgezeichnet!«

»Das freut mich.« Michael lächelte. »Und ich danke Ihnen für dieses außerordentlich interessante Gespräch.«

Rose hob die Augenbrauen. »Ich rede zu viel und zu offen, aber …«

»Kein Aber, Rose, ich unterhalte mich sehr gern mit Ihnen.« Er schwieg, schien zu überlegen, was er sagen konnte, und fuhr fort: »Vielleicht begleiten Sie mich einmal zu unseren Versammlungen und lernen Millicent Fawcett kennen. Haben Sie von den Plänen für einen Frauenfriedenskongress in Den Haag gehört?«

»Nein! Wann soll der stattfinden? Wie bemerkenswert!«

Wodehouse sah auf seine Uhr. »Das ist eine längere Geschichte und ich muss leider noch zu einer Besprechung. Wie wäre es morgen zum Lunch? Darf ich Ihnen eine Droschke rufen?«

Als Rose sich von Michael Wodehouse verabschiedete, waren ihre Schritte ein klein wenig beschwingter und ihre Hoffnung auf eine friedlichere Zukunft größer. Ein Friedenskongress, dachte sie, das war ein Signal.

7

Verschollen

»Alice, das ist ja wundervoll! Ich gratuliere dir, nein, euch! Geht es dir gut? Wie fühlst du dich? Wie lange weißt du es schon? Was sagt dein Vater? Weiß Lorenzo es schon?«, rief Rose aufgeregt in den Telefonhörer.

Sie stand im Eingangsbereich des Mietshauses in Chelsea, wo der Anruf ihrer Freundin sie in aller Frühe erreicht hatte. Bevor sie zur Arbeit ging, blieb ihr noch eine Stunde.

Ihre Freundin lachte. »Rosie, langsam! Es geht mir gut! Mein Vater ist ganz aus dem Häuschen und will eine Feier zu Ostern geben, um es allen zu erzählen. Wirst du kommen? Du musst kommen!«

Rose war so bewegt, dass ihr die Tränen über die Wangen liefen. »Natürlich!«, brachte sie heiser hervor.

»Gut! Wir werden tanzen und lachen und du erzählst mir, was du erlebt hast! Lorenzo weiß es noch nicht. Seit Januar habe ich es geahnt, wollte aber noch nichts sagen, sondern mir erst ganz sicher sein. Ach, ich bin unschlüssig, ob ich es ihm schreiben soll. Wenn er anruft, ja, dann sage ich es ihm. Er ist wieder in Frankreich, aber das kann sich ändern, sobald Italien in den Krieg eintritt, was er befürchtet.«

»Oh, Allie, ich denke an euch! Er wird gesund zu dir zurückkehren, das weiß ich einfach!«

Hinter ihr wurde die Tür geöffnet und ein Schwall kalter Luft fuhr durch den Flur. Rose fröstelte und erkannte Miss Bergemann, die Klavierlehrerin. Die alte Dame hastete mit gesenktem Kopf an ihr vorbei in ihre Wohnung. Rose hatte den Eindruck, dass sie sich vor den anderen Bewohnern des Hauses fürchtete. Dazu trugen die Hetzartikel in den Tageszeitungen einen erheblichen Teil bei.

»Ja, natürlich wird er das. Ich könnte es nicht ertragen … aber daran denken wir jetzt nicht. Wie geht es Spence? Der wagemutige tollkühne Irre! Pilot! Warum ausgerechnet Pilot?«

»Du weißt doch: Keine Nachrichten sind gute Nachrichten. Ich vermisse ihn und dich, euch alle! Umarme deinen Vater von mir. Er ist großartig und sein Buch so besonders. Ich liebe es. Das sagst du ihm, ja?«

Das vertraute Lachen ihrer Freundin wärmte ihr Herz.

»Ich weiß nicht, Rosie«, entgegnete Alice. »Nachher steigen ihm all die Komplimente zu Kopf. Nein, ich sag's ihm, er würde sich nicht verändern, egal, wie groß sein Erfolg auch ist. Pa ist der verrückteste, bodenständigste Mensch der Welt.«

Rose wischte sich die Augen. Sie sah Hill House und seine Bewohner vor sich. Spürte die Wärme der Sonne, wenn sie mit Alice durch den Garten lief, erinnerte sich an Vera, die mürrische, seltsame Vera, und vermisste auch sie. »Wie macht Dora sich? Hast du Probleme mit den Müttern und Kindern?«

»Unsere Dora hat sich prima entwickelt. Sie kann ganz hervorragend mit den Kleinen umgehen und bei den Müttern zeigt sie die nötige Festigkeit. Manchmal sind die Frauen anstrengend. Ich kann es ja verstehen, die Situation ist für alle schwer, aber wir müssen das Beste daraus machen und einander respektieren. Es gibt Momente, da wünschte ich mir, Lorenzo wäre

hier. Er hat so eine natürliche Autorität und die Frauen him-
meln ihn an.«

»Kann ich ihnen nicht verdenken«, sagte Rose. »Mit
Lorenzo hast du den Richtigen gefunden. Wer hätte das
gedacht. Obwohl ich eine winzige Ahnung hatte, dass du den
gut aussehenden Herrn, der uns bei der Flugshow damals durch
den Regen geholfen hat, wiedersehen würdest.«

Alice seufzte. »Seither ist so viel passiert. Gibt es jemanden
in deinem Leben, Rose?«

»Nein. Ich kämpfe an meinem neuen Arbeitsplatz gerade
mit der Büroleiterin, Mrs Muir, uh!« Rose schüttelte sich innerlich. Zögernd fragte sie: »Warst du in Mandeville, Allie? Wie
geht es meinen Eltern?«

»Ich musste kürzlich für eine der erkrankten Mütter um ein
Bett im Hospital bei euch bitten. Die Frau hatte sich das Bein
gebrochen, arme Seele. Sie kam mit dem Bruch zu uns, das Bein
war geschwollen und der Wundbrand hatte eingesetzt. Doktor
Harris kommt an seine Grenzen. Ich bin froh, dass er überhaupt
noch hiergeblieben ist. Ich habe die Frau mit dem Automobil
zu euch gefahren. Einige Sanitätsoffiziere und Patienten standen dort und die Duchess sprach gerade mit einem Lieutenant.
Als sie mich mit der Frau sah, hat sie mich auf ihre spezielle
Art gemustert, na ja, du kennst sie, und gesagt, ich solle gleich
wieder zurückfahren. Sie hätten keinen Platz für ledige Mütter.«

»Nein!« Entsetzt hielt Rose den Atem an. So herzlos konnte
doch nicht einmal die Duchess sein.

»Dabei ist die Frau nicht ledig. Ihr Mann ist Frontsoldat!
Aber der Lieutenant war sehr nett und hilfsbereit und hat der
Patientin ein Bett gegeben. Sie kämpfen immer noch um das
Bein der armen Frau. Ich hoffe, dass es nicht zum Äußersten
kommt. Wie soll sie sich denn mit nur einem Bein allein um
die Kinder kümmern?«

»Allie, ich kann dir gar nicht sagen, wie sehr ich mich für meine Mutter schäme. Nicht einmal unter diesen Umständen kann sie sich menschlich zeigen.«

»Ich kenne sie ja, ist schon in Ordnung. Deinen Vater habe ich lange nicht gesehen. Ist er nicht in London?«

»Ich weiß es nicht. Du leistest Großartiges, Alice!«

»Ach, ich tue nur, was getan werden muss. Und jetzt wollen die Kleinen frühstücken. Also, du kommst zu Ostern nach Hill House!«

Rose hängte den Hörer ein und ging an der Portiersloge vorbei, wo bereits die Zeitungen lagen, die an die Wohnungen verteilt wurden. Deutscher Artilleriebeschuss hatte schwere Schäden an der Kathedrale von Reims verursacht, in den Karpaten rückte die Armee Österreich-Ungarns gegen die Russen vor und ein schreckliches Bild von angeblichen Gräueltaten der *Hunnen* an Kindern fiel Rose ins Auge. Von Lorenzo und auch von Mabel, deren Mann mitten im Geschehen gewesen war, wusste Rose, dass diese Berichte nicht der Wahrheit entsprachen, doch die Presse schlachtete jede noch so unwahrscheinliche Feindestat aus. Weitere Flüchtlingsströme aus Belgien wurden erwartet. Der Krieg dauerte noch kein ganzes Jahr an und schon hatten sich die Fronten derart verhärtet, dass ein Zurück kaum denkbar schien und dennoch sollte es eine Friedenskonferenz geben.

Als Rose an diesem Morgen an ihrem Arbeitsplatz saß und man ihr eine Rede von Lady Sudworth vorlegte, die sie in einen Bericht über deren aufopfernden Einsatz an der Heimatfront einflechten sollte, entrang sich ihr ein resigniertes Stöhnen.

Die Reaktion von Mrs Muir erfolgte prompt. »Lady Rose, dürfen wir erfahren, was Ihren Gefühlsausbruch ausgelöst hat? Denn ich nehme doch an, dass sich Ihre Lautäußerung auf die Inhalte Ihrer Arbeit bezieht.«

»Verzeihung, aber dieser Krieg verlangt so viele Opfer, zu viele. Warum müssen Waffen entscheiden, wo Worte mehr bewirken könnten? Was wird denn danach kommen? Wollen wir denn wirklich alle dieses Töten?«

Das Klappern der Schreibmaschinen erstarb und Mrs Muir trat dicht an ihren Tisch. »Ihre Meinung ist unmaßgeblich. Machen Sie Ihre Arbeit oder verschwinden Sie von hier. Ihre Einstellung schadet unserem Empire, weil sie die Moral der Truppe und der Zivilisten untergräbt. Von einer Ihres Schlages hätte ich mehr Haltung erwartet. Mrs Pankhurst schlägt da andere Töne an.«

»Ich habe nur laut gedacht, Mrs Muir. Die Verluste sind so erschreckend und jeder Tote wird von trauernden Angehörigen beklagt«, erwiderte Rose bescheiden.

Mrs Muir taxierte sie einen langen Augenblick, machte eine Bewegung in die Runde, woraufhin das Klappern der Schreibmaschinen wieder einsetzte, und sagte leise zu Rose: »Sehen Sie sich in Zukunft vor mit Ihren Äußerungen. Das hier ist das War Office und kein Frauenverein.«

Rose sehnte die Pause herbei und freute sich auf ein Gespräch mit Michael Wodehouse, doch der war in Eile und gab ihr nur rasch die Adresse des Ortes, an dem sich die Vertreterinnen von Millicent Fawcetts Verein, der NUWSS, der National Union of Women's Suffrage Societies, am heutigen Abend trafen.

»Werden Sie auch kommen?«, fragte Rose, die vor dem Tea-Room stand.

Wodehouse nickte vorbeigehenden Herren zu. »Wenn ich es einrichten kann, ja. Aber haben Sie keine Scheu. Die Damen sind sehr offen und für jede Mitstreiterin dankbar. Außerdem sind Sie keine Unbekannte, Rose.«

»Ich habe mir meinen Ruf als streitbare Suffragette verdient«, sagte sie. Leicht scherzhaft fügte sie hinzu: »Die Gefängnisse kann ich nicht empfehlen und auch das Leben im Exil ist bar jeder Romantik.«

»Dazu gehört viel Mut, Rose. Sie können stolz auf sich sein.« Der Anwalt schenkte ihr einen anerkennenden Blick.

Sie zuckte mit den Schultern. »Was bedeutet das schon? Wir haben noch nichts erreicht.«

»Sagen Sie das nicht. Ihre Arbeit wird Früchte tragen. Die Zeit lässt sich nicht zurückdrehen.« Wodehouse trat näher und drückte kurz ihre Hand. »Verlieren Sie nicht den Mut, Rose. Gehen Sie heute Abend dorthin, bitte.«

Sie schwenkte den Zettel mit der Adresse und verabschiedete sich. Die Adresse der Zusammenkunft befand sich in Bloomsbury, unweit des British Museum.

Direkt nach der Arbeit machte Rose sich auf den Weg zu einer Omnibus-Station, wurde jedoch von Tredegar aufgehalten, der hinter ihr hergeeilt kam.

»Rosie, verzeih bitte. Ich muss dir unbedingt etwas mitteilen.« Seine Stimme klang anders als normal, dringlicher und nervös. Er trug Mantel und Hut, so als wolle er ausgehen, doch seine Miene war ernst.

Seine offensichtliche Nervosität übertrug sich sofort auf Rose, die ihn erwartungsvoll ansah. »Ja, was gibt es denn, Gerry?«

»Bevor es dir jemand anderes sagt, will ich der Überbringer der schlechten Nachricht sein. Rosie, es tut mir so leid.« Er zog ein Telegramm aus seiner Manteltasche.

Inzwischen wusste Rose, was das bedeuten konnte. »Nein …«, flüsterte sie und presste sich die Hand vor den Mund. »Nein, nicht Spence …«

Tredegar legte den Arm um ihre Schultern und hielt sie fest, denn ihre Beine begannen zu zittern. »Er wird vermisst. Unsere Armee hat eine Offensive bei Neuve-Chapelle gestartet und er war als Kundschafter unterwegs, als er in feindliches Artilleriefeuer geriet.«

Rose schluchzte auf, doch Tredegar hielt sie weiter fest und zwang sie, ihn anzusehen. »Hör mir zu, sein Flugzeug wurde zwar gefunden, aber er ist vermisst gemeldet worden. Es besteht noch Hoffnung, Rose. Es besteht noch Hoffnung!«

Die Tränen liefen ihr über die Wangen und sie wurde von Schluchzern geschüttelt. »Er ist nicht tot. Er darf einfach nicht tot sein. Gerry, woher bist du dir so sicher, dass er noch am Leben ist?«

»Ich habe schon einige Abschüsse erlebt, bei denen der Pilot sich retten konnte. Wenn er in feindlichem Gebiet gelandet ist, muss er sich verstecken und kann sich nicht melden. Nicht verzweifeln, solange wir nichts Genaueres wissen, darfst du die Hoffnung nicht aufgeben!« Er holte ein Taschentuch hervor und drückte es ihr in die Hand.

»Danke«, murmelte sie und schnäuzte sich die Nase.

»Wohin willst du, Rose? Soll ich dich begleiten?«, erkundigte er sich fürsorglich.

Sie betrachtete seinen Abendanzug. »Nein, ich komme zurecht, geh nur. Und behalte die Meldung. Ich will das schreckliche Telegramm nicht haben. Mein Bruder ist am Leben. Daran glaube ich, bis … Spencer ist schlau und wird sich schon durchschlagen.«

Tredegar hielt sie an den Schultern und musterte sie prüfend. »Das ist meine Rosie. Sag mir nun, wo du hinwillst. Ich lasse dich jetzt nicht allein.«

Sie nannte die Adresse in Bloomsbury. »Es geht um die Friedenskonferenz in Den Haag. Frauen organisieren das.«

»Nur Frauen? Oh Rosie, ich fürchte, dafür ist die Welt noch nicht bereit. Aber ich muss in einen Klub in der Shaftesbury Avenue und kann dich ein Stück begleiten.« Er winkte ein Taxi herbei und half ihr beim Einsteigen.

8

Unsere Bewegung ist wie ein Gletscher, langsam,
aber unaufhaltsam.
Millicent Fawcett (1847–1929)

Das Taxi war gerade weitergefahren und Rose sah sich suchend um, als sie eine hochgewachsene Dame mit ausladendem Hut entdeckte, die auf das Haus mit der Nummer vier zusteuerte. Als die Dame bemerkte, dass Rose ihr zögernd folgte, blieb sie stehen und fragte: »Wollen Sie auch zu Doktor Dalgrave, meine Liebe?«

Rose räusperte sich. »Ja, ich bin zum ersten Mal hier. Rose Mandeville.«

Die Dame hob erfreut die Augenbrauen und reichte ihr die Hand. »Sie sind Lady Rose! Sie waren mit Christabel im Exil! Kommen Sie, kommen Sie. Oh, ich habe mich noch gar nicht vorgestellt, Winifred Edgecomb.«

Winifred mochte die vierzig überschritten haben, war von robuster Statur und hatte ein breites einnehmendes Lächeln. Edgecomb war der Name einer Familie aus dem Norden, die dort mit Stahlfabriken zu Geld gekommen war. Auch ein liberaler Politiker dieses Namens amtierte im Parlament. Es gab zahlreiche regionale Gruppen der Suffragetten und Rose kannte nicht alle Mitglieder, zumal sich die Anhängerinnen von Millicent Fawcett von der WSPU abgespaltet hatten.

»Edgecomb, diesen Namen verbinde ich mit der Politik«, erkundigte sich Rose.

Winifred hatte den Klingelknopf eines Reihenhauses gedrückt. »Mein Bruder ist in der Politik, und was auch immer Sie sonst von den Edgecombs aus York gehört haben, schuldig!« Sie lachte.

Die Tür wurde geöffnet und ein Dienstmädchen bat sie einzutreten. »Sie sind alle oben, Mrs Edgecomb.«

»Danke, Nelly.«

Es stellte sich heraus, dass sich im unteren Teil des Hauses eine Arztpraxis befand. Doktor Dalgrave war praktizierende Ärztin und hatte sich auf Frauenleiden spezialisiert. Und jetzt entsann sich Rose eines Skandals, in den die Ärztin vor mehreren Jahren verwickelt war. Der Abend versprach noch interessanter zu werden, als Rose ohnehin angenommen hatte. Und unter den traurigen Umständen war sie froh, sich für den Besuch der Zusammenkunft entschieden zu haben. Zu Hause hätte sie sich in ihr Zimmer verkrochen und wäre verzweifelt, denn die schwangere Mabel wollte sie mit ihrem Kummer nicht belasten. Kaum war sie von Winifred in die kleine Gruppe eingeführt worden, hatte sie keine Gelegenheit mehr, über das Schicksal ihres Bruders nachzugrübeln.

Sie befanden sich in einem überschaubaren Salon, in dem sich die Versammelten auf ein Sofa, Stühle, Hocker und was sonst als Sitzgelegenheit dienen konnte, verteilten – Frauen, wie sie unterschiedlicher nicht hätten sein können, zumindest rein äußerlich. Millicent Fawcett war mit ihren achtundsechzig Jahren die Älteste, was man ihr aber nicht ansah. Sie verströmte eine Selbstsicherheit und Souveränität, die manchem Staatsmann gut zu Gesicht gestanden hätte. Aristokratinnen, eine Lehrerin, Ehefrauen betuchter Geschäftsmänner, eine

Offiziersgattin und die Witwe eines ehemaligen Konsuls gehörten nebst der Gastgeberin, Doktor Florence Dalgrave, zu den Anwesenden.

Doktor Dalgrave war eine zierliche kleine Frau mit leicht ergrautem Haar und wachen blauen Augen. Eine Frau, der man sich anvertrauen wollte, dachte Rose.

»Wie schön, dass Sie den Weg zu uns gefunden haben, Lady Rose. Hat Ihr Hiersein einen besonderen Grund? Uns ist natürlich bekannt, dass Sie als Aktivistin mit Christabel und Sylvia Pankhurst gearbeitet haben.« Die Ärztin sah sie aufmerksam an.

»Ich bin auf Empfehlung von Doktor Wodehouse hier. Seit Kurzem bin ich im War Office beschäftigt, in der Presseabteilung.« Rose machte eine Pause, bevor sie fortfuhr: »Anfangs hielt ich es durchaus für richtig, dass England in diesen Krieg eintritt, aber die brutale Realität hat mich eines Besseren belehrt. Doktor Wodehouse erwähnte eine Friedenskonferenz in Den Haag. Im Grunde bin ich deshalb hier. Ich möchte mich für den Frieden einsetzen, nicht für das Töten.«

Die Ärztin saß ihr direkt gegenüber und verriet mit keiner Miene, was sie davon hielt. Millicent Fawcett hingegen stellte klirrend ihre Teetasse ab und sagte: »Sie halten Ihren Sinneswandel wahrscheinlich für äußerst nobel. Aber ich sage, dass Pazifismus die Einstellung der Unentschlossenen, der Blinden ist. Vergessen wir nicht die unerhörte Aggressivität, mit der Preußen gegen Belgien vorgegangen ist und nun alles niedermäht, was dem blutrünstigen Kaiser im Wege steht.«

»Meine liebe Millicent, die Gräuelpropaganda schürt Hass und Wut, fußt jedoch nicht auf belegten Fakten. Da gehe ich ganz konform mit Bertrand Russell«, erwiderte Doktor Dalgrave.

Russell war ein in Cambridge lehrender Philosoph und dafür bekannt, offen gegen die Kriegspropaganda zu sprechen. Er hatte dafür bereits heftige Kritik einstecken müssen.

»Russell, ach ja, und was ist mit den zweiundfünfzig Literaten unseres Empires, die sich in ihrem Manifest sehr deutlich für den Krieg ausgesprochen haben?«, entgegnete Millicent Fawcett, sichtlich aufgebracht. »Namhafte Intellektuelle und Liberale wie Arthur Conan Doyle, H. G. Wells, Gilbert Keith Chesterton oder Arnold Bennett, um nur einige zu nennen, Männer von Geist! Sie sagen, und da schließe ich mich an, dass es unser Schicksal und unsere Pflicht ist, die Rechte unserer Nation, nein, aller rechtsbewussten westlichen Nationen, die einen freien Willen haben, zu verteidigen! Jede freie Nation muss sich und ihre Ideale gegen die Herrschaft von Blut und Stahl der autoritären Kaste Preußens verteidigen!«

Die Offizierswitwe nickte. »Wir führen den Krieg, der den Krieg beenden wird.«

Die Enttäuschung musste sich überdeutlich in Rose' Miene gespiegelt haben, denn Doktor Dalgrave hob beschwichtigend die Hände. »Meine Damen. Wir alle haben unsere eigenen Ansichten zu dem Thema, aber wir sind übereingekommen, dass wir die Meinung der anderen tolerieren.«

Mrs Fawcetts Lippen wurden schmal, doch sie rang sich ein Lächeln ab. »Aber ja doch, liebste Florence. Sie sind Humanistin und ich kann Ihren Standpunkt durchaus nachvollziehen. Eine Friedenskonferenz von Frauen in Den Haag, mitten im Kriegsgebiet. Vielleicht machen wir uns lächerlich, vielleicht setzen wir ein Zeichen. Wobei ich selbstredend auf Letzteres hoffe.«

Die Gattin des Konsuls, der in Indien tätig gewesen war, meldete sich zu Wort: »Du sollst nicht töten, heißt es in der Bibel. Das Tötungsverbot ist ein göttliches Gesetz und gilt ausnahmslos. Jeglicher Militarismus steht im Gegensatz zum Christentum und ist ein Verbrechen.«

Lady Phyllis, die junge Ehefrau des Earl of Linnsdale, sagte: »Ich bin ganz Ihrer Meinung, liebe Georgina, ich lese sehr viel lieber Bertha von Suttner als Rudyard Kipling. Und ich habe Kipling immer gern meinen Kindern vorgelesen, aber dass er sich so offen für den Krieg einsetzt, hat mich sehr enttäuscht.«

Die Waffen nieder!, der Roman der bekannten österreichischen Friedensaktivistin, war in Dutzende Sprachen übersetzt worden.

»Das neue Werk von Geoffrey Buxton finde ich auch sehr beeindruckend. Mir gefällt seine Idee des ursächlichen Pazifismus. Wir müssen die gesellschaftlichen Strukturen ändern, um einen dauerhaften Frieden erlangen zu können. Und in diesem Punkt sind sich doch alle einig, die für die Rechte der Frauen eintreten, oder nicht?«, wagte Rose sich in die Diskussion.

Die Frauen zeigten sich von Rose' Argumenten angetan und im Verlauf des Abends hatte Rose das Gefühl, sich einen gewissen Respekt erworben zu haben. Besonders mit Lady Phyllis und Doktor Dalgrave sprach Rose wiederholt und sie hatte beide Frauen sofort ins Herz geschlossen.

»Wissen Sie, dass unsere Florence Unglaubliches auf dem Gebiet der Empfängnisverhütung leistet?«, sagte Lady Phyllis leise zu Rose. Die beiden Frauen standen nebeneinander am Fenster des Salons. Lady Phyllis war größer als Rose und trug einen dunklen Pagenkopf, womit die schlaksige Frau androgyn und sehr mondän wirkte.

»Ich bewundere sie für ihre Arbeit!«, kam es ehrlich von Rose.

»Sie hätte beinahe ihre Zulassung deswegen verloren. Dabei will sie nichts weiter, als vor allem den armen Frauen helfen. Wie sollen die denn ein erträgliches Leben führen können, wenn sie jedes Jahr ein Kind zur Welt bringen müssen? Aber das wollen die Herren natürlich nicht hören. Nein, da verurteilt man lieber die Frau Doktor für unmoralisches, unethisches Verhalten. Pah, als ob die Herren wüssten, was das ist …«

»Aber sie wurde nicht verurteilt?«

»Nein, sie hatte einen guten Anwalt.« Lady Phyllis grinste und sah Rose vielsagend an.

»Oh, Doktor Wodehouse!«

Lady Phyllis nickte. »Ganz genau. Ein feiner Mensch. Grundehrlich und das als Anwalt. So jemanden muss man erst einmal finden.«

Rose nickte und in ihrem Magen machte sich ein sehnsüchtiges Ziehen bemerkbar, das sie sofort unterdrückte. »Da kann ich Ihnen nur recht geben. Er ist sehr hilfsbereit. Ohne ihn hätte ich die Stelle im War Office nicht gefunden und wäre heute Abend nicht hier.«

»Woher kennen Sie sich, wenn ich fragen darf?«, wollte Lady Phyllis wissen.

»Durch einen gemeinsamen Freund, Gerald Ridley, Earl of Tredegar.«

»Ach, Tredegar? Die Welt ist klein. Er ist ein Freund meines Mannes. Sie sind im selben Klub und er ist des Öfteren bei uns zu Besuch. Oh, Lady Rose, Sie müssen sehr bald einmal zu uns kommen. Ich würde mich schrecklich freuen, Ihnen meinen Mann und meine Brut vorzustellen.« Dabei zog Phyllis eine Grimasse.

Rose lachte. »Ich kann gut mit Kindern, das habe ich von meiner Freundin Alice Buxton gelernt. Sie ist eine Zauberin, wenn es um Kinder geht.«

»Nein! Sie sind mit der Tochter des berühmten Buxton befreundet? Ach, jetzt sind Sie dazu verdonnert, uns zu besuchen. Nächste Woche? Ja? Gut! Ich schicke Ihnen eine Einladung. Haben Sie eine Karte?«

Nur zu gern tauschte Rose mit der sympathischen Phyllis die Visitenkarten aus und merkte während der Unterhaltung kaum, wie die Zeit verstrich. Die Hälfte der Frauen hatte sich bereits verabschiedet, als Michael Wodehouse von Nelly in den Salon geführt wurde.

Doktor Dalgrave schüttelte dem Juristen herzlich die Hand. »Michael, wie schön, dass Sie noch gekommen sind. Und wir verdanken Ihnen unseren reizenden Neuzugang.«

Michael nickte Rose und Phyllis zu. »Ich hatte gehofft, dass sich die Damen viel zu sagen hätten. Und wie es scheint, lag ich richtig mit meiner Einschätzung.«

»Wir haben bereits über Den Haag gesprochen, Michael, aber ich habe noch so viele Fragen. Vor allem würde ich gern wissen, ob die Möglichkeit besteht, dass ich mitfahre. Ich spreche fließend Französisch, falls das eine Hilfe ist«, bot Rose an.

Phyllis sah sie bewundernd an. »Die Reise ist strapaziös und führt durch Kriegsgebiet. Das würden Sie auf sich nehmen wollen?«

»Ja, wissen Sie, ich bin einiges gewohnt. Die Zeit im Exil war nicht leicht und englische Gefängnisse verlangen einem einiges an Disziplin und Durchhaltevermögen ab.« Rose machte eine Pause und fügte leiser hinzu: »Und ich hätte die Möglichkeit, nach meinem Bruder zu suchen. Er ist bei Neuve-Chapelle abgestürzt, vermisst, es gibt noch Hoffnung.«

Wodehouse horchte auf. »Seit wann wissen Sie es?«

»Tredegar hat es mir heute Abend mitgeteilt.«

»Selbstverständlich sollten Sie die Hoffnung nicht aufgeben, aber wie stellen Sie sich das vor? Den Haag liegt doch viel weiter nördlich als Neuve-Chapelle. Die Überfahrt von Folkestone nach Calais ist schon lebensgefährlich. Es gibt keine regulären Schiffsverbindungen mehr nach Holland! Und selbst wenn Sie es nach Den Haag schaffen, wie kommen Sie von dort nach Frankreich?«, gab Wodehouse zu bedenken.

Rose sah ein, dass es nicht leicht werden würde, aber aufgeben wollte sie ihren Plan nicht. »Das werde ich vor Ort entscheiden.«

Doktor Dalgrave seufzte. »Wer möchte noch einen Cognac? Wenn der Krieg noch länger dauert, wird bald alles rationiert werden.«

»Darf ich einschenken?« Michael Wodehouse goss den Damen und sich einen kleinen Schluck der goldbraunen Spirituose ein.

Rose nippte an ihrem Glas und schloss die Augen, als die Flüssigkeit ihre Kehle herunterfloss und ihren Magen wärmte. Nach einem Moment wich ihre Angespanntheit und ihre Fingerspitzen, die eiskalt gewesen waren, wurden wieder durchblutet.

»Rose«, sagte Doktor Dalgrave sanft. »Ich kann verstehen, dass Sie Ihren Bruder suchen möchten, aber tot nützen Sie niemandem und ich kann mir nicht vorstellen, dass Ihr Bruder möchte, dass Sie sich seinetwegen in eine derartige Gefahr begeben.«

»Nein«, murmelte Rose. »Das würde er nicht zulassen.« Ihre Augen füllten sich mit Tränen, als sie flüsterte: »Er ist alles, was ich noch habe. Ich vermisse ihn so sehr.«

»Ach, meine Liebe«, sagte nun Phyllis und legte ihr die Hand auf den Unterarm. »Seien Sie stark! Dieser unselige, schreckliche Krieg dringt in jedes Haus. Keiner von uns kann davor weglaufen. Aber eine Konferenz für den Frieden ist etwas, vielleicht das Einzige, was wir dem Schlachten entgegensetzen können. Florence, können wir Rose nicht auf die Liste setzen?«

Die Medizinerin sah Rose nachdenklich an. »Wenn Sie versprechen, dass Sie bei der Delegation bleiben und sich nicht unerlaubt entfernen und wahnwitzige Alleingänge unternehmen … Können Sie dem mit gutem Gewissen zustimmen, Rose?«

Blinzelnd wischte sich Rose die Augen und nickte. »Ja, das kann ich. Ich gebe Ihnen mein Wort!«

Wodehouse leerte sein Cognacglas und schien anderer Meinung zu sein, doch er sagte: »Wir haben über einhundert Frauen nominiert. Wie viele es genau werden, wird sich in den nächsten zwei Wochen herausstellen.«

»Mehr als zweihundert Teilnehmerinnen dürfen es nicht werden«, erwiderte Florence Dalgrave. »Ich habe mit Doktor Jacobs in Den Haag gesprochen. Sie ist die Organisatorin dort. Sie rechnet mit ungefähr eintausend Teilnehmerinnen aus ganz Europa und den Vereinigten Staaten. Eine Zahl, die das Komitee an seine Grenzen bringen wird.«

»Mein Gott! Das wusste ich nicht! Eintausend Frauen werden sich dort versammeln?«, staunte Rose. »Es wäre mir eine Ehre, dazugehören zu dürfen. Ich sollte gleich morgen einen Bericht für die Presse verfassen. Die Menschen sollten wissen, was wir planen.«

Wodehouse drehte das Glas in seinen Händen. »Sie wissen schon, dass nicht alle unsere Meinung zum Krieg teilen? Pazifisten sind in den Augen der Kriegsbefürworter sentimental und verweichlicht.«

»Schlimmstenfalls nennt man uns Vaterlandsverräter«, fügte Phyllis hinzu.

»Soll ich Ihnen erzählen, wie man uns im Gefängnis und bei unseren Aktionen beschimpft hat?« Rose räusperte sich. »Polizisten haben uns getreten und geschlagen, die Menge hat auf uns gespuckt und uns verhöhnt. Frauen und Männer, es gab keinen Unterschied. Wer sich bedroht fühlt, der schlägt um sich.«

»Landesverrat ist etwas anderes. Die Todesstrafe steht ab jetzt im Raum, Rose.« Florence Dalgrave erhob sich. »Aber ich bewundere Ihren Mut. Michael, Sie kümmern sich um die rechtliche Seite, wie immer, nicht wahr?«

»Papiere, Ausreisegenehmigungen und dergleichen, ja. Aber ich befürchte, dass wir Schwierigkeiten bekommen werden.«

Sie sprachen noch eine Weile über organisatorische Details, bis Doktor Dalgrave die Zusammenkunft auflöste.

Wodehouse lebte in Kensington, was nicht weit von Chelsea entfernt lag. Sein Automobil stand unten an der Straße und Rose spürte die Erschöpfung des langen nervenaufreibenden Tages, als sie neben ihm in den Lederpolstern saß. »Jetzt mache ich Ihnen auch noch Umstände, Michael. Gibt es denn keine Omnibus-Station hier in der Nähe?«

Michael schenkte ihr einen mitleidigen Blick. »Sie nehmen doch nicht ernsthaft an, dass ich eine Dame nachts allein durch London spazieren lasse? Oder noch schlimmer, in einem halb leeren Bus mit zwielichtigem Gesindel fahren lasse. Ihr Mut in allen Ehren, aber das wäre Leichtsinn.«

Es war dunkel und nur wenige Straßenlaternen warfen ihr flackerndes Licht auf die menschenleeren Straßen, die noch nass vom Regen waren. Die Kälte kroch an ihren Beinen hoch und Rose zog den Mantel enger um ihren fröstelnden Körper, während der Motor des Zweisitzers zuverlässig knatterte und Michael das Vehikel an den größten Schlaglöchern vorbeisteuerte. Während er sich auf die Straße konzentrierte, musterte sie ihn von der Seite. Sein Kinn war energisch, der Mund fein geschwungen und wenn er lächelte, bildeten sich Grübchen, die ihm etwas Jungenhaftes verliehen. Am interessantesten jedoch waren seine Augen, die durchdringend und sanft zugleich schauen konnten und die merkwürdigsten Reaktionen bei ihr auslösten.

Als hätte er ihre Gedanken gelesen, wandte er sich plötzlich den Kopf und lächelte. »Wenn Ihr Bruder noch am Leben ist, werden wir ihn finden. Aber Sie dürfen nichts Unbedachtes unternehmen. Wenn Ihnen etwas zustieße, könnte ich mir das nicht verzeihen.«

Sie schluckte. »Niemand außer mir selbst trägt die Verantwortung für das, was ich tue. Bitte sorgen Sie sich meinetwegen nicht.«

»Nein?« Sie holperten über ein Schlagloch und er sah wieder konzentriert auf die Straße. »Ich kann es nicht ändern, Rose. Ich glaube, das wissen Sie längst.«

»Michael, nicht, ich …«

»Bitte sagen Sie nichts, Rose. Ich möchte Sie nicht in Verlegenheit bringen. Erlauben Sie mir, Ihnen in diesen schweren Zeiten zur Seite zu stehen.«

Als sie ihn ansah, trafen sich ihre Blicke und für einen winzigen Augenblick stand die Zeit still.

9

Wenn man den weiblichen Verstand schärft, indem man ihn bildet,
ist Schluss mit dem blinden Gehorsam.
Mary Wollstonecraft (1759–1797)

Die Pferdehufe klapperten über die Pflastersteine, eine
Polizeipfeife ertönte, Kinder lachten und ein Hund bellte ununterbrochen, während der Bus durch die Londoner Innenstadt
rollte. Rose hatte einen Sitzplatz auf dem Oberdeck ergattert und
vergrub Mund und Kinn in ihrem dicken Schal. Die Kutscherin
hatte Mühe, die Pferde ruhig zu halten, als ein Automobil laut
hupend an ihnen vorbeiraste. Eine Frau hält die Zügel des
massigen Gefährts, dachte Rose nicht ohne Genugtuung. Vor
einem Jahr wäre das noch nicht denkbar gewesen.

»Weiber gehören an den Herd, nicht auf den Kutschbock!
Wenn wir hier lebend rauskommen, haben wir Glück!«,
schimpfte ein älterer Herr, der ihr gegenübersaß.

»Frauen sind nicht weniger wert und nicht weniger fähig
als Männer!«, entfuhr es Rose. Die Kutscherin hatte das Gefährt
wieder in den Griff bekommen und einige der weiblichen
Fahrgäste sahen Rose erstaunt an.

»Oder wie erklären Sie, dass wir Frauen jetzt, wo die Männer
an der Front sind, ihre Plätze bei der Feuerwehr, in den Zügen,

bei der Straßenreinigung, in den Fabriken, den Büros …«, zählte Rose laut auf, wurde jedoch rüde unterbrochen.

»Hören Sie doch auf! Sie reden doch Unsinn! Frauen müssen in ihren natürlichen Sphären verbleiben. Wenn sie das nicht tun, mutieren sie zu Mannweibern. Das ist ja lächerlich, die Unterlegenheit des weiblichen Geschlechts ist offensichtlich«, ereiferte sich der Mann, wobei sein grauer Schnauzbart zitterte.

»Ach, das ist mir zu dumm. Entschuldigen Sie mich!« Rose erhob sich und zwängte sich zwischen den Fahrgästen zur Treppe, um nach unten zu gehen. An der nächsten Haltestelle musste sie ohnehin aussteigen. Wie oft hatte sie sich solcherlei Frechheiten und Beleidigungen nun schon anhören müssen. Sie kam an einer jungen, einfach gekleideten Frau vorbei, die ihr zuflüsterte: »Bravo, Miss!«

Rose schenkte ihr ein aufmunterndes Lächeln. Irgendwann, so hoffte Rose, würden solche Diskussionen nicht mehr geführt werden, weil Frauen auch vor dem Gesetz gleichgestellt waren.

Die verbleibende Strecke durch Whitehall ging Rose zu Fuß. Die Häuserwände waren mit Aufrufen, sich zum Kriegsdienst zu melden, bestückt. Angeklebt wurden die Plakate zum Großteil von Frauen, auch dies eine Arbeit, die bisher den Männern vorbehalten gewesen war. An die weibliche Bevölkerung ergingen ebenfalls Aufrufe, das Queen Mary's Army Auxiliary Corps benötigte Hilfskräfte und in Hotelhallen saßen Damen und nähten Hemden für die Soldaten, wobei die Frauen gern *Sister Susie's Sewing Shirts for Soldiers* sangen. Rose sah manche weibliche Polizeihilfskraft ihren Dienst versehen und Damen in Khakiuniformen, die der Women's Volunteer Reserve angehörten und beim Aufräumen der Straßen halfen. Eine Gruppe von Fensterputzerinnen kam aus einer Seitenstraße. Die Frauen schulterten Leitern und Eimer nicht anders als ihre männlichen Kollegen, was Rose wieder an den ignoranten Fahrgast erinnerte.

Der Abend bei Doktor Dalgrave lag eine Woche zurück, doch als sie heute im Büro erschien, legte Mrs Muir zum ersten Mal einen Bericht vor, der sich mit der bevorstehenden Friedenskonferenz befasste.

»Das ist doch etwas für Sie, Lady Rose.« Jedes ihrer Worte troff vor Sarkasmus.

Stumm nahm Rose den stichwortartigen Text zur Hand und überflog die wenigen Zeilen: *Während tapfere Frauen sich freiwillig zum Dienst in den Lazaretten und in Notfallteams an der Front melden, zieht es andere zum Diskutieren nach Den Haag. Debattieren über den Frieden wollen die Damen, sich gar mit dem Feind verbrüdern? Selbst Millicent Fawcett, die Präsidentin der NUWSS, stellt sich gegen die Pazifistinnen.*

»Nein, das darf doch nicht wahr sein!«, rief Rose aus. Wie konnte Mrs Fawcett sich nur gegen diese noble Initiative wenden!

Rose stand auf und ging nach vorn an den Schreibtisch von Mrs Muir. »Verzeihen Sie, ist diese Haltung von Mrs Fawcett bewiesen?«

Die Schottin lehnte sich vor und faltete genüsslich die Hände unter ihrem Kinn. »Aber ja, meine liebe Lady Rose. Wir drucken doch keine Unwahrheiten. Mrs Fawcett hat gestern Abend verkündet, dass sie weder die Konferenz noch deren Anhänger unterstützt und Mitglieder der NUWSS verweist, die anderer Meinung sind. Sie wirken so überrascht.«

»Es ist kaum eine Woche her, dass ich mit Mrs Fawcett gesprochen habe, und da schien sie mir nicht gänzlich in Opposition zur Konferenz.« Rose hielt das Blatt in der Hand und fühlte sich beschämt und betrogen.

»Nun wissen Sie, wie es steht. Ich halte Mrs Fawcett für eine vernünftige Frau. Es scheint, als wäre sie doch noch zur Besinnung gekommen. Wer sich offen zum Pazifismus bekennt, gerät leicht in den Verdacht, mit den Deutschen zu sympathisieren. Denken Sie das nicht auch?« Die Miene der älteren Vorgesetzten wurde hart und ihr Blick kalt.

»Nein, ganz und gar nicht. Nur weil jemand dem Schlachten nicht zustimmt, ist er noch lange kein Verräter. Ich liebe mein Land, Mrs Muir, aber ich sehe keinen Sinn darin, die Waffen sprechen zu lassen, wo Worte sinnvoller wären.«

»Sie sind unverbesserlich. Setzen Sie sich und schreiben Sie und wenn ich auch nur einen kritischen Ton in Ihrem Artikel entdecke, melde ich Sie. Haben wir uns verstanden?« Der kehlige schottische Akzent unterstrich die Unerbittlichkeit der Vorgesetzten.

»Sehr wohl, Mam.«

In ihrer Lunchpause trank sie mit Evelyn und Morgan Tee und kaute lustlos an ihrem Sandwich.

»Warum ist dir das so wichtig, Rose?«, wollte Evelyn wissen. »Glaubst du denn wirklich, dass eine Friedenskonferenz noch eine Wende bringen kann?«

»Kann ich mir auch nicht vorstellen«, meinte Morgan.

»Wenn eintausend Frauen aus Europa und Amerika zusammenkommen, dann muss das eine Wirkung haben! Wir haben doch eine Stimme. Wir sind Mütter, Schwestern und Töchter. Zählt das nicht?« Rose holte tief Luft, um nicht die Fassung zu verlieren. »Mein Bruder ist bei Neuve-Chapelle abgeschossen worden. Er wird vermisst. Ich muss einfach auf den Kontinent, ich muss …«

Evelyns Blick wurde weich. »Ach, jetzt verstehe ich dich besser. Aber du kannst nichts tun, Rose. Wir können nur warten, hoffen und beten.«

Obwohl Rose anderer Meinung war, sagte sie nichts und verließ bald darauf mit den Kolleginnen den Tea-Room. Auf der Treppe begegnete sie Tredegar, der sie zur Seite nahm.

»Rosie, meine Liebe, es tut mir leid, aber ich habe noch immer keine Nachrichten über Spencer. Immerhin ist er noch vermisst. Man muss das als hoffnungsvoll werten. Etwas anderes liegt mir im Magen. Hast du kürzlich mit deinem Vater gesprochen?«

Überrascht erwiderte sie: »Nein, ich weiß gar nicht, wo er sich aufhält.«

Tredegar legte seine Mappe auf das Treppengeländer und senkte die Stimme noch weiter. »Douglas hat Probleme, Rosie. Die hat er schon länger, aber seit er von Spencers Abschuss erfahren hat, ist er nicht mehr derselbe.«

Rose lehnte sich an das steinerne Treppengeländer und nickte freundlich, als eine Gruppe Herren an ihnen vorbeiging. »Dass er spielt, weiß ich. Hat er eine neue Geliebte?«

»Er verkehrte schon länger in einschlägigen Etablissements, doch mittlerweile ist ihm der Zutritt verboten, weil er zahlungsunfähig ist. Rosie, ich habe eine Menge Wechsel für ihn aufgekauft, aber meine Mittel sind nicht unerschöpflich und sein Benehmen ist nicht länger tragbar. Vielleicht kannst du mit ihm sprechen. Er hat bald keine Freunde mehr.«

Erschüttert starrte sie ihn an. »Mein Gott, Gerry, dass es so schlimm um ihn steht, hätte ich nicht gedacht. Wir waren uns nie sehr nah, wie du weißt. Ob er ausgerechnet jetzt auf mich hört?« Sie seufzte.

Tredegar ergriff ihre Hand. »Du bist seine Tochter, vielleicht bringt dein Anblick ihn wieder zur Vernunft. Es scheint, als hätte er jeden Bezug zur Realität verloren.«

»Wo finde ich ihn?«, flüsterte sie.

»Er hat ein Zimmer im *Black Angus* in der Phoenix Street. Aus seinem Klub haben sie ihn hinausgeworfen. Wenn du ihn aufsuchen willst, gib mir Bescheid. Ich begleite dich, denn in die Gegend kannst du nicht allein.«

Nach der Arbeit ging Rose allein ins *Seven Rivers,* um eine Suppe zu essen und einen Brief an Vera zu schreiben. Sie schob diesen Brief bereits seit Tagen vor sich her, doch heute konnte es eigentlich nicht ärger kommen. Ihre Enttäuschung über Millicent Fawcetts Haltung zur Friedenskonferenz war groß. Zwar war die reservierte Haltung von Fawcett gegenüber einer pazifistischen Haltung an jenem Abend bei Doktor Dalgrave deutlich gewesen, aber derart feindselig hatte sie sich nicht geäußert. Der Wirt hatte sie wiedererkannt, freundlich begrüßt und ihr eine Kanne Tee gebracht.

Liebe Vera, schrieb Rose. *Ich hoffe sehr, dass es dir gut geht und …* Sie hielt inne. Was sollte man einer Krankenschwester wünschen, die täglich mit Verwundeten und Sterbenden zu tun hatte? *Ich bewundere dich für deine Stärke und deinen Mut. Dein Einsatz für unsere Männer an der Front verdient den allergrößten Respekt. Du magst dich fragen, warum ich dir jetzt, nach so vielen Jahren schreibe. Unser Verhältnis war nicht das beste, und ich bereue es, dass wir nicht schon früher offen miteinander gesprochen haben.*

Hast du von Alice gehört? Wenn nicht, teile ich gern die freudige Nachricht mit dir – unsere Freundin ist guter Hoffnung! Sie ist überglücklich und ich freue mich so sehr für sie und ihren Lorenzo. Der Krieg verlangt uns allen viel ab. Alice bangt um ihren Lorenzo, der als Kriegsberichterstatter arbeitet. Mein Bruder Spencer ist als Pilot beim Royal Flying Corps und wurde bei einem Erkundungsflug in der Nähe von Neuve-Chapelle abgeschossen. Er wird vermisst. Ich gebe die Hoffnung nicht auf, niemals, nicht, solange man mir nicht das Gegenteil beweist. Vielleicht liegt er irgendwo in einem Lazarett und hat sein Gedächtnis verloren oder man kann seine Identität nicht feststellen. Ich weiß, dass meine Bitte vermessen ist, aber ich kann nicht anders, ich muss einfach nach jedem Zweig greifen. Falls du Spencer siehst, irgendwo, würdest du mir oder auch Alice Nachricht geben?

Ich bin dir in ewiger tiefer Dankbarkeit verbunden.

Rose unterzeichnete und klebte den Briefumschlag zu. Der Text war vielleicht nicht besonders elegant formuliert und wahrscheinlich war Vera immer noch verstimmt, weil sie sich von Rose nicht als vollwertige Freundin wertgeschätzt gefühlt hatte. Und sie hatte recht, wenn sie so dachte. Aber Vera war immer so verschlossen und schwierig gewesen. Sie hatte es einem nicht leicht gemacht, sie gern zu haben. Rose' Gedanken wurden unterbrochen.

»Entschuldigen Sie, Miss, Ihre Suppe.« Eine Kellnerin brachte eine kleine Terrine mit dampfender Gemüsesuppe und Brot. Rose hob den Deckel der Terrine und schnupperte hungrig an der Suppe. Ihr Magen machte sich lautstark bemerkbar.

Sie schmierte sich gerade etwas Butter auf das Brot, als jemand an ihren Tisch trat. Sie hatte nicht auf die Gäste im Lokal geachtet, das stets gut besucht war.

»Rose, wie schön, dass ich Sie hier antreffe!« Michael Wodehouse stand mit seiner Aktentasche unter dem Arm vor ihr.

»Guten Abend, Michael. Wie geht es Ihnen?« Seit jenem Treffen bei Doktor Dalgrave waren sie sich nur einmal im War Office über den Weg gelaufen. Rose hatte sich schon insgeheim gefragt, ob er sie mied, wozu es aber eigentlich keinen Grund gab.

»Erwarten Sie noch jemanden?«, erkundigte er sich.

»Nein, bitte, wenn Sie möchten«, sie deutete auf den freien Stuhl an ihrem Tisch.

»Können Sie die Suppe empfehlen?«, fragte er, nachdem er sich gesetzt hatte.

Er wirkte müde, doch sein Lächeln war ehrlich. »Tee? Darf ich Sie zu einem Glas Wein einladen? Mir ist nach etwas Stärkerem. Was Den Haag betrifft, so habe ich leider keine guten Nachrichten für Sie.«

Rose ließ den Deckel auf der Terrine. »Hat es mit Millicent Fawcetts Haltung zu tun? Ich warte mit dem Essen, bis Sie auch etwas bestellt haben.«

»Oh nein, auf gar keinen Fall. Dann wird Ihre Suppe kalt.« Er winkte der Kellnerin, bestellte Shepherd's Pie und zwei Gläser Rotwein und hob den Terrinendeckel, um Rose aufzufüllen.

Widerstrebend begann Rose zu essen. »Ich könnte doch wirklich warten«, hob sie erneut an.

»Guten Appetit, Rose! Mrs Muir ist eine fordernde Vorgesetzte und mutet Ihnen sicher viel zu viel zu.« Er rieb sich die Stirn. »Den Haag. Tja, Millicents ablehnende Haltung den Pazifistinnen gegenüber hat natürlich Öl ins Feuer der Kriegsbefürworter gegossen. Die Regierung sieht es ohnehin nicht gern, dass fast zweihundert Frauen nach Den Haag reisen wollen. Rose, so leid es mir tut, aber Sie werden nicht fahren können. Es wird keine Ausreisegenehmigung geben. Jedenfalls sieht es jetzt so aus. Wir verhandeln weiter, aber selbst wenn einige wenige eine Genehmigung erhalten, müssen sie immer noch die Nordsee überqueren und die kann jeden Tag dicht-gemacht werden. Ich weiß ohnehin nicht, wie die Frauen aus den anderen Ländern und den Staaten die Anreise bewältigen wollen. Es ist gefährlich!«

Rose legte den Löffel zur Seite. »Es gibt immer ein Risiko.«

Die Kellnerin brachte den Wein. Als sie sich vom Tisch entfernt hatte, sagte Michael leise: »Rose, nehmen Sie von der Teilnahme an der Konferenz Abstand, ich bitte Sie. Der Krieg wird nicht so bald zu beenden sein. Und ich möchte nicht …« Er machte eine Pause und hob das Glas.

Sie trank ebenfalls und sah ihn erwartungsvoll an. »Ja?«

»Ich möchte nicht, dass Ihnen etwas zustößt.«

Lächelnd erwiderte sie: »Ich kann auf mich aufpassen. Wer einmal im Gefängnis zwangsernährt wurde, kann einiges aus-halten, glauben Sie mir.«

Sein Blick wurde sanft. »Das ist es ja, was mich beunruhigt.«

»Das sollte es nicht, Michael.« Doch sie spürte, dass er ihr etwas anderes sagen wollte, eine Wahrheit, die seit ihrer ersten Begegnung zwischen ihnen hing.

Als auch sein Gericht serviert wurde, aßen sie schweigend, sich nur von Zeit zu Zeit ansehend.

10

Auf Messers Schneide

Rose hatte Michael Wodehouse von der Sorge um ihren Vater erzählt. Immerhin war er mit Tredegar befreundet und wusste wahrscheinlich ohnehin über die prekäre Lage Bescheid. Zu diskret, um das zuzugeben, sprach er ihr Mut zu und bat sie, sich am folgenden Abend bei Doktor Dalgrave einzufinden. Dorthin wollte er mit Tredegar kommen, um sie in den *Black Angus* zu begleiten.

Die Suppe und auch das Gespräch mit dem Anwalt hatten Rose' Stimmung ein wenig aufgehellt. Lächelnd betrat sie den Flur im Haus der Goodwyns, wo sie vom Portier begrüßt wurde. Bevor sie ihre obligatorische Frage stellen konnte, sagte der Mann: »Es tut mir leid, Miss, keine Post für Sie.«

Es war schon länger sehr still im Haus. Rose vermisste das Klavierspiel der alten Dame. »Geht es Miss Bergemann eigentlich gut? Ich habe sie seit Tagen weder gesehen noch gehört.«

Sie schaute zur Tür am Ende des Flures, doch der Portier hob nur die Schultern. »Mir fehlt das Geklimper nicht, aber sie ist noch hier, wenn Sie das meinen. Ein Mädchen kauft für sie ein, eine Schülerin. Mehr weiß ich nicht. Und das Leben der Mieter geht mich ja auch nichts an. Solange sie zahlen und es keinen Streit im Haus gibt, stelle ich keine Fragen.«

Es war zu spät, um noch bei der alten Dame zu klopfen, aber morgen würde sie sich die Zeit für einen kurzen Besuch nehmen. »Danke und gute Nacht, Mr Parker.«

»Gute Nacht, Lady Rose.«

Rose hatte sich daran gewöhnt, dass der Portier sie manchmal mit ihrem Titel und oft einfach nur mit Miss anredete. Er war ein komischer Kauz. Einmal hatte sie auf seinem Tisch ein Flugblatt mit Hammer und Sichel entdeckt. Er hatte es nicht schnell genug vor ihrem Blick verbergen können. Den Sozialisten waren Adel und Standesunterschiede ein Dorn im Auge.

Während sie die Stufen zu Mabel Goodwyns Wohnung hinaufstieg, dachte sie an Sylvia Pankhurst, die im East End eine eigene Zeitschrift für Frauen herausgab: *The Woman's Dreadnought,* das Schlachtschiff der Frauen. Sylvia, die Schwester von Christabel, war in ihren Ansichten schon immer radikaler gewesen. Während Christabel und ihre Mutter Emmeline den Krieg unterstützten, indem sie auf einem antideutschen Propaganda-Kreuzzug durch das Land reisten, sprach sich Sylvia als Pazifistin auf sozialistischen Plattformen für den Frieden aus.

Seufzend nahm Rose die letzten Stufen. Sie fühlte sich hin- und hergerissen zwischen den beiden Parteien. Jede hatte auf ihre Weise recht und obwohl Rose den Frieden herbeisehnte, sah sie sich nicht auf der Seite der radikalen Linken. Sie saß zwischen den Stühlen oder sie war einfach zu feige, Stellung zu beziehen. Sie steckte den Schlüssel ins Schloss. Nein, dachte sie, gekämpft hatte sie immer, aber sie musste diesmal ihren eigenen Weg finden.

Anush war zur Tür geeilt, als sie den Schlüssel gehört hatte. »Guten Abend, Miss Rose! Möchten Sie einen Tee trinken? Haben Sie noch etwas für die Wäsche?«

Rose knöpfte ihren Mantel auf und gab ihn dem Dienstmädchen. »Danke, Anush. Ist Miss Mabel noch auf?«

»Sie finden sie im Salon.«

»Dann nehme ich dort meinen Tee.« Rose betrat den gemütlich warmen Salon und fand Mabel strickend in einem Sessel.

Die werdende Mutter hielt die winzige Babyjacke, die sie begonnen hatte, in die Höhe. »Ich mache mich nützlich und es lenkt mich ab. Haben Sie die Schlagzeilen gelesen, Rose? Diese brutalen Grabenkämpfe, Tausende Tote und unsere armen Soldaten hatten nicht genügend Munition! Das muss man sich vorstellen!«

Rose sank in einen Sessel nahe dem Ofen und streckte die feuchten Stiefel in die Wärme. Die Wucht der Ereignisse der letzten Tage traf sie plötzlich mit Macht. Noch nie hatte sie sich so einsam und ohnmächtig gefühlt wie in diesen Tagen in London. Das Schlimmste war die Ungewissheit über das Schicksal ihres Bruders. Nun auch noch ihr Vater, und ihr bisheriger Halt, die WSPU, hatte eine Richtung eingeschlagen, der sie nicht folgen wollte. All die Jahre, die sie dem Kampf für das Frauenwahlrecht im Kreis der Suffragetten gewidmet hatte, schienen plötzlich vergebens. Der Krieg, dieser verdammte Krieg hatte alles aus dem Gleichgewicht gebracht.

»Und wozu das alles? Es kommt mir so sinnlos vor. Und die Auswirkungen auf das Leben aller Nationen werden spürbarer. Im East End hungern sie wie schon lange nicht mehr, wir können unseren Kampf für die Frauenrechte nicht fortsetzen und das Elend geht weiter. Die Frauen schuften in den Fabriken und wo immer sie die Männer ersetzen, erhalten sie noch nicht einmal die Hälfte des normalen Lohns!«

»Wir müssen alle Opfer bringen. In solchen Zeiten können wir nicht an Nebensächlichkeiten wie das Wahlrecht für Frauen denken«, meinte Mabel und nahm die Nadeln wieder auf. Das gleichmäßige Klappern der Stricknadeln geriet in einen seltsamen Wettlauf mit dem Ticken der Uhr.

»Das ist aber nicht Ihr Ernst, oder?«

»Was meinen Sie?«

»Das Wahlrecht für uns Frauen ist doch keine Nebensache! Es steht uns zu, wir sind doch genauso viel wert wie die Männer!«

»Ja doch, ja.« Mabel hörte auf zu stricken und legte eine Hand auf ihren gewölbten Leib. »Aber das hier ist wichtiger als alles andere.«

»Sicher ist es das. Jede Mutter will ihre Kinder behüten und schützen, aber sie sollen doch auch eine Zukunft haben. Unsere Töchter sollen doch einmal mehr erreichen können als wir!«

Mabel sah sie leicht ungehalten an. »Ich male, ich unterstütze meinen Mann, ich führe den Haushalt und bald bin ich Mutter. Ist das nicht genug?«

»So ist es nicht gemeint. Frauen können Ärztinnen sein oder Anwältin und sicher noch viel mehr! Doktor Dalgrave ist eine großartige Frau, die …«

Alarmiert hob Mabel den Blick. »Sie sind mit Florence Dalgrave bekannt? Sehen Sie sich vor, Rose. Sie steht auf der Liste.«

»Auf welcher Liste?«

»Eine inoffizielle Liste für aufrührerische Elemente. Wahrscheinlich haben Sie auch draufgestanden, als Sie bei den Suffragetten aktiv waren. Florence Dalgrave ist gefährlich, weil sie den Arbeiterfrauen die Empfängnisverhütung erklärt, genau wie ihre niederländische Kollegin, diese Aletta Jacobs in Amsterdam.« Mabel sah sich nach Anush um. »Doktor Dalgrave soll auch Abtreibungen vorgenommen haben.«

Rose versuchte, aus Mabel schlau zu werden. Sie hatte die Frau anders eingeschätzt. »Aber Sie verurteilen sie deswegen nicht, oder? Es ist doch nur richtig, diesen armen Frauen in ihrer Not zu helfen. Viele müssen jedes Jahr ein Kind austragen, ein Kind, das sie nicht oder kaum ernähren können. Und jetzt ist es noch schlimmer! Der Mann ist im Krieg und sie müssen arbeiten, meist unter unwürdigen gesundheitsgefährdenden Bedingungen. Nein, Mabel, nein, man muss Doktor Dalgrave dankbar sein für ihre Arbeit.«

Seufzend schloss Mabel die Augen und lehnte sich zurück in ihren Sessel. »Im Grunde sehe ich es ja auch so, nur bringt mich diese Schwangerschaft ganz durcheinander. Ich fühle jetzt … anders. Das kann nur eine Mutter verstehen.«

Rose lächelte verständnisvoll und dachte an ihre Freundin Alice Buxton. Wenn sie sich einer Sache sicher war, dann der Tatsache, dass ihre Freundin sich für ihre Tochter dieselben Rechte wünschte, wie sie einem Sohn zustehen würden. »Hm, mag sein. Da fällt mir ein, haben Sie Miss Bergemann kürzlich gesehen? Ich mache mir Sorgen. Es ist so still geworden.«

Mabel rümpfte die Nase. »Wahrscheinlich schicken gute englische Bürger ihre Kinder nicht mehr zum Klavierunterricht beim Feind.«

Entsetzt starrte Rose ihre Vermieterin an. »Die alte Dame ist doch nicht der Feind. Sie ist einfach nur eine alte Frau, die zufällig aus dem Land stammt, das uns angegriffen hat.«

Anush kam herein und reichte Rose eine Tasse Tee und einen Teller mit Keksen.

»Danke, sehr freundlich, Anush.«

Die Stricknadeln klapperten wieder ungerührt weiter und Rose trank ernüchtert ihren Tee, bevor sie sich zur Nachtruhe begab.

Am nächsten Morgen klopfte sie an die Tür der österreichischen Klavierlehrerin. Eine heisere Stimme rief: »Was wollen Sie, lassen Sie mich in Frieden!«

»Ich bin es, Miss Bergemann, Lady Rose. Geht es Ihnen gut? Brauchen Sie etwas?«

Es dauerte etwas, dann wurde die Tür einen Spalt breit aufgezogen und das argwöhnische Gesicht der alten Dame lugte hindurch. Eines ihrer Brillengläser war gesprungen, ihre weißen

Haare hatte sie zu einem festen Knoten aufgesteckt. Ängstlich blickte sie an Rose vorbei.

»Sind Sie allein? Kommen sie mich holen?«, flüsterte die alte Dame.

»Ich bin allein. Niemand will Sie holen. Was ist denn mit Ihrer Brille passiert? Soll ich mit Ihnen zu einem Brillenmacher gehen?«

»Nein. Ich werde nicht mehr lange hier sein. Da brauche ich keine neue Brille. Gehen Sie, sonst verhaftet man Sie noch wegen Landesverrats. So was ...« Es folgte ein Schwall deutscher Worte. »Seit dreißig Jahren lebe ich hier, seit dreißig Jahren, nein, so was ...« Miss Bergemanns Augen füllten sich mit Tränen, dann schloss sie die Tür.

Den ganzen Tag dachte Rose immer wieder an die alte Dame und was sie damit gemeint hatte, dass sie nicht mehr lange hier sein würde. Wollte sie in ihre Heimat zurück? Dann holte die Arbeit sie ein und schließlich stand sie um neunzehn Uhr vor der Haustür von Doktor Dalgrave. Sie drückte den Klingelknopf, hoffend, dass sie nicht störte, aber Michael Wodehouse hatte diesen Treffpunkt bestimmt. Während sie wartete, sah sie sich um und entdeckte einen Mann auf der anderen Straßenseite, der sich umdrehte, als sie zu ihm hinübersah. Sie wurde das Gefühl nicht los, dass er sie beobachtete. Als die Tür geöffnet wurde, drehte sie sich rasch noch einmal um und erwischte ihn dabei, wie er erneut herüberstarrte. Das konnte kein Zufall sein.

»Guten Abend, bitte, treten Sie doch ein«, sagte das Dienstmädchen freundlich.

»Danke«, erwiderte Rose und folgte Nelly durch einen schmalen Flur in einen Raum des Erdgeschosses. Es handelte sich um einen Behandlungsraum, denn in einer Ecke stand ein Wandschirm, hinter dem man sich entkleiden konnte, an einer Wand stand eine Liege und davor ein Hocker.

»Frau Doktor ist gleich bei Ihnen. Hier können Sie ablegen«, sagte Nelly und drehte die Gasleuchte an der Wand etwas höher.

»Das muss ein Missverständnis sein, ich bin keine Patientin. Ich werde hier erwartet.«

Nelly nickte. »Ja, bitte gedulden Sie sich einen Augenblick.«

Eine merkwürdige Situation, dachte Rose, knöpfte den Mantel ein Stück auf und betrachtete die gerahmten Bilder, die das Innere des menschlichen Körpers in detaillierten Zeichnungen zeigten. Auf einem Tisch standen verschiedene Holzmodelle von Organen, die Rose neugierig näher inspizierte.

Der Raum lag zur Straße hinaus, und mit dem Modell eines Unterbauches, jedenfalls nahm Rose das an, trat sie ans Fenster und spähte auf die Straße. Sie schrak zurück, als sie die dunkle Gestalt auf der gegenüberliegenden Seite entdeckte, die sich im Schutz eines Baumes herumdrückte.

Hinter Rose erklangen Schritte, die Tür wurde geöffnet und Doktor Dalgrave trat herein. Sie trug eine weiße Bluse und einen langen schwarzen Rock, aus dessen Tasche ein Stethoskop hervorschaute. »Guten Abend, Lady Rose. Ich sehe, Sie halten das Kernstück meiner Arbeit in Ihren Händen.«

Beinahe wäre Rose das Modell aus den Händen gefallen. Rasch stellte sie es auf den Tisch zurück. »Verzeihung.«

Die Medizinerin lachte. »Nicht doch! Wir wollen doch alle wissen, wie es in uns aussieht, oder etwa nicht?«

»Äh, nun ja, so genau vielleicht nicht«, meinte Rose. »Ich möchte Ihnen auch gar nicht Ihre Zeit stehlen, Michael Wodehouse hatte gesagt, er wollte sich mit Tredegar, dem Earl …«

»Ich kenne die beiden. Keine Umstände. Es ist alles in bester Ordnung. Wir helfen uns gegenseitig. Ohne Michaels Rechtsbeistand hätte ich meine Praxis schon schließen müssen und Tredegars Beziehungen haben mich mehr als einmal vor einer Anklage bewahrt.« Der Blick der Ärztin fiel durch das Fenster. »Ach, da ist er schon wieder.« Sie drehte sich zur verdutzten Rose um. »Mein Schatten. Die im Ministerium denken … Ich weiß es nicht. Es ist mir egal. Meine Arbeit tue ich dennoch. Wenn eine Frau in Not zu mir kommt, helfe ich. So verlangt es mein Eid.«

»Ach, so ist das«, entfuhr es Rose erleichtert. »Ich dachte schon, er wäre mir gefolgt.«

Interessiert hob Florence Dalgrave die Augenbrauen. »Gäbe es denn einen Grund? Oh, aber natürlich! Sie haben sich für die Friedenskonferenz beworben. Tja, damit haben Sie Ihren guten Ruf verspielt.«

Jetzt lachte Rose leise. »Den habe ich schon lange ruiniert. Und nun hat mein Vater wohl ein Übriges getan. Der Duke of Mandeville, ehrenwertes Mitglied des Oberhauses …« Sie machte eine wegwerfende Handbewegung und sah die Medizinerin fragend an. »Sie wissen davon?«

»Das ist Ihre Privatsache. Sehen Sie, da kommen die Herren bereits. Nur noch eine Frage: Wie haben Sie entschieden, Lady Rose? Millicent Fawcett hat uns alle enttäuscht. Allerdings kann ich es mir nicht mit allen verscherzen, sonst traut sich keine Patientin mehr zu mir.«

»Ich bin noch unentschieden. Nicht, was die Konferenz betrifft. Wenn ich die Ausreiseerlaubnis erhalte, fahre ich. Ich beneide Sie um Ihren Beruf, Doktor!«, entfuhr es Rose plötzlich. »Sie haben Ihre Bestimmung gefunden. Das scheint mir so erfüllend.«

Die Medizinerin strich über ihren Rock und jetzt bemerkte Rose, wie müde die Frau aussah. »Denken Sie nicht, dass es immer leicht ist. Es gibt viele Rückschläge und Enttäuschungen. Aber die Erfolge wiegen alles auf. Nur – die Medizin ist zu mir gekommen. Das sucht man sich nicht aus.«

Nelly begrüßte vorn im Flur die beiden Männer und Doktor Dalgrave sagte abschließend: »Lassen Sie uns irgendwann in Ruhe miteinander sprechen.«

Es klopfte und Nelly führte die beiden Männer herein.

Gerald Ridley begrüßte die Medizinerin mit einem Wangenkuss. »Was wären wir ohne Sie, meine Liebe. Rosie, diese großartige Frau kann besser Stichwunden nähen als jeder Feldarzt.«

»So, genug des Lobes, nun gehen Sie und geben Sie auf sich acht!«

11

Streit im Black Angus

Justice is better than chivalry if we cannot have both.
(Gerechtigkeit ist besser als Höflichkeit, wenn wir nicht beides
haben können.)
Alice Stone Blackwell (1857–1950)

In der Dunkelheit hatten die Schatten Namen. Eilig gingen
die beiden gut gekleideten Herren und eine Dame durch die
Phoenix Street. In den Hauseingängen drückten sich abgerissene
Gestalten herum, vor den heruntergekommenen Gaststätten
lungerten Halbwüchsige und grell geschminkte Damen herum
und eine Gruppe Betrunkener kam schwankend auf sie zu. Es
handelte sich um Soldaten, wie die Uniformen unschwer erkennen ließen. Einer trug einen Kopfverband, ein anderer konnte
sich nur mit einer Krücke fortbewegen und der dritte stierte aus
einem von Brandwunden entstellten Gesicht vor sich hin.

Eine Prostituierte schob sich mit schwingender Hüfte auf
die Veteranen zu. »Na, ihr Hübschen, soll ich euch den Abend
versüßen? Für Kriegshelden habe ich einen Spezialpreis.«

Der Humpelnde schüttelte den Kopf. »Lass uns in Ruhe!«

»Na komm schon, da unten ist doch noch alles in Ordnung,
oder?« Die Frau wollte ihm an die Hose greifen, doch der Mann

wurde wütend und brüllte: »Hörst du schlecht? Verzieh dich, such dir andere Opfer …« Es folgten eine Reihe unflätiger Ausdrücke, die Rose erröten ließen.

Tredegar, der sie untergehakt hatte, drückte sie ein wenig fester an sich. »Nicht hinhören, Rosie. Aus den armen Kerlen spricht der Gin.«

»Schrecklich. Mir tun die Soldaten genauso leid wie die Frauen, die sich prostituieren. Christabel hat immer behauptet, dass es einen direkten Zusammenhang zwischen den Geschlechtskrankheiten und dem Frauenwahlrecht gäbe. Aber ich wüsste nicht, wie sich da etwas für diese armen Seelen ändern sollte. Die Frauen gehen doch nicht freiwillig auf die Straße. Wir brauchen soziale Reformen, faire Arbeitsbedingungen und gleiche Rechte, wenn es um die Kinder und Besitz geht.«

»Brav gesprochen! Haben Sie mal überlegt, in die Politik zu gehen, Rose?«, fragte Michael Wodehouse.

Rose warf ihm einen kurzen Blick zu. »Wie denn, wenn wir nicht einmal wählen dürfen?«

»Es wird nicht mehr lange dauern. Eine Veränderung ist unausweichlich, glauben Sie mir«, erwiderte Michael zuversichtlich.

»So, da vorn ist es. Lasst mich vorgehen. Ich schaue oben nach, ob dein Vater in seinem Zimmer ist, Rose. Michael, bleibst du bitte mit ihr unten?« Tredegar sah seinen Freund eindringlich an.

Der Anwalt nickte und betrat hinter Rose und Tredegar das Lokal. Das Gasthaus gehörte zu den ältesten der Stadt, was sein baulicher Zustand widerspiegelte. Das Fachwerk der Tudorzeit war stellenweise morsch, die Geschosse hatten sich verzogen, sodass das ganze Gebäude etwas windschief wirkte. Die Dachziegel bröckelten vorn auf die Straße, weshalb Passanten es tunlichst vermeiden sollten, unter dem vorstehenden Überdach zu verharren. Das schmiedeeiserne, wohl hundertfach übermalte

Schild zeigte ein schwarzes Rind. Der Name *Black Angus* stand für eine schottische Rinderrasse, die einst aus dem Aberdeen- und dem Angusrind gekreuzt worden war.

Kaum betraten sie das Lokal, prallte ihnen ein Schwall aus Gerüchen und Lärm entgegen. Hier wurde anscheinend gekocht, gebraten, geräuchert und getrunken. Laut grölende Männer saßen auf Hockern und Bänken, spielten Karten oder sangen mit zur Musik. Fiedel, Flöte und Akkordeon spielten wehmütige schottische Lieder. Nur wenige Frauen waren unter den Gästen.

Rose sah, wie Tredegar die Treppe hinauf und von der umlaufenden Empore aus zu den Zimmern ging. Michael dirigierte sie in eine ruhigere Ecke und behielt die feiernden Gäste im Auge. »Dein Vater hat leider keinen guten Geschmack, was die Wahl seiner Unterkunft betrifft. Schau am besten niemanden an.«

»Er war schon immer den leichten Vergnügungen zugeneigt, aber in solchen Absteigen ist er sonst nicht verkehrt. Michael, ich weiß gar nicht, ob das eine gute Idee ist. Er wird sich schämen, mich hier zu sehen«, sagte Rose und zog sich ihren Schal vor die Nase, um den Räuchergestank, der gerade aus der Küche quoll, nicht einatmen zu müssen.

»Wir werden es herausfinden. Scham ist zumindest eine Reaktion, die ihn zur Einsicht bewegen könnte, sein Verhalten zu ändern.«

Ein großer bulliger Mann kam mit zwei Biergläsern auf sie zu. »Hier, das ist für die Lady. Ich will mit ihr trinken! Ich habe das Recht auf Respekt! Das hier habe ich mir ehrenvoll an der Marne geholt. Schrapnell.« Der vierschrötige Kerl trug die Uniform eines einfachen Soldaten und an seiner Brust waren zwei Orden. Seine Stirn wies in der Mitte eine tiefe Kerbe auf.

Zitternd drückte Rose sich weiter in die Ecke und spürte das Mauerwerk in ihrem Rücken.

»Die Lady möchte nicht trinken. Haben Sie vielen Dank, Lance Corporal«, erwiderte Michael höflich, aber bestimmt.

»Kann sie nicht für sich selbst sprechen? Sag schon, Liebchen, willst du einem Helden seinen Wunsch abschlagen?« Der Soldat trat einen Schritt näher, hinter ihm hatten sich weitere Soldaten und Zivilisten versammelt.

Rose klammerte sich an Michaels Mantel. »Wir sollten gehen«, flüsterte sie.

»Wenn meine Frau nicht möchte, dann ist das so. Haben wir uns verstanden, Lance Corporal?« Michael hielt ihre Hand und rückte etwas nach vorn.

Etwas in seiner Haltung und Stimme schien durch den vom Alkohol vernebelten Schädel des Kriegsveteranen zu dringen. »Deine Frau? Na, das ist was anderes. Hier, dann trinkst du mit mir!«

Er drückte Michael das volle Glas in die Hand und sah ihn herausfordernd an.

»Auf unsere Truppen! Auf den Sieg!«, sagte Michael laut und leerte das Glas in einem Zug.

Der Soldat tat es ihm gleich und die Menge grölte und wandte sich ab.

»Oh Gott, mir ist schlecht«, murmelte Rose, deren Magen sich aus Furcht verkrampft hatte.

»Michael!«, rief Tredegar von oben und winkte sie hinauf.

»Kommen Sie, Rose, das schaffen wir.« Er legte ihr den Arm um die Taille und führte sie die Treppe hinauf.

Erst als sie ohne Zwischenfälle auf dem Treppenabsatz angekommen waren, atmete Rose durch und spürte die Farbe in ihre Wangen zurückkehren. »Danke«, flüsterte sie.

Gerald kam zu ihnen. »Um Himmels willen, du siehst ja aus wie die gekalkte Wand, was ist geschehen?«

»Es geht schon wieder. Michael hat todesmutig ein Pint geleert und mich vor Schlimmerem bewahrt«, erzählte sie und suchte nach einem Duftfläschchen in ihrer Tasche. Als sie den Korken herauszog und sanftes Vanillearoma ihre Nase mit den vorherigen Gerüchen versöhnte, gelang ihr ein schmales Lächeln.

Als Gerald sie verständnislos ansah, ergänzte Michael: »Kriegshelden, das Übliche. Die Situation ist nicht eskaliert. Ist er da?«

In seinem Anzug aus feinster Wolle, dem seidenen Schal und dem Gehstock mit silbernem Knauf wirkte ihr langjähriger Freund genauso fehl in dem schäbigen Etablissement wie Michael und sie selbst. Für Spekulationen, warum ausgerechnet ihr standesbewusster Vater sich hierhin verkrochen hatte, blieb keine Zeit, denn Gerald klopfte bereits an eine Tür am Anfang des Flures, öffnete und winkte ihnen. Michael blieb hinter ihr, als sie in das abgedunkelte Zimmer trat, in dem es nach kaltem Zigarrenrauch und Whisky roch.

Nachdem ihre Augen sich an das Halbdunkel gewöhnt hatten, entdeckte sie ihren Vater in einem Sessel vor dem Kamin, in dem ein Feuer glomm. »Vater ...«, sagte sie erschrocken, weil er sich nicht bewegte, sondern sitzend verharrte, was nicht seiner Art entsprach. Was auch immer man dem Duke of Mandeville vorwerfen mochte, schlechte Umgangsformen gehörten nicht dazu.

Gerald und Michael blieben diskret an der Tür stehen, während sie zu ihrem Vater ging. Als sie ihn erreicht hatte, versuchte sie, den ersten Schock über sein verändertes Erscheinungsbild zu verbergen, indem sie sich räusperte und ihren Mantel aufknöpfte, um sich auf einen Hocker neben ihn zu setzen. Von dem einst stattlichen Mann war kaum mehr als ein blasses Abbild seiner selbst geblieben. Seine Gesichtshaut war aschfahl, die Wangen waren hohl, die Lippen rissig und an seiner Schläfe verheilte eine Schürfwunde. Die ergrauten Haare und sein Schnauzbart waren jedoch akkurat geschnitten.

Kaum hatte er sie erkannt, kehrte etwas Spannung in seine Haltung zurück und seine Miene verhärtete sich. »Meine Tochter«, sagte er abfällig. »Was willst du hier? Dich in meinem Leid suhlen? Hast du uns nicht genug angetan?«

Rose holte tief Luft und sah kurz zu Michael und Gerald, die ihr ermunternd zunickten. »Ich habe euch nichts angetan, Vater, auch wenn ihr das anders seht. Für den Ruin von Mandeville bin ich nicht verantwortlich. Das weißt du am besten. Aber warum verkriechst du dich hier in diesem Loch? Warum bist du nicht bei deiner Frau und stehst ihr in diesen schweren Zeiten zur Seite? Dass du dich derart gehen lässt, entspricht nicht deiner Natur.«

Ein bitteres Lachen entrang sich seiner Kehle. »Mich gehen lassen … Was weißt du denn schon? Du hast dich von unserer Familie abgewandt, Traditionen und Werte, auf denen unsere Gesellschaft baut, mit Füßen getreten. Ich habe mich geschämt, wenn ich wieder einmal deinen Namen oder dein Bild in der Zeitung entdecken musste. Mit diesen Mannweibern, diesen widernatürlichen Furien! Demonstrationen, mit Steinen werfen, Kunst zerstören. Terrorismus nenne ich das. Und zu Recht seid ihr eingesperrt worden. So verhält sich keine ehrbare Frau!«, ereiferte er sich und umklammerte dabei die Sessellehnen.

Seine Knöchel traten dabei weiß hervor und die Adern schimmerten durch seine dünne Haut. Innerhalb weniger Monate war aus einem vitalen Mann mittleren Alters ein Bild des Jammers geworden.

Ruhig erwiderte sie: »Ich bin eine ehrbare Frau, Vater. Ich habe mir nichts zuschulden kommen lassen, mich nicht promiskuitiv verhalten. Aber ich halte es für ein Naturrecht, dass Frauen den Männern gleichgestellt sind. Wir sind nicht schlechter oder dümmer, viele Frauen haben einfach keine Chance auf Bildung und werden ihr Leben lang in einer Art von privater Sklaverei gehalten.«

Sie hielt inne, weil er hustete und nach einem Glas griff.

»Vater, bist du krank? Dann wärest du zu Hause besser aufgehoben. Mutter kann doch …«

Doch er unterbrach sie, indem er das Glas gegen die Wand warf. »Verschone mich mit dieser Frau!«

Tredegar trat zu ihnen. »Sir, Sie hatten mir versprochen, vernünftig mit Ihrer Tochter zu reden.«

Douglas Mandeville machte eine Bewegung, als wollte er eine Fliege verscheuchen. »Junge, schenk mir einen Whisky ein, und dann lasst mich hier in Frieden trinken, bis ich nichts mehr weiß, bis die Welt sich auflöst und mein Kopf leer ist, leer.« Ihr Vater stützte seinen Kopf vorgebeugt auf seine Hände und weinte.

Sie starrte ihn mit einer Mischung aus Schrecken und Abscheu an. Noch nie hatte sie ihn weinen sehen. Der stolze Duke of Mandeville gab sich ordinären Gefühlsausbrüchen weder innerhalb der Familie und vor allem nicht in der Öffentlichkeit hin. Man bewahrte Haltung, egal, wie dramatisch die Umstände auch sein mochten.

Besorgt berührte Rose den schluchzenden Mann an der Schulter, doch er schüttelte ihre Hand ab.

»Nein, lass, ich weine nicht um mich.« Er wischte sich die Augen, aus denen ungebremste Tränen flossen, und brachte kaum hörbar hervor: »Mein Sohn, mein einziger Sohn, Spencer, oh Spence! Warum er? Warum musste er sich zu den Fliegern melden? Wir haben uns im Streit getrennt. Das kann ich mir nicht verzeihen, nie werde ich mir das vergeben können.«

»Aber Vater, er ist vermisst. Spence lebt noch, das weiß ich!«, rief Rose und schluckte.

»Woher willst du das wissen? Warst du dort? Hast du ihn gesehen? Hat man dir etwas gesagt, was ich noch nicht weiß?«, verlangte der Duke zu wissen.

»Nein, das nicht, aber ich fühle es. Er ist mein Bruder und ich spüre, dass er noch am Leben ist, Vater, glaub mir doch!«, versicherte sie und wollte nach seiner Hand greifen, doch er entzog sich ihr und lehnte sich zurück.

»Gefühle und Ahnungen. Gewäsch. Ich brauche Beweise! Und vorher verlasse ich London nicht. Wenn es mir besser geht, melde ich mich selbst zum Dienst und hole meinen Jungen zurück nach Hause. Und jetzt geht alle raus, raus, fort!«

Rose sah ein, dass es keinen Sinn ergab, weiter mit ihrem kranken Vater zu sprechen. »Hast du einen Arzt, der sich um dich kümmert?«

Der Duke griff nach der Whiskyflasche und setzte die Flasche an die Lippen. Es tat Rose körperlich weh, ihren Vater so krank und seelisch am Ende zu sehen. »Vater, du brauchst einen Arzt. Wie willst du es denn sonst zum Rekrutierungsbüro schaffen? Sie werden dich in diesem Zustand niemals einberufen.«

Er riss die glasigen Augen auf. »Was weißt du schon? Selbstverständlich wird man mir den Befehl über eine Einheit geben. Ich bin noch immer der Duke of Mandeville.«

Erschüttert sah sie zu Tredegar, der resigniert die Schultern hob. Als Rose sich erhob, fiel ihr Blick auf einen kleinen runden Tisch neben dem Fenster. Darauf befand sich ein Sammelsurium aus Medizinfläschchen und Salbentiegeln, doch bevor sie die Medikamente näher inspizieren konnte, sagte ihr Vater mit überraschend klarer Stimme: »Rühr das nicht an.«

Mühsam erhob er sich und berührte leicht ihre Wange. »Rose, vergiss, was du heute hier gesehen hast. Tredegar, das war kein Geniestreich von Ihnen. Ich weiß, Sie haben es gut gemeint, aber ich bin ein hoffnungsloser Fall.«

Als er vor ihr stand, sah sie für einen Augenblick den einst starken und arroganten Mann vor sich, der in eleganten Anzügen und in Begleitung der schönsten Frauen in die Oper gegangen war oder im Oberhaus vor den Lords gesprochen hatte.

»Vater«, flüsterte sie und konnte die Tränen nicht länger zurückhalten.

Die Augen des Duke schimmerten feucht, seine Lippen zitterten, doch er wandte sich um und sagte mit heiserer Stimme: »Geh, Rose.«

12

Hill House, Ostern 1915

Der Zug ratterte durch die hügelige Landschaft. Überall spross zartes Frühlingsgrün, blühten Glockenblumen und Ginster, dessen Duft Rose so gernhatte. Nur heute hatte sie kein Auge für die landschaftliche Schönheit Südostenglands. Soldaten und Offiziere in Uniform und mit Reisegepäck mahnten sie zu jeder Stunde an den schrecklichen Krieg, der Europa in seinen Klauen hatte. Sie lehnte ihren Kopf an das Polster und schloss die Augen. Eine Träne quoll unter ihren Lidern hervor, hing einen Moment an ihren Wimpern und fiel auf ihren Rock.

Sie drückte eine Hand an ihre Lippen, um nicht zu schluchzen, und hoffte, dass die Mitreisenden sie nicht beobachteten. Ihr Vater war krank. Nur wie krank, das hatte sie nicht gewusst. Niemand hatte davon gewusst, nicht einmal Tredegar. Michael hatte nur einen kurzen Blick auf die Medikamente geworfen und sofort erkannt, um was es ging. *»One night with Venus – a lifetime with mercury«*, hatte er gemurmelt. Mercury, das war nichts anderes als das berüchtigte Quecksilberchlorid. Manche lebten Jahre mit der Krankheit, ohne dass sie ausbrach, manche zeigten nur milde Symptome, bei anderen kam es erst später zu Krankheitsschüben, die mitunter dramatisch ausfallen konnten. Es war müßig, sich darüber Gedanken zu machen, wo ihr Vater sich angesteckt hatte. Wahrscheinlich wusste er es selbst nicht. Und dieser Mann warf ihr mangelnde Loyalität der Familie gegenüber vor.

Der Zug wurde langsamer und der Schaffner öffnete die Abteiltür und rief: »Nächster Halt Ashford. Bitte aussteigen, wer nicht weiter bis nach Folkestone fährt!«

Die kleinen Bahnhöfe wurden auf vielen Strecken ausgelassen, um die Truppen schneller ans Ziel zu bringen. Alice hatte versprochen, sie abholen zu lassen. Rose war überglücklich, dass sie das Osterwochenende bei Alice verbringen durfte. Fast hatte sie damit gerechnet, dass Mrs Muir ihr eine Feiertagsschicht aufdrückte, doch ihre Vorgesetzte hatte nur verlangt, dass sie am Dienstag pünktlich wieder zum Dienst erschien.

Zwei Tage mit Alice und lieben Freunden! Einzig der bevorstehende Pflichtbesuch von Mandeville Park bedrückte sie. Der Zug kam endgültig zum Halten und Rose packte ihre Reisetasche, die ihr jedoch sofort von einem hilfsbereiten Offizier abgenommen wurde. »Bitte, Miss, steigen Sie nur aus, ich nehme Ihre Tasche.«

Rose lächelte dankbar, strich ihre Handschuhe glatt und verließ das Abteil über die eisernen Stufen. Der Bahnsteig barst vor Wartenden, denn viele Menschen nutzten das Osterwochenende für einen Besuch bei der Familie oder einen kurzen Urlaub von der hektischen Metropole.

»Lady Rose!«, rief eine ihr wohlbekannte männliche Stimme und Rose sah Newton, den Butler von Hill House, in der Menge winken.

Es tat gut, das vertraute Gesicht zu sehen, und ein Gefühl der Geborgenheit stellte sich ein. Newton war wie immer äußerst korrekt, doch ihm war anzumerken, dass auch er sich über das Wiedersehen freute. »Hatten Sie eine gute Reise, Lady Rose?«

»Danke, ohne Zwischenfälle. Wie geht es Ihnen, Newton?«

»Danke, Mylady, ich kann nicht klagen. Bitte hier entlang.«
Er nahm ihre Tasche und sie folgte ihm durch die Absperrung
des Bahnsteiges nach draußen.

Da sie London erst am Nachmittag verlassen hatte, ver-
glomm das letzte Licht der Abendsonne bereits über den
Dächern der kleinen Stadt. Als sie in die Lederpolster von
Geoffrey Buxtons Rolls sank, seufzte sie dankbar. Sie musste
eingenickt sein, denn jemand berührte leicht ihre Schulter.

»Rosie, wach auf! Du kannst gleich in einem weichen Bett
weiterschlafen, wenn du möchtest. Aber wenn du wach genug
bist, können wir auch gemeinsam essen und feiern. Was sagst
du dazu?« Alice Buxton drückte ihr einen Kuss auf die Wange
und nahm ihre Hand, um sie aus dem Wagen zu ziehen.

Newton stand kopfschüttelnd daneben. »Wirklich, Miss
Alice, lassen Sie Mylady doch ruhen.«

»Ach was, Mylady hat genug geruht!«

Rose war sofort hellwach und stolperte lachend und mit
Freudentränen in den Augen aus dem Wagen und in die Arme
ihrer Freundin. »Oh Alice, es ist so schön, dich zu sehen! Ich
habe dich so vermisst!«

»Ich dich auch, Rosie! Mann, du bist viel zu dünn geworden! Isst du nichts? Das geht aber nicht. Wir werden dich aufpäppeln und füttern, bis die Nähte deiner Kleider platzen!«
Alice nahm ihre Freundin an der Hand und schlenderte mit ihr
über den Hof von Hill House.

Die Silhouette des markanten Gebäudes, dessen halbrun-
der Turm das Refugium von Geoffrey Buxton war, zeichnete
sich gegen die Dämmerung ab. Vor dem Eingang brannte eine
Laterne und aus den meisten Fenstern des Hauses schimmerte
Licht.

»Weißt du, wer auch da ist?«, fragte Alice strahlend. Sie sah
noch schöner aus als sonst. Die widerspenstigen braunen Locken
waren halblang geschnitten, ihre Wangen glühten und unter

ihrem Kleid erahnte man eine Wölbung. Die Schwangerschaft bekam ihr gut.

»Nein, woher denn?«

Alice lachte und drückte Rose an sich. »Du rufst ja auch kaum an. Also schön, Ray und May sind auch hier. Ist das nicht wundervoll? Vielleicht könnt ihr gemeinsam nach London zurückfahren. Ray ist mit dem Automobil hier.«

Raymond Saull und May McGregor waren erfolgreiche Künstler, die sich mit ihren modernen, teils futuristischen Werken einen Namen gemacht hatten. Besonders May war in den vergangenen Jahren immer radikaler in ihrer Abstraktion geworden.

»Ich freue mich auf dieses Wochenende mit euch allen. Geht es deinem Vater gut?«

»Oh ja, er hat eine sehr kreative Schaffensphase. Nach Tante Charlies Tod hatte ich anfangs große Sorge um ihn. Der Verlust hat ihn stärker mitgenommen, als er zugeben wollte. Aber er hat seine Kraft wiedergefunden. Der Erfolg seines Buches hilft dabei nicht unerheblich«, meinte Alice mit einem breiten Lächeln.

»Du vermisst sie immer noch, nicht wahr?« Rose kannte ihre Freundin gut genug, um ihre Trauer um die geliebte Tante zu spüren. »Jeden Tag, Rosie«, flüsterte Alice. Dann legte sie eine Hand auf ihren Bauch. »Aber seit das Kind unterwegs ist, weiß ich, dass es weitergeht. Und irgendwie ist Charlie immer bei uns. Das Cottage ist ihr Vermächtnis und wenn der Krieg vorbei ist, fahren wir alle gemeinsam nach Castiglioncello.«

Rose strich Alice über den Rücken. »Das wäre ein Traum! Weiß Lorenzo schon, dass er Vater wird?«

Alice öffnete die Eingangstür für ihre Freundin. »Nein, der weiß noch gar nichts.«

»Oh«, war alles, was Rose sagte, denn Gertie kam gerade aus der Küche, trocknete sich die Hände an ihrer Schürze ab und nahm sie einfach in ihre Arme.

»Sie sind zu dünn, Rose. Aber das ändern wir und wenn Sie abfahren, nehmen Sie eins meiner Lunchpakete mit!« Die kräftige Köchin mit der herzlichen Ausstrahlung stemmte die Arme in die Hüften und sah die beiden jungen Frauen an. »Wir essen um acht Uhr, wie immer.«

»Ist gut, Gertie. Sie sind die Beste!«, sagte Alice.

Die Köchin nickte zufrieden und ging wieder in ihren Wirkungsbereich.

Alice begleitete ihren Gast nach oben. »Schau, ich habe dir das Zimmer neben meinem gegeben. Das wird mal das Kinderzimmer. Ich hoffe, du magst Grün und Blau.«

Die Tapeten auf der einen Seite zeigten ein dekoratives Muster auf blauem Grund. Vögel schienen stilisierte Erdbeeren picken zu wollen. »Das Design mag ich auch sehr. *Strawberry Thief* von Morris & Co., ja?«

»Ja, und auch dieses Weidendekor. Ich habe überlegt, wie ich die Natur hereinholen kann, und da gibt es eigentlich keine schöneren Entwürfe als diese, finde ich.« Alice strich über den gewebten Bettüberwurf aus Naturleinen und setzte sich auf die Bettkante.

»Soll ich dir beim Auspacken helfen? Wir haben nicht mehr viel Personal. Dora kümmert sich jetzt dauerhaft um die Kinder und Mütter im Cottage. Ich bin froh, dass Gertie noch eine Küchenhilfe hat und Grant uns erhalten geblieben ist. Die jungen Männer aus dem Dorf haben sich alle gemeldet. Die Frauen helfen, wo sie können.«

Rose legte Handschuhe und Schal auf einen Stuhl, setzte sich neben ihre Freundin und nahm deren Hand. »Ich habe dir so viel zu erzählen. Nur die Sache mit meinem Vater möchte ich dir gleich und unter vier Augen mitteilen.«

Sie berichtete in knappen Sätzen von der Begegnung im *Black Angus.* »Und dann habe ich die Medikamente gesehen.

Vielleicht wollte er sogar, dass ich es weiß. Er hat sich aufgegeben, fürchte ich.«

»Rosie, das tut mir unsagbar leid! Mein Gott, ausgerechnet die …« Alice biss sich auf die Lippen. »Weiß deine Mutter davon?«

»Du lieber Himmel, nein! Jetzt verstehe ich auch, warum er sich immer mehr von ihr entfernt hat. Liebe war wohl nie zwischen ihnen, aber eine gewisse Art von Respekt, und es würde mich nicht wundern, wenn er sich vor ihr schämt. Meine Mutter kann sehr hart und verletzend sein. Vielleicht hat er Angst, von ihr verurteilt zu werden. Aber den Ausschlag hat der Absturz meines Bruders gegeben. Er vergöttert Spencer, auch wenn er es nicht zeigt, aber ich weiß es.« Rose schluckte. »Und ich war nie eifersüchtig auf ihn. Spence ist so liebenswert und großherzig! Es muss ihn einfach jeder gernhaben. Und er ist nicht tot …« Ihre Stimme war zu einem heiseren Flüstern geworden. »Ich habe sogar einen Brief an Vera geschrieben.«

Erstaunt sah Alice sie an. »Und hat sie geantwortet?«

»Noch nicht. Ich habe den Brief aber auch erst kürzlich abgeschickt. Ich dachte nur, sie ist doch im Feld. Aber wahrscheinlich liest sie ihn nicht einmal. Ich war nicht besonders nett zu ihr«, meinte Rose niedergeschlagen.

»Sei nicht so streng mit dir. Wir waren Kinder und Vera ist ja nun ein recht eigenartiger Mensch. Richtig klug bin ich nie aus ihr geworden und die Sache mit Sebastian hat es nicht leichter zwischen uns gemacht. Dennoch, sie würde dir Nachricht geben, wenn sie von Spence hört.«

»Ich gebe die Hoffnung nicht auf!«, sagte Rose.

»Natürlich nicht! Solange es keine Meldung über seinen Verbleib gibt, können wir hoffen, Rosie. Spence ist schlau, er spricht Französisch. Vielleicht ist er verwundet und Franzosen haben ihn gefunden und kümmern sich um ihn. So!« Alice stand auf. »Du machst dich frisch und dann kommst du zu uns nach unten.«

Als sie wenig später im Salon von Hill House neben Ray saß und seinen Blick auf ihrem Dekolleté spürte, musste sie lächeln. Er hatte sich nicht verändert, genauso wenig wie Geoffrey Buxton. Und das würde immer so bleiben, egal, wie viele Jahre ins Land strichen. Alice und ihr Vater waren das Herz von Hill House. Rose wusste, dass sie hier immer willkommen war, und das bedeutete ihr mehr als alles andere.

13

Garten der Hoffnung

The old lie: Dulce et decorum est pro patria mori.
(Die alte Lüge: Süß und ehrenvoll ist's, fürs Vaterland zu sterben.)
Wilfred Owen (1893–1918)

Nach dem gemeinsamen Osterfrühstück spazierten Alice und
Rose durch den frühlingshaften Garten. Liebevoll zupfte Alice
hier und da verwelktes Laub ab und blieb schließlich neben
einem unscheinbaren Strauch mit kleinen runden Blättern und
winzigen gelben Blüten stehen.

»Riechst du es?«, fragte Alice und wartete auf eine Reaktion
ihrer Freundin.

Rose sog die frische Luft ein und stutzte. »Vanille?«

Alice nickte freudig. »Hättest du diesem Busch nicht zugetraut, oder? Ich auch nicht! Ich habe in einer Gartenzeitschrift
gelesen, dass es sich lohnt, ihn zu pflanzen. *Azara microphylla*
kommt ursprünglich aus Südamerika, aus Chile, und bisher
hieß es immer, er könnte hier nicht gedeihen. Aber schau dir
diesen unverwüstlichen kleinen Kerl an – blüht, wie er soll, und
duftet, dass es eine Freude ist.«

Die beiden Frauen trugen je einen Korb mit Osterkuchen,
der von weißen Tüchern abgedeckt war.

»Miau«, ertönte es plötzlich unter dem Busch und ein rotbrauner Kater kam hervor, streckte sich und strich erst um Alice' und danach um Rose' Beine.

»Sir John! Frohe Ostern, alter Knabe, geht es dir gut? Er macht zumindest einen gesunden Eindruck«, meinte Rose und bückte sich, um dem betagten Kater das Fell zu streicheln.

»Er hat sich hier bestens eingelebt und ist eine große Hilfe, wenn es um verstörte Kinder geht. Ich weiß nicht, wie er es macht, aber wenn sie sich auf ihn einlassen und etwas Zeit mit ihm verbringen, sind sie danach wie ausgewechselt. Er verströmt eine innere Gelassenheit und dieser Blick … Ich meine, sieh ihn doch an«, sagte Alice und schnalzte mit der Zunge, sodass der Kater den Kopf hob. Bernsteinfarbene Augen musterten die Frauen und Rose lächelte.

»Er weiß alles.«

Alice lachte. »Ja, und vor allem will er ein Stück von diesem Kuchen haben!«

»Wirklich? Er frisst Kuchen?«

»Frag lieber, was er nicht frisst … Na komm, Sir John, wir gehen zum Cottage und da bekommst du deinen Kuchen.«

Als sie den Mühlsteingarten erreicht hatten, kam Ray um die Ecke. Er trug nur einen leichten Schal zu offenem Jackett und Tweedhose. Seine Stiefel waren verschmutzt und seine Wangen gerötet. »Nach dem guten Frühstück musste ich mir die Beine vertreten. Kann ich euch helfen?«

Rose schwenkte ihren Korb. »Das schaffen wir gerade noch, aber danke.«

Der Künstler steckte die Hände in die Hosentaschen. Die leicht ergrauten Haare standen ihm sogar, dachte Rose, die den stets zu einem Scherz aufgelegten und niemals berechenbaren Mann für sein Talent und seine Loyalität den Buxtons gegenüber schätzte. Inzwischen ging sie mit seiner oft frivolen Art lockerer um und konterte mit Humor.

»Ihr Mädchen seid so erwachsen geworden. Meine Güte, ich fühle mich alt angesichts von so viel holder Weiblichkeit«, meinte Ray. »Alice, wenn das Kind da ist, male ich euch. Daran kannst du dich schon einmal gewöhnen.«

Alice errötete leicht. »Ach Ray, das ist noch lange hin.« Automatisch legte sie schützend ihre Hand auf den Leib.

»Du wirst dich wundern, wie schnell die Monate vergehen«, sagte Ray sanft.

Ein tiefer Seufzer entfuhr Alice. »Ich hoffe nur, dass Lorenzo bis dahin zurück ist.«

»Vielleicht sagst du es ihm überhaupt erst einmal!«, meinte Rose.

»Was? Der arme Mann weiß noch nichts von seinem Glück? Alice Buxton, du herzloses Mädchen. Noch heute telegrafierst du ihm!«

»Miss Alice! Miss Alice!«, rief Newton aufgeregt, ganz entgegen seiner sonst so distinguierten Art. »Kommen Sie schnell zum Telefon! Signor Ranieri möchte Sie sprechen!«

Raymond lachte. »Das hat er geahnt, lauf, Alice, und sag es ihm!«

Alice strahlte, drückte Ray den Korb in den Arm und rannte davon.

»Mylady, ich habe die Ehre, Sie zum Cottage zu begleiten«, meinte Ray mit einem mehrdeutigen Lächeln.

»Wenn du nicht immer so schrecklich …« Rose knuffte ihn in die Seite.

Der Künstler neigte sich leicht zu ihr. »Wenn ich nicht was wäre? So unwiderstehlich, so charmant, so …?«

»Alt!«, entfuhr es Rose.

»Oh, das schmerzt!« In gespielter Verzweiflung griff er sich ans Herz. »Aber etwas anderes, wie geht es deinem Vater?«

Schockiert sah sie ihn an. »Du weißt es?«

»Dass er sich mit der falschen Venus eingelassen hat? Ja, so was spricht sich schnell herum, aber von mir erfährt es sicher niemand. Er hatte Pech. Ich hatte Glück, wenn man es nüchtern betrachtet. Die Chancen, dass es mich erwischt, waren hoch, sehr hoch.«

»Er sah furchtbar aus«, murmelte Rose leise.

»Das wird auch wieder besser. Warum kommt er nicht nach Hause? Frische Luft und Ruhe sind sicher die beste Kur für ihn. Außerdem habt ihr das Haus voller Ärzte, da ist er doch bestens versorgt. Und mit der Krankheit kennen sie sich aus, glaub mir.« Ray legte ihr den Arm um die Schultern und drückte sie kurz tröstend an sich. »Ich will es dir nur leichter machen, darüber zu sprechen, Rose. Irgendwer wird es erwähnen. Die Menschen lieben nichts mehr als hässlichen Tratsch, vor allem, wenn es um jene geht, die einmal auf goldenen Sesseln gethront haben. Wenn du verstehst, was ich meine.«

»Ray, das ist sehr nett von dir.« Sie hatten bereits die Pforte erreicht, durch die sie auf die Straße und zum Cottage gelangten. »Ich weiß ehrlich gesagt noch nicht, wie ich damit umgehen soll. Mein Vater war sehr abweisend und hat deutlich gemacht, dass er keinen weiteren Kontakt wünscht. Es klang so endgültig.«

Der Künstler hielt ihr die Pforte auf und half ihr über eine matschige Lache, in der zwei Bretter wenig festen Tritt boten. Dankbar griff sie nach seiner Hand und hüpfte über die Bretter auf den festen Untergrund. Aus dem Cottage erklang Gesang und Kinderlachen. Zwei Frauen kamen mit Körben voller Wäsche um das Haus herum und gingen zum Eingang. Als sie Ray sahen, senkten sie die Köpfe und kicherten, bevor sie im Haus verschwanden.

»Wenn ich meinem Vater nur sagen könnte, dass Spence sich gemeldet hat. Ich weiß, dass er lebt, Ray. Daran gibt es keinen Zweifel!«, beharrte Rose.

115

Ray erwiderte nichts, sondern ging langsam zum Eingang.

»Du glaubst mir nicht?«

Sein mitleidiger Blick traf sie tief. »Doch, ich glaube, dass du die Hoffnung nicht aufgeben willst und kannst. Wie lange ist es jetzt her, dass er abgeschossen wurde?«

»Drei Wochen.«

»Nun, alles ist möglich.« Er drehte den Türknauf und ließ sie eintreten.

Die Frauen und Kinder freuten sich über den Kuchen und luden Rose und Ray ein, mit ihnen zu singen und Tee zu trinken. Ray spielte eine Weile mit den Kindern, die ihn und seinen dunklen Bart anscheinend faszinierend fanden, zumal er zu jeder Art von Unsinn bereit war. Sie durften auf seinen Rücken klettern und wurden durch das Cottage getragen und schließlich setzte er sich auf den Boden und begann, die Kleinen zu zeichnen. Rose hatte sich mit einer Tasse Tee in eine Ecke zurückgezogen und beobachtete das Treiben. Dora hatte sie schon begrüßt und endlich kam auch Alice zu ihnen.

Ihre Freundin hatte rote Wangen und ihre Augen leuchteten. Sie blieb kurz neben Ray stehen und betrachtete seine Zeichnungen. »Die sind wundervoll, Ray!«

Er brummte etwas, während die Kohle über das Papier flog. Mit einer Tasse Tee kam Alice zu ihr und setzte sich neben sie.

»Ich hab's ihm gesagt, Rose. Er hätte mir nie verziehen, wenn ich es ihm verschwiegen hätte. Zuerst dachte ich, er hat aufgelegt!« Alice räusperte sich und wischte sich die Augen. »Er hat vor Glück geweint und brachte kein Wort heraus. Eigentlich hatte er mich zu Ostern besuchen wollen, er war schon auf dem Weg nach Calais, ist aber in Lille hängen geblieben. Oh Rosie, ich liebe ihn so sehr. Und gleichzeitig muss ich immer an Sebastian denken. Er war so jung! Und ich mache mir solche Vorwürfe!«

»Warum denn? Nein, Allie, nein, das musst du nicht. Ihr wart beide jung und er war in dich vernarrt. Das ist doch normal. Er hätte es verstanden, wenn du ihm persönlich gesagt hättest, dass du Lorenzo liebst.«

Im Cottage herrschte ein ständiges Kommen und Gehen. Kleine Kinderfüße trampelten über die Dielen und die Mütter nähten, strickten, putzten, versorgten die Kleinen und schienen allesamt gut miteinander auszukommen. Rose sah, wie der Kater, der Alice ins Cottage begleitet hatte, auf einen Stuhl sprang und mit der Pfote nach dem Kuchen angelte, der auf dem Tisch stand. Dora hatte das ebenfalls beobachtet und brach ein kleines Stück ab, das sie dem Kater auf einem Teller auf den Boden stellte. »Verwöhnter Kerl!«, sagte sie liebevoll und strich ihm über den Kopf.

»Hätte er das? Und was, wenn er verwundet zurückgekehrt wäre? Hätte ich ihn da allein lassen können? Das Schicksal hat mir diese schwere Entscheidung abgenommen, Rosie. Und irgendwie denke ich immer, dass ich für meine Lüge bestraft werde.« Alice barg das Gesicht in den Händen.

»Nein! So, jetzt hör aber auf damit, Alice Buxton. Schluss mit diesem Unsinn. Sieh mich an!« Rose nahm Alice' Hände und legte sie der Freundin in den Schoss. »Es ist geschehen. Solche Dinge passieren. Niemand kann das vorhersehen. Und jetzt hast du den Mann gefunden, den du liebst, und ihr erwartet ein Kind. Dein Kind braucht deine ganze Kraft, deine Liebe und deine Zuversicht.«

Alice nickte mit feuchten Augen. »Ja, das stimmt. Ich bin eine dumme Gans.«

»Nein, du wirst Mutter. Ich glaube, da ist das normal mit den unterschiedlichen Stimmungen. Jedenfalls habe ich das gehört. Mabel erwartet ja auch ein Kind.«

»Die beiden haben so lange gehofft. Und wie sieht es bei dir aus, Rosie? Du kannst mir nicht erzählen, dass du so lange in London bist, täglich all die interessanten Männer im War Office triffst und auf keinen ein Auge geworfen hast!«

Ein kleines Mädchen kam zu ihnen gelaufen, stolperte und Rose fing sie gerade noch auf. Die Kleine lachte und rannte weiter, doch Rose spürte noch immer die Wärme des zarten Kinderkörpers, der sich für einen Moment an sie gedrückt hatte. »Es gibt tatsächlich jemanden, den ich sehr schätze, und du kennst ihn flüchtig.«

Alice schnippte mit den Fingern. »Tredegar? Doch? Ich finde ihn nett, obwohl ein wenig zu flatterhaft für dich. Du bist der Typ Frau, der einen Mann mit Charakter braucht. Nicht, dass …«

Rose schüttelte lachend den Kopf. »Nein, nein, nicht Gerry!«

»Wer dann? Ray? Nein! Oder doch? Nein, flüchtig, wen kenne ich flüchtig?«, überlegte Alice angestrengt.

»Es kann ja doch nicht sein. Ich sollte es gar nicht aussprechen.«

»Doch, musst du, sonst kann ich nicht mehr schlafen!«, widersprach Alice.

»Also gut, Doktor Wodehouse«, murmelte sie leise.

»Michael Wodehouse? Der Anwalt? Der ist verheiratet!«, entfuhr es Alice erschrocken.

Rose zog eine Grimasse. »Hush, nicht so laut. Deshalb kann es ja auch nicht sein. Aber ich habe in den vergangenen Wochen viel mit ihm gesprochen und er ist immer so hilfreich und steht mir zur Seite, wenn ich ihn brauche. Er ist ein wirklich netter Mann, Allie, und ich schäme mich dafür, dass ich Gefühle für ihn habe, die nicht sein dürfen.«

Nachdem Alice die Nachricht verarbeitet hatte, überlegte sie kurz konzentriert, bevor sie sagte: »Lass uns einfach mal die Eckpunkte dieser möglichen Beziehung festhalten. Erwidert er deine Gefühle?«

»Nein, also, das weiß ich doch nicht, weil wir gar nicht über dergleichen sprechen«, stotterte Rose.

»Gehen wir davon aus, dass er dich ebenfalls mag. Er wäre ein Trottel und blind, wenn er es nicht täte. Wie steht es um seine Ehe? Spricht er oft von seiner Frau? Wo ist selbige?«

Rose spielte mit und antwortete: »Seine Frau hält sich auf dem elterlichen Landsitz, Laurel Park, auf. Ihr Mädchenname ist Blanche Crafton. Und soweit ich es gehört habe, soll die Ehe am Ende sein.«

»Crafton? *Die* Blanche Crafton?« Alice machte ein Gesicht, als hätte sie in eine Zitrone gebissen. »Die Dame steht in dem Ruf, rachsüchtig und intrigant zu sein. Wenn sie ihren Willen nicht bekommt, hetzt sie die Anwälte ihres stinkreichen Vaters auf ihr Opfer. Tante Charlies Mann hatte mal einen langjährigen Rechtsstreit mit ihr. Hat dein Anwalt von Scheidung gesprochen?«

»Aber nein! Du siehst, es hätte keine Zukunft und ich werde mir diesen Mann aus dem Kopf schlagen.«

»Rosie, wenn das so einfach wäre …«

14

Primrose Day

Turf burns with pleasant smoke;
I laugh at chaffinch and at primroses.
(Rasen brennt mit angenehmem Rauch,
ich lache Buchfinken und Primeln zu.)
Robert Graves (1895–1985)

Überall leuchteten gelbe Primeln an den Revers der Herren und
den Hüten der Damen. Die Kinder trugen Sträuße und die
Kutschpferde gelbe Stoffblumen an ihrem Geschirr. Befand man
sich an diesem Tag zufällig am Parliament Square, dann konnte
man Zeuge werden, wie die Statue des verehrten zweimaligen
Premierministers Benjamin Disraeli an seinem Todestag mit seinen Lieblingsblumen, den Primeln, geschmückt wurde.

Rose hielt auf ihrem Weg zum British Museum an einem
Zeitungsstand an. Das Foto einer jungen Frau vor ihrem
Automobil erregte ihre Aufmerksamkeit. Sie kaufte die Zeitung
und betrachtete das Foto. Sie hatte sich nicht getäuscht! Da stand
Jodie Green in einem hellen Kleid, mit Tropenhelm und Tuch
neben einem arabischen Stammesfürsten vor einem verstaub-
ten Automobil. Dahinter sah man weitere Araber auf Kamelen.
Fasziniert las Rose die Bildunterschrift: *Die amerikanische*

*Abenteurerin Jodie Green und Araberführer Ibn Saud nach erfolg-
reichen Verhandlungen in Basra.*

»Chapeau, meine liebe Jodie!«, entfuhr es ihr. Rasch las sie
den Artikel. Die Amerikanerin hatte es anscheinend zu einer
gewissen Berühmtheit unter den Stammesfürsten im Nahen
Osten gebracht. Ihr Verhandlungsgeschick und ihre weitrei-
chenden Beziehungen zu Politikern und anderen einflussreichen
Persönlichkeiten wurden gelobt. Wo Militärs oder Reporter
keinen Zutritt hatten, ließ man die mutige Amerikanerin ein,
deren diplomatisches Geschick zu wiederholten Verhandlungen
geführt hatte, die ohne sie nicht zustande gekommen wären.
Rasch sah Rose die Zeitung durch, überblätterte die Seiten mit
den Meldungen der Toten und Verwundeten und überflog kurz
die neuesten Entwicklungen auf dem Kontinent:

Eine türkische Attacke auf ein britisches Transportschiff
hatte einundfünfzig Tote und Vermisste gefordert, ein griechi-
sches Schiff war auf seinem Weg von Amsterdam nach Buenos
Aires von deutschen Torpedos versenkt worden, neuerliche
Kämpfe in Flandern, Italien und Australien steuerten nach
gescheiterten Verhandlungen unausweichlich in den Krieg. Der
Schlacht von Neuve-Chapelle war ein ausführlicher Bericht
gewidmet. Die Amerikaner intervenierten bei der Behandlung
von Kriegsgefangenen und verurteilten deutsche Luftangriffe
auf englische Städte. Aus dem Deutschen Reich kamen erstmalig Nachrichten über Nahrungsmittelknappheit. Alle
Einnahmen aus den Verkäufen der Primeln waren für das Rote
Kreuz bestimmt.

Die Zeitung unter den Arm geklemmt, ging Rose weiter
und erblickte das imposante Gebäude des British Museum.
Die Hauptfassade befand sich in der Great Russell Street und
hatte zwei vorspringende Flügel, die einen Portikus mit einem
von Skulpturen verzierten Giebelfeld flankierten. Davor bildeten vierundvierzig ionische Säulen eine Kolonnade. An einer

dieser mächtigen Säulen lehnte Michael Wodehouse. Als sie seine vertraute Gestalt erblickte, verspürte sie einen winzigen Stich in ihrem Magen. In den vergangenen Tagen mehrten sich diese Reaktionen, wenn sie ihm begegnete, und die anfängliche Unbeschwertheit, die ihren Umgang ausgemacht hatte, schien verflogen. Dabei war sein Benehmen korrekt, er machte ihr weder Geschenke noch unangemessene Komplimente. Nur die Art, wie er sie ansah, die Sekunden, die er ihre Hände länger hielt, und das elektrisierende Prickeln, wenn er ihr einen Wangenkuss gab, irritierten Rose.

Genau wie jetzt, dachte sie, als seine Augen aufleuchteten, als er sie entdeckte. Leichten Schrittes kam er die Stufen herunter.

»Wie schön, dass Sie es einrichten konnten, Rose!« Michael neigte leicht den Kopf, deutete einen Handkuss an und blickte auf das riesige Museumsgebäude. »Sind Sie sicher, dass Sie sich alte Steine und Gipsmodelle ansehen wollen? Wir können auch zum Konzert am Parliament Square gehen.«

Bei dem Gedanken an laute Musik und viele Menschen schüttelte Rose entschieden den Kopf. »Danke, aber ich freue mich auf einige Momente der Ruhe fernab des alltäglichen Wahnsinns, obwohl …«, sie deutete auf die Zeitung, »entfliehen können wir ihm nicht.«

Während des Osteraufenthaltes in Hill House hatte sie auch Mandeville Park einen kurzen Besuch abgestattet. Ihre Mutter hatte sich verleugnen lassen, aber man hatte ihr gestattet, zwei Koffer mit Kleidung und anderen Dingen des persönlichen Bedarfs mitzunehmen. So trug Rose heute ein zweiteiliges Kleid in Creme und Dunkelblau und einen farblich dazu abgestimmten Hut. Von ihrem Schmuck existierten nur noch wenige Stücke, darunter ein Perlencollier, von dem sie nicht zu hoffen gewagt hätte, es noch einmal tragen zu können. Anscheinend hatte ihre Mutter das kostbare Stück übersehen, denn es hatte sich in der Hutschachtel befunden.

Michael geleitete sie in das Museum, bezahlte die Eintrittskarten und führte sie durch die Eingangshalle in die Römische Galerie. Nur wenige Besucher waren heute im Museum und die Räume wirkten ungewöhnlich still und ein wenig würdevoller und beeindruckender als sonst.

»Möchten Sie etwas Bestimmtes sehen?«, erkundigte sich Michael.

Rose wandte den Blick von grob behauenen Sarkophagen und Pfeilern mit alten irischen Inschriften, den berühmten Ogham-Zeichen.

»Nein. Ehrlich gesagt finde ich Altertümer eher bedrückend. Sie sagen mir nicht so viel wie Gemälde. Ich mag die Arbeiten von Ray und den anderen Modernen. Nicht diese düsteren alten Schinken, wie sie in Mandeville Park hängen, Verzeihung, hingen …« Sie winkte müde ab.

»Gut, keine trüben Landschaften oder toten Vorfahren. Lassen Sie mich Ihnen zeigen, was mich interessiert, wenn ich mich nicht mit Paragrafen herumplagen muss. Kennen Sie den Elgin-Saal?«

»Ich muss gestehen, dass es um meine kunsthistorische Bildung nicht allzu gut bestellt ist. Wahrscheinlich habe ich bei dieser Lektion gefehlt, weil ich eine Strafe für einen der vielen Streiche absitzen musste, die wir unseren Lehrerinnen gespielt haben.« Sie schwang ihren Regenschirm und fügte hinzu: »Mit Autoritäten hatte ich schon immer ein Problem.«

»Was für Ihren ausgeprägten Charakter spricht. Wer nur Ja zu allem sagt und den anderen hinterherrennt, wird kaum mehr erreichen als die Masse«, war seine überraschende Antwort.

Seite an Seite schlenderten sie zwischen Büsten, Mauerteilen und Vitrinen hindurch.

»Damals habe ich nicht darüber nachgedacht, wissen Sie? Ich wusste immer nur, was ich nicht wollte, und habe meinen Bruder um seine Möglichkeiten beneidet. Er durfte studieren, ich nicht.«

»Warum nicht? Es hätte doch nicht geschadet, wenn man Sie für einige Semester Geschichte oder Literatur hätte studieren lassen. Das macht sich doch recht gut für eine zukünftige Duchess.« Sein Ton war leicht und humorvoll.

»Es war nicht vorgesehen. Meine Eltern sind sehr traditionell. Und wir wissen ja, wohin es sie gebracht hat. Nein, sobald ich von den Suffragetten gehört hatte, war ich begeistert und habe mich ihrer Bewegung angeschlossen. Im Rahmen meiner Möglichkeiten.«

Sie merkte erst nach mehreren Schritten, dass er zurückgeblieben war, und drehte sich um. Durch die Oberlichter fiel das Licht gebrochen auf den Boden und Michaels Gesicht lag im Schatten. Sie konnte seine Miene nicht deuten. Langsam ging er weiter.

»Was hätten Sie studiert, Rose?«

»Damals? Wahrscheinlich Geschichte oder französische Literatur. Heute? Rechtswissenschaften.«

»Warum?«

Sie standen nun voreinander. Außer ihnen waren keine Besucher zugegen, nur die großen leeren Augen der römischen Gottheiten starrten in den Saal.

»Weil man die Gesetze ändern muss, um die Welt zu verändern. Wir Frauen haben gekämpft, Leid und Entbehrungen ertragen, demonstriert, sind eingesperrt und gedemütigt worden. Aber was haben wir erreicht? Nichts! Wir dürfen noch immer nicht wählen. Diejenigen, die das ändern könnten, sitzen im Parlament. Gesetzesvorlagen werden von Männern wie Ihnen erstellt. Studierten Männern. Selbst wenn ich studieren würde, wären meine guten Noten nichts wert, weil mein Abschluss nicht anerkannt wird. Vor dem Gesetz bin ich weniger wert als ein Minenarbeiter, der vielleicht gerade einmal seinen Namen schreiben kann. Er darf seine Stimme abgeben, ich nicht.« Ihr Atem ging schneller und Tränen drängten in ihre Augen. »Verzeihen Sie, Sie können nichts dafür, gerade Sie nicht.«

Er zog ein Taschentuch aus seiner Anzugjacke und reichte es ihr, doch sie schüttelte den Kopf.

»Danke, es geht schon wieder. Sie wollten mir den Elgin-Saal zeigen? Wer war dieser Elgin?«

Michael steckte das Taschentuch wieder ein und reichte ihr seinen Arm. »Thomas Bruce, der siebte Earl of Elgin, war um 1800 Botschafter im Osmanischen Reich. Sein Verhalten war alles andere als vorbildlich für einen Botschafter, aber damit stellte er keine Ausnahme dar. Berühmt ist er für seine Dreistigkeit, mit der er sich eine Erlaubnis von Sultan Selim III. für einige Grabungen und Studien an der Akropolis von Athen erschlich.«

Während Michael erzählte, schlenderten sie durch die Räume, die der griechischen Antike gewidmet waren, und Rose' Ärger und Verzweiflung waren nicht länger wichtig.

»Lord Elgin und seine Leute untersuchten und vermaßen und fertigten Gipsabdrücke von Bauten der Akropolis an. Laut ihrer offiziellen Erlaubnis durften sie sogar einige Steinblöcke herausbrechen und mitnehmen.«

»Das hat der Sultan erlaubt?«, fragte Rose.

»Er konnte nicht ahnen, was der englische Lord unter ein paar Steinblöcken verstand.«

Inzwischen hatten sie den Durchgang zum Elgin-Saal erreicht. Rose konnte sich nicht an einen bewussten Besuch des riesigen Ausstellungssaals erinnern. Heute stand sie ehrfürchtig in dem riesigen Raum, welcher Teile des Parthenon beherbergte. Das Dach war aus Glas und ließ gedämpftes Tageslicht in den Saal, dessen Ende im Halbdunkel lag.

»Fast zweihundertfünfzig Fuß ist dieser Saal lang. So viel Platz braucht es, um Teile des berühmtesten Tempels der griechischen Antike auszustellen. Was wir hier sehen, sind Metopen aus der Korenhalle des Erechtheion, Skulpturen vom Parthenon und Teile des Giebels und der Friese.« Michael hatte ihren Arm losgelassen und stellte sich in die Mitte des langen Saales.

Die weißen Reliefs und Figuren schienen so lebendig, dachte Rose.

»Der Parthenon«, erklärte Michael, »wurde um 445 vor Christus unter Perikles im dorischen Stil aus pentelischem Marmor erbaut. Viel ist zerstört worden, aber dennoch lässt sich erkennen, dass wir hier die Blüte hellenischer Idealkunst vor uns haben. Dort sieht man den Sonnengott Helios, da die herrlichen Pferdeköpfe, die einmal die feurigen Götterrosse zierten. Der Fries zeigt den Festzug hinauf zur Akropolis, bei dem der Peplos, das bunt gewebte Gewand, der Tempelinhaberin überreicht wurde. Dieses Gewand verkörperte alles an Schönheit, Adel und Ehrwürdigkeit, was die erste Stadt Griechenlands ausmachte.«

Michael ließ die Arme sinken, die er ausgebreitet hatte, um ihr die verschiedenen Figuren und deren Funktion zu zeigen. »Götter und Menschen, ein perfekter Stadtstaat, Polis Athen, das Volk erhält eine Stimme, freie Männer durften an den Volksversammlungen teilnehmen.«

»Die Wiege unserer Kultur«, sagte Rose.

»Ja, Rose, hier fing alles an, aber es war nicht perfekt, das wird es nie sein. Wir müssen daran arbeiten, müssen an uns arbeiten. Wir alle, Männer und Frauen. Heute sind wir weiter, aber unser Weg ist noch lang.« Er sprach mit kraftvoller Stimme und leuchtenden Augen.

Sein Herz lag in seinen Worten, das spürte sie, und in diesem Augenblick hätte sie ihn am liebsten umarmt. Sie sahen sich an und es dauerte einen Moment, bis Rose ihre Sprache wiederfand. »Warum haben Sie mir das hier gezeigt, Michael?«

»Sie wissen es.« Er trat auf sie zu.

Sie schüttelte kaum sichtbar den Kopf. »Nein.«

Ein Museumswächter trat in den Saal und schlenderte langsam an ihnen vorbei, bis seine Schritte nach quälend langen Minuten im Nereiden-Saal verhallten.

Michael nahm seinen Hut ab, fuhr sich durch die Haare, ging zum gegenüberliegenden Fries, schien mit sich zu ringen und kehrte wieder zu ihr zurück. Nachdem er seinen Hut wieder aufgesetzt hatte, sagte er: »Ich wünschte, ich hätte Sie früher kennengelernt, Rose.«

»Das wünschte ich mir auch«, antwortete sie und von einem plötzlichen Anfall an Mut beflügelt, fügte sie hinzu: »Aber nichts ist in Stein gemeißelt, heißt es nicht so?«

Sie ging an den schönen, sich in idealen Posen anmutig reckenden Figuren vorüber und bewunderte einen liegenden männlichen Jüngling. »Sie sind nach der Natur geformt und doch zu vollkommen, um ihr zu entsprechen. Die Frage ist, ob wir das überhaupt wollen. Manchmal müssen wir mit dem vorliebnehmen, was uns geschenkt ist. Und wenn es nur eine Sekunde des Glücks ist.« Sie streckte ihre Hand nach dem Fuß des Jünglings aus. »Ein kostbarer Augenblick in einem grauen Meer aus Angst und Schrecken.«

Als sie sich umdrehte, fand sie sich Michael gegenüber. Er betrachtete sie so, wie er eines der Kunstwerke im Museum ansah, lange und prüfend, und schließlich fuhr er mit den Fingerspitzen sacht die Konturen ihrer Wange nach. Die kleine Geste genügte, um ihr Innerstes in Aufruhr zu versetzen.

Rose starrte ihn an.

Sofort trat er von ihr zurück. »Bitte entschuldigen Sie, Rose.«

»Nein, Michael, für eine Entschuldigung besteht keine Veranlassung«, sagte sie sanft.

15

Als Frieden möglich schien

We sailed away from Sedd-el-Bahr,
We are sailing home on leave.
But this I know – through all the years
Dead hands will pluck my sleeve.
(Wir segelten fort von Sedd-el-Bahr,
Wir fahren heim.
Aber eins weiß ich genau – in all den Jahren
Werden tote Hände nach mir greifen.)
Ivan Heald (1883–1916): *Evacuation*

Als Rose am nächsten Morgen die Treppe im War Office hinaufstieg und Michael auf der Empore erblickte, konnte sie
nicht verhindern, dass sie errötete. Sie senkte den Blick und lief
eilig weiter. Niemand durfte auch nur ahnen, dass mehr zwischen ihnen war als nur Freundschaft. Ausgenommen Tredegar.
Er würde weder sie noch seinen Freund verraten, das wusste
Rose. Doch sonst traute sie niemandem, auch den Mädchen
in der Pressestelle nicht. Evelyn und Morgan mochten freundlich sein, aber wenn es um die eigene Karriere ging, würden sie
alles tun, um sich Vorteile zu verschaffen. In ihren Augen würde

sie immer die privilegierte Lady Rose bleiben, auch wenn ihr Leben alles andere als glamourös oder leicht war.

Nach dem Museumsbesuch hatte Michael sie zu Tee und Kuchen eingeladen und sie hatten lange geredet. Er hatte ihr ein klein wenig von Blanche, seiner Frau, erzählt, von der er seit zwei Jahren getrennt lebte. Es gab keine gemeinsamen Kinder, etwas, das Michael anfangs bedauert hatte, doch nun begrüßte. Blanche liebte theatralische Auftritte und spielte die Kranke, wann immer unangenehme Probleme auftauchten. Brachte er das Thema Scheidung auf, erlitt sie regelmäßig Migräne- oder Schwächeanfälle und machte ihn für ihr Leid verantwortlich.

Eine komplizierte Situation, wie Rose feststellen musste, vor allem, weil Blanches Eltern zu den reichsten Unternehmern des Landes gehörten und jede Laune ihrer Tochter unterstützten. Bisher hatten sein makelloser Ruf und seine beruflichen Erfolge Michael unantastbar gemacht, doch wenn er als Ehebrecher in der Klatschpresse auftauchte, konnte sich das Blatt schnell wenden. Und wollte sie überhaupt die Affäre eines verheirateten Mannes sein? Seufzend legte Rose eine Hand auf das steinerne Geländer und stieg mit schweren Schritten weiter die Treppe hinauf.

»Guten Morgen, Rosie!«, rief Tredegar von unten und sie blieb stehen, um nach ihm zu sehen.

In wenigen Sätzen war er bei ihr und drückte ihr einen Kuss auf die Wange. Sein Mantel war regennass und seine Miene sorgenvoll. »Ich habe keine guten Nachrichten, Rosie.«

Ihr wurde kalt und sie packte seinen Arm. »Spence?«

»Nein, das nicht, Gott sei Dank. Aber dein Pass wurde eingezogen. Du hast vorläufig keine Reiseerlaubnis. Von den knapp zweihundert Bewerberinnen für Den Haag wurden nur zwei die Ausreise genehmigt. Eigentlich wollten sie überhaupt keine Frau reisen lassen und ich weiß nicht, wie die beiden Damen es geschafft habe, aber Chrystal Macmillan und Kathleen Courtney werden die beschwerliche Reise auf sich nehmen.«

Sie befanden sich im zentralen Treppenhaus des War Office und Rose konnte in den Flur sehen, der zu ihrer Abteilung führte. Dort stand Mrs Muir und beobachtete sie. Als sie merkte, dass Rose sie gesehen hatte, verschwand sie in ihrem Büro.

»Hat sie damit zu tun?« Rose nickte nach oben.

»So großen Einfluss hat Mrs Muir nun auch nicht, aber dass sie dich nicht mag, ist sicher nicht von Vorteil. Zumindest habe ich den Eindruck, dass man es besonders auf dich abgesehen hat. Sieh dich vor, Rose. Pazifistische Äußerungen werden momentan nicht gern gehört.« Er klopfte seinen Hut gegen den Mantel, um die Regentropfen abzuschütteln. »Was für ein Wetter. Und du warst gestern mit Michael im Museum? Ich habe ihn vorhin getroffen.«

Überrascht sah sie ihn an, doch seine Miene zeigte lediglich höfliche Anteilnahme. »Äh, ja, er hat mir die Elgin-Sammlung gezeigt. Sehr beeindruckend, das muss ich sagen.«

»Unser Michael hat ein Faible für die Antike. Eine weitere Passion, die seine Frau nie teilen konnte. Ich habe ihn damals vor dieser Ehe gewarnt, aber er war zu anständig, meinte, er könnte sein Wort nicht zurücknehmen.«

Rose hörte ihm aufmerksam zu. »Warum sagst du das?«

»Weil ich nicht blind bin, Rosie. Ich bemerke schon seit einiger Zeit, wie ihr euch anschaut. Ihr seid meine Freunde, beide. Aber die Gesellschaft ist gnadenlos. Wenn du einen Fehler machst, zerreißen dich die Hyänen in der Luft.«

Sie hob das Kinn. »Ich kann auf mich aufpassen, Gerry, danke.«

Diesmal war sein Lächeln voller Mitleid. »Das denkst du vielleicht, aber du hast ja keine Vorstellung davon, wie es ist, wenn man dich schneidet, dich nirgendwohin mehr einlädt und dir alle Türen vor der Nase zugeschlagen werden.«

Mit erhobenen Augenbrauen sagte sie: »Ach Gerry, du vergisst, dass ich eine Suffragette bin. Ich war im Gefängnis und im Exil, mein Vater lebt in einer Absteige und sobald der Krieg vorbei ist, kommt unser Haus unter den Hammer. Was sollte mir Angst machen?«

»Es gibt immer eine Steigerung, Rosie, vor allem, wenn du nicht allein betroffen bist. Aber genug jetzt davon. Ich habe mein Sprüchlein aufgesagt. Was du daraus machst, ist deine Sache.«

Sie drückte kurz seine Hand.

Mrs Muir sah von ihrem Schreibtisch auf, als Rose hereinkam und ihren Mantel auszog. Die Schottin lehnte sich zurück und musterte sie mit einem süffisanten Lächeln. »Hatten Sie einen angenehmen Tag gestern?«

Eigentlich eine unverbindliche Frage, doch der Unterton klang bedrohlich. Zögernd antwortete Rose: »Danke, ja.«

»Wie schön. Wir haben Sie bei der offiziellen Feier auf dem Parliament Square vermisst. Das ist Ihnen zu patriotisch, nicht wahr?« Ihre Vorgesetzte beugte sich vor und trommelte mit den Fingern auf einer Mappe, die vor ihr auf dem Tisch lag.

»Nein, natürlich nicht. Warum sagen Sie das? Es gab doch keine dienstliche Anweisung, an der Feier teilzunehmen«, erwiderte Rose verärgert und nahm ihren Mantel, um ihn aufzuhängen, doch Mrs Muirs grimmige Miene ließ sie innehalten.

»Von den Mitarbeitern des War Office erwarten wir ein vorbildliches Verhalten. Ihres lässt zu wünschen übrig, Lady Rose.« Die Vorgesetzte schlug die Mappe auf und überflog das Papier, das eine Art Protokoll zu enthalten schien.

Rose wurde blass und ihre Hände krallten sich fester in den Mantel. Aus den Augenwinkeln sah sie, wie die Sekretärinnen nebenan die Hälse reckten, um das Gespräch besser belauschen zu können. »Inwiefern?«

»Sie sind wohl nicht leicht aus der Fassung zu bringen. Bei Ihrer Vergangenheit wundert das nicht.« Mrs Muir blätterte durch die Unterlagen, um plötzlich die Hand auf die Papiere zu legen.

»Meine Vorgeschichte ist Ihnen bekannt, was soll das also?«

»Nur Geduld, meine Liebe, nur Geduld. Ah, da haben wir es.« Mrs Muir legte zwei bedruckte Seiten nebeneinander. »Was haben Sie mit Doktor Dalgrave zu tun? Einmal wurden Sie dort gesehen, als Millicent Fawcett, Winifred Edgecomb, Lady Phyllis ...«, sie hielt inne. »Muss ich alle Damen aufzählen? Sie waren mit diesen Damen dort, nicht wahr?«

Rose nickte. »Das ist richtig.«

Mrs Muir presste die Lippen aufeinander. Offenbar hatte sie nicht damit gerechnet, dass Rose sich nicht einschüchtern ließ. »Und was haben Sie dort getan?«

»Wir haben Tee getrunken und uns unterhalten. Es war ein sehr netter Abend«, antwortete Rose mit einem gewinnenden Lächeln.

»Sie haben keine pazifistischen Gespräche geführt und über die Frauenfriedenskonferenz in Den Haag gesprochen?«

Rose legte nachdenklich einen Finger an die Lippen. »Jetzt, wo Sie es sagen. Doch, das wurde erwähnt.«

»Und kam auch Doktor Wodehouse dazu?«

»Ist das hier ein Verhör, Mrs Muir? Ich plaudere ja gern mit Ihnen, aber das geht mir zu weit.« Im Nebenraum wurde ein nervöses Kichern unterdrückt.

Die Vorgesetzte schob die Papiere zusammen und klappte die Mappe zu. »Ihr Pass wurde bis auf Weiteres eingezogen. Sie dürfen das Land nicht verlassen. Den Haag wird ohne Sie auskommen müssen.«

»Das weiß ich bereits. Aber meine Abwesenheit ändert nichts an der Tatsache, dass viele Frauen auf der ganzen Welt sich für den Frieden einsetzen. Sie werden diese Konferenz abhalten und ein Zeichen setzen.«

»Ein Zeichen wofür? Dass wir tatenlos zusehen sollen, wie der deutsche Aggressor uns angreift, unsere Verbündeten überrollt und jeden Widerstand, der ihm in den Weg gestellt wird, mit beispielloser Brutalität und Grausamkeit niedermetzelt? Sollen wir hinnehmen, dass Passagierschiffe torpediert werden und Tausende unschuldige Zivilisten sterben? Ist das richtig? Ich habe es satt, mir diesen Unsinn von Frauen Ihres Schlages anzuhören. Große Reden schwingen, während andere ihr Blut für Ihre Freiheit lassen.«

»Mein Bruder ist Pilot und wird seit Neuve-Chapelle vermisst. Belehren Sie mich nicht. Und ist das nicht ein Grund mehr, sich für den Frieden starkzumachen? Sind Verhandlungen denn nicht die bessere Lösung?«

Mrs Muir musterte sie einen langen Augenblick, bevor sie sagte: »Und was haben Sie bei Ihrem zweiten Besuch von Doktor Dalgrave gewollt? Da waren Sie in Begleitung des Earl of Tredegar und, ah ja, wieder Doktor Wodehouse.«

Kühl erwiderte Rose: »Eine Familienangelegenheit. Der Earl of Tredegar und Doktor Wodehouse sind langjährige Freunde meiner Familie und haben mir beratend zur Seite gestanden. Mehr werde ich dazu nicht sagen.«

»Gehen Sie an Ihre Arbeit.« Mrs Muir legte die Mappe in eine Schublade ihres Schreibtisches.

Dieser Tag hatte nicht gut begonnen. Auch der kleinste Rest euphorischer Stimmung, den sie noch verspürt hatte, war verflogen. Rose erledigte ihre Arbeit und sehnte die Mittagspause herbei. Sie sah Michael zwar aus der Ferne, doch er war beschäftigt und sollte er sie bemerkt haben, ignorierte er sie. Vielleicht bereute er den Flirt im Museum bereits. Rose beschloss, von nun an vorsichtiger zu sein. Als sie am Abend Mabels Wohnung betrat, gab Anush ihr zwei Briefe.

»Möchten Sie etwas essen, Lady Rose? Miss Mabel kommt erst morgen zurück. Sie ist bei Freunden in Richmond. Ich habe noch Ragout und Kartoffeln und etwas Früchtekuchen.«

»Sehr gern, danke, Anush.« Rose ging in den kleinen Salon, in dem es nicht ganz so warm wie sonst war. Neugierig wendete Rose die Briefe. Das feine Büttenpapier des ersten Briefes war leicht parfümiert, doch die elegante Handschrift war ihr unbekannt. Der zweite Brief hatte eine lange Reise hinter sich, war schmutzig und leicht zerknittert und trug militärische Stempel. Feldpost.

Mit bebenden Fingern öffnete Rose den Umschlag und seufzte erleichtert, als sie Veras Unterschrift entdeckte. Vera schrieb aus einem Lazarett, das im französisch-flandrischen Grenzgebiet lag.

Liebe Rose, es fällt mir schwer, die richtigen Worte zu finden. Du kannst dir nicht vorstellen, was hier um mich herum geschieht, nein, das kannst du einfach nicht. Niemand, der nicht den Krieg erlebt, kann das. Und ich wünsche es niemandem. Krieg ist nicht heroisch, nur blutig, kalt, barbarisch, schmutzig, traurig und sinnlos. Es tut mir leid, dass du deinen Bruder vermisst. Ich kann dir nicht helfen. Gerade kommt ein neuer Transport Verwundeter herein. Es grüßt dich, Vera

Was hatte sie erwartet, dachte Rose und biss sich auf die Lippen, während der Brief in ihren Schoss sank. Sie hatte sich in einen Sessel nahe dem Feuer gesetzt, das nur noch schwach glomm. Vera kämpfte an vorderster Front und half, wo Hilfe am dringendsten benötigt wurde. Immerhin hatte sie sich die Mühe gemacht, ihr zu antworten. Der zweite Brief, der zart nach Veilchen duftete, war von Lady Phyllis, die sie zum

Abendessen in ihr Haus einlud. Ein Haus voller Kinder, Lachen und Familienglück war nicht das, was Rose jetzt ertragen hätte.

Rose nahm die Zeitung, die sie mitgebracht hatte, und überflog die Seiten. Der Mordfall Maggie Nally erregte die Gemüter, Politik und Kriegsgeschehen waren immer ab Seite neun zu finden. Doch auch bebilderte Werbung für Unterwäsche und Spitzen fand viel Raum in den Spalten am Seitenrand. Selfridges, das große Kaufhaus, bot Möbel, Stand- und Kaminuhren an. Versicherungen schienen reißenden Absatz zu finden, wenn man die Menge an Anzeigen betrachtete. Erleichtert legte Rose die Zeitung zur Seite, denn Anush brachte das Essen herein.

Zwei Tage später beherrschte eine schier unfassbare Schlagzeile die Tageszeitungen: Die Deutschen hatten bei Ypern Giftgas zum Einsatz gebracht. Weil die Angreifer das hart umkämpfte Ypern nicht bezwingen konnten, hatten die Deutschen gewartet, bis der Wind in Richtung der französischen Stellungen wehte und dann die Hähne von Tausenden zuvor im Sand vergrabenen Stahlflaschen geöffnet. Eine gelbe Wolke aus flüssigem Chlor schwebte todbringend auf die französischen Soldaten zu.

Während Rose vor dem War Office stand und das Unglaubliche las, rollten ihr Tränen über die Wangen und benetzten das Zeitungspapier. »Und wir dürfen nicht über den Frieden sprechen …«, murmelte sie.

»Ich glaube, Sie könnten einen Drink vertragen, Rose.«

Sanft nahm Michael Wodehouse ihr die Zeitung aus den Händen und warf sie in einen Papierkorb. Rose hatte an der Haltestelle auf einen Omnibus gewartet und sah ihn müde an. Die letzten Tage waren lang und anstrengend gewesen und sie hatten sich nur im Vorübergehen gesehen. Ihr sonst unerschütterlicher Lebensmut war auf einen Tiefpunkt gesunken und sie fürchtete, dass dies erst der Anfang war.

»Das ist eine hervorragende Idee, wenn nicht die beste an einem endlos langen grauen Tag.«

Sie nahm seinen Arm.

»Sie geben doch nicht auf, Rose? Das passt nicht zu Ihnen.«

Sie wollte etwas erwidern, doch er schüttelte kurz warnend den Kopf, grüßte einige Herren in Anzügen und Uniformen und sagte leise: »Nicht hier.«

16

Im Verborgenen

Doktor Wodehouse ging mit ihr zu seinem Wagen, der in einer Seitenstraße geparkt war. Den ganzen Tag über hatte es immer wieder geregnet und auch jetzt fielen dicke Tropfen auf das Pflaster, sodass er einen Regenschirm aufspannte. Als er ihr die Wagentür öffnete, sagte er: »Was halten Sie von einem guten einfachen Essen und einem Bier?«

»Klingt verlockend.«

»Gut«, er warf die Wagentür ins Schloss und setzte sich hinter das Lenkrad.

Der Regen prasselte auf das Wagendach und gegen die Fensterscheiben und Rose hatte Mühe, Passanten zu erkennen, meinte aber, Lady Phyllis gesehen zu haben. Sofort wandte sie den Blick ab und hielt eine Hand seitlich vor ihr Gesicht.

Michael, der den Wagen durch den Verkehr steuerte und einer Kutsche Vorfahrt gewährte, bemerkte ihre Geste. »Jemand, den Sie kennen?«

»Ich kann mich getäuscht haben. Lady Phyllis, sie hat mir eine Einladung geschickt, die ich noch nicht beantwortet habe.«

»Sie und ihr Mann Patrick sind sehr nett. Sie sollten die Einladung annehmen. Mrs Muir macht Ihnen das Leben schwer, habe ich den Eindruck.« Er bog in eine Straße, die südlich zur

Themse führte. »Wir könnten auch den *Strand* entlangfahren, aber da ist das Verkehrsaufkommen jetzt höher. Ein Gasthaus in der Fleet Street ist unser Ziel. Dort treffen wir sicher nicht auf Lady Phyllis oder Mrs Muir.«

Rose spürte das Kopfsteinpflaster unter den Rädern und musste sich festhalten, als sie über ein Schlagloch holperten. »Das ist es nicht. Michael, ich … vielleicht ist es besser, wenn wir nicht mehr gemeinsam gesehen werden.«

Ohne auf ihre Bemerkung einzugehen, sagte er knapp: »Wir sind gleich da. Sehen Sie das Schild mit dem schwarzen Hahn? Das ist es.«

Nach kurzem Suchen fand er einen Parkplatz und half ihr mit aufgespanntem Schirm beim Aussteigen. Das einfache Gasthaus war gut besucht, allerdings sah man deutlich weniger Herren und Damen in feinen Anzügen als im *Seven Rivers*. Sie bestellten Bier und Fisch im Teigmantel.

»Rose, ich möchte mich für mein Verhalten im Museum entschuldigen«, sagte Michael, nachdem sie sich eine Weile über die politischen Ereignisse unterhalten hatten. »Es täte mir unendlich leid, wenn ich dadurch Ihre Freundschaft verlieren würde.«

»Sie haben sich bereits mehrfach entschuldigt und genauso oft habe ich Ihnen versichert, dass es dafür keinen Grund gibt.«

»Und dennoch wollen Sie von weiteren gemeinsamen Unternehmungen Abstand nehmen?«

»Mir wurde von wohlmeinender Seite Zurückhaltung angeraten.«

Er runzelte die Stirn. »Ich verstehe nicht.«

»Unser gemeinsamer Freund Tredegar denkt, wenn wir öfters zusammen gesehen werden, könnte sich das kompromittierend auswirken.«

Michael fuhr sich durch die dichten Haare und schaute sich kurz im Gastraum um. Außer ihrem gab es noch drei weitere Tische, an denen eine Familie, ein Paar und Männer in Arbeitskleidung saßen. Nachdenklich lehnte er sich zurück. »Solange Sie keine Bedenken haben, Rose?«

Sie sah ihn direkt an. »Nein, es gibt wirklich schwerwiegendere Dinge, die mir Sorgen bereiten.«

Er nickte. »Oh, da kommt unser Essen.«

Die Bedienung stellte zwei Teller mit Fisch, Kartoffelpüree und Erbsen auf den Tisch.

»Lassen Sie es sich schmecken!«, sagte die Frau.

»Danke!« Der Duft des dampfenden Essens stieg in Rose' Nase und ließ ihren Magen hungrig knurren.

Michael lachte. »Guten Appetit, essen Sie, bevor Sie mir hier vom Stuhl fallen.«

»Was sagen Sie überhaupt zu diesem fürchterlichen Gasangriff der Deutschen?«, wechselte sie das Thema.

»Rechtlich gesehen stellt der Einsatz von chemischen Waffen eine Verletzung der Haager Konventionen dar. Damit sollte verhindert werden, was nun geschehen ist. Man hat die Büchse der Pandora geöffnet.«

Das Bier schmeckte plötzlich schal und Rose schob das Glas von sich. »Es ist erst der Anfang, das meinen Sie doch?«

Michael nickte langsam. »Ich bin mir ziemlich sicher, dass alle kriegführenden Nationen jetzt Chlorgas in Massen produzieren werden.«

»Die Friedenskonferenz in Den Haag ist wichtiger denn je, aber mein Pass wurde eingezogen. Ach ja, hatte ich erwähnt, dass Mrs Muir genau über unsere Treffen bei Doktor Dalgrave informiert ist? Wird Doktor Dalgrave vom Geheimdienst observiert?«

Michael winkte ab. »Seit Kriegsbeginn sind alle, die sich öffentlich pazifistisch äußern oder mit den Linken in Verbindung gebracht werden, unter Beobachtung. Außerdem ist Doktor Dalgrave den Konservativen ein Dorn im Auge.

Sie warten nur darauf, dass sie einen Fehler macht, um ihr die Approbation entziehen zu können.«

»Ich habe größte Hochachtung vor ihrer Arbeit. Vielleicht tue ich auch das Falsche und sollte mich bei Sylvia im East End melden. Ihre Zeitung druckt wenigstens die Wahrheit.« Rose spielte seit Tagen mit dem Gedanken, sich bei der Redaktion von *The Woman's Dreadnought* vorzustellen.

»Überlegen Sie sich das gut, Rose. Wenn Sie diesen radikalen Schritt machen, gibt es keinen anderen Weg mehr. Sylvia Pankhurst hat doch sogar mit Emmeline und Christabel gebrochen, die ja nun beileibe nicht zimperlich sind. Und ich finde, dass Sylvia sich sehr den Linken zugewandt hat. Sie ist ein außergewöhnlicher Mensch, kein Zweifel, aber sie mutet sich und ihrem Körper zu viel zu. Haben Sie sie in letzter Zeit einmal gesehen?«

»Nein, ich wollte sie besuchen und ... aber vielleicht ...« Wie so oft in den vergangenen Tagen wurde Rose von Zweifeln und Ängsten geplagt.

»Das hätte ich beinahe vergessen, Ihnen zu erzählen. Sie hatten mich doch gebeten, mich nach Celia Sudworth zu erkundigen«, begann er und hatte sofort Rose' volle Aufmerksamkeit.

»Haben Sie sie gefunden?«

»Das leider nicht, aber der Fall beginnt mich zu interessieren.« Er trank den letzten Schluck aus seinem Glas.

»Ja?«, hakte Rose ungeduldig nach. »Es gibt also einen Fall?«

Michael holte ein Notizbuch aus seiner Jackentasche und schlug es auf. »Die ganze Geschichte gestaltet sich zumindest mysteriös. Für den 12. September 1908 wurden zwei Passagen auf der SS *Philadelphia* von Southampton nach New York gebucht, zwei nebeneinanderliegende Kabinen auf den Namen Celia Sudworth. Das Schiff, ein Ozeanliner, fuhr unter einem Kapitän Mills. Die Route verlief von Southampton mit einem Halt in Cherbourg und von dort über den Atlantik nach

New York. Die Dame der Reederei in Southampton hatte die Passagierliste vorliegen und stolperte beim Durchsehen selbst über die Tatsache, dass die Kabine von Celia Sudworth die gesamte Reise über unbenutzt blieb. Allerdings war die zweite Kabine bis Cherbourg von einer Person mit dem Namen P. Roussel belegt. In Cherbourg ging Roussel von Board.«

»Mein Gott, was kann das bedeuten?« Rose überlegte laut. »Entweder teilte sich Celia die Kabine mit der anderen Person, bei der es sich um den französischen Maler handeln könnte. Oder aber – sie selbst war die andere Person und verließ das Schiff in Frankreich.«

»Denkbar wäre auch, dass sie die Reise nie antrat und der Franzose allein zurückfuhr. In dem Fall müsste sie noch in England sein.«

»Aber wo?« Rose legte das Kinn in ihre Hände. »Sie trat seither nie wieder in Erscheinung. Jemand wie Celia verschwindet doch nicht einfach. Sie war schön und talentiert. Irgendwann hätte ich sie bei einer Ausstellung oder auf einem Fest treffen müssen.«

»Und wenn sie mit ihrer Familie gebrochen hat? So etwas kommt vor«, meinte Michael bedeutsam.

»Aber dann hätte sie doch erst recht Aufsehen erregt. Entweder durch ihre Kunst oder durch ihre Liaison oder Heirat. Auf jemanden wie Celia stürzt sich die Klatschpresse.«

»Vielleicht wurde sie mundtot gemacht. Auch das kommt vor«, stellte Michael düster fest.

»Erzählen Sie! Welche Fälle dieser Art sind Ihnen untergekommen?«, wollte Rose wissen.

»Mir persönlich nicht, aber ich weiß von Kollegen, die in solchen Angelegenheiten tätig waren. Ich würde mich weigern, Beihilfe zur Einweisung eines weiblichen Familienmitgliedes zu leisten, dessen geistiger Zustand als labil oder dergleichen eingestuft wird.« Er drehte sein Zigarettenetui zwischen den Fingern. »Außerdem würde mich niemand für einen solchen

Fall engagieren. Das schließt meine Mitgliedschaft in der NUWSS aus.«

»Das zeichnet Sie aus«, betonte Rose.

Michael verzog den Mund. »In Ihren Augen. Die Familie meiner Frau beispielsweise sieht das ganz anders. Blanche hat mich wohl aus einem Akt der Rebellion gegen den übermächtigen Vater geheiratet. Sie hat es schnell bereut.« Er machte eine Pause. »Ich auch.«

»Meine Freundin Alice hält nichts von der Ehe. Sie erwartet gerade ihr erstes Kind und schert sich keinen Deut um die Meinung der anderen.«

Michael lächelte schwach. »Alice Buxton ist die Tochter des berühmten Schriftstellers Geoffrey Buxton. Da sieht man ihr eine Menge nach.«

»Mit einer Mutter wie Lady Sudworth wäre sie längst unter der Haube, da haben Sie recht. Aber ich habe mich den Wünschen meiner Eltern auch nicht gebeugt. Wie steht es damit?« Erwartungsvoll sah Rose ihn an.

»Sie haben eine ausgeprägte Persönlichkeit, einen ungewöhnlich starken Charakter und auch wenn ihre Eltern streng sind, mit den Sudworths dürfen Sie sie nicht vergleichen. Lord Sudworth war viele Jahre bei der Armee. Im Burenkrieg hat er unter Lord Kitchener die Wende zugunsten des Empires herbeigeführt. Seine Division galt als die unbarmherzigste, wenn es um die Durchsetzung des Befehls der verbrannten Erde ging. Sudworth machte kaum Gefangene und er trug den Beinamen *Der Schweiger*. Wissen Sie, warum?«

Verblüfft über diese Eröffnungen schüttelte Rose den Kopf.

»Bei Gerichtsverhandlungen, deren Vorsitz er hatte, schwieg er bis zur Urteilsverkündung. Und seine Urteile waren gefürchtet. Er schwieg bei öffentlichen Auspeitschungen und auch, wenn seine Offiziere Züchtigungen durchführten. Aber er schwieg nie aus Schwäche.«

Ihr Herz schlug schneller. »Das wusste ich nicht. Wie furchtbar.«

»Lady Sudworth steht ihrem Mann an Kaltherzigkeit in nichts nach. Einmal kam ein Dienstmädchen aus dem Haus der Sudworths zu mir. Sie war von Lady Sudworth mit heißem Öl übergossen worden, weil sie den Fisch hatte anbrennen lassen. Ich konnte eine außergerichtliche Einigung erwirken. Das Mädchen wurde mit einer anständigen, wenn auch längst nicht angemessenen Summe abgefunden und musste eine Verschwiegenheitserklärung unterzeichnen. Mir ist noch ein Vorfall zu Ohren gekommen, in dem es um Verbrennungen durch ein heißes Bügeleisen ging.«

»Ich verstehe. Widerstand wäre Celia wahrscheinlich teuer zu stehen gekommen.«

Bedächtig strich Michael über sein Notizbuch. »Solcherlei Verhalten aufseiten der Herrschaft ist keine Ausnahme, leider nicht, aber ich hätte dem keine Beachtung geschenkt, hätten Sie mich nicht auf das Verschwinden der Tochter gestoßen. Dadurch gewinnen diese Vorfälle an Brisanz und gleichzeitig zögere ich aus erwähnten Gründen, tiefer in die Materie einzusteigen.«

»Sie könnten berufliche Nachteile erfahren …«, murmelte Rose.

»Der Arm von Lord Sudworth ist lang und da wir nicht wissen, was geschehen ist, können wir die Konsequenzen nicht absehen. Auch für Sie nicht, Rose, und das ist für mich entscheidend.«

»Nein, das darf es nicht sein. Ich kann sehr gut auf mich …«

Ernst unterbrach er sie. »Das weiß ich, aber wenn Sudworth sich in die Enge gedrängt fühlt, wird er andere Mittel ergreifen als die Polizei. Er hält sich nicht an Gesetze, denn er steht über ihnen.«

»Aber nein, niemand steht über dem …« Rose schwieg, weil sie begriff, worauf er hinauswollte. »Na schön, wir sind also vorsichtig und halten uns bedeckt. Und wie gehen wir dann vor?«

143

»Sie geben nie auf, nicht wahr?«

»Nein! Selbstverständlich nicht!« Sie grinste. »Geben Sie es zu, ich habe Sie am Haken. Sie wollen doch auch wissen, was geschehen ist.«

»Wenn ich nicht neugierig wäre, hätte ich den falschen Beruf gewählt. Wir müssen allerdings äußerst vorsichtig sein. Falsch, Sie tun vorerst gar nichts. Wenn ich Ihre Hilfe benötige, melde ich mich. Können Sie mir das versprechen? Keine Nachforschungen bei Ihren Freundinnen wie Lady Phyllis beispielsweise?«

»Nur ganz nebenbei könnte ich Celia doch erwähnen, wenn es sich ergibt«, schlug Rose vor.

»Bitte, Rose, lassen Sie das Thema ruhen.«

»Na schön, vorerst. Aber Sie müssen mich auf dem Laufenden halten. Haben Sie denn einen Verdacht?«

Michael winkte der Kellnerin. »Zahlen, bitte.« Zu Rose sagte er entschieden: »Nein. Kommen Sie, ich bringe Sie nach Hause. Es war ein langer Tag.«

Als sie das Lokal verließen, stießen sie mit einer Gruppe betrunkener junger Männer zusammen, die anscheinend ihren letzten Tag in der Heimat feierten. »Na, Süße, gibst du uns einen Kuss? Nur einen Kuss für einen tapferen Soldaten!«

Michael legte seinen Arm um Rose' Schultern, wünschte den Rekruten Glück und ging weiter Richtung Automobil. Es regnete nicht mehr und die frische Nachtluft kühlte ihre erhitzten Wangen. Er gab ihr ein Gefühl von Geborgenheit, das sie lange vermisst hatte. All die Jahre war sie stark für andere gewesen, hatte gekämpft und gelitten und konnte nicht einen Sieg vorweisen. Sie wollte nicht so enden wie die Mitstreiterinnen, die aus Verzweiflung zu Morphium oder Alkohol gegriffen oder ihrem Leben ein Ende gesetzt hatten. Aber es konnte keine Zukunft mit ihm geben.

17

There is no pleasure a man may have on earth which can compare
In any way with a similar pleasure that he may have in the air.
Wheresoever and whatsoever his dreams of bliss may be,
He would enjoy them more by air than he would by land or sea.
(Es gibt kein Vergnügen auf Erden, das in irgendeiner Weise
dem des Fliegens gleichkäme, wo auch immer und was auch
immer eines Mannes Träume sein mögen. Er würde sie in der
Luft mehr genießen als an Land oder auf See.)
Miles Jeffrey Game Day (1896–1918): *The Joys of Flying*

Wie konnte das möglich sein? Sie hielt den Brief in den Händen
und starrte auf das Datum des Poststempels: 9. März 1915.
Spencer musste den Brief kurz vor der Schlacht von Neuve-
Chapelle geschrieben haben. Sie hatte wieder einmal lange im
War Office gearbeitet und war gerade erst zur Tür hereingekom-
men. Müde hatte sie im Vorübergehen bemerkt, dass es sehr
still bei Miss Bergemann war und in den Fenstern kein Licht
brannte. Morgen, dachte Rose, morgen werde ich nach ihr
sehen. Dann hatte Anush ihr den Brief gegeben. Das Mädchen
wirkte betrübt und Rose fragte: »Schlechte Nachrichten,
Anush?«

»Ach, es ist ganz schrecklich. Die Türken holen unsere Leute aus den Häusern. Razzien nennen sie das, aus politischen Gründen, dabei haben sie nur darauf gewartet, bis sie uns endlich vertreiben können. Das wird ein schlimmes Ende nehmen, ach, welch ein Elend!«

»Anush!«, rief Mabel aus einem der Zimmer. »Du hast die falsche Wäsche bezogen! Muss ich denn alles kontrollieren …«

»Entschuldigen Sie, Lady Rose.« Das Mädchen lief zu ihrer Arbeitgeberin, die sich in letzter Zeit launisch zeigte.

Rose führte die Stimmungsschwankungen auf Mabels Schwangerschaft zurück und Anush schien es gelassen zu nehmen. In ihrem Zimmer sank Rose auf ihr Bett und riss den Brief auf. Heute hatte sie keinen Blick für die dekorative Tapete und die passenden Vorhänge. Sie zog ihre Stiefel aus, wärmte sich die Füße unter der Bettdecke und begann zu lesen.

Meine liebste Rosie,

es mag dir seltsam vorkommen, dass ich mich gerade jetzt an unsere Kindheit erinnere. Aber bei allem, was sich hier abspielt, dem Grauen, das ich nicht in Worte zu fassen vermag, denke ich an die Tage auf Mandeville, an denen wir unbeschwert durch die vielen unnützen Räume des großen alten Kastens getobt sind. Ich habe dich geärgert, kleine Rosie, wie Jungen es tun, aber du hast dich immer zu wehren gewusst. Und später habe ich dich beschützt, obwohl du manchmal besser wusstest, wie man sich Mutters Launen und Vaters Zorn entzieht. Du warst schon immer viel mutiger und selbstständiger als ich, Rosie. Dass du dich den Suffragetten angeschlossen hast, konnte ich anfangs nicht verstehen und ich heiße nicht alles gut, was ihr tut. Aber ich verstehe dich und deinen Wunsch nach der Freiheit, die mir als Mann von Geburt an gegeben ist. Und dabei haben weiß Gott nicht alle meiner Geschlechtsgenossen ihre Privilegien verdient.

Ich sehe die unermüdlich sorgenden Krankenschwestern, wie sie die Verwundeten versorgen, ohne sich zu beklagen. Sie spenden

Sterbenden Trost, halten vor Schmerz Brüllenden die Hand und sprechen freundliche Worte, wenn es doch keine Hoffnung mehr gibt. Es ist mehr als gerecht, euch Frauen endlich die gleichen Rechte zuzusprechen. Jeder leistet, was er kann, und hilft, wo er gebraucht wird. Dieser Krieg verändert alle, Rosie. Keiner, der hier dabei war, kehrt ohne Narben zurück. Die meisten Narben sind unsichtbar. Und in den Augen meiner Kameraden sehe ich die Angst. Wer sagt, er hätte keine Angst, der lügt.

Ich kann oft nächtelang die Augen nicht schließen, Rosie, aus Angst vor den Bildern, die mich dann heimsuchen. Dann denke ich an England, an meine Freunde, an dich und die Sommer am Meer. Wie geht es Alice? Ihre Fröhlichkeit fand ich immer ansteckend. Sie hat so eine fürsorgliche Art, die einen die eigenen Sorgen für eine Weile vergessen lässt. Ich verrate dir kein Geheimnis, wenn ich sage, dass ich sie immer besonders gern mochte. Aber nun hat sie ihren Mann fürs Leben gefunden. Wer hätte gedacht, dass sie sich ausgerechnet in einen Italiener verliebt? Andererseits ist bei den Buxtons alles möglich.

Besuche sie, Rosie, grüße sie und ihren Vater von mir. Liebste Schwester, vergrab dich nicht irgendwo allein und vor allem reib dich nicht für deine Sache auf. Was ehrenvoll scheint, muss nicht unbedingt gut für einen sein.

Hinter uns donnert das Feuer- und Eisengewitter. Das Grabennetz vor uns ist so dicht. Die Sonne geht auf. Bald pfeifen die Granaten wieder.

Ich weiß, wir sehen uns wieder.

In tiefer Liebe

dein Bruder

Schluchzend presste Rose den Brief an die Lippen. »Oh Spence, oh mein lieber, lieber Spence, mein Bruder … Wo steckst du?«

Sie schnäuzte sich die Nase und legte den Brief auf den kleinen Beistelltisch. »Natürlich sehen wir uns wieder, du dummer Kerl.«

Am nächsten Morgen klopfte Rose an die Tür der österreichischen Klavierlehrerin, doch es blieb still in der Wohnung. Rose wandte sich an den Portier. »Guten Morgen, Mr Parker. Was ist denn mit Miss Bergemann? Ich sehe sie gar nicht mehr.«

»Gestern hat sie das Haus kurz verlassen. Sie ist vorsichtig, was ja auch besser für sie ist. Keiner will solche wie die da«, er machte eine abfällige Kopfbewegung in Richtung der Wohnung, »noch im Land haben. Verdammte Schlächter!«

»Aber sie ist eine alte Frau und kann doch nichts dafür. Wir sollten nicht zu hart sein, Mr Parker.«

»Mein Sohn steht irgendwo in Flandern in einem Schützengraben und wird vielleicht von einem ihrer Landsleute abgeschossen. Da soll ich mich um sie kümmern? Das ist zu viel verlangt«, entrüstete sich der Portier und zog die kleine Luke seiner Loge zu.

Im War Office war das beherrschende Thema die Landung alliierter Truppen auf der Halbinsel Gallipoli. Die massenhaften Verhaftungen von Armeniern durch die türkische Regierung wurden erwähnt. Doch Rose wusste, dass nur Menschen wie Anush und ihre Landsleute die Tragweite der Geschehnisse in ihrem vollen Ausmaß begriffen. In den darauffolgenden Tagen überschlugen sich die Ereignisse, wenn man davon absah, dass es keine Art von Normalität im Alltag mehr gab.

Rose trank gerade gemeinsam mit Evelyn und Morgan ihren Tee in der Mittagspause, als Tredegar in den Tea-Room schneite. Er trat zu ihnen und nickte freundlich in die Runde. »Meine Damen, ich bedaure sehr, dass ich nicht in Ihrem Büro arbeiten darf. Ihr Anblick wäre deutlich angenehmer. Bei uns dort oben gibt es nur tristes Schwarz und dicke Zigarren.«

Die beiden Frauen kicherten, nahmen ihre Tassen und verabschiedeten sich diskret.

»Sie müssen nicht gehen, wirklich«, sagte Tredegar, der etwas müde wirkte.

»Unsere Pause ist vorbei. Der schottische Drache kennt kein Pardon, was Unpünktlichkeit betrifft. Gerry, was gibt es? Neuigkeiten von Spence? Heute habe ich einen Brief von ihm erhalten, den er schon vor Wochen abgeschickt hatte.«

»Nein, Rosie, tut mir leid. Ich wollte dir nur sagen, dass Italien einen geheimen Vertrag mit den Alliierten unterzeichnet hat. Die Italiener werden also auf unserer Seite in den Krieg eintreten. Der Krieg weitet sich aus. Daran wird auch eure Konferenz in Den Haag nichts mehr ändern.«

Seufzend strich Rose über ihre Rocktasche, wo sich der Brief ihres Bruders befand. »Das war zu befürchten. Aber ein Zeichen ist es dennoch. Gerry, es muss doch wie ein Signal auf die Herren in den Regierungen wirken, dass sich über eintausend Frauen gegen alle Widerstände nach Den Haag gewagt haben!«

Der erste Tag der Konferenz war verstrichen und die überwältigende Teilnehmerzahl hatte der Frauenfriedenskonferenz zumindest eine Zeile in einer Zeitung beschert.

Gerald senkte die Stimme. »Ich kann dir nicht mehr sagen, aber eines ist gewiss, es wird über vieles gesprochen, nur über den Frieden nicht. Mit ihrem Gasangriff sind die Deutschen zu weit gegangen.«

Als er sah, wie Rose erbleichte, tätschelte er ihren Arm. »Wir werden gewinnen, Rosie, das ist sicher. Wir müssen einfach gewinnen, weil wir den gerechten Krieg führen.«

Taten sie das? Gab es überhaupt einen gerechten Krieg, fragte sich Rose und lächelte schwach.

»Ich würde dich heute Abend ausführen, um dich etwas aufzumuntern, aber heute werden die Beratungen bis spät in die

Nacht andauern. Hast du Michael gestern gesehen? Der arme Kerl, wundere dich nicht, wenn er schlechte Laune hat. Seine Frau ist in der Stadt.«

Die Erwähnung von Mrs Wodehouse wirkte wie ein Kübel Eiswasser, den man über Rose ausgegossen hatte. »Du kennst sie?«

Tredegar grinste breit. »Oh ja, danke. Ich hätte sie nicht geheiratet, wenn man mir ein Königreich geboten hätte.«

»Ach, hör auf, so schlimm kann sie nicht sein. Warum hätte Michael sie sonst heiraten sollen?«

»Wie oft ich mich das gefragt habe. Nein, wirklich, er ist gutmütig und sie hat ihm eine Falle gestellt. Ich plaudere keine Details aus, das muss er dir selbst erzählen, wenn er es möchte. Seht ihr euch noch? Zumindest jetzt solltest du dich …«

»Gerry, lass das. Da läuft nichts zwischen Michael und mir. Wir sind Freunde, mehr nicht. Ich mag ihn sehr, das stimmt, aber ich habe genug Probleme mit meiner eigenen Familie. Hast du Vater noch einmal gesehen?«

»Nein, das nicht. Aber ich habe gehört, dass es ihm etwas besser geht und er wieder in seinem Klub wohnt. Immerhin. Er hat sich gefangen, denke ich, und das lag sicher auch an deinem Besuch, Rosie.«

»Wie lange kann er mit dieser Krankheit leben?« Sie brachte den Namen der Seuche nicht über die Lippen.

»Einige werden sehr alt damit. Vielleicht musste er diesen schweren Krankheitsschub und den Schock darüber einfach auf seine Art verwinden. Ich wünsche es ihm. Er ist kein übler Kerl. Ich mag deinen Vater, Rosie. Deine Mutter hingegen …« Er zog eine Grimasse, als hätte er in eine saure Zitrone gebissen.

Rose lachte, wurde aber sofort wieder ernst. »Ich würde gern mit meinem Vater sprechen, wenn er sich besser fühlt. Kannst du das für mich arrangieren, Gerry? Von selbst wird er kaum auf mich zukommen. Dabei hatten wir früher einmal ein gutes Verhältnis. Nun ja, solange ich das kleine Mädchen mit den blonden Locken war, das nicht widersprochen hat.«

Er nickte und sah auf seine Uhr. »Ich muss gehen.«

»Um Himmels willen, ich auch!« Rose folgte ihm in das Treppenhaus, wo er abrupt stehen blieb und ihr leise ins Ohr flüsterte: »Augen unauffällig nach links oben, auf elf Uhr siehst du eine Dame mit Federn und Pelz. Das ist Blanche Wodehouse.«

Rose richtete ihre Haare und schaute dabei nach oben. Eine äußert elegante Erscheinung lehnte an der Empore und war in ein Gespräch mit mehreren Herren vertieft. Die Dame war nach der neuesten Mode gekleidet und an ihrem Handgelenk und in ihrem Dekolleté blitzte teurer Schmuck. Als sich Blanche seitlich drehte, konnte Rose ihr Profil mit der spitzen Nase und dem energischen Kinn erkennen. Die Frau hielt ein Mundstück mit Zigarette zwischen den Fingern und als sie beiläufig die Asche in das Treppenhaus fallen ließ, sah sie in Rose' Richtung. Obwohl sie sich nicht kannten und die Entfernung erheblich war, durchfuhr Rose der Blick aus den schmalen grünen Augen.

Plötzlich trat Michael zu der Gruppe und Blanches Haltung veränderte sich schlagartig. Sie wirkte steif und ihre Miene verhärtete sich, während sie ihrem Mann zuhörte. Die beiden wechselten nur wenige Worte, danach wandte sich Blanche abrupt um, starrte noch einmal nach unten, um dann mit den Herren zu gehen.

»Sie kennt mich doch nicht, oder? Gott, was für eine Eiskönigin!«, entfuhr es Rose heiser.

Tredegar schüttelte sich. »Kalt, brrr.« Er gab Rose einen Kuss auf die Wange.

Als Rose die Treppen hinaufging, musste sie immer wieder nach oben sehen, weil sie noch immer die grünen Augen auf sich fühlte.

18

Hilfe von alten Freunden

War begets war: it has done so from the beginning,
and will forever do so.
But love and peace and kindness beget
love and peace and kindness.
(Krieg bringt Krieg hervor, das war immer so und wird immer
so sein. Aber Liebe und Frieden und Mitgefühl bringen Liebe,
Frieden und Mitgefühl hervor.)
Lucy Thoumaian-Rossier (1890–1940): *A Manifesto to Women*
of Every Land

Nichts, keine Zeile! Fassungslos blätterte Rose die Zeitung
erneut durch, um sie danach auf den Stapel zu den anderen
Tageszeitungen zu werfen. »Das kann doch nicht wahr sein!«,
entfuhr es ihr laut. Die Konferenz in Den Haag war seit zwei
Tagen vorbei.

Evelyn, die am Nebentisch arbeitete, unterbrach ihren
Bericht und fragte: »Was regt dich auf, Rose?«

»Die Friedenskonferenz der Frauen wird einfach unter
den Tisch gekehrt. Als wären wir nichts, als hätten wir keine
Stimme.« Sie zog ein neues Blatt hervor und spannte es in ihre
Schreibmaschine ein. »Weißt du, wer Lucy Thoumaian ist?«

Vorsichtig sah Evelyn sich nach Mrs Muir um, die jedoch vorn in ihrem Büro beschäftigt war. »Nein, eine von deinen Mitstreiterinnen bei der WSPU?«

»Lucy ist viel mehr als nur eine Kämpferin für das Frauenwahlrecht. Sie ist auch eine Friedensaktivistin. Ich erkläre dir, warum ich ihre Arbeit und ihre Stimme für so wichtig halte. Lucy und ihr Mann sind Armenier und schon vor Jahren aus ihrem Land vertrieben worden. Sie leben hier im Exil und haben eine Schule und ein Waisenhaus aufgebaut. Ihr Volk wird gerade von den Türken verhaftet und aus ihrer Heimat vertrieben. Und das passiert genau jetzt, weil im Krieg niemand so genau hinsieht! Aber wir sollten hinsehen, überall!«

Sie hatte ihre Stimme erhoben, während sie voller Leidenschaft für die armenische Kameradin und auch für die heimatlose Anush sprach. Die anderen Frauen im Schreibbüro sahen zu ihnen hin. Etwas leiser fuhr Rose fort: »Lucy Thoumaian war in Den Haag dabei.« Rose rang die Hände. »Oh, wie gern wäre ich auch dort gewesen, aber sie haben meinen Pass eingezogen.«

Evelyn machte eine beschwichtigende Handbewegung. »Nicht so laut, Rose. Viel kannst du dir nicht mehr bei ihr erlauben.«

»Was erlaube ich mir denn schon? Ich habe es satt! Wir haben ein Recht auf unsere Meinung, und die sollte genauso gedruckt werden wie die Berichte über die Schlachten und die Toten. Es gibt eine Seite für Finanzen, Unterhaltung und Modeschnickschnack und nicht einen Artikel über die Frauen, die sich für den Frieden einsetzen.« Ihr Herz raste, weil die Wut sie gepackt hatte. »Lucy Thoumaian hat für den Frieden gesprochen, weil sie am eigenen Leibe erlebt hat, was Gewalt bedeutet. Sie hat schon 1914 in ihrem Manifest geschrieben, dass der Krieg von Männern geführt wird und die Frauen ihn beenden müssen.«

»Was geht da vor?«, rief Mrs Muir plötzlich vom anderen Ende des Raumes und kam mit energischen Schritten durch die Reihen zu ihnen. »Natürlich, unsere Lady hält wieder Reden. Aufrührerische Reden, nehme ich an.«

»Keineswegs, Mrs Muir. Ich habe mir nur erlaubt, auf die Erfolge der Frauenfriedenskonferenz in Den Haag hinzuweisen. Mir ist aufgefallen, dass diese Konferenz kaum Erwähnung in der Presse findet.« Ihr Ton war sachlich, um die Vorgesetzte nicht unnötig zu verärgern.

»Erfolge? Wurden Friedensverträge zwischen den kriegführenden Nationen geschlossen?« Mrs Muirs Worte waren voller Hohn.

»Noch nicht, aber wenn sich die Herren Politiker an den Resolutionskatalog halten, wäre ein Friede zumindest wahrscheinlicher, als er es jetzt ist«, erwiderte Rose.

»Was für ein Resolutionskatalog?«, fragte eine der Frauen hinter ihr.

Nach einem kurzen, um Zustimmung ersuchenden Blick zu Mrs Muir, die gnädig nickte, erklärte Rose: »Nun, es sind Forderungen nach einem internationalen Gerichtshof, nach einer internationalen Organisation zur Friedenssicherung, nach einer weltweiten Kontrolle des Waffenhandels, und Massenvergewaltigungen werden als Mittel der Kriegsführung verurteilt.«

Ein Raunen ging durch die Frauen und Mrs Muir starrte sie mit steinerner Miene an. »Es reicht, Lady Rose. Ich verbiete Ihnen, weiter über derlei demoralisierende Fantastereien zu sprechen. Noch ein Wort und Sie sind gefeuert!« Mrs Muir stemmte die Hände in die Hüfte und tippte wütend mit der Fußspitze auf den Boden. Sie trug einen dunklen Rock, eine weiße Bluse und eine karierte Schärpe, auf der ein Verdienstorden haftete.

»Ich nehme an, Sie wünschen keinen Bericht zur Konferenz, obwohl ich über sehr gute Quellen verfüge«, schlug Rose unnötigerweise und überaus höflich vor.

Mrs Muir beugte sich vor und stützte sich vor Rose auf deren Tisch ab. Sie war gezwungen, direkt in die Augen der Vorgesetzten zu sehen, die sie durchdringend fixierten.

»Tippen Sie auf dieser Maschine auch nur ein Wort dazu, sind Sie die längste Zeit hier gewesen, ein weiteres Wort zu den Frauen hier und Sie landen wegen aufrührerischen Verhaltens vor Gericht. Und glauben Sie mir, Lady Rose, ich habe die nötigen Kontakte und Mittel, um Sie zum Schweigen zu bringen.«

»Sie drohen mir?«

»Nein, ich tadle Ihr unangemessenes Benehmen und gebe Ihnen noch eine Chance. An die Arbeit, meine Damen!« Die scharfe Stimme der resoluten Frau durchschnitt die lastende Stille des Raumes und sofort hob das Rattern und Klappern der Schreibmaschinen an.

Rose wandte sich ebenfalls wieder ihrer Arbeit zu, doch es fiel ihr schwer, sich zu konzentrieren. Ihr Herz brannte für die tapferen Frauen, die sie so sehr bewunderte. Sie musste sich bis zum Abend gedulden, dann würde sie mehr über Den Haag erfahren, denn sie war bei Lady Phyllis eingeladen.

Während sich Rose am Abend in der Wohnung der Goodwyns für die Dinner-Party umzog, wurde sie von Anush ans Telefon gerufen. Rose warf sich ihren Morgenrock über und eilte die Treppe hinunter, um das Gespräch von Mr Parker entgegenzunehmen, der sich diskret zurückzog.

»Hallo, hier spricht Rose Mandeville.« Die Verbindung war nicht sehr gut.

»Rosie, wie geht es dir?«, rief Alice und das Rauschen in der Leitung wurde schwächer. »Kannst du mich jetzt besser hören? Ist das olle Kabel hier.«

»Oh, es ist so schön, deine Stimme zu hören, Allie. Mir geht es gut, aber wie geht es dir und deinem Kind? Ist alles in Ordnung?«

Sie hörte ihre Freundin lachen. »Ich werde fett und träge. Uns geht es hervorragend. Ich verbringe jetzt mehr Zeit auf dem Sofa, was Sir John sehr begrüßt, er wärmt mir die Füße. Vater wollte eigentlich nach Amerika reisen. Er hat eine Einladung nach New York erhalten, wo sie ihm einen Literaturpreis für seinen Roman verleihen wollen. Aber jetzt will er mich nicht allein lassen. Er will auf keinen Fall die Geburt verpassen. Ich kann ihm noch so oft sagen, dass es noch bis September dauert …«

Rose sah den gemütlichen Salon von Hill House und den alten Kater vor sich. »Ich kann deinen Vater verstehen. Außerdem ist es gefährlich, jetzt mit dem Schiff über den Atlantik zu fahren. Die Deutschen sind unberechenbar. Lass ihn ruhig zu Hause bleiben, Allie.«

Im Hintergrund rief Geoffrey Buxton etwas und Alice sagte: »Ich soll dich von Pa grüßen und dir sagen, dass du jederzeit willkommen bist. Aber das weißt du ja hoffentlich! Es ist manchmal recht voll hier, aber wir kommen alle gut miteinander aus.«

»Danke, Allie, und grüße bitte auch deinen wundervollen Vater von mir!«

»Ja, er ist ein Schatz und seit ich schwanger bin, ist er voller Ideen. Unter anderem will er ein Kinderbuch schreiben. Am liebsten möchte er jetzt schon wissen, ob es ein Junge oder ein Mädchen wird. Doktor Harris ist sich noch nicht sicher, die Hebamme tippt auf einen Jungen. Lorenzo hätte lieber ein Mädchen, wir werden sehen. Mir ist es egal, wenn es nur ein gesundes Kind ist.«

Als Allie Lorenzo erwähnte, fiel Rose wieder ein, was sie über Italien gehört hatte. »Es ist wohl nur noch eine Frage der Zeit, wann Italien in den Krieg eintritt.«

»Leider, ja, fürchterlich. Deshalb rufe ich dich auch an, Rosie. Lorenzo will nicht, dass unser Kind unehelich geboren wird. Herrje, ich hätte nicht erwartet, dass er sich als ein solcher Traditionalist entpuppt. Ich wollte ihm seine Freiheit lassen, aber nun stellt sich heraus, dass er die gar nicht mehr will!« Alice lachte glücklich.

»Ich freue mich so für dich! Und ich finde es richtig, dass er dich heiraten will. Er steht zu dir und will sich in aller Form zu dir bekennen. Ach, das ist schön, und wo werdet ihr heiraten?«

»Hier natürlich! Wenn er es schafft, kommt er Ende Juni herüber. Da kannst du dir schon gleich für den Juli ein dickes Kreuz in deinen Kalender machen. Du bist meine Trauzeugin und ich hoffe, du übernimmst auch die Patenschaft für mein Kind.«

Rose schniefte gerührt. »Es ist mir eine Ehre, Allie, und ich kann's nicht erwarten, euch alle zu sehen. Ach, du meine Güte, hast du denn schon ein Brautkleid? Und all die Vorbereitungen. Und wer kümmert sich um den Garten? Du kannst doch nicht mehr schwer heben und dergleichen.«

»Mach dir keine Sorgen, Rosie. Mir geht es gut. Und wir haben viele helfende Hände hier. Irgendein weißes Kleid finde ich schon. Und das ist mir auch gar nicht wichtig. Hauptsache ist, dass mein Lorenzo es durch das Kriegsgebiet und über den Kanal schafft. Alles andere wird sich finden … Moment.«

Rose hörte, wie Alice mit jemandem sprach.

»So, da bin ich wieder. Das war Dora, wegen des Unterrichts. Es gibt immer wieder mal Mütter, die sich gegen meine Methode sträuben. Aber wenn sie dann erst sehen, wie erfolgreich der Unterricht nach Signora Montessori ist, geben sie nach.«

»Sollte ich irgendwann einmal Kinder haben, schicke ich sie zu dir!«

»Unbedingt! Rosie, ich werde gebraucht, aber das ist mir noch eingefallen. Du wolltest doch wissen, was mit dieser Celia Sudworth passiert ist, die eine Affäre mit einem französischen Maler hatte?«

»Das nehme ich an. Michael hat herausgefunden, dass im September 1908 zwei Schiffspassagen nach New York auf Celias Namen gebucht waren, in nebeneinanderliegenden Kabinen. Aber nur eine Kabine wurde genutzt, von einem Passagier mit Namen Roussel. Dieser Roussel ist in Cherbourg von Bord gegangen.«

»Meine Güte! Da soll mich doch …«, rief Alice erstaunt. »Das stinkt ja zum Himmel. Frag doch Ray nach dem Maler. Er kennt sich wirklich aus in der Szene und hat viele Kontakte auf dem Kontinent und kann dir bestimmt weiterhelfen. Na also, das ist mal eine Geschichte, nicht zu fassen, dass die Sudworths damit all die Jahre durchgekommen sind.«

Rose dachte an Mrs Muir. »Du hast ja keine Ahnung, wie die sogenannte bessere Gesellschaft zusammenhält, wenn es darauf ankommt. Nicht zu vergessen Macht und Geld. Mit Geld kannst du dir Schweigen erkaufen und als einflussreiche Persönlichkeit findest du Mittel und Wege, um Leute aus dem Weg zu räumen.«

»Sicher, das stimmt. Tja, ich wünsche dir viel Erfolg bei deiner Suche. Und falls ich helfen kann, melde dich, Rosie!«

In ihrem Abendkleid stand sie wenig später vor der Tür von Raymond Saulls Wohnung, die nicht weit von Lady Phyllis' Stadthaus entfernt lag. Die Nacht war klar und nicht kalt, sodass sie das letzte Stück zu Phyllis laufen konnte. Der leichte Wollmantel, den sie über dem Kleid trug, stammte noch aus Paris und am Kragen steckte das Abzeichen der Suffragetten. Liebevoll strich sie über das lila, weiß und grün gestreifte Band mit dem WSPU-Medaillon. Sie erinnerte sich noch gut an ihre erste Begegnung mit Christabel Pankhurst. Lila steht für die Würde, Weiß für die Unschuld und Grün für die Hoffnung, hatte sie ihr damals erklärt und ihr den Anstecker gegeben. Und was davon war geblieben?

Die Tür wurde geöffnet und eine hübsche junge Frau in einem exotischen Gewand sah sie neugierig an. »Wir warten schon auf Sie. Aber in dem Aufzug können Sie nicht mitmachen.«

Verdutzt sagte Rose: »Nein, nein, da muss eine Verwechslung vorliegen. Ich wollte nur kurz mit Raymond Saull sprechen. Der wohnt doch hier, nicht wahr?«

Doch die junge Frau hatte sich bereits umgewandt und lief barfüßig durch einen lichten Eingangsbereich. Palmen und Marmorstatuen und sogar ein Zimmerbrunnen schmückten den halbrunden Raum. Von hinten ertönte Musik aus einem Grammophon und es roch nach schwerem orientalischen Parfüm und Zigarren. Am liebsten wäre Rose wieder umgekehrt, doch dann sah sie die rothaarige Malerin, der sie schon öfter in Hill House begegnet war.

May McGregor trug eine Art Kimono und ihre Hände waren farbverschmiert. »Was für eine nette Überraschung! Rose, was bringt dich zu uns?«

Erleichtert, dass sie nicht in eine von Rays legendären Partys geplatzt war, antwortete sie: »Es tut mir leid, ich will gar nicht stören. Ich bin auf dem Weg zu Phyllis Linnsdale. Ist Ray denn kurz zu sprechen?«

»Du siehst besorgt und etwas angestrengt aus, Rose, geht es dir gut? Dieser Krieg nimmt uns alle mit. Aber die Kunst stellt keine Fragen, sie fordert, egal, ob die Welt in Trümmer fällt.« May hakte sie unter und zog sie mit sich in einen großen Raum, der hell erleuchtet war.

Es handelte sich offensichtlich um ein Atelier, denn es standen verschiedene Staffeleien um einen Diwan, auf dem sich drei

Modelle in klassischen Posen präsentierten. Ein athletischer junger Mann und zwei Damen verharrten regungslos und unbekleidet mit Schwert, Lorbeerkranz und einem Zeppelinmodell. Ray trat hinter einer großen Staffelei hervor und war anscheinend unzufrieden mit dem Arrangement, doch als er den unerwarteten Besuch sah, hellte sich seine Miene auf.

»Sieh mal, wen ich dir mitgebracht habe!« May ließ Rose los und ging zu den Modellen. »Aber so doch nicht. Was soll denn das darstellen …«

Ray umarmte Rose und küsste sie auf die Wangen. »Meine Liebe, was führt dich zu mir?«

»Heute nur eine Frage. Es geht um eine verschwundene Schulkameradin.« Sie erklärte kurz ihr Anliegen.

Interessiert hörte Ray zu. »Lord Sudworth? Er hat ein Bild von mir gekauft, es aber zurückgegeben, weil es ihm doch nicht gefiel. Spontan fällt mir niemand zu dem Namen Roussel ein, aber ich höre mich um. Möchtest du nicht einmal für uns Modell sitzen? Ja? May und ich malen je ein Porträt von dir und du suchst dir das aus, welches dir besser gefällt.«

»Was? Oh nein, ich, nein, das geht nicht«, wehrte Rose schüchtern ab.

»Warum nicht? Nur ein Porträt, keinen Akt. Doch, so machen wir es. Komm einfach an einem Abend diese Woche vorbei. Wir sind hier.« Er wurde von einer Bewegung der Modelle irritiert. »Nein! Ihr macht mich wahnsinnig. So! Zum Henker …«

Rose lächelte und verließ das Atelier. Warum eigentlich nicht, dachte sie. Andere würden sich darum reißen, von Ray porträtiert zu werden.

19

Die Dinner-Party

I hate the idea of causes,
and if I had to choose between betraying my country
and betraying my friend, I hope I should
have the guts to betray my country.
(Ich hasse die Idee von Ursachen, und wenn ich schon wählen
muss, ob ich mein Land oder meinen Freund betrüge, dann
hoffe ich, dass ich den Mut habe, mein Land zu betrügen.)
E. M. Forster (1879–1970)

Das Haus des Earl of Linnsdale gehörte zu jenen Villen am
Regent's Park, die einer anderen Ära entsprungen zu sein
schienen. Hinter einem hohen eisernen Zaun ragte in der
Dunkelheit ein weißes Gebäude auf. Säulen am Haupteingang
und eine Fassade, die der eines italienischen Palazzo glich, ließen Rose beinahe vergessen, dass dieses Gebäude in London
und nicht südlich der Alpen stand. Ein Butler öffnete die Tür,
nahm ihre Karte entgegen und führte sie in eine Halle, die von
Säulen und einem Treppenaufgang aus dunklem Onyx dominiert wurde. Allein die Beschaffung des edlen Gesteins musste
ein Vermögen gekostet haben. Prachtvolle Marmorskulpturen
von namhaften Bildhauern, vergoldete Bilderrahmen und edle

Vasen zeugten vom Reichtum der Bewohner. Rose, die ihre Kindheit und Jugend in ähnlichen Anwesen verbracht hatte, wurde von einem leichten Unbehagen überfallen. Auch wenn sie den Namen eines Duke trug, gehörte sie nicht mehr zu dieser Gesellschaft.

Der Butler führte sie in einen Salon, dessen Wände mit zitronengelber Seide bespannt waren. Aquarelle zeigten Ansichten aus Italien. Rose stand vor einer Stadtansicht und fragte sich gerade, um welche römische Piazza es sich handelte, als Lady Phyllis hereinkam.

»Rose, wie schön, dass Sie gekommen sind!«

Die Begrüßung war herzlich und ungezwungen. Phyllis trug ein mit Perlen besticktes Abendkleid und wirkte in ihrer Umgebung viel konservativer als bei Doktor Dalgrave.

»Ich danke Ihnen für die Einladung, Phyllis. Was für ein schönes Haus Sie haben!«

Die Hausherrin lächelte bescheiden. »Es gehört der Familie meines Mannes und ist viel zu groß. Die Heizung verschlingt Unsummen und erst das Personal.« Die letzten Worte sprach Phyllis leise und sah zur Tür. »Wenn es nach mir ginge, würde ein halb so großes Haus ausreichen. Aber wem sage ich das? Sie wissen, wovon ich spreche.«

Rose seufzte. »Zurzeit gehört Mandeville Park dem Roten Kreuz. Ich halte das für äußerst sinnvoll, meine Mutter sieht das anders. Wir haben grundsätzlich sehr unterschiedliche Ansichten, vorsichtig ausgedrückt.«

»Es ist nicht immer leicht mit der Familie, wenn man sich, wie wir, einem Ziel verschrieben hat. Denken Sie nur nicht, dass meine Arbeit bei der NUWSS den Linnsdales zusagt. Als ich das erste Mal mit Flugblättern und einer Anstecknadel nach Hause kam, wäre meine Schwiegermutter beinahe in Ohnmacht gefallen. Sie hat eine Woche nicht mit mir gesprochen. In ihren Augen verliert eine Frau ihre Würde, wenn sie einer beruflichen

Tätigkeit nachgeht oder, noch schlimmer, eine eigene politische Meinung hat.«

»Und Ihr Mann hat nichts dagegen?«

Phyllis berührte ihren dunklen Pagenkopf, in dem ein Diadem steckte. »Grässliche Dinger. Sie zwicken nach einer Weile, aber Patrick liebt es, wenn ich den Familienschmuck trage. Mein Mann ist recht tolerant. Oh, habe ich schon erwähnt, wer heute unsere Gäste sind? Nein? Winifred Edgecomb, die Sie ja schon kennen. Ich mag sie sehr, ein rustikales Schlachtross mit dem Herz auf dem rechten Fleck. Florence ist dabei. Sie kommt meist später, weil sie die Praxis nie pünktlich schließt. Und Michael. Ah, der Arme kommt in Begleitung seiner Gattin, einer grässlichen Person, aber wenn sie in der Stadt ist, will sie überall dabei sein.«

Rose erbleichte.

Phyllis nahm ihren Arm. »Meine Güte, Rose, wollen Sie sich setzen? Soll ich Ihnen ein Glas Wasser holen? Nein, warten Sie, hier, nehmen Sie Platz.« Sie schob Rose zu einem Armlehnstuhl und während es klirrte und plätscherte, schloss Rose die Augen.

Konnte das ein Zufall sein? Ahnte Blanche Wodehouse etwas?

Phyllis drückte ihr ein Glas Sherry in die Hand. »Bitte, trinken Sie, Rose. Haben Sie überhaupt schon etwas gegessen? Ich weiß, wie lang die Tage im War Office sind. Patrick verbringt dort viel zu viel Zeit.«

Rose nippte dankbar an dem Likörwein und schlug die Augen auf. »Blanche Wodehouse, die Tochter der Craftons?«

»Sie kennen sie?«

»Nein. Ich hatte noch nicht das Vergnügen.«

Phyllis grinste. »Ob das ein Vergnügen wird, bezweifle ich. Michael hat mich immerhin informiert, dass sie mitkommt. Was sollte ich machen, sie ausladen? Der arme Mann tut mir leid. Er ist ein reizender Mensch, hilfsbereit und in unserer

Sache ernsthaft engagiert. Wir verdanken seiner Unterstützung viel.«

Es klopfte und der Butler trat ein. »Mylady, die übrigen Gäste sind eingetroffen. Ich habe den Aperitif im Blauen Salon servieren lassen. Nanny Mayme hat die Kinder gewaschen und zu Bett gebracht.«

»Gut. Ich sehe gleich nach ihnen und dann können wir beginnen.« Phyllis wandte sich an Rose. »Wollen Sie mich kurz zu den Kindern begleiten? Sie sind solche Engel, wenn sie im Bett sind.«

Vom liebevollen Umgang der Mutter mit ihren Kindern berührt, betrat Rose bald darauf hinter Phyllis den Blauen Salon. Sie holte tief Luft und straffte ihre Schultern, als sie den Gästen mit einem Lächeln begegnete, obwohl sie innerlich vor Nervosität zitterte. Phyllis nahm das Vorstellen auf zwanglose Art vor. Patrick, der Earl of Linnsdale, war ein charmanter Mann, der mit seiner großen sportlichen Statur, dem schmalen Schnauzbart und seinen blauen Augen ganz dem Idealbild des Aristokraten entsprach. Wie alle anwesenden Herren trug er einen Frack. Auch Vernon Edgecomb, der Gatte von Winifred, ein kantiger Mann mit breitem, zerfurchtem Gesicht und einer mehrfach gebrochenen Nase, war unter den Gästen. Sein Lachen war laut und ansteckend und Rose mochte Vernon beinahe so gern wie Winifred.

Michael war heute nicht wiederzuerkennen, fand Rose, als sie ihn mit angespannter Miene neben seiner Frau erblickte. Blanche hingegen schien die Situation zu genießen und berührte immer wieder den Arm ihres Mannes. Ihr Kleid entsprach der neuesten Pariser Mode, ihr Schmuck war teuer und ihre Lippen waren zu rot geschminkt. Sie wirkte älter als ihr Mann, obwohl sie jünger war. Tiefe Linien um Nase und Mund zeugten von einer offen zur Schau getragenen Überheblichkeit, die sich in jeder ihrer Gesten ausdrückte.

Während die schmalen grünen Augen sie musterten, fühlte sich Rose wie eine Ratte auf dem Seziertisch. »Lady Rose, eine der berüchtigten Suffragetten! Endlich lerne ich Sie persönlich kennen.«

Rose sah von Michael zu Blanche. »Sie schmeicheln mir, Mrs Wodehouse. Die WSPU hat längst nicht erreicht, was sie sich auf die Fahnen geschrieben hatte.«

»Aber Sie waren bereit, viel für Ihre Ziele zu opfern, oder nicht?« Blanche schüttelte leicht ihr Handgelenk, sodass das Diamantarmband leise klingelte und im Licht schimmerte.

»Alles, Mrs Wodehouse, wir sind bereit, alles für das Frauenwahlrecht und unsere Gleichberechtigung zu opfern. Wie stehen Sie zu diesem Thema?«, wollte Rose, die ihr Selbstbewusstsein wiedererlangt hatte, wissen.

Bevor Blanche antworten konnte, sagte Michael: »Es gibt Frauen, die darauf verzichten, Stellung zu beziehen. Aussitzen nennt man das, glaube ich.«

Rose erschrak, als sie den eisigen Blick bemerkte, den Blanche ihrem Mann zuwarf.

»Wenn man einer gewissen gesellschaftlichen Klasse angehört, ist es nicht angemessen, sich mit Gesindel jeglicher Couleur gemeinzumachen. In einem Gefängnis mit Huren und Diebinnen zu landen, übersteigt meine Vorstellungskraft«, erwiderte Blanche kühl.

»Aus meiner Erfahrung kann ich sagen, dass sich unter den von Ihnen verschmähten Frauen oftmals jene mit dem größten Mut und dem meisten Mitgefühl finden«, entgegnete Rose.

Ein Gong ertönte und Michael schloss kurz die Augen, so als dankte er einer höheren Macht für die Unterbrechung. Am Tisch wurde lebhaft über die Entwicklungen in den Kriegsgebieten gesprochen. Man diskutierte auch die Veränderungen in den Kolonien und in den arabischen Gebieten.

»Was sagt man in den Generalstäben eigentlich zu den unerhörten Vertreibungen der Armenier durch die türkischen Truppen? Lucy Thoumaian hat darüber in Den Haag gesprochen und ich kenne eine junge Armenierin, deren Familie betroffen ist«, wandte sich Rose an Patrick Linnsdale, der im militärischen Nachrichtendienst tätig war.

Der Earl nickte bedächtig. »Eine schwierige Angelegenheit, aber keine, auf die wir derzeit Einfluss nehmen könnten. Wir haben andere Brennpunkte, mit denen wir uns auseinandersetzen müssen. Dazu gehören unsere Verbündeten, allen voran Frankreich, und unsere Kolonien in Afrika, Ägypten, Rhodesien und Südafrika. Unsere Truppen- und Waffenkapazitäten sind bereits an ihren Grenzen angelangt.«

»Ein großer Krieg bringt ja auch die Möglichkeit einer Säuberung mit sich. Das sollte man nicht vergessen«, sagte Blanche und erntete konsternierte Blicke von Rose und Phyllis.

Die Hausherrin saß neben Rose und stieß diese unter dem Tisch mit dem Fuß an, woraufhin Rose ihre scharfe Antwort für sich behielt und stattdessen ein Stück Fisch aß.

Winifred und ihr Gatte konzentrierten sich auf das ausgezeichnete Essen. Florence Dalgrave erschien erst zum Hauptgang und wirkte trotz ihres langen Arbeitstages voller Energie, wie Rose bewundernd feststellte.

Sie nahm ihr gegenüber Platz und hob dankbar ihr Weinglas in Richtung der Gastgeber. »Ich danke sehr herzlich für die Einladung und entschuldige mich in aller Form für meine Verspätung. Liebe Phyllis, lieber Patrick!«

Die beiden erwiderten den Toast und man trug das Hauptgericht auf. Michael, der neben der Ärztin saß, sagte: »Wie schön, dass Sie es einrichten konnten. Gibt es Neuigkeiten aus Den Haag?«

Doktor Dalgrave stand in direktem Kontakt mit ihrer niederländischen Berufskollegin, Doktor Aletta Jacobs, der Gastgeberin der Friedenskonferenz.

»Leider keine ermutigenden. Noch Tage nach dem offiziellen Ende der Konferenz sind Frauen in Den Haag angekommen, die entweder durch Kriegsgebiete reisen mussten oder denen die eigenen Regierungen Steine in den Weg gelegt hatten. Dieser Mut setzt ein Zeichen, eine Delegation von Frauen ist auf dem Weg zu den Regierungen und man hat sie bereits angehört, doch ohne Erfolg. Es wird gelächelt und geredet und sich artig bedankt, aber Konsequenzen werden nicht gezogen.« Doktor Dalgrave schob sich eine Gabel Bohnen in den Mund.

Winifred schnaufte lautstark. »Das ist wieder typisch! Sie lassen uns machen und am Ende wischen sie unsere Vorschläge vom Tisch, als wären es Brotkrumen.«

Vernon Edgecomb, der gerade die zweite Portion Roastbeef gegessen hatte, sagte: »Reg dich nicht auf, Winnie, der Frieden wird kommen. Aber wir müssen diesen verdammten Krieg gewinnen. Oder willst du, dass die Pickelhauben hier demnächst die Herren spielen und uns Bedingungen auferlegen?«

»Das will niemand«, meinte Winifred. Ihr üppiger Busen wogte unter dem Spitzeneinsatz ihres Abendkleides.

An diesem Abend wurde noch oft auf den König und den Sieg getrunken, mit Michael wechselte Rose kaum mehr als zwei Sätze und sie war froh, als Doktor Dalgrave sich verabschiedete und sie fragte, ob sie sich ein Taxi teilen wollten.

Im Wagen sagte die Ärztin zu Rose: »Heute Abend haben Sie sich eine Feindin gemacht, Rose. Wenn Blicke scharfe Klingen hätten, wären Sie von Blanche filetiert worden.«

»Aber sie hat doch keinen Grund, mich zu hassen! Ich habe kaum mit Michael gesprochen und auch sonst, es gibt keinen Grund zur Eifersucht. Überhaupt verstehe ich die Frau nicht.

Sie lebt getrennt von ihrem Mann. Möglicherweise hat sie sogar einen Liebhaber?«

»Den hat sie, aber das ist nicht der springende Punkt. Blanche teilt nicht. Sie besitzt und bestimmt. Aber wenn es keinen Grund gibt, kann es Ihnen ja egal sein, was die Frau von Ihnen denkt.«

Ähnliches hatte Rose bereits gehört und es trug nicht dazu bei, sie zu beruhigen. Als sie später zu Bett ging, kreisten ihre Gedanken noch lange um das Dinner bei den Linnsdales und sie fiel erst spät in der Nacht in einen unruhigen Schlaf.

Der nächste Morgen brachte keine Aufhellung ihrer Stimmung, denn als sie an der Loge des Portiers vorüberging, begrüßte sie Mr Parker mit finsterer Miene. »Guten Morgen, Lady Rose. Haben Sie schon gehört?«

Er deutete auf die Tür von Miss Bergemann.

»Nein, was gibt es denn?«

»Na ja, die Alte hat sich erhängt. Schöne Sauerei. Ich wollte nach ihr sehen, weil das Mädchen, das ihr das Essen vorbeibrachte, nicht in die Wohnung kam. Und da hing sie am Küchenfenster. Kein Anblick für ein Kind. Hab die Kleine gleich weggeschickt und die Polizei gerufen.«

Mr Parker sprach weiter, doch Rose hörte nicht länger zu, sondern dachte an die alte Dame, deren Leben durch den Krieg zerstört worden war. In ihrer neuen Heimat wollte man sie nicht mehr und in ihrer alten Heimat war sie schon lange eine Fremde. Eine ausweglose Situation.

»Schrecklich. Hat sie einen Abschiedsbrief hinterlassen?«

»Nein, nichts. Ein gepackter Koffer stand im Wohnzimmer, das Klavier hatte sie abgeschlossen und der Schlüssel hing an ihrem Hals.«

Traurig schüttelte Rose den Kopf und ließ den Portier stehen.

20

Der Franzose

»Den Kopf noch ein Stück nach links drehen und das Kinn etwas senken. Ja, so ist es gut. Und jetzt nicht mehr bewegen!«, rief Ray hinter seiner Staffelei.

»Und wie lange soll ich so sitzen bleiben?« Rose fand die Haltung recht unbequem, wie sie da auf der Stuhlkante saß, die Hände auf die Oberschenkel gestemmt. Außerdem zog es durch ein offenes Fenster.

»Für die nächsten zwei Stunden mindestens«, kam es lakonisch zurück.

»Was? Da bekomme ich ja einen Krampf und kalt ist mir auch«, beschwerte sich Rose.

»Dann willst du nicht wissen, was ich herausgefunden habe?«

Es war drei Wochen her, seit Rose bei Ray vorbeigesehen hatte. Die Arbeit im War Office hatte sie täglich bis in die Abendstunden in Anspruch genommen. Wenn kurz vor Schluss noch eine Meldung hereinkam, gab Mrs Muir sie an Rose weiter, und wenn Rose sich beschwerte, drohte die Vorgesetzte ihr mit der Kündigung. Es gab noch immer keine Nachricht von Spence und mit Michael hatte sie nur einmal zwei Sätze im Vorübergehen gewechselt. Um sich ein wenig abzulenken, hatte sie sich endlich dazu entschlossen, Ray Modell zu sitzen. May McGregor war nach Schottland gereist, um dort eine Ausstellung vorzubereiten.

Ray schien nie allein zu sein, aber es war schwer zu sagen, wer Dienstmädchen und wer Studentin, Künstlerin, Geliebte oder alles zusammen war. Die jungen Frauen trugen alle Malkittel über ihren Kleidern und wechselten sich mit Hausarbeiten und dem Säubern und Vorbereiten der Malutensilien ab. Gerade ging eine junge Frau mit langen schwarzen Haaren, die ihr offen bis über den Rücken hingen, mit einem Tablett zu Ray.

»Die nicht. Hörst du nicht zu? Rotmarder und Iltishaar. Und ist das hier eine Katzenzunge? Nein, das ist ein flacher Borstenpinsel.« Er wandte sich wieder der Leinwand vor ihm zu, auf der er mit leichten schnellen Strichen skizzierte.

Die Schwarzhaarige neigte den Kopf. »Verzeihung, Meister«, sagte sie, doch Ray schien sie nicht zu hören und arbeitete weiter.

Als Rose die Finger steif von der Zugluft wurden, bewegte sie sich, streckte die Arme und bog den Rücken durch. »Ich brauche eine Pause.«

»Gut, die Vorskizze ist fast fertig. Lass uns Tee trinken und etwas essen und dabei erzähle ich dir von dem Franzosen. Ha, du wirst staunen, was ich herausgefunden habe!« Ray legte die Kreide auf die Staffelei und reichte Rose eine Hand, um ihr aufzuhelfen.

»Du bist ja ganz verfroren! Das ist meine Schuld. Wenn ich arbeite, vergesse ich alles andere. Da musst du dich bemerkbar machen. Die professionellen Modelle sind es gewohnt, lange regungslos zu verharren, aber sie werden auch gut dafür bezahlt.«

Ray führte Rose in einen kleinen Salon, der im Vergleich zum luftigen Atelier gemütlich und warm war. Rose nahm in einem Sessel am Ofen Platz und rieb sich die kalten Hände.

Die Assistentinnen mussten ihn gehört haben, denn bald stand ein Tablett mit Tee, Scones und Sandwiches auf dem Tisch vor ihnen.

In einer Ecke des Raumes entdeckte Rose auf einer Staffelei eine Leinwand, die noch in Bearbeitung zu sein schien. Was sie im gedämpften Licht erkannte, waren abstrakte Formen, harte Linien und eine Art Knäuel von Menschen und Maschinen. »Das sieht interessant aus, Ray. Das musst du mir nachher erklären, aber vorher erzähl mir bitte von deinen Nachforschungen. Ich brenne vor Neugierde.«

Der Künstler streckte seine langen Beine aus und stopfte sich ein mundgerechtes Sandwich mit Fischpastete in den Mund. Während er kaute, grinste er und hob die Hand. »Hm, gut, iss, Rose, iss. Das muss ich Alice auch immer sagen. Wie geht es ihr? Ich muss sie und den alten Geoffrey bald mal wieder besuchen. Wahrscheinlich tanzt er schon durch Hill House und erzählt allen, dass er demnächst Großvater wird. Das habe ich verpasst, aber nun ist es zu spät.«

Rose sah ihn über ihre Teetasse bittend an.

»Der Franzose«, begann Ray. »Was genau es mit der Schiffspassage auf sich hat, kann ich dir nicht sagen, aber es gibt einen Künstler mit Namen Pierre Roussel. Ich habe mit meinem Freund Jean Cazier gesprochen. Jean zählt zu den besten Avantgardekünstlern Frankreichs. Er hat mit Cézanne und Picasso ausgestellt und von ihm weiß ich, dass die Werke von Roussel Mittelmaß sind und er sich deshalb mit Unterricht über Wasser hielt. Das passt ja zu deiner Geschichte, dass er Kunstlehrer in England war.«

»Wo lebt Roussel denn jetzt? Vielleicht kann ich ihn kontaktieren?«

Ray nahm ein weiteres Brotstück. »Das wird schwierig, denn Roussel hat sich zum Wehrdienst gemeldet und ist bei dem Gasangriff der Deutschen ums Leben gekommen. Er soll ein begeisterter Patriot gewesen sein und einer seiner Feldbriefe wurde sogar in der französischen Presse gedruckt.«

Mit energischen Bewegungen stand er auf und holte einen Umschlag aus einem Regal. »Schau, du kannst ihn lesen, wenn du möchtest. Jean hat ihn mitgeschickt.«

Rose zog einen ausgeschnittenen Zeitungsartikel aus dem Umschlag, der in Paris abgestempelt worden war. Man lobte den Patriotismus und Mut des jungen Künstlers und stellte seine Einstellung zum Krieg als vorbildlich für die jungen Männer dar, die sich noch nicht gemeldet hatten.

»*Seit vier Monaten kämpfe ich nun und kann endlich von mir behaupten, das Leben in all seiner Tiefe gespürt zu haben*«, las Rose. »*Menschenmassen werden vernichtet, Pferde in drei Wochen zu Schanden geritten und verenden an den Straßen. Haben wir je von uns gedacht, wir würden das Menschsein verstehen und es in unseren Werken ausdrücken können, so war das ein Irrtum. Meine Kunst ist klein, ist nichts im Vergleich zu diesem großen Krieg. Dieses Schlachten, dieser Kampf von Menschen und Maschinen ist eine einzige große Kur, eine Genesung! Im Individuum wird die Arroganz getötet, übersteigertes Selbstbewusstsein ausgelöscht …*«

Schockiert überflog sie den Artikel, der in diesem Ton fortfuhr. Endlich sagte sie zu Ray: »Ich bin zutiefst erschüttert! Dieser Mensch findet doch tatsächlich einen Sinn im Töten und hält den Krieg für eine Art Säuberung.« Sie steckte den Artikel in den Umschlag und gab ihn Ray zurück.

Der öffnete die Ofentür und warf den Brief ins Feuer. »Wir können ihn verbrennen, doch so wie Roussel denken Tausende. Aber das hat sich nebenbei ergeben. Fakt ist, wir können Roussel nicht mehr befragen. Andererseits hat er, laut Jean, kaum von seiner Zeit in England gesprochen und eine Liaison mit Celia Sudworth nie erwähnt.«

»Lord Sudworth wird ihn für sein Schweigen bezahlt haben. Offen bleibt, wie es zu der unbenutzten Kabine kam.

Ist Celia überhaupt an Bord gewesen oder gehörte die Buchung zum Plan, um den Schein zu wahren? Wie finde ich das nur heraus?«, überlegte Rose laut.

»Du könntest Passagiere von damals befragen, aber das könnte eine aufwendige und langwierige Angelegenheit werden. Und wozu das alles? Wenn Sudworth Wind davon bekommt, wird er nicht erfreut sein. Lohnt sich das? Warst du eine enge Freundin von Celia Sudworth?«

»Das nicht und natürlich hast du recht. Ihr Schicksal geht mich im Grunde nichts an, aber es berührt mich, weil das, was ihr möglicherweise zugestoßen ist, vielen Frauen passiert. Celia steht für all jene Frauen, die keine Stimme haben, weil sie keine Rechte haben, weil andere über ihr Schicksal bestimmen. Und ich bin eine davon.« Rose hielt ihre Tasse mit beiden Händen fest und ihr Griff wurde so fest, dass sie Angst hatte, das Porzellan zu zerbrechen.

Ray schwieg eine Weile, sah auf seine Taschenuhr und sagte: »Noch ist das Licht gut. Machen wir noch ein wenig weiter?«

Sie erhob sich und blieb vor der Staffelei mit dem abstrakten Gemälde stehen. »Es gefällt mir, weil es unangepasst ist und man überlegen muss, was du sagen willst.«

Der Künstler strich über seinen Kinnbart. »Hm, wir haben ja gesehen, dass unsere Kritiker noch nicht bereit für die Post-Impressionisten sind.«

Er spielte auf die große Ausstellung von Roger Fry und Desmond MacCarthy im November 1910 an. Damals waren in der Grafton Gallery erstmalig die neuen Modernen wie Matisse, Derain, Vlaminck und Picasso neben Manet und Van Gogh ausgestellt worden und hatten die Kritiker zu vernichtenden Verrissen animiert. Man hatte vom Ende der Zivilisation gesprochen.

»Vielleicht sind sie es jetzt. Das Ende der Zivilisation passiert auf den Schlachtfeldern. Kunst hält der Gesellschaft immer einen Spiegel vor Augen. Und meist ist das, was sie darstellt, die unbequeme Wahrheit.« Rose deutete auf das dramatische Werk. »Das ist die Wahrheit und sie tut weh.«

»Dann ist es gut. Na komm, Rose, noch eine knappe Stunde, dann bist du erlöst.«

Mit leicht verspannten Schultern, aber guter Stimmung verließ Rose am späten Nachmittag das Haus von Raymond Saull. Es war Sonntag und die Mailuft umschmeichelte warm die durch die Straßen flanierenden Menschen. Sie lachten, redeten, die Kinder spielten und die Bäume zeigten erste Blüten, ganz wie sonst. Das Leben ging weiter, so war es immer. Auf die eine oder andere Weise fand das Leben seinen Weg. Aber man durfte nicht die Augen verschließen und sich dem Strom gedankenlos hingeben, dachte Rose. Wenn sie nicht weiter für ihre Ziele kämpfte, verlor sie sich selbst.

Sie hatte es geahnt, aber nicht erwartet, dass es so schnell geschehen würde. Mrs Muir fing sie am Montag in ihrem Büro ab.

»Behalten Sie Ihren Mantel nur an. Sie werden hier nicht länger gebraucht, Lady Rose.« Die Schottin gab ihr einen Umschlag. »Ihr Gehalt für den Mai und die Papiere.«

Rose erbleichte. »Aber ich habe doch nichts falsch gemacht! Ich habe nur geschrieben, was Sie von mir verlangt haben. – Warum?«

Die Ältere maß sie mit kaltem Blick. »Sie sind doch eine intelligente Person. Denken Sie nach und es wird Ihnen sicher einfallen. Und jetzt verlassen Sie mein Büro. Sie waren mir lange genug ein Dorn im Auge.«

Durch die Tür sah Rose, wie Evelyn und Morgan ihr zuwinkten. Sie hob traurig die Schultern. Was sie am meisten traf, war die Tatsache, dass man sie fristlos entlassen hatte. Wo sollte sie so schnell eine neue Arbeit finden? Sie musste für sich aufkommen und Mabel die Miete bezahlen. Sollte Michaels Frau dahinterstecken? Warum sonst entließ man sie jetzt?

Ohne ein weiteres Wort drehte sich Rose auf dem Absatz um und ging mit erhobenem Haupt den Flur entlang. Sie schaute in das Treppenhaus, wo die Menschen hin und her eilten, und hielt nach einem vertrauten Gesicht Ausschau. Als sie Tredegar entdeckte, winkte sie, um ihn auf sich aufmerksam zu machen. Er zögerte, schien es eilig zu haben, nahm aber den anderen Aufgang und kam zu ihr gelaufen.

»Rosie, geht es dir gut? Du siehst niedergeschlagen aus.« Unter seinem Arm klemmten eine Zeitung und ein Regenschirm.

»Sie hat mich fristlos entlassen. Oh Gerry, was mache ich denn jetzt nur?«, fragte Rose verzweifelt.

Er runzelte die Stirn. »Das ist übel. Tut mir sehr leid. Nur kann ich dir jetzt nicht helfen, man erwartet mich in einer Besprechung. Wir finden schon etwas Neues für dich. Mach's gut, Kopf hoch, Rose!« Er drückte ihr einen Kuss auf die Wange und verschwand mit großen Schritten im Labyrinth der Flure.

Bedrückt verließ sie das War Office, sah sich vor der Tür noch einmal um und entdeckte Michael, der die Straße überquerte. Sie hatte ihn seit jenem Essen bei Phyllis nicht mehr gesprochen und tat auch heute so, als hätte sie ihn nicht gesehen. Rasch ging sie an den grauen Mauern des Kriegsministeriums entlang, ohne darauf zu achten, welche Richtung sie eingeschlagen hatte.

»Rose!«, hörte sie eine vertraute Stimme hinter sich und beschleunigte ihre Schritte.

Doch Michael war schneller als sie und hatte sie in Kürze eingeholt. Sacht berührte er sie am Arm. »Rose, haben Sie mich nicht gehört? Was ist denn nur los? Sie meiden mich schon die ganze Zeit. Warum?«

Sie blieb stehen und sah ihn an, wobei ihre Hände zu zittern begannen, so sehr hatte sie ihn vermisst. Seine Stimme war voller Mitgefühl und Wärme und streichelte ihre verletzte Seele.

»Ach Michael, lassen wir es gut sein. Ihre Frau hat doch sehr deutlich gemacht, dass Ihre Ehe besteht. Und anscheinend habe ich es ihrer Intervention zu verdanken, dass ich meinen Job verloren habe. Anders kann ich es mir nicht erklären.«

Entsetzt griff er nach ihrer Hand. »Was? Nein, das kann doch nicht sein! Rose, das tut mir leid. Aber woher wissen Sie, dass Blanche …« Er hielt inne und stieß hörbar die Luft aus. »Ich werde mich darum kümmern.«

»Nein, tun Sie das nicht. Vielleicht ist es besser so. Leben Sie wohl, Michael.« Sie entzog ihm ihre Hand und wollte sich abwenden, doch sein Blick hielt sie zurück.

»Wie kann ich das, Rose? Wie kann ich weiterleben, ohne Sie zu sehen?«, flüsterte er.

Rose' Augen schimmerten verdächtig. »Nicht. Machen Sie es nicht noch schwerer für mich, Michael.«

Ein Herr mit Aktentasche kam auf sie zu. »Doktor Wodehouse? Gut, dass ich Sie hier treffe, wir müssen noch über die Pläne für die neuen Produktionsrichtlinien sprechen.«

Bevor Michael noch etwas zu ihr sagen konnte, lief sie davon.

21

Suffragettes was an intended insult to the women by the
Daily Mail, but it became a title of honour instead.
(Die Frauen als Suffragetten zu bezeichnen, war als Beleidigung
der *Daily Mail* gedacht, doch stattdessen wurde es ein ehrenvoller
Titel.)
Kitty Marion in: *Lost voices of the Edwardians* von Max Arthur

Rose irrte den ganzen Tag über scheinbar ziellos durch die
Straßen Londons. Irgendwann fand sie sich im East End wieder, in der Old Ford Road. Das Gebäude mit der Halle gehörte
zum Quartier von Sylvia Pankhursts ELFS, der East London
Federation of Suffragettes. Hier befand sich die Redaktion der
Zeitung *The Woman's Dreadnought*. Nicht ziellos, dachte Rose,
während sie die Frauen beobachtete, die geschäftig in dem
Gebäudekomplex ein- und ausgingen. Unbewusst hatten sie
ihre Schritte hierhergelenkt. Ihre Gedanken beschäftigten sich
schon lange mit der Zeitung von Sylvia Pankhurst. Ganz besonders, seit sie die patriotischen Artikel im War Office verfassen
musste.

Artikel, die durchaus ihre Berechtigung hatten, schließlich
musste die Bevölkerung ermutigt und mit neuer Hoffnung
erfüllt werden. Doch man durfte die Auswirkungen des Krieges

nicht verschweigen. Fehlende Arbeitskräfte, die Belastung der Frauen, die oft an ihre Grenzen kamen, das jedoch nie zugeben würden. Und hier im East End, wo die ärmeren Teile der Londoner Bevölkerung lebten, wo die Arbeiter in ihren bescheidenen, oft heruntergekommenen Häusern ein freudloses Dasein fristeten, waren die Entbehrungen des ersten Kriegsjahres viel deutlicher zu spüren als anderswo. Wo man hinblickte, sah man verhärmte Gesichter von ausgemergelten Frauen und hungernden Kindern mit viel zu großen Augen, die aus mageren Schädeln starrten.

Eine lange Schlange hatte sich vor einer Tür gebildet. Die Frauen, Kinder und alten Männer hielten Blechnäpfe und Schüsseln in den Händen und warteten geduldig, bis sie an der Reihe waren. Eine Frau mit einem grün-weiß-lilafarbenen Abzeichen gab Suppe und Brot aus. Die Bedürftigen warfen Rose einen feindseligen Blick zu, doch nur kurz, zu sehr waren sie auf die ersehnte warme Mahlzeit konzentriert.

»Na, wenn das keine Überraschung ist, Lady Rose Mandeville!«, rief eine tiefe weibliche Stimme hinter ihr.

Rose wandte sich um und fand sich Winifred Edgecomb gegenüber. Die große burschikose Frau trug ein graues Kostüm, einen ihrer ausladenden Hüte und an ihrem Revers war ein Anstecker mit den Farben der Suffragetten zu sehen. »Winifred, was für eine Überraschung! Ich freue mich, Sie hier zu treffen!«

Die beiden Frauen begrüßten sich herzlich, wobei Winifred sie skeptisch ansah. »Was ist los, Rose? Sie wirken mitgenommen. Und haben Sie nicht eine Anstellung im War Office?«

Rose seufzte. »Hatte. Ich war die längste Zeit dort beschäftigt. Mrs Muir hat mir heute früh fristlos gekündigt. Wir hatten anfangs wohl unsere Differenzen, aber ich kann mir nicht erklären, warum sie mich ausgerechnet jetzt rauswirft. Meine Arbeit erledigte ich gut und schnell.«

Zwei Arbeiterfrauen hielten ihre Näpfe im Gehen umklammert, schlürften hastig die Suppe und wischten die Reste mit einem Stück Brot aus. Als sie Winifred und Rose ansahen, verfinsterten sich ihre Gesichter.

»Was schaut ihr so garstig?«, sagte Winifred verärgert. »Das Blut eurer Söhne ist genauso rot wie das von unseren.«

Doch die beiden Frauen griffen die Hände ihrer Kinder und eilten davon.

»Für diese Frauen sind die Zeiten noch härter, keine Frage. Aber was tun Sie hier, Winifred? Ich dachte, Sie arbeiten mit Millicent zusammen?«

Die Unternehmerfrau hob das Kinn und schaute zur Halle hinüber. »Ja, das ist richtig, aber meine jüngere Schwester ist hier. Ah, da kommt sie schon. Hier bin ich, Fay!«, rief sie und winkte, eine unübersehbare Gestalt, ein Schlachtschiff inmitten der zerlumpten Gestalten.

Rose konnte keine Frau sehen, nur einen schlanken jungen Mann, der sich von der Halle zwischen den Wartenden und bereits essenden Menschen hindurchzwängte. Als er näher kam, entdeckte sie eine unverkennbare Ähnlichkeit mit Winifred in den Gesichtszügen des Mannes, dessen Anzug ein wenig anders geschnitten war, als ein Herrenschneider es tun würde.

Winifred lachte, als sie Rose' Verwunderung bemerkte. »Diese Wirkung hat Fay manchmal auf Leute, die sie noch nicht kennen. Hallo, meine Kleine!«

Die Schwestern umarmten sich. Fay war nur wenig kleiner als ihre Schwester, trug die dunklen Haare sehr kurz und hatte ein breites, offenes Gesicht mit ernsten, durchdringend blickenden Augen. Sie war ohne Zweifel eine faszinierende Erscheinung. »Darf ich dir Lady Rose Mandeville vorstellen, Fay?«

Rose schüttelte die Hand, die fest zugriff. »Freut mich, Fay.«

»Das wird euch interessieren«, sagte Fay ohne Umschweife. »Ich komme gerade vom Kontinent, wo ich eine Delegation begleitet habe. Sechs Frauen aus Den Haag, zuerst waren Anita und Lucy noch dabei, aber später hatten sie andere Verpflichtungen. Anita ist wirklich eine begabte Rednerin. Sie überzeugt beinahe jeden, wenn sie sich etwas in den Kopf gesetzt hat.«

Rose ging davon aus, dass es sich um Anita Augspurg, die deutsche Pazifistin und Schriftstellerin, handelte, deren Initiative die Friedenskonferenz in Den Haag mit zu verdanken war. »Und? Waren Sie erfolgreich? Mit welchen Politikern haben Sie gesprochen?«

Fay winkte ab. Sie hatte eine Hand in die Hosentasche gesteckt und holte aus der anderen Tasche eine Packung Zigaretten. »Rauchen Sie?«

»Danke, heute ist mir tatsächlich danach.« Rose nahm eine Zigarette, ließ sich von Fay Feuer geben und inhalierte den Rauch. Ihre Angespanntheit verflog ein wenig.

»Rose wurde heute aus dem War Office entlassen«, sagte Winifred und lehnte eine Zigarette ab.

»Oh? Wenn Sie hier sind, nehme ich an, dass man nicht immer einer Meinung war.« Fay grinste breit und stieß den Rauch aus.

»Nein, das sicher nicht, aber ich bin auf die Arbeit angewiesen und habe mich den Regeln unterworfen. Von daher traf mich der Rauswurf unerwartet.«

»Aber nicht doch, Rose!«, rief Winifred. »Wie konnte ich das nicht sofort sehen! Das Dinner bei Lady Phyllis. Doktor Wodehouse und seine Gattin waren dort. Und so, wie Blanche Wodehouse Sie angesehen hat, waren Ihre Tage im Office gezählt. Das ist es, ich bin mir sicher.«

Fay rollte die Augen. »Blanche von den Craftons? Der Himmel beschütze uns vor dieser Art Frauen. Eine grauenvolle

Person. Schwimmt im Geld ihrer Familie, diese verwöhnte Kuh, und krümmt keinen Finger, um irgendetwas Nützliches zu tun.«

»Aber …«, begann Rose ratlos.

»Wenn Blanche mitbekommt, dass ihr Mann sich öfter mit einer schönen Frau unterhält, wird sie rasend eifersüchtig. Und dann arbeiten Sie auch noch mit ihm im War Office, was bedeutet, dass Sie ihn täglich sehen«, meinte Winifred Edgecomb. »Durch unsere gemeinsame Arbeit für die NUWSS kenne ich Michael Wodehouse und seine prekäre häusliche Situation ein wenig.«

»Ich verstehe das trotzdem nicht. Es heißt doch, dass die beiden getrennt leben.« Die Zigarette schmeckte ausgesprochen aromatisch und war recht stark, fand Rose. »Haben Sie die aus Frankreich?«, fragte sie Fay.

Die nickte. »Da nehme ich mir immer einen Vorrat mit, wenn möglich. Grämen Sie sich nicht, Rose. Solche Frauen wie Blanche gibt es immer wieder und Sie sollten ihr einfach aus dem Weg gehen.« Fay zog an ihrer Zigarette und sah ihre Schwester an. »Das erinnert mich an Lady Sudworth!«

Winifred stöhnte. »Große Güte, das hat uns frühzeitig graue Haare beschert.«

»Lady Sudworth? Inwiefern?«, fragte Rose neugierig, denn alles, was diese Familie betraf, konnte womöglich von Bedeutung sein. »Hing es vielleicht mit Celia zusammen?«

»Sie kennen Celia? Nein, Celia war damals noch sehr jung, es ging eigentlich mehr um ihre Schwester, Isabel. Nun, wir waren einander zugetan. Wir waren mehr als gute Freundinnen und das missfiel den Sudworths.« Fay sah Rose prüfend an.

Doch die nickte nur und lauschte gespannt.

»Lady Sudworth fand unser Verhältnis skandalös. Sie drohte, mich wegen verschiedener Delikte anklagen zu lassen. Die arme Isabel wusste gar nicht, wie ihr geschah. Sie wurde innerhalb kürzester Zeit mit einem Diplomaten verheiratet und verschwand aus England. Ich glaube, er war in Indien – oder war es Persien? – tätig. Nun, jedenfalls starb Isabel nach der Geburt des ersten Kindes.« Fay schüttelte den Kopf. »Was für ein Elend!«

Winifred nickte. »Das kannst du wohl sagen, liebe Fay. Ich bin nur froh, dass ich da schon mit Vernon verheiratet war. Er hatte die Idee, Lord Sudworth einen äußerst profitablen geschäftlichen Deal anzubieten. Und danach verlief die Geschichte im Sande.«

»Die arme Isabel, und Celia hat nie über ihre Schwester gesprochen. Wobei wir nicht allzu eng befreundet waren, sie war älter als ich. Wissen Sie, was aus Celia geworden ist?«

Winifred und Fay sahen sich an und überlegten. »Hm, jetzt, wo Sie mich darauf stoßen, würde ich sagen, dass Celia ein ähnliches Schicksal widerfahren ist. Sie hatte eine nicht standesgemäße Liaison, glaube ich«, sagte Fay.

»Mit einem französischen Maler, das ist mir zu Ohren gekommen. Ich weiß auch von einer Schiffspassage nach New York, aber seither habe ich nie wieder von ihr gehört. Ist das nicht ein wenig seltsam?«, meinte Rose.

Fay nickte einer Frau zu, die aus der Halle kam. »Bei den Sudworths wundert mich das nicht, ehrlich gesagt. Vielleicht haben sie eine Kontaktsperre über Celia verhängt. Und wenn das Mädchen finanziell versorgt bleiben will, wird es sich wohl daran halten. Tja …«

»Daran habe ich nicht gedacht«, bemerkte Rose und beließ es dabei. Wenn sie das Rätsel um Celia lüften wollte, das sie zu ihrem persönlichen Problem gemacht hatte, würde sie einen anderen Weg finden müssen.

»Und was haben Sie nun vor, Rose?«, erkundigte sich Winifred.

Rose schaute zur Halle hinüber, in der die Zeitung von Sylvia Pankhurst produziert wurde. »Ich hatte gehofft, hier vielleicht hin und wieder einen Artikel schreiben zu können. Und vielleicht finde ich noch eine andere Stelle.«

Fay schnippte die Zigarette zu Boden und trat sie aus. Dann klopfte sie Rose auf die Schulter. »Na, dann kommen Sie mal mit. Ich stelle Sie den Damen vor.«

Es war kurz vor neun Uhr, als Rose in Chelsea aus einem Taxi stieg. Aus einem Tag, der so düster begonnen hatte, war sie letztlich mit etwas Hoffnung hervorgegangen. Sie hatte Menschen kennengelernt, denen sie Bewunderung und Respekt für ihre Arbeit entgegenbrachte und die ihr eine Chance gegeben hatten. Sylvia Pankhursts stellvertretende Redakteurin hatte ihr vorgeschlagen, über die Friedenskonferenz zu schreiben und die Reaktionen der kriegführenden Nationen zu berücksichtigen. Rose hatte noch eine weitere Idee und dafür musste sie mit Anush sprechen.

Die junge Armenierin öffnete ihr bedrückt die Tür und verschwand sofort wieder in der Küche. Beunruhigt trat Rose in den Salon, wo sie Mabel mit Stricknadeln und Wolle in einem Sessel fand.

»Rose, wie geht es Ihnen? Kommen Sie nur, möchten Sie noch einen Tee trinken? Bedienen Sie sich. Anush ist gar nicht sie selbst heute, das arme Kind.«

Mabel Goodwyn legte die Nadeln auf ihrem gerundeten Leib ab und sah Rose genauer an. Ihre roten Haare umflossen offen ihre Schultern und ließen sie wie ein keltisches Feenwesen aussehen. »Sie waren lange aus heute. Gibt es Neuigkeiten aus dem War Office?«

Rose schenkte sich ein Glas Pfefferminztee aus dem Samowar ein und setzte sich Mabel gegenüber. »Man hat mich entlassen, aber ich habe bereits etwas anderes in Aussicht.«

»Oh?«

Mit wenigen Worten erklärte Rose die Situation, wobei sie den mutmaßlichen Grund für ihre Entlassung verschwieg. Sie betonte stattdessen, dass sie bei der Frauenzeitung engagierte Artikel schreiben konnte.

Mabel hörte mit gerunzelten Augenbrauen zu, schwieg kurz und sagte schließlich: »Sie wollen also für Sylvia Pankhurst arbeiten?«

»Das klingt so, als würde Ihnen das missfallen.«

»Lassen Sie es mich so formulieren – ich habe großes Verständnis für die Aktivitäten der Frauenrechtsorganisationen, wobei ich nie eine Freundin von Emmeline Pankhursts gewaltsamen Terrorakten war. Am Frieden liegt mir wohl genauso viel wie Ihnen, Rose, nur sehe ich genauso, dass wir unsere Männer unterstützen und ermutigen müssen. Wofür ich überhaupt kein Verständnis habe, sind kommunistische Hirngespinste. *The Woman's Dreadnought* mag oftmals die Wahrheit schreiben, aber das ist in Zeiten wie diesen nicht immer richtig. Sicher wird die Redaktion beobachtet.«

Mit dieser Reaktion ihrer Vermieterin hatte Rose nicht gerechnet. Enttäuscht antwortete sie: »Wir müssen den Menschen die Augen über die Schattenseiten des Krieges öffnen. Ich sehe das als meine Pflicht, genauso wie ich mich für Frauenrechte einsetze. Daran ist nichts falsch, es ist nur unbequem.«

Die Stricknadeln klapperten, während Mabel sagte: »Das ist Ihre Meinung, Rose. Ich habe für meine Familie zu sorgen. Die Sicherheit meiner noch ungeborenen Kinder steht für mich an erster Stelle und ich möchte nicht, dass jemand, der bei mir lebt, im Verdacht des Vaterlandsverrates steht.«

Dabei sah sie Rose direkt an.

In dieser Nacht schlief Rose wieder unruhig. Sie erwachte von entferntem Donner und dachte, sie hätte vom Krieg geträumt.

22

Als Feuer vom Himmel fiel

In war-time the word patriotism means
suppression of the truth.
(In Kriegszeiten bedeutet der Ausdruck
Patriotismus das Unterdrücken von Wahrheit.)
Siegfried Sassoon (1886–1967)

Es gab diese Momente, in denen wusste man, dass nichts mehr
so war wie zuvor. Mit diesem Gefühl war Rose heute erwacht.
Der Albtraum lastete noch auf ihr wie ein Haufen Ziegel, die
sie nicht abschütteln konnte. Auch das abweisende Gesicht von
Mabel trug nicht zu einer Aufhellung dieses trüben Tages bei.
Draußen klatschten dicke Regentropfen gegen die Fenster und
dunkle Wolken hingen über London.

Als Rose aus ihrem Zimmer trat, hörte sie Mabel rufen:
»Kommen Sie doch bitte in den Salon, Rose.«

Dem Ton nach war es mehr ein Befehl denn eine Bitte,
dachte Rose, tat jedoch wie gewünscht und ging in den Salon.
Mabel stand hinter den Gardinen und sah auf die Straße.

»Da! Ich habe es doch geahnt! Sehen Sie!« Anklagend zeigte
sie nach unten, wo unter dem Blätterdach einer Kastanie ein
Mann stand. »Wir werden beobachtet. Nein, nicht wir, Sie!«

Rose ging zum Fenster und schob die Gardine ein wenig zur Seite, um besser sehen zu können.

»Lassen Sie das! Wir wollen doch kein unnötiges Aufsehen erregen!« Böse sah Mabel sie an. »Und das muss mir in meinem Zustand passieren. Als wäre das alles nicht schwer genug. Wäre ich doch nur nicht so gutmütig gewesen, Sie hier aufzunehmen. Hach …« Sie fuhr sich über die Stirn und sank in einen Sessel.

Etwas an dem Mann erregte Rose' Aufmerksamkeit und sie sah genauer hin. Natürlich!

»Das ist kein Polizist, ich glaube …«

Sie wurde rüde von Mabel unterbrochen. »Selbstverständlich ist das kein gewöhnlicher Polizist. Wahrscheinlich ein Geheimdienstler. Am besten, Sie packen Ihre Sachen und suchen sich eine neue Bleibe. Nein, so etwas! Erst der Tod der alten Dame und dann bringen Sie uns mit Ihren radikalen Ideen in Gefahr.«

Eine Diskussion mit der hysterischen Frau würde zu nichts führen, entschied Rose. »Schade, dass wir so auseinandergehen, Mabel. Machen Sie sich keine Sorgen, ich werde Sie noch heute verlassen.«

Rose lief in ihr Zimmer, warf sich eine Strickjacke über und eilte aus dem Haus. Der Mann stand noch immer neben der Kastanie, schien jedoch erleichtert, als er sie über die Straße laufen sah.

»Guten Morgen, Rose!«, sagte Michael Wodehouse verhalten, als sie ihn erreichte. »Ich wollte Sie nicht in Verlegenheit bringen, aber ich habe mir solche Sorgen gemacht!«

Sie freute sich, ihn zu sehen, wenn seine überraschende Anwesenheit sie auch gleichzeitig beunruhigte. »Sorgen? Ich habe mich bereits nach einem neuen Betätigungsfeld umgesehen. Irgendetwas ergibt sich immer.«

»Sie wissen es nicht? Gerade deshalb bin ich hier! Sie waren doch gestern im East End, nicht wahr? Winifred hat es mir heute früh am Telefon erzählt.« Er sprach hastig und sah immer wieder nach oben, wo sich die Gardine von Mabels Salonfenster bewegte.

»Oh, schenken sie der dort oben keine Beachtung. Sie hat mich gerade hinausgeworfen. Alles in allem kein sehr schöner Morgen. Dabei hatte ich gestern nach dem Gespräch mit Winifred und Fay wieder etwas Hoffnung geschöpft. Und nun kommen Sie und sprechen von, ja, von was überhaupt?« Sie nahm seinen Arm. »Gehen wir doch ein paar Schritte.«

»Sie wurden hinausgeworfen? Mein Gott, wer ist denn so herzlos!« Sie spazierten den Gehweg entlang und begegneten Bäckerjungen, die Körbe frisch duftenden Brotes austrugen, streunenden Hunden, die kläffend hinterherliefen, und Wäscherinnen, die schwere Körbe schleppten.

»In den Zeitungen werden Sie nichts darüber finden. Das East End wurde von einem deutschen Zeppelin bombardiert! Können Sie sich vorstellen, welche Sorgen ich mir gemacht habe, als Winifred Edgecomb mir erzählte, dass Sie dort waren? Ich konnte ja nicht wissen, dass Sie sofort nach Hause gefahren sind.«

Rose umklammerte entsetzt seinen Arm. »Nein! Das ist ja grauenvoll! Wurde jemand verletzt? Oh, wie furchtbar ist dieser Krieg!«

»Leider gab es Verletzte und einige Tote. Weniger als zehn, wenn ich es richtig verstanden habe. Das Kriegsministerium hat beschlossen, nichts offiziell verlauten zu lassen, weder über die Anzahl der Verwundeten und Todesopfer noch über die genauen Orte der Verwüstung. Die Deutschen sollen nicht erfahren, dass ihr perfider Angriff erfolgreich verlaufen ist.«

»Nein, nein, was tun sie uns an? Warum diese Grausamkeit, diese Heimtücke? Müssen wir jetzt täglich mit Zeppelinangriffen rechnen? Können wir uns schützen? Wie verteidigen wir unsere

Stadt?« Ohne darüber nachzudenken, drückte sie sich enger an Michael.

»Der Stab entwirft Strategien, die dann an die Bevölkerung weitergegeben werden. Aber natürlich traf uns die Bombardierung unvorbereitet. Niemand hat das Luftschiff vorher gesichtet. Es soll sich um einen LZ 38 handeln. Die Deutschen werden den Piloten feiern wie einen Helden und der Kaiser wird sich die Hände reiben und denken, er könnte uns demoralisieren. Aber das werden wir nicht zulassen, niemals!«, knurrte Michael verbittert.

Sie erreichten eine Kreuzung, an deren Ecke sich eine kleine Teestube befand. Rose sah die Kuchen in der Auslage und hielt sich den Magen, was Michael nicht entging. »Kommen Sie, wir gönnen uns ein Frühstück, oder haben Sie bereits gegessen?«

»Nein.«

Die Teestube war winzig und verfügte lediglich über vier Tische. Doch der Tee und das Früchtebrot waren hervorragend, wie sich herausstellte. Rose bestrich ihre Scheibe mit reichlich Butter und gab Zucker in ihren Tee.

»Die erste Bombe fiel gegen elf Uhr abends in der Alkham Road, die weiteren Einschläge erfolgten in Hoxton, Shoreditch und Whitechapel«, berichtete Michael leise, damit die Leute am Nebentisch nichts verstanden.

»Wir sind also nirgendwo sicher«, flüsterte Rose.

»Rose, warum gehen Sie nicht aufs Land? Sie könnten doch zu Ihrer Familie nach Kent.«

»Und die Menschen, die hierbleiben müssen? Nein, das wäre feige. Hier kann ich helfen. Ich gehe gleich nachher zurück ins East End. Dort wird man jede Hand gebrauchen können, und die Wahrheit zu berichten, wird nötiger als zuvor sein!«

»Aber Sylvia kann doch kaum etwas bezahlen. Wovon wollen Sie denn leben und wo wollen Sie wohnen?« Die Besorgnis stand deutlich in seinen Augen.

Sie dachte an Ray, der ihr seine Hilfe angeboten hatte. »Eine neue Bleibe ist das geringste Problem. Ich habe Freunde.«

»Gut und wie ist es mit einer Stelle als Sekretärin? Sie könnten für einige Tage in der Woche in meinem Büro arbeiten. Der Verdienst ist gut.«

»Das meinen Sie doch nicht im Ernst, Michael! Wenn Ihre Frau das erfährt … Nein, das kommt überhaupt nicht infrage. Haben Sie bereits vergessen, was geschehen ist, nachdem ich sie bei Lady Phyllis kennengelernt habe? Danke, nein!«

»Ich glaube zwar nicht, dass Blanche dafür verantwortlich ist, eher wohl Lady Sudworth, der zu Ohren gekommen ist, dass der Name ihrer jüngsten Tochter plötzlich des Öfteren genannt wird. Aber wie Sie wollen, ich habe einen Kollegen, der sich ebenfalls über eine tüchtige Sekretärin freuen würde.«

»Michael«, sie legte ihre Hand auf seine. »Ich weiß Ihre Bemühungen zu schätzen, aber ich möchte keine Hilfe von Ihnen annehmen. Das wäre einfach nicht richtig.«

»Und wenn ich nicht verheiratet wäre?«

Sie lächelte sanft. »Aber Sie sind es.«

»Ich lasse mich scheiden, Rose. Nicht allein Ihretwegen, ich hätte diesen Schritt vor langer Zeit machen müssen.« Er sah sie erwartungsvoll an.

»Wenn Sie das tatsächlich tun wollen, sollten Sie umso mehr auf Ihren tadellosen Ruf achten.«

Vor der Tür ertönten Trillerpfeifen der Polizei und eine Horde junger Männer rannte vorüber. Rose sah gerade noch, wie ein einzelner Mann sich hinter einem Karren versteckte. Die Gäste am Nebentisch zahlten und schimpften: »Das ist doch der deutsche Metzger. Verfluchte Drecksbrut. Raus mit denen!«

Rose schaute betreten auf ihren Teller. »Lassen Sie uns gehen, Michael.«

Während sie zahlten und die Teestube verließen, erzählte sie ihm vom Suizid der österreichischen Klavierlehrerin in Mabels Haus.

Mit wachsamem Blick auf die Meute führte er Rose über die Straße. »Nach und nach erfasst der Krieg die Lebensbereiche aller Beteiligten. Er ist wie eine unaufhaltsame Seuche, gegen die es kein Heilmittel gibt. Und das ist erst der Anfang, Rose. Wollen Sie wirklich nicht zu Ihrer Freundin Alice gehen?«

Sie erreichten sein Automobil, das in einer Seitenstraße nicht weit von Mabels Haus stand. Das Schreien der aufgebrachten Menge war noch immer zu hören. »Machen Sie sich nicht so viele Sorgen meinetwegen, Michael. Ich werde meinen Weg gehen.«

»Davon bin ich überzeugt, aber es ist keine Schande, sich in schwierigen Zeiten auf Freunde zu verlassen. Sehen Sie es so – vielleicht brauche ich irgendwann Ihre Hilfe.« Er öffnete die Beifahrerseite. »Kann ich Sie irgendwo hinbringen?«

»Wenn Sie ins War Office müssen, könnten Sie mich einfach bis dorthin mitnehmen. Oder nein, lassen Sie mich vorher aussteigen, sonst sieht man uns zusammen und das möchte ich nicht.«

Michael ließ sie einsteigen und setzte sich hinter das Steuer. »Wohin genau müssen Sie? Das wäre vielleicht einfacher.«

Sie nannte Raymond Saulls Adresse. »Ich sitze Ray gerade Modell und könnte …«

Er steuerte den Wagen langsam durch den hektischen Morgenverkehr. Ein Pferdegespann stand mitten auf der Kreuzung, weil eine Ladung Holz von einem Karren gerutscht war. Michael brachte das Automobil zum Stehen. Während der Motor laut tuckerte, fragte er: »Ray ist ein Maler?«

»Aber ja, Raymond Saull! Er hat große Erfolge mit seinen modernen Werken gefeiert. Er ist ein alter Freund der Buxtons und ich kenne ihn schon ewig.«

Michael räusperte sich. »Ah, der Raymond Saull. Sie sitzen ihm Modell, und ist er auch derjenige, der Ihnen bei der Wohnungssuche helfen soll?«

»Wenn Sie schon fragen, ja. Weder er noch May, sie ist auch Malerin, sind so borniert und konservativ wie Mabel Goodwyn. Die Frau ist eine echte Enttäuschung. Nie hätte ich gedacht, dass sie so denkt!«

»In extremen Situationen zeigen viele Menschen erst ihr wahres Gesicht.« Das Verkehrschaos entwirrte sich und Michael lenkte sein Gefährt weiter durch die Londoner Innenstadt. Eine Horde wütender Männer und Frauen warf Steine in eine Ladenfront. *Lederwaren Hellmann* stand auf dem Schild.

»Auf die eine oder andere Weise«, murmelte Rose und schlang die Arme um ihren Körper. Sie fröstelte, obwohl es nicht kalt war.

»Haben Sie keine Bedenken, was Raymond Saulls Ruf betrifft? Eine bildschöne, alleinstehende junge Frau und ein Künstler, der für seinen zügellosen Lebensstil bekannt ist.«

Sie warf ihm einen skeptischen Blick zu. »Sehr amüsant. Sind Sie eifersüchtig?«

»Auf jeden, der Ihre Gesellschaft teilen darf. Leider stehen mir dergleichen Gefühle nicht zu. Allerdings …«

»So ist es und deshalb beenden wir diese Unterhaltung genau hier.«

Raymond war zu Hause und er hatte ein freies Zimmer, das er ihr sofort anbot. Er ließ ihr einen Schlüssel geben und sagte: »Du kannst kommen und gehen, wie es dir beliebt. Gib der Köchin eine Liste von Dingen, die du gern isst, und sie wird sie für dich besorgen.«

Ergriffen von seiner Großzügigkeit nahm sie den Schlüssel und wog ihn in ihrer Hand. »Ich zahle dir Miete, sobald ich wieder genug verdiene. Und ich suche mir selbstverständlich sobald als möglich eine neue Unterkunft. Es ist mir sehr unangenehm, dich um diesen Gefallen zu bitten, Ray.«

Tatsächlich hätte sie auf die Schnelle niemanden gewusst, der ihr unter diesen Umständen ohne zu zögern ein Zimmer gegeben hätte. Es gab unter den Frauenrechtlerinnen einige, die sie vielleicht für wenige Tage aufgenommen hätten, doch seit sie in Paris gewesen war, hatte sich ihr Verhältnis zu den Mitstreiterinnen verändert. Sie alle hatten sich über die Jahre verändert und der Krieg hatte sie in zwei Lager gespalten.

Ray überragte sie um mindestens einen Kopf und als er seine Hände auf ihre Schultern legte, fühlte sie sich noch kleiner und hilfloser. Sein mit asiatischen Blumen und Drachen bestickter Morgenmantel war nur lose zugeknotet und ließ den Blick auf seine behaarte Brust zu. Er wurde grau und strahlte dennoch so viel Männlichkeit aus wie kaum ein Mann, den sie kannte. Nicht, dass sie viele Vergleiche hätte ziehen können.

Er lächelte. »Ich freue mich, dir helfen zu können, Rose. Meine Güte, wie lange kennen wir uns denn schon? Als ich dich das erste Mal sah, warst du eine kleine blonde Elfe, die bei den Buxtons durch den Garten schwirrte. Für mich gehörst du zur Familie, also mach dir nicht so viele Gedanken. Und wenn es dir hier zu viel wird – ich gebe zu, dass es manchmal in diesem Haushalt chaotisch zugeht –, dann kannst du immer noch Allie besuchen oder du begleitest May nach Schottland. Sie kommt heute übrigens zurück. Ach, da fällt mir ein, ich muss noch … Rose, fühl dich wie zu Hause. Frag die Mädchen hier, wenn du etwas brauchst.«

Damit drückte er ihr einen Kuss auf die Wange und eilte mit wehendem Morgenmantel davon.

23

Dum spiro spero.
(Solange ich atme, hoffe ich.)
Cicero (106–43 v. Chr.)

Der St James's Park lag auf der gegenüberliegenden Straßenseite. Vielleicht hätte sie lieber dort warten sollen, dachte Rose und hielt ihren Hut fest, als ein Windstoß durch die Bäume fegte. Warme Juliluft umschmeichelte die Stadt und schenkte für wenige kostbare Augenblicke die Illusion von friedlichen Zeiten. Sie war kurz davor, sich umzuwenden und in den Park zu gehen, als sie sah, wie ein Mann aus der Tür des unscheinbaren, aber eleganten Hauses trat und den Blick suchend über die Passanten gleiten ließ.

Die Londoner Klubs pflegten ein gediegenes Understatement und waren für ihre Diskretion berühmt. Diese Qualitäten bescherten ihnen ungebrochenen Zulauf. Leicht auf seinen Gehstock gestützt, kam der Duke of Mandeville durch den Vorgarten. Ein wenig ängstlich trat sie vor. Gerry hatte ihr zwar versichert, dass es ihrem Vater sehr viel besser ging und er den Krankheitsschub überstanden hatte, dennoch blieb ein Rest an Ungewissheit.

»Guten Tag, Vater!«, sagte sie zaghaft und hielt ihren Schirm umklammert.

Wer nicht wusste, wie krank der Duke war, sah einen stattlichen Mann vor sich, der die Lebensmitte überschritten hatte, sich seiner Position bewusst war und noch immer ein Faible für das schöne Geschlecht hatte. Bevor er seine Tochter begrüßte, schaute er einer attraktiven Dame hinterher, die ihm unter dem üppigen Federdekor ihres Hutes einen einladenden Blick zuwarf.

Rose' anfängliche Angst schlug in Abscheu um und sie musste sich zu einem Lächeln zwingen. Jetzt bereute sie ihre Entscheidung. Warum hatte sie auch auf dieses Treffen drängen müssen? Reine Sentimentalität, dachte sie und musste Ray im Stillen recht geben. Der Künstler hatte ihr von der Begegnung mit dem Vater abgeraten und sie vor einer weiteren Enttäuschung gewarnt. Eine Gruppe von Rekruten kam vorbei und sang:

»*It's a long way to Tipperary, it's a long way to go.*
It's a long way to Tiperary, to the sweetest girl I know.
Goodbye Piccadilly,
Farewell Leicester Square!
It's a long way to Tiperary, but my heart's right there …«

Ihr Vater blieb stehen und grüßte die Männer respektvoll. Dann erst nickte er seiner Tochter förmlich zu. »Rose, wie geht es dir?«

Ablehnung und Kälte in seiner Stimme hätten nicht deutlicher sein können. »Danke, und dir?«

Die Miene des Duke verhärtete sich. »Danke. Wie du siehst, deutlich besser als bei unserer letzten Begegnung. Wobei ich mich wundere, dass du mich sehen wolltest. Ich habe dir nichts zu geben, Rose, so leid es mir tut.«

Langsam strebten sie dem Eingang des Parks zu, gingen nebeneinander über die gesandeten Wege, vorbei an den prächtigen Blumenbeeten, für die der königliche Park bekannt war. An einem Teich standen Pelikane, die seit Hunderten von Jahren hier beheimatet waren. Der Park war ganz in der Nähe des War Office, der Westminster Abbey und damit unweit des Themse-Ufers gelegen.

»Ich erwarte nichts, Vater. Morgen fahre ich zu den Buxtons. Alice heiratet den Reporter, Lorenzo Ranieri. Du hast von ihm gehört?«

»Ranieri? Nein, der Name sagt mir nichts. Was tut er? Er schreibt für Zeitungen? Nun ja, das passt zu den Buxtons.« Er schwenkte seinen Gehstock und schubste eine Taube aus dem Weg, die an einem Brotstück pickte.

»Ich dachte, dass du Geoffrey Buxton schätzt. Interessiert dich denn gar nicht, wie es ihm und seiner Tochter geht?«

»Gut, nehme ich an. Er schreibt noch immer? Sein letztes Buch war erfolgreich. Seine Tochter erwartet ein Kind. Du siehst, ich bin informiert. Ist das Kind von dem Mann, den sie ehelichen wird?«

»Ja, natürlich! Mein Gott, du bist wirklich kaltschnäuzig.«

Ihre Kritik ignorierend, sagte er: »Bist du auch guter Hoffnung, Rose? Wolltest du mich deshalb treffen? In dem Fall finden wir sicher eine Lösung. Eine Mandeville sollte keinen Bastard gebären müssen.«

»Nein! Bis heute wusste ich nicht, wie gering deine Meinung von mir ist, danke, dass du mir die Augen geöffnet hast. Ich hielt Mutter immer für die Herzlose, aber du stehst ihr in nichts nach.«

Während des Wortwechsels war ihr Selbstbewusstsein zurückgekehrt. Und gleichzeitig hatte ihr Vater einen wunden Punkt in ihr berührt, ihre Gefühle für Michael Wodehouse.

195

Hätte sie sich auf ihn eingelassen, wäre sie jetzt vielleicht in genau der Lage, die ihr Vater angesprochen hatte.

»Ach Rose, du warst schon als Kind anders und hast dich gegen die Etikette und die Traditionen gewehrt. Dabei liegt darin auch viel Gutes. Das wolltest du nie einsehen, nicht wahr? Eine klare Ordnung bedeutet Stabilität. Gerät die Hierarchie einer gewachsenen Gesellschaft ins Wanken, bricht alles auseinander. Das dürfen wir ja nun erleben.«

Seine Gesichtshaut war blass, die Wunden zwar verheilt, doch je länger sie spazierten, desto erschöpfter wirkte er. Vor einer Bank blieb der Duke stehen und machte eine einladende Geste.

»Ich habe dazu eine andere Meinung, aber dir meinen Standpunkt zu erläutern, wäre müßig. Irgendwann werden Frauen wie ich sich nicht mehr vor der Allmacht der Familie und vor allem deren männlichen Vertretern fürchten müssen. Wir werden Rechte erhalten, die es uns erlauben, ein selbstbestimmtes Leben zu führen.« Sie sprach mehr zu sich selbst und beobachtete eine Gruppe Spatzen, die sich um einige Krumen stritten.

»Gott bewahre mich vor diesem Tag«, murmelte der Duke.

Seufzend meinte Rose: »Hast du Mutter auf Mandeville besucht? Sie steht ganz allein mit allem da.«

»Der Titel und das Haus sind alles, was sie jemals wollte. Sie kommt zurecht.«

»Aber wir werden alles verlieren, oder nicht?«

Der Duke stieß den Gehstock in den Sand. »Natürlich nicht. Unsinn. Wenn dein Bruder erst zurück ist, wird er sich um alles kümmern. Spencer ist ein guter Junge.«

Ungläubig sah sie ihren Vater von der Seite an. Wusste er noch, was er sagte? »Spence wird noch immer vermisst, Vater.« Sie sprach leise und beobachtete seine Reaktion.

»Wie spät ist es?« Douglas Mandeville zog seine Taschenuhr hervor und klappte den goldenen Deckel auf. »Zeit für Lunch. Im Klub servieren sie …« Er hob den Blick.

»Da ich im Klub nicht willkommen bin, verabschiede ich mich jetzt von dir, Vater.«

Ihr Vater stand umständlich auf und wirkte plötzlich alt und gebrochen. »Alles Gute, mein Kind. Wohin fährst du gleich? Nach Italien zu Alice Buxton? Ist es nicht viel zu heiß dort im Sommer?«

»Ich besuche Alice in Hill House, Vater. Sie heiratet.«

Er winkte ab. »Ja, sicher, das sagtest du. Alice war immer ein wildes Mädchen. Wir hätten dir den Umgang mit ihr verbieten sollen.«

Rose lachte bitter. »Das habt ihr versucht. Alice ist meine beste Freundin und der einzige Mensch, auf den ich mich immer verlassen konnte.«

Daraufhin schwieg ihr Vater.

Rose war schon eine Weile in ihrem Zimmer, um noch einen Koffer für die Reise zu packen, als es an der Tür klopfte. »Ja, nur herein!«

Ray machte eine ungewöhnlich ernste Miene. »Wie weit bist du mit dem Packen, Rose?«

»Beinahe fertig.« Ray und May waren ebenfalls zur Hochzeit geladen und nahmen Rose in ihrem Automobil mit. Der Künstler war nie ein Freund von Pferden gewesen, die er für zu groß, zu kräftig und zu unberechenbar hielt. Ein motorisiertes Fahrzeug erschien ihm wesentlich vertrauenerweckender, obwohl sein rasanter Fahrstil ihn schon mehrfach in gefährliche Situationen gebracht hatte.

»Sag, wann du fahren möchtest, und ich bin so weit«, antwortete Rose, ahnend, dass er aus einem anderen Grund gekommen war.

Tatsächlich fischte er einen Brief aus der großen Tasche seines Malkittels. »Der kam heute Morgen für dich. Ich wollte ihn dir persönlich geben und ich bleibe gern, wenn du ihn nicht allein öffnen möchtest.«

Als sie die militärischen Stempel in englischer und französischer Sprache erkannte, schnürte es ihr die Kehle zusammen. Ächzend sank sie auf die Bettkante und drehte den Umschlag hin und her. Er war in einer ihr unbekannten Handschrift an ihre ehemalige Unterkunft bei Mabel Goodwyn adressiert. Immerhin waren sie nicht im Bösen auseinandergegangen. Mabel schienen ihre harschen Worte im Nachhinein leidgetan zu haben und Rose war nicht nachtragend. Wenn sich jemand entschuldigen konnte, war sie auch in der Lage, die Entschuldigung anzunehmen. Das Feldpostamt der britischen Armee arbeitete zuverlässig und Mabel musste den Brief sofort weitergeleitet haben.

Sie tastete den Brief ab. »Das ist kein Telegramm!«

Die größte Furcht hatten alle Angehörigen vor den offiziellen Telegrammen der Armee. Sie nahm das Obstmesser vom Teller auf dem Tisch und schlitzte den Umschlag auf. Kein Telegramm, kein Begleitschreiben, nur ein Brief, der durchnässt gewesen sein musste, denn die Anschrift war verschmiert und ihr Name und die Adresse kaum lesbar. Erleichtert seufzte sie.

»Sie haben den Brief neu beschriftet, weil er nass geworden ist«, sagte sie und warf Ray einen zuversichtlichen Blick zu, während sie den welligen Umschlag öffnete. Die Tinte auf den Briefbögen war noch leserlich, doch die Handschrift war weiblich und die Sprache Französisch. Rose stutzte und versuchte, den Absender zu entziffern.

»Eine Madeleine Bertrand aus … das kann ich nicht lesen … hat ihn geschrieben. Ich kenne niemanden dieses Namens.«

Ray zog sich einen Stuhl heran und schlug die Beine übereinander. »Mein Französisch ist überschaubar, besser, du liest selbst.«

»Chère Madame, ich schreibe diesen Brief für Ihren Bruder, Spencer, der hier bei uns ist. Bitte machen Sie sich keine Sorgen, es geht ihm den Umständen entsprechend gut!« Rose stieß einen Freudenschrei aus, schluchzte und küsste den Brief. »Spence lebt, Ray, er lebt! Aber wie, warum?«

Ray war ebenfalls sichtlich bewegt und sagte leise: »Lies weiter, Rose, laut, bitte.«

Die nur angelehnte Tür wurde aufgestoßen und May kam herein. »Was ist denn los? Gute Neuigkeiten, hoffe ich?« Sie stellte sich hinter Ray und legte ihm eine Hand auf seine Schulter.

Er nickte. »Ihr Bruder lebt. Der Pilot, der in …«

Sie zerzauste ihm die Haare. »Natürlich weiß ich, wer ihr Bruder ist und dass er in Frankreich vermisst wird. Wie schön! Was für eine wundervolle Nachricht für eine Hochzeitsfeier!«

Rose wischte sich die Augen. »Ja, das ist wahr. Hört nur, er ist nach seinem Absturz von dieser jungen Frau und ihrer Familie gefunden und in Sicherheit gebracht worden. Ihr Haus befindet sich wohl hinter der deutschen Front, jedenfalls haben sie ihn versteckt, um ihn nicht zu gefährden. Deshalb wusste niemand, wo er ist und ob er noch am Leben ist. Sie schreibt: *Ihr Bruder ist ein tapferer Mann, der seine Verletzungen mit Stärke trägt. Die Verbrennungen sind gravierend, aber das Schlimmste war das gebrochene Bein. Der Oberschenkel wollte einfach nicht heilen und wir hatten Angst, dass oberhalb des Knies amputiert werden müsste. Aber er hat es geschafft, meine Großmutter ist eine Heilerin. Sie hat sich große Mühe mit den Kräutern gegeben, die wir noch haben. Die verfluchten Deutschen haben uns fast alles genommen. Wir sind Weinbauern, aber die guten Flaschen haben wir versteckt. Madame, seien Sie versichert, dass Ihr Bruder bei uns in guten Händen ist. Sobald er transportfähig ist und die Lage es zulässt, werden wir ihn zu seiner Einheit bringen. Alles andere wäre für uns und auch für ihn lebensgefährlich. Ihre M. B.*«

Und dann entdeckte Rose ein Postskriptum, das kaum lesbar mit Bleistift hinzugefügt worden war. »*Sag nichts Mutter und Vater, Rosie, ich will so nicht nach Hause kommen. In Liebe, Spence*«

»Oh nein, mein armer Spence, was ist dir nur passiert …« Es musste ihm sehr schlecht gehen und sie wollte sich nicht vorstellen, wie er womöglich aussah. Verbrennungen konnten alles bedeuten.

May trat vor, setzte sich neben sie und nahm ihre Hand. »Er lebt, Rose, das allein zählt. Dein Bruder lebt. Das ist ein Geschenk, und Geschenke hinterfragt man nicht.«

Tränen liefen Rose über die Wangen und sie wusste nicht, ob sie weinen oder lachen sollte.

24

Hochzeit in Hill House

I am not yours, not lost in you,
Not lost, although I long to be
Lost as a candle lit at noon,
Lost as a snowflake in the sea.
(Ich bin nicht dein, bin nicht in dir verloren,
ich bin es nicht, doch ich ersehn es sehr,
das Licht zu sein, verschluckt vom Sonnenschein,
die Flocke weißen Schnees, gelöst im Meer.)
Sara Teasdale (1884–1933)

Rose hatte Ray gebeten, sie in Mandeville Park abzusetzen. Die Julisonne schien in den Hof, in dem Krankenwagen und Transporter standen. Ein berittener Offizier grüßte sie auf seinem Weg zu den Stallungen. Wie viele ihrer eigenen Pferde wohl noch dort standen, dachte Rose mit einem Anflug von Wehmut. Doch als sie die verwundeten Soldaten an Krücken, mit Arm- oder Kopfbinden und einige mit Augenklappen herumspazieren sah, wusste sie, dass das Anwesen endlich sinnvoll genutzt wurde. Sie hatte noch nie zu den Menschen gehört, die der Vergangenheit nachjammerten und sich selbst bedauerten.

Anders als ihre Mutter, die ihre ewige Leidensmiene perfektioniert hatte.

Rose wollte noch einige persönliche Dinge abholen und ihrer Mutter von Spencer berichten. Sie hatte erwartet, Butler Cole zu sehen, doch die Tür wurde von einem jungen Dienstmädchen geöffnet, das sie verschreckt ansah.

»Guten Tag, ich bin die Tochter der Duchess, Lady Rose. Ich glaube nicht, dass wir uns schon begegnet sind?«, sagte sie, als das Mädchen sie mit offenem Mund anstarrte.

»Ich bin Minnie, Lady Rose«, das Mädchen knickste unbeholfen.

Rose trat in die große Halle, die ihr leerer vorkam als sonst, was daran lag, dass die großen römischen Vasen und zwei Skulpturen fehlten. Die Sockel ragten anklagend in den Raum. Die riesigen Ahnenporträts hingen noch immer an den Wänden.

»Obwohl es um euch nicht schade gewesen wäre«, sagte Rose.

»Wie bitte, Mylady?«

»Ach, nicht wichtig. Minnie, weißt du, wo meine Mutter zu finden ist? Und wo ist Cole? Es ist überhaupt sehr still hier.«

Rose schaute sich um und vermisste herumeilende Dienstboten und das Geklapper von Geschirr.

»Mr Cole hat uns verlassen. Es sind nicht mehr viele vom alten Stab da.« Minnie sah verlegen zu Boden. »Die Duchess zahlt kaum noch Gehälter aus.« Die letzten Worte flüsterte sie.

»Das ist schlimm. Tut mir leid, Minnie. Wer hat jetzt die undankbare Aufgabe, sich um meine Mutter zu kümmern?«, fragte Rose mit einem Augenzwinkern.

Minnie errötete. »Ich teile mir die Arbeit mit Philline. Sie ist aus Belgien und musste fliehen, als die Deutschen ihr Dorf zerbombt haben. Ihre ganze Familie ist dabei gestorben. Ist das nicht furchtbar?«

»Wie entsetzlich. Das arme Mädchen!«

»Minnie!«, ertönte eine durchdringende Stimme aus dem ersten Stock. »Was treibst du unnützes Ding da unten?«

Bevor Minnie antworten konnte, schüttelte Rose den Kopf und sagte leise: »Lass mich gehen.«

»Oh nein, das geht nicht, Mylady, dann wird die Duchess sehr böse.« Das eingeschüchterte Mädchen rannte die Treppe hinauf.

Rose folgte gemächlicheren Schrittes und nahm die zahlreichen hellen Flecken entlang der Wände wahr. Der Ausverkauf hatte begonnen. Nicht einmal der Schein wurde noch gewahrt, man ließ keine Kopien mehr anfertigen. Sie fand ihre Mutter auf einer Chaiselongue vor den geöffneten Fenstern im Salon ihres Schlafzimmers. Die Gardinen bauschten sich leicht im Wind und auf dem Tisch neben der Duchess standen eine Wasserkaraffe, Gläser, eine Etagere mit Gebäck und eine silberne Teekanne. Eine Frage der Zeit, wann auch das Silber veräußert werden würde, dachte Rose kühl.

»Das Gebäck ist trocken. Wer kann denn so was essen! Sag der Köchin, sie soll sich mehr bemühen«, beschwerte sich Margret Mandeville.

Dünner Musselin umfloss den hageren Körper der Duchess, die sich mit einem Fächer Luft zuwedelte.

»Guten Tag, Mutter!« Rose trat um das Liegemöbel und beugte sich vor, um ihre Mutter auf die Wangen zu küssen.

Diese erstarrte vollkommen überrascht, fing sich jedoch rasch und zeterte: »Jetzt lässt du dich blicken? Jetzt, wo alles verloren ist. Hast du gesehen, wie es hier zugeht? Inkompetentes Personal, das mich zur Verzweiflung treibt! Jede Kleinigkeit muss ich erklären, da kann ich ja gleich selbst hinuntergehen und …«

Seufzend ließ Rose sich in einen Korbsessel sinken, der vor dem Fenster stand. »Schön, dass es dir gut geht. Wenn das deine einzigen Sorgen sind … Meine Güte, hörst du dir eigentlich zu?«

Die Augen der Duchess funkelten die Tochter wütend an. »Du hattest ja noch nie Respekt vor deiner Familie. Unterbrich mich nicht, wenn ich rede!«

»Ich bin hier, weil Alice heiratet.«

»Sie haben mich eingeladen, so viel Anstand haben sie, diese Künstler dort drüben. Aber ich werde nicht hingehen. Wie auch? Ich kann mich nirgends mehr sehen lassen. Alle zerreißen sich doch schon die Mäuler über uns. Daran ist allein dein Vater schuld und dann du. Hättest du einen amerikanischen Unternehmer oder Tredegar geheiratet, wären wir saniert gewesen. Aber nein, das Fräulein treibt sich lieber mit diesen Mannweibern herum und schwingt große Reden über das Wahlrecht!«, redete ihre Mutter sich in Rage. »Und was hat es dir gebracht? Nichts, gar nichts! Ich bin nicht so einfältig oder borniert, wie du sicher annimmst. Ich lese die Zeitungen und verfolge die Politik. Die Herren Politiker werden den Frauen nie das Wahlrecht geben. Und wer sorgt für deine Zukunft? Hast du eine Arbeit? Die Tochter eines Duke arbeitet!«

Rose zählte innerlich bis zehn und lächelte, als der Wortschwall verebbte. »Spence ist am Leben. Ich dachte, das interessiert dich.«

Margret Mandeville wurde blass, fächelte sich hektisch Luft zu und krächzte: »Gib mir Wasser!«

Rose schenkte ihrer Mutter ein Glas aus der Karaffe ein. Während die Duchess trank und ihr Atem sich beruhigte, erzählte Rose von dem Brief, den sie an diesem Morgen erhalten hatte. »Es geht ihm den Umständen entsprechend gut. Die Verbrennungen sind wohl sehr schwerwiegend, aber er wird gesund und das ist alles, was zählt, nicht wahr?«, flüsterte Rose mit tränenerstickter Stimme.

Ihre Mutter hatte ein Taschentuch aus ihrem Rock gezogen und presste es gegen Nase und Augen. »Mein Sohn lebt, er lebt. Er wird zurückkommen und uns retten. Ich muss aufstehen und mich um alles kümmern. Es gibt so viel zu tun. Wo fange ich nur an? Als Erstes werde ich die Verkäufe rückgängig machen. Er kann doch nicht in ein leeres Haus zurückkehren. Oh, welche Freude! Wann kommt er?«

»Davon stand nichts in dem Brief und ich glaube auch nicht, dass es sehr bald sein wird. Er ist ja noch nicht einmal transportfähig.«

»Nein, aber es kann nicht lange dauern. Da bin ich mir sicher. Wenn er nur weiß, wie schlimm es um Mandeville steht. Ich werde ihm gleich schreiben. Hat er meine Briefe erhalten? Nur zweimal hat er geantwortet. Dabei muss er doch wissen, wie sehr ich auf seine Nachrichten warte. Das ist es, was mich noch am Leben hält. Spencer, mein guter Junge. Er war schon als Kind besonders intelligent und hat uns nur Freude gemacht.«

Rose erhob sich. Es wurde Zeit zu gehen.

Der Spaziergang durch den Wald half, die aufwühlende Begegnung mit ihrer Mutter schneller verblassen zu lassen. Tief atmete Rose den Duft der Tannen und Eichen ein. Obwohl an einigen Stellen gerodet worden war, kannte sie noch immer jeden Winkel des Waldes, erinnerte sich an jeden Pfad, den sie als Kind Hunderte Male mit ihren Freundinnen entlanggelaufen war. Die Tasche über ihrer Schulter wurde mit jedem Schritt schwerer, doch sie hatte so viele ihrer Kleider mitgenommen, wie sie tragen konnte. In der Nähe hörte sie es plätschern und schmunzelte, denn das Geräusch stammte von dem See, in dem sie oft mit Alice und Vera gebadet hatte.

Kurz darauf flogen zwei Enten auf und Rose ging weiter, bis sie das Tor an der Straße nach Hill House erreichte. Zuerst sah sie das Cottage unten in den Wiesen, dann die Kinder und dann glitt ihr Blick hinauf zu jenem ungewöhnlichen Haus auf dem Hügel – Hill House. Der halbrunde Turm schimmerte weiß im Sonnenlicht, die meisten Fenster des Gebäudekomplexes waren geöffnet, sie erkannte die Hecken, den Rosengarten und die Zypressen und hörte Gelächter und Musik. Dora entdeckte sie und half ihr, die Tasche hinaufzutragen.

»Miss Alice ist sicher auf der Terrasse. Das Laufen fällt ihr jetzt schwer.« Dora lächelte. »Bald ist sie nicht mehr Miss Alice, sondern Mrs oder Signora, das kann ich mir gar nicht vorstellen.«

Rose lachte. »Alice wird immer unsere Allie bleiben, ob Mrs oder nicht. Oh, da sehe ich sie schon!«

Sie waren durch den unteren Garten bis zu den Mühlsteinen gelangt, von wo sie auf die Terrasse und den Kräutergarten schauten. Musik kam von einem Grammophon, das draußen auf einem Tisch stand. Ray und Geoffrey unterhielten sich, genau wie May und Lorenzo. Der Italiener stand neben der Sonnenliege seiner Braut, deren Gesicht von einem großen Strohhut verborgen wurde.

»Allie!«, rief Rose überglücklich, winkte den Gästen zu, hatte jedoch nur Augen für ihre Freundin, deren Leib sich deutlich sichtbar unter ihrem Kleid wölbte.

Alice Buxton schob den Hut etwas nach hinten und rückte mühsam nach vorn. »Rosie, oh wie schön, dass du endlich da bist! Wir warten schon alle auf dich!«

Die Freundinnen begrüßten sich innig und wischten sich beide einige Freudentränen von den Wangen.

»Du siehst wunderbar aus, Allie!« Rose strich der werdenden Mutter über den Bauch. »Wie geht es dir da drinnen, hm?«

»Oh, sie strampelt schon kräftig.« Alice streckte die Hand nach Lorenzo aus, der sie ergriff und küsste.

»Wir sind nun ziemlich sicher, dass es ein Mädchen wird, Rose. Ich bin so glücklich und wünschte nur, ich könnte bis zur

Geburt bleiben.« Lorenzo Ranieri wirkte ein wenig dünner als bei ihrer letzten Begegnung, die Schatten unter seinen Augen waren größer, doch er strahlte das Glück und die Zuversicht eines werdenden Vaters aus. Und wenn er Alice ansah, lag so viel Liebe in seinem Blick, dass Rose hätte weinen können. Sie freute sich über die Maßen für ihre Freundin, die ein so großherziger und mitfühlender Mensch war.

Nach und nach kamen die anderen und begrüßten Rose, die sich erst jetzt fühlte, als wäre sie nach Hause gekommen. Geoffrey Buxton trug einen leichten Sommeranzug und wollte ihr eben ein Glas Champagner reichen, als er zögerte.

»Rose, eine fehlt doch noch. Wo ist sie denn?« Er sah zum Haus und dann erschien eine schmale Frauengestalt in der Tür zum Salon.

Es war, als wehte plötzlich ein Hauch von den Schlachtfeldern zu ihnen herüber. Vera Lyttleton trug die hellgraue Ausgehuniform der Schwestern, ihre kinnlangen Haare hatte sie hinter die Ohren gestrichen, doch um ihren Mund spielte ein erwartungsvolles Lächeln.

»Vera!«, rief Rose.

Alice nickte. »Ist das nicht wunderbar? Die Überraschung ist mir gelungen, nicht wahr? Ich wollte euch alle hier zusammenhaben.«

Rose kannte ihre Freundin zu gut, um den wehmütigen Klang in ihrer Stimme nicht zu hören. Schmerzlich vermisst wurden ihre Tante Charlotte und Sebastian Fitzroy. Doch in ihren Herzen waren alle anwesend und nur das zählte.

25

To see a world in a grain of sand and a heaven
in a wild flower, hold infinity in the palm of your hand
and eternity in an hour.
(Um die Welt in einem Sandkorn zu sehen und den
Himmel in einer wilden Blume, halte die Unendlichkeit auf
einer flachen Hand und die Stunde rückt in die Ewigkeit.)
William Blake (1757–1827)

Nun, da sie alle versammelt waren, drückte ihr Geoffrey ein Glas
Champagner in die Hand. Rosen und Malven blühten rings um
die Terrasse und verströmten ihren zarten Duft. Beschwingte
Musik erklang, Bienen summten, Vögel zwitscherten und der
Krieg schien so weit weg. Heute wollten sie die Hochzeit ihrer
besten Freundin mit dem Mann ihres Herzens feiern und nichts
sollte die Freude über dieses glückliche Ereignis trüben.

Rose hob, wie die anderen Gäste, das Glas und gemeinsam
riefen sie: »Auf das Brautpaar! Möge es hochleben!«

Gläser klirrten, man lachte, schluchzte und küsste sich und
irgendwann fand Rose sich Vera gegenüber. Die beiden Frauen
sahen sich kurz an, so als schlössen sie eine stille Übereinkunft
zugunsten ihrer gemeinsamen Freundin, und umarmten sich
schließlich.

»Ich hätte dir gern geholfen, deinen Bruder zu finden, Rose, aber es gab keine …«

Rose winkte ab. »Heute kam Nachricht von ihm. Vera, er lebt! Du hättest ihn nicht finden können, niemand hätte das. Eine französische Familie hat ihn verwundet gefunden und versteckt ihn seitdem.«

Erleichtert seufzte Vera. »Auf Spencer! Du glaubst gar nicht, wie froh ich bin, das zu hören. Es war schrecklich für mich, dir diese Zeilen schreiben zu müssen. Ich sehe so viel Grauen, Rose, jeden Tag sterben so viele brave Männer. Wir tun, was wir können, aber sie sterben uns unter den Händen weg.«

Rose griff nach Veras Hand und drückte sie kurz. »Ich verstehe dich. Was du tust, verdient größten Respekt, Vera. Sag, wo warst du zuletzt stationiert?«

Vera war erwachsener geworden, noch ernster und wählte ihre Worte mit Bedacht. Die unterschwellige Wut, die Rose früher bei ihr zu spüren geglaubt hatte, war verschwunden. »Wo war ich nicht …? Die Lazarette werden eröffnet und manchmal schon nach wenigen Wochen verlegt. Ein großes Lazarett ist in Étaples, dort war ich, bevor ich nach Hazebrouck kam. Das liegt nicht weit von Calais entfernt und dadurch hatte ich überhaupt die Möglichkeit zu kommen. Die Stabsschwester hat mir den Urlaub bewilligt. Zumindest mangelt es nicht an hilfsbereiten Schwestern. Es melden sich noch immer viele Frauen zum freiwilligen Dienst. Aber genug von meiner Arbeit, die kein Thema für eine Hochzeit ist. Was hast du gemacht, Rose? Wie geht es deinen Eltern? Ich habe gesehen, dass ihr Mandeville Park dem Roten Kreuz zur Verfügung gestellt habt.«

»Ja, das ist richtig. Ich war für einige Monate im War Office tätig, in der Pressestelle. Ach Vera, du kennst mich ja. Ich kann mit meiner Meinung schwer hinter dem Berg halten. Als überzeugte Pazifistin habe ich die Friedenskonferenz in Den Haag unterstützt und das wird nicht gern gesehen.«

»Selbstverständlich nicht, was hast du erwartet?« Vera trank von ihrem Champagner.

»Tja, die Quittung habe ich nun – ich bin meinen Job und meine Unterkunft losgeworden.«

Lorenzo musste ihre letzten Worte gehört haben, denn er kam zu ihnen. »Entschuldige, Vera, ich muss dir Rose kurz entführen.«

Er ging mit ihr in den Garten hinunter, wo er an der Sonnenuhr stehen blieb. »Rose, es tut mir ganz schrecklich leid, dass Mabel dich hinausgeworfen hat! Ich war entsetzt, als ich davon hörte. Sie kann mitunter etwas schwierig sein, aber dass sie so intolerant ist, hätte ich nicht gedacht.«

»Mach dir deswegen keine Gedanken, Lorenzo, ich schiebe es auch auf ihre Schwangerschaft. Mabel hat Angst und verständlich ist es schon. Je länger der Krieg andauert, desto mehr verändern sich die Menschen. In Mabels Haus lebte eine nette ältere Dame, eine österreichische Klavierlehrerin. Die arme Frau konnte die Anfeindungen nicht länger ertragen und hat sich erhängt. Es ist für alle eine schwere Zeit.« Sie schaute in den blühenden Garten und sog die Düfte ein, die sie tröstlich umhüllten und an glücklichere Tage erinnerten. »Es ist so schön hier. Du bist da und heiratest Allie. Ein perfekter Tag, Lorenzo!«

Ein warmes Lächeln umspielte seine Lippen. Er war ein gut aussehender Mann und seine Liebe zu Alice aufrichtig, das spürte sie. »Der beste Tag meines Lebens, Rose. Ich hoffe, dass wir bald in Italien mit der ganzen Familie nachfeiern werden. Irgendwann sehen wir uns alle in Castiglioncello, tanzen Tarantella und essen die Feigen und Pfirsiche aus unserem Garten.«

Ein Schatten zog über sein Gesicht. »Es ist kaum zu ertragen für einen Italiener, ohne die Familie zu heiraten. Aber ich konnte weder meiner Mutter noch meiner Schwester die gefährliche Reise zumuten.«

»Das verstehen sie sicher«, meinte Rose.

»Es ist schwer für sie, glaub mir. Meiner Mamma zu sagen, dass die Hochzeit in England ohne sie stattfindet … *o dio!*« Er grinste. »Die Welt geht unter! Es war nicht leicht, Alice zu dieser Ehe zu bewegen.« Liebevoll sah er zu seiner Braut hinüber. »Sie wollte unser Kind unehelich auf die Welt bringen, nur um mir meine Freiheit zu lassen. Hat man so etwas schon gehört?! *Porca miseria!* Dieses Kind wird meinen Namen tragen und außerdem …«

Rose sah ihn an und konnte förmlich an seinem Gesicht ablesen, was er dachte. »Außerdem hat die Freiheit eine andere Bedeutung für dich bekommen?«, vollendete sie leise seinen Satz.

Lorenzo Ranieri schaute abwesend auf die Sonnenuhr. »Die Zeit rinnt uns durch die Finger und wir vergeuden sie mit der Jagd … nach was eigentlich? Dabei ist es so einfach. Ich liebe diese Frau. Ihr Glück ist meine Freiheit.« Er sah Rose an. »Klingt das merkwürdig?«

»Nein«, antwortete sie leise und wischte sich eine Träne aus dem Augenwinkel. »Das klingt sehr schön.«

»Und bevor ich es vergesse, bitte zögere nie, mich oder Alice um Hilfe zu bitten. Ich hoffe, du verzeihst ihr, dass sie mir von deiner schwierigen Lage erzählt hat. Wir verfügen über finanzielle Mittel und unter Freunden ist es selbstverständlich, in der Not füreinander da zu sein.« Lorenzo nahm ihren Arm. »Und jetzt lass uns wieder zu den anderen gehen. Wir haben eine Hochzeit zu feiern!«

An diesem Tag wurde noch lange gelacht, gegessen und getanzt. Alice musste sich bei allem ein wenig zurückhalten, was ihrer Freude und Ausgelassenheit jedoch keinen Abbruch tat. Rose fand, dass sie die schönste Braut war, die sie je gesehen hatte. Mit ihren geröteten Wangen, den wilden braunen

Locken und den leuchtenden Augen, die vor Glück und Liebe überquollen, überstrahlte sie alle.

Die standesamtliche Vermählung fand am nächsten Morgen im nahe gelegenen Ashford statt. Vor dem Standesamt wartete ein Automobil, bei dessen Anblick Rose stutzte. Sie saß neben Vera in Rays Wagen. Newton steuerte den Rolls mit Geoffrey, Alice und Lorenzo vor ihnen auf den Parkplatz.

»Was ist denn, Rose, ist dir nicht gut?«, fragte Vera.

Rose räusperte sich. »Es geht schon wieder. Ich hätte gestern den Gin nicht trinken dürfen. Gin und Champagner vertragen sich nicht besonders gut.«

»Sind noch weitere Gäste geladen? Sieh mal, die beiden Herren dort scheinen auf uns zu warten.« Vera betrachtete neugierig die Gentlemen in den eleganten Anzügen, die mit einem Geschenk und einem Blumenstrauß warteten.

»Haben wir Reis?«, fragte Rose und versuchte, ihre Nervosität herunterzuspielen. Michael Wodehouse und Gerald Ridley dagegen waren bester Stimmung und winkten ihnen fröhlich zu.

»Haben wir«, meinte Vera.

Rose zupfte an ihrem Kragen und richtete ihre Frisur.

»Meine Güte, du bist ja nervöser als die Braut …« Doch plötzlich hielt Vera inne und sah zwischen Rose und den beiden neuen Gästen hin und her. »Du kennst die beiden!«

Typisch Vera, dachte Rose, ihr entging nichts, auch wenn es sie nichts anging. »Hm«, murmelte sie und stieg aus, denn der Wagen war zum Stehen gekommen und Ray öffnete ihnen die Tür.

»Bitte, meine Damen, da wären wir.« In seinem eleganten Sommeranzug mit dem luftigen Hut wirkte Ray beinahe bürgerlich. Nur das bunte Halstuch und der offene Hemdkragen widersprachen der Etikette. Zudem steckten seine nackten Füße in Zehensandalen, wie Rose schmunzelnd bemerkte.

Zu seiner Entschuldigung konnte man anführen, dass die Temperaturen heute Morgen schon auf über fünfundzwanzig Grad gestiegen waren, was für einen Engländer tropische Verhältnisse bedeutete. May McGregor trug ein geblümtes Kleid aus duftigem Musselin und einen Hut mit flatternden bunten Bändern. Rose hatte sich für ein hellblaues Sommerkleid entschieden, den viel zu dramatischen Federschmuck ihres Hutes jedoch reduziert.

Rose hatte Alice weiße Blüten in ihre Haare geflochten und ihr eine Kette mit einer in Gold gefassten Muschel geschenkt. Sie hatte die filigrane Kette aus alten Schmuckstücken von einem Juwelier anfertigen lassen und Alice' begeisterte Reaktion hatte ihr gezeigt, dass es genau das passende Geschenk für ihre naturverbundene Freundin war. Als die schöne Braut zwischen ihrem Vater und ihrem Bräutigam die Stufen hinaufstieg, flüsterte Vera neben ihr ergriffen: »Sie sieht aus wie eine Madonna, wunderschön!«

Rose tupfte sich die Augen. »Ich wünsche ihr, dass sie immer so glücklich sein möge wie heute.«

Anstelle einer Antwort drückte Vera ihre Hand.

Die kleine Gesellschaft begab sich ins Standesamt, wo Rose und Geoffrey als Trauzeugen fungierten. Erst später, nachdem das offizielle Essen und die Reden vorüber waren, fand Rose Gelegenheit, mit Alice zu sprechen. Alice stützte sich auf den Arm der Freundin und ging mit ihr durch den Rosengarten, wo sie auf einer Steinbank Platz nahmen.

»Ist es nicht himmlisch hier? Ich liebe diesen Ort, dieses Haus, euch, ach, heute liebe ich alles! Es ist so wundervoll, dass du hier bist, Rosie!« Alice lehnte den Kopf an ihre Schulter und strich über ihren Bauch. Ihr bauschiges, mit weißen Blüten besticktes Kleid umspielte ihren schmalen Körper. »Gertie und Dora haben die Blüten auf das Kleid gestickt und die Mütter aus dem Cottage haben den Schleier bestickt. Ich habe sie für den Nachmittag eingeladen, bis dahin gehört ihr alle nur mir.«

Rose legte den Arm um Alice, küsste ihre Haare und drückte sie sanft an sich. »Du bist die Beste und ich habe dich schrecklich lieb, Allie. Ich wünsche dir alles Glück, du verdienst es. Und du hast einen guten Mann gewählt, Allie. Er scheint mir ganz verrückt nach dir zu sein.«

»Oh, das soll er auch besser sein, mein Mann …« Alice drehte den Ehering an ihrem Finger. »Ein seltsames Gefühl, schön, aber ein klein wenig beängstigend.« Sie sprach sehr leise. »Dir kann ich es ja sagen, ich wollte nicht heiraten, weil ich Angst habe, ihn dann zu verlieren.«

»Aber nein, Allie, er liebt dich über alles!«

»Das meine ich nicht, Rosie. Ich weiß, dass er mich liebt, genauso wie ich ihn liebe, aber ich wollte ihn nicht an mich binden, nicht durch einen Vertrag, verstehst du? Ich bin so schrecklich glücklich und es erscheint mir vermessen, alles zu wollen, es …«

»Hör auf, Allie, bitte rede nicht so! Alles wird sich zum Guten wenden. Irgendwann ist dieser furchtbare Krieg vorbei und wir sehen uns alle in Castiglioncello wieder.«

»Ich wünschte, meine Mutter und Tante Charlotte hätten das mit uns erleben können«, murmelte Alice.

»Aber sie sind doch bei uns, Allie, sie sind immer bei dir, und wenn ich die Rosen hier sehe und all die wundervollen Blumen in deinem Garten, dann sehe ich auch deine Mutter. Und du wirst eine ebenso fantastische Mutter wie sie.«

Alice schluchzte, genau wie Rose, und dann lachten beide und wischten sich gegenseitig die Tränen von den Wangen.

»So, jetzt ist es aber genug. Was soll denn dein Mann denken, wenn er dich so verweint sieht? Oh, und das wollte ich dich noch fragen. Warum sind denn Michael und Gerry hier?«

Ihre Freundin lächelte verschmitzt. »Ich kann doch einladen, wen ich möchte, und da alle unsere Männer unter Waffen sind, habe ich auf die zurückgegriffen, die verfügbar sind. Wir sollten die anderen nicht warten lassen. Gertie hat noch eine Torte gebacken. Gott allein weiß, wer das alles essen soll.«

Rose half ihrer Freundin beim Aufstehen und schaute zur Terrasse, wo Vera mit Michael sprach.

»Michael ist ein wirklich netter Mann, finde ich.«

Rose schnaufte. »Er ist verheiratet, Allie.«

Mit einem Schulterzucken hakte sich Alice bei ihr unter. »Wo Liebe ist, findet sie ihren Weg.«

»An einem anderen Tag würde ich dir widersprechen, aber heute nicht, Signora Ranieri.«

Alice lachte. »Jetzt bin ich eine Matrone, eine dicke alte Matrone!«

Lorenzo kam zu ihnen und küsste Alice auf die Stirn. »Geht es dir gut, *mia cara?*«

»Sie fühlt sich alt und dick, Lorenzo, ich hoffe, dir fällt etwas ein, um sie aufzumuntern«, scherzte Rose.

Sie überließ die beiden einander und ging zu den anderen. Dora und weitere fleißige Helferinnen trugen Tabletts mit Geschirr und Gläsern, während Gertie mit einer zweistöckigen Cremetorte herauskam. Es wurde geklatscht und das Brautpaar schnitt die Torte an. Alice reichte das erste Stück ihrem Vater, der gerührt den Teller nahm.

»Danke, Pa, für alles, immer, ich liebe dich!«, sagte Alice und küsste ihren Vater auf die Wange.

Geoffrey Buxton, der berühmte Schriftsteller, der selten um Worte verlegen war, nickte mit verräterisch glänzenden Augen und antwortete: »Meine kleine Allie, du warst immer mein ganzes Glück. Jetzt bist du es für Lorenzo und das ist gut so.«

Rose würde nie vergessen, wie Lorenzo Ranieri in diesem Augenblick zu seinem Schwiegervater ging, ihn in die Arme nahm und ihm etwas zuflüsterte, was niemand sonst hören konnte. Die beiden Männer sahen sich verstehend an und es war klar, dass sie beide dasselbe wollten – das Glück von Alice.

26

Feenteich

Raymond Saulls Hochzeitsgeschenk war ein Gemälde. Er hatte es *Feenteich* genannt und nun stand es im Salon auf einer Staffelei und zog die Blicke der Betrachter auf sich. Es war unmöglich, nicht von diesem Bild gefesselt zu sein, dachte Rose, selbst wenn man den Ort nicht kannte, den der Künstler dargestellt hatte.

Es war der See im Wald von Hill House, an dem die drei Freundinnen so viele Sommer verbracht, sich ihre Geheimnisse anvertraut hatten und wo Vera sich mit ihnen vor dem tyrannischen Vater versteckt hatte. Dort waren sie gemeinsam unbekleidet geschwommen und hatten ihre sich verändernden Mädchenkörper verglichen – eine ungestüme, aufregende, von pubertierenden Mädchenfantasien geprägte Zeit. Rose legte einen Finger an die Lippen und lächelte, als sie die drei über dem Wasser tanzenden Nymphen betrachtete. In ihren sich drehenden und hüpfenden zarten Körpern, weder Kind noch Weib, lag eine kecke Unschuld. Natürlich hatte Ray dabei an die drei Mädchen gedacht, auch wenn er das leugnete. Doch nur so brachte er sie nicht in Verlegenheit.

Mit dem Bild war ihm ein arkadisches Idyll gelungen. Entgegen seiner sonstigen zur Abstraktion neigenden Manier hatte er sich hier dem Realismus und dem Gegenständlichen verpflichtet und den See im Sonnenlicht, das durch das Blätterdach des Waldes fiel, und inmitten eines bunten Blumenteppichs dargestellt. Die tanzenden Nymphen waren durchscheinend und strahlten Verspieltheit und Lebensfreude aus. Alice hatte sich gerührt bei dem langjährigen Freund der Familie bedankt und Rose musste einmal mehr anerkennen, dass Ray ein Mann mit vielen Gesichtern war.

»Das Bild ist wundervoll. Ich wusste gar nicht, dass er auch diesen Stil beherrscht«, sagte Michael Wodehouse, der zu ihr trat.

Sie war so in Gedanken versunken gewesen, dass sie ihn nicht hatte kommen hören und zusammenzuckte. »Sie sind es«, murmelte sie.

»Ich wollte erst nicht mitkommen, aber Gerry meinte, dass man einer Braut ihren Wunsch nicht abschlagen kann.« Er sah sie von der Seite an, schien noch etwas sagen zu wollen, schwieg jedoch.

»Alice und Lorenzo sind so glücklich und ich freue mich von Herzen für die beiden. In Zeiten wie diesen muss man das Glück festhalten, solange es nur geht, und jeden Moment auskosten«, sagte sie leise, ohne den Blick von dem Gemälde zu lösen.

»Sehen Sie, wie unbeschwert die Wassernymphen sind? Damals glaubten wir, es würde niemals enden, wir dachten, dass das Leben unendlich ist und jeder neue Tag nur noch schöner und verheißungsvoller würde …« Ihre Stimme wurde heiser. »Und dann starb Alice' Mutter.«

Von draußen klang das Stimmengemurmel der Gäste herein, die alle auf der Terrasse und im Garten waren. Jemand stellte das Grammophon an, eine fröhliche Melodie erklang und die Kinder, die inzwischen dazugekommen waren, lachten und klatschten.

Leise fuhr Rose fort: »Louise war nicht nur sehr schön, sondern auch liebevoll und großherzig. Sie war die Sonne in Hill House. Mit ihrem Tod verlor das Haus sein Licht und seine Wärme und Geoffrey fiel in eine tiefe Depression. Es stand sehr schlecht um ihn und es schien, als würde er sich nie von dem Verlust erholen und auch nicht mehr schreiben können. Alice und ich gingen auf dasselbe Internat und eines Tages sagte sie zu mir, sie würde nach Hause zurückkehren. Ich konnte sie erst nicht verstehen und riet ihr ab, meinte, dass das ein großer Fehler sei. Doch sie sah mich nur mit ihren grünen Augen an. ›Ich gehe nach Hause, Rosie‹, sagte sie, ›weil Vater mich braucht und ich brauche ihn.‹«

Rose schluckte und nahm dankbar den sanften Druck von Michaels Hand wahr. »Es war einfach für sie, weil sie genau wusste, dass ihr Vater ohne sie verloren war, und umgekehrt wäre es genauso gewesen. Die Buxtons sind etwas Besonderes, Michael, sie denken nicht zuerst an sich, sondern an diejenigen, die sie am meisten brauchen. Das ist Alice. Sie liebt, ohne zu fragen und zu fordern.«

Rose hatte sich wieder gefangen, ließ seine Hand los und drehte sich zu ihm um. »Die Kinder! Oh, allein, wie sie mit den Kindern umgeht. Einfach so, die Kleinen vergöttern sie. In Italien hat sie diese bemerkenswerte Frau kennengelernt, Dottoressa Maria Montessori. Alice hat die Lehrmethode hier im Cottage angewandt und aus traurigen verstockten Problemkindern aufmerksame kleine Menschen gemacht, die offen in die Welt blicken.« Sie hielt inne. »Jetzt wissen Sie, warum ich Alice liebe und ihr keinen Wunsch abschlagen würde.«

Michael sah sie nachdenklich an. »Danke, dass Sie mich in Ihr Vertrauen gezogen haben, Rose. Ich verstehe jetzt, warum Sie Ihre Freundin nie im Stich lassen würden, und ich sehe auch, welches Glück Alice hat, Sie als Freundin zu haben. Wenn

Sie einmal jemanden benötigen, der für Sie spricht, fragen Sie bitte zuerst mich.«

Ein Lächeln zog über sein Gesicht und sie senkte verlegen den Blick. Draußen wurde die Musik lebhafter und Lorenzo sang auf Italienisch mit. Rose spürte den mitreißenden Rhythmus in den Zehenspitzen. »Kommen Sie, Michael. Tanzen Sie Tarantella?«

»Ich weiß es nicht, aber wenn das die Musik ist, wissen die Füße sicher von allein, was zu tun ist«, antwortete er.

Alice stand neben Lorenzo. Die beiden hielten sich an den Händen, während er mit voller Stimme ein italienisches Lied sang, dessen Musik vom Grammophon tönte. Gerry tanzte mit Dora, Ray mit Gertie und Geoffrey mit Vera. Dazwischen hüpften die Kinder herum und May tanzte mit Newton. Rose musste zweimal hinsehen, um zu glauben, dass der sonst so verhaltene Butler sich ausgelassen dem Rhythmus hingab.

Die Sonne verabschiedete sich langsam und mit der Mondsichel am dunklen Abendhimmel nahm die Nacht das Leben in ihre Obhut. Überall leuchteten Lampions und ließen den Garten von Hill House wie ein glückseliges Arkadien erscheinen. Michael führte Rose im Takt der Musik über die Terrasse und hinunter in den Rosengarten, wo sie von einem Mühlstein zum nächsten tanzten. Die anderen taten es ihnen gleich und der gesamte Garten war erfüllt von Musik, dem fröhlichen Geplapper der Kinder und den gelösten Stimmen der Erwachsenen. Es war eine unwirkliche Nacht, in der sie die Liebe zweier Menschen feierten. Eine Nacht, in der die Liebe die Hoffnung aller auf den baldigen Frieden bedeutete, eine Nacht, in der sie an jene dachten, die so schmerzlich vermisst wurden und dennoch in ihren Herzen bei ihnen waren.

Sehr viel später in dieser Nacht fand sich Rose in einer Umarmung mit Michael wieder. Sie hatte zu viel Champagner getrunken, zu viel gelacht und sie war viel zu glücklich, um sich zu fragen, wie sie mit dem Mann, den sie seit Wochen mied wie der Teufel das Weihwasser, im Schutz der Buchshecke bei der Sonnenuhr gelandet war.

Seine Hände waren so warm und seine Arme stärker, als sie gedacht hatte. Da ihr ein wenig schwindelig war, lehnte sie sich zurück und registrierte dankbar, dass er sie nicht fallen ließ.

»Sie haben mehr Kraft, als ich einem Anwalt zugetraut hätte«, sagte Rose.

Michaels dunkle Augen, in die sie so gern sah, obwohl das gänzlich unangebracht war, blitzten im Dunkeln auf. »Haben Sie denn Vergleichswerte, auf die Sie zurückgreifen können, Mylady?«

»Werden Sie nicht zynisch, Herr Anwalt, das mag ich nicht.« Sie wollte sich mit einer eleganten Drehung aus seiner Umarmung befreien, was ihr jedoch misslang und damit endete, dass sie sich an seiner Brust abstützen musste. »Verzeihung, ich muss mich für meine Taktlosigkeit und meine fehlenden Manieren entschuldigen. Bitte führen Sie die besonderen Umstände zu meiner Entlastung an. Meine beste Freundin hat heute geheiratet und ich bin so schrecklich glücklich, dass ich heulen könnte.«

Plötzlich schossen ihr Tränen in die Augen und sie konnte nichts dagegen tun. »Schieben Sie weitere Entgleisungen meinerseits unbedingt auf den übermäßigen Genuss von Champagner.«

»Sie sind zauberhaft, Rose, egal, ob ohne oder mit Champagner. Und nun möchte ich Sie um mildernde Umstände bitten, denn ich werde Sie küssen. Danach entscheiden Sie über die Schwere der Strafe.«

Bevor sie reagieren konnte, hatte er sie an sich gezogen und küsste sie. Rose war zuerst schockiert, dann elektrisiert und schließlich verschwammen alle Gedanken und sie überließ ihrem Körper das Reagieren. Ihr Körper wusste nämlich sehr viel besser, was ihr guttat, und schmiegte sich auf geradezu unerhörte Art an diesen Mann, von dem sie geglaubt hatte, ihn zu kennen. Der Kuss belehrte sie eines Besseren, denn sie lernte einen leidenschaftlichen, zärtlichen Michael kennen, dessen Berührungen sie erzittern ließen, und sie wollte nichts sehnlicher, als mehr von ihm zu spüren. Als sie seinen Hals küsste und den Knopf seines Hemdes öffnete, strich er ihr die Träger ihres Kleides von den Schultern und küsste erst ihr Schlüsselbein und dann den Ansatz ihrer Brüste. Doch als sie ein dunkles Begehren in sich aufsteigen fühlte, das ihr alle Sinne zu rauben schien, hielt er plötzlich inne und schob ihre Träger ordentlich zurück auf ihre Schultern.

Es dauerte einen Moment, bis ihre Pupillen wieder fokussieren konnten und sie ihn ein wenig unwillig ansah. Mit gespieltem Schmollmund sagte sie: »Sie haben angefangen und jetzt sind Sie so ein Spielverderber.«

»Ich habe mich vergessen, Rose, es tut mir leid.« Er wollte sie loslassen, doch sie wankte gefährlich nach rechts, sodass er sie wieder festhielt.

»Die Erde schwankt. Wer hätte das gedacht? Oder ich schwanke, aber eine Lady schwankt nicht, sie hat sich immer in der Gewalt.«

»Und eben darum muss ich der Spielverderber sein. Komm, nimm meinen Arm, Rose. Ich bringe dich zum Haus zurück.«

»Ist diese vertraute Anrede schicklich, Herr Anwalt?«

»Nach diesem Kuss ja.«

Rose lachte und als er in ihr Lachen einfiel, fühlte sie sich befreit von einer viel zu lange andauernden Ungewissheit, die wie ein Schatten über ihr gelegen hatte. Langsam gingen sie zwischen den Hecken hindurch.

»Und was machen wir nun?«, flüsterte Rose.

Anstelle einer Antwort nahm er sie in die Arme und hielt sie fest an sich gedrückt. Er küsste ihre Haare und murmelte:

»Ich bin mir sicher, dass es sich finden wird, Rose. Es wird sich finden.«

Am nächsten Morgen kamen alle nach und nach zu einem späten Frühstück auf der Terrasse zusammen. Es war noch wärmer als am Tag zuvor und die Sonne stand strahlend am blauen Himmel.

»Hochzeitswetter«, stellte Ray grinsend fest, biss in ein gekochtes Ei und aß anschließend einen geräucherten Hering.

Rose drehte sich bei diesem Anblick der Magen um. »Wie kannst du nur so viel essen?« Sie trug eine Sonnenbrille, um die müden Augen zu verdecken, und griff nach der Kaffeetasse.

Vera kam mit einer Schüssel Porridge und Früchten zu ihnen. Auf einem anderen Teller hatte sie Brot und Würstchen gestapelt. »Guten Morgen allerseits. Ich habe auch Hunger. Nahrhaftes Essen ist sowieso die beste Medizin. Hilft gegen fast alles. War das ein schönes Fest gestern! Hast du eigentlich von Jodie gehört?«

Vera setzte sich neben Rose, mit der sie sich ein Gästezimmer geteilt hatte, denn das Haus war bis unter das Dach belegt. Bei Ray und May wusste niemand genau, wie es um die Beziehung der beiden stand, weshalb Alice sie immer getrennt unterbrachte. Das Brautpaar und Geoffrey waren noch nicht aufgestanden. Nur Rose, Ray, Gerry und Michael saßen schon am Tisch.

»Ray kann dir da mehr sagen. Was ich von Jodie weiß, habe ich von ihm«, erklärte Rose und sah Ray an.

Der Mann war unverwüstlich, dachte sie, als sie seine dunkelgraue Mähne, den silbernen Bart und sein markantes Gesicht betrachtete.

»Jodie?«, wiederholte Ray und trank einen Schluck Kaffee. »Haben wir auch etwas Stärkeres?«

Gerry holte ein flaches silbernes Fläschchen aus seinem Anzug und schraubte den Deckel auf. »Whisky?«

Rays Augen leuchteten erfreut auf und er hielt Gerry seine Tasse hin. »Gern.«

»Die Amerikanerin mit dem Automobil! Damals hielt ich unseren Ausflug für ein gefährliches Abenteuer und heute wünschte ich mir, ich hätte nie etwas Gefährlicheres erlebt«, meinte Vera.

»Jodie ist in Ägypten«, sagte Ray. »Ich höre auch nur noch sporadisch von ihr. Aber sie soll über ausgezeichnete Kontakte zu den arabischen Stammesfürsten verfügen und für die *New York Times* schreiben. Sollten wir uns irgendwann alle hier wiedersehen, was ich sehr hoffe, hat sie sicher eine Menge zu erzählen.«

Rose nickte. »Ich habe sie sehr gemocht, eine interessante Frau.« Im Verlauf der Unterhaltung brachte sie das Gespräch auf das Verschwinden von Celia Sudworth.

»Celia Sudworth? Die Tochter von Lord Sudworth? Ist die nicht damals verschwunden? Ich meine, da gab es einen kleinen Skandal wegen einer Affäre.« Vera schob ihren leeren Porridgeteller zur Seite und begann, Brot und Würstchen zu essen.

Rose fasste die Geschichte kurz für Vera zusammen. Die Krankenschwester hörte mit steigendem Interesse zu.

»Meine Güte, unglaublich!«, rief Vera. »Mein Vater hätte mich einfach grün und blau geprügelt.«

Ray, der den Raum verlassen hatte, kam mit einem bereits geöffneten Briefumschlag zurück. »Das hatte ich völlig vergessen. Jean hat mir geschrieben. Eine Freundin von ihm ist Krankenschwester und sie haben sich wohl über Pierre Roussel unterhalten. Da fiel ihr wieder ein, was sie in einem Lazarett direkt nach dem Gasangriff bei Ypern erlebt hatte.« Ray faltete den Brief auseinander und las vor: »*Nach dem Gasangriff bei*

Ypern saß ich im Lazarett am Bett eines sterbenden Soldaten. Er war Franzose. Aber in diesem unvorstellbaren Chaos haben wir versorgt, was hereinkam, da fragte niemand nach der Nationalität der Verwundeten. An den Namen des Soldaten erinnere ich mich nicht. Es waren so viele, die uns gebracht wurden. Diese schrecklichen Verwundungen, das werde ich nie vergessen, und dazu kam auch noch der Schock über das Chlorgas, mit dem einfach niemand gerechnet hatte.«

Bei diesen Schilderungen begannen Veras Hände zu zittern und sie legte ihre Gabel klirrend auf den Teller. Gerry schenkte ihr ungefragt etwas Whisky ein und nickte ihr aufmunternd zu.

»Der Mann sah schlimm aus«, fuhr Ray fort. *»Verätzungen am Oberkörper, ein Auge verloren. Aber er konnte noch sprechen, packte meinen Arm und zog mich zu sich herunter. Er sagte in einem fort, dass er sich hätte kaufen lassen, dass er seine große Liebe verraten habe und dass er es bereue. In England sei er gewesen, bei einem reichen Lord, und hätte der Tochter Malunterricht gegeben. ›Celine‹, rief er, ›Celine, oh, meine teure Geliebte, warum habe ich dich verraten?‹ Der Lord hätte ihm mit dem Tod gedroht, wenn er nicht täte, wofür er bezahlt worden war. Er sprach von einer Schiffsreise, zwei Passagen und einer leeren Kabine!«*

Ein Raunen ging durch die Anwesenden.

»Jeans Freundin hat den Sterbenden nach dem Namen des Lords gefragt, doch den wollte er nicht preisgeben. ›Wenn sie noch lebt, bringen sie sie um‹, soll er nur gesagt haben.« Ray ließ den Brief sinken.

Rose lehnte sich erschüttert in ihrem Stuhl zurück. »Das kann kein Zufall sein. Jetzt ergibt doch alles einen Sinn!«

»Hm«, meinte Ray. »Du hattest den richtigen Riecher, Rose. Allerdings hast du bereits einen Job verloren. Leg dich nicht mit den Mächtigen an, eine alte Regel, leider.«

Als Rose den Blick hob und die Bedenken in Michaels Miene sah, bekam sie Angst vor ihrer eigenen Courage.

27

Keep love in your heart.
A life without it is like a sunless garden
when the flowers are dead.
(Trage Liebe in deinem Herzen. Ein Leben
ohne sie ist wie ein Garten, in dem die Blumen gestorben sind.)
Oscar Wilde (1854–1900)

Michael und Gerald reisten am Abend nach der Hochzeitsfeier
ab und nahmen Vera mit zum Bahnhof von Ashford. Von
dort fuhr Vera mit dem Zug nach Folkestone, wo sie sich bei
ihrer Sanitätseinheit melden sollte. Der Abschied war tränen-
reich und Rose hatte eine veränderte Vera kennengelernt, zu
der sie ein neues Verhältnis aufgebaut hatte. Vielleicht färbte
aber auch Alice' überschäumende Fröhlichkeit auf sie ab und
ließ sie weniger kritisch und toleranter im Umgang mit ihren
Mitmenschen sein.

Raymond und May hatten sich ein kleines Cottage in der
Nähe gemietet und wollten dort den August über malen. Die
Sommerhitze war in der Stadt unerträglich und die Angst vor
neuen Zeppelinangriffen spielte eine nicht unbedeutende Rolle
bei der Entscheidung der Künstler. Da Alice immer häufiger
von Schwächeanfällen geplagt wurde und oft stundenlang

das Bett hüten musste, sprang Rose ein und nahm ihr viele Tätigkeiten ab. Lorenzos Aufenthalt war ebenfalls begrenzt und Alice horchte ängstlich auf, sobald der Postbote unten in der Halle stand. Das Telegramm, das ihren Mann zurück in den Dienst rief, erreichte sie eine Woche nach der Hochzeitsfeier.

Deutsche Truppen hatten Warschau erobert und nun auch noch Iwangorod. Die Zeitungen berichteten zwar von einem starken Russen, der sich nur zurückgezogen hatte, um neue Kräfte zu sammeln, doch die Angst vor den Siegen der deutschen Armee nahm zu und die Bevölkerung geriet zunehmend in Panik.

Geoffrey Buxton saß mit der Zeitung auf der Terrasse und schnaufte. »Hör sich das einer an! Da wollten sie doch tatsächlich vorschlagen, alle Parks umzupflügen, um Gemüse und Kartoffeln anzupflanzen. So weit kommt es noch, dass die Krautfresser uns dazu zwingen, unsere geliebten Parkanlagen selbst zu vernichten!«

Alice runzelte die Stirn. Sie lag ausgestreckt auf einer Liege im Schatten eines Sonnensegels. »Aber wenn es keine Nahrungsmittel mehr gibt? Die Seeblockaden werden spürbar, Papa. Wir sollten unseren Gemüsegarten auf jeden Fall erweitern und hinter dem Cottage der Kinder können wir Kartoffeln anpflanzen. Helfer haben wir genug, das wird zu schaffen sein.«

In diesem Augenblick kam Lorenzo mit ernster Miene aus dem Haus. Er kniete sich neben seine Frau und nahm ihre Hand. »*Cara mia,* ich …«

Die Tränen standen ihm in den Augen und Alice wusste sofort, um was es ging. Er musste ihr das Telegramm nicht einmal zeigen.

»Nein!«, schluchzte sie und schlang die Arme um seinen Hals. »Du darfst noch nicht gehen, Liebling. Du musst doch dabei sein, wenn unsere Tochter auf die Welt kommt.«

Geoffrey legte die Zeitung auf den Tisch und stand auf. »Rose, begleite mich doch ein wenig. Ich möchte etwas mit dir besprechen.«

Rose konnte den Schmerz der Freundin kaum ertragen und war froh, dass Geoffrey sie ablenkte. Nebeneinander spazierten sie durch den Rosengarten, dessen Blüten süß dufteten.

»Meine Frau und auch ihre Schwester Charlotte haben die Rosen geliebt«, sagte Geoffrey Buxton, strich über eine offene pinkfarbene Blüte und zupfte ein Blatt ab. Er schnupperte daran und ließ es in ein kleines Bassin fallen. »Rose, ich habe diesen Tag erwartet und ihn gefürchtet, denn ich mache mir Sorgen um Alice. Die Schwangerschaft macht ihr zu schaffen. Sie muss ruhen und auf mich hört sie nicht, aber auf dich. Doktor Harris hat mir gegenüber angedeutet, dass eintreten könnte, was niemand möchte, nämlich dass Alice die letzten zwei Monate das Bett hüten muss. Wie sehen deine Pläne aus, Rose? Musst du in nächster Zeit dringend nach London zurück?«

Rose musste nicht lange überlegen. »Ich bleibe, so lange ich gebraucht werde.«

Erleichtert nahm er sie in den Arm und drückte sie kurz an sich. »Danke, Rose. Das bedeutet mir sehr viel!«

Er hat Angst vor der Geburt, dachte sie. Der arme Mann hatte seine Frau und deren Schwester verloren und fürchtete sich wahrscheinlich viel mehr vor der Niederkunft als seine Tochter. Jede Geburt barg Risiken. Niemand konnte wissen, wie es ausgehen würde, doch Rose war in ihrem tiefsten Inneren überzeugt, dass Alice und das Kind stark genug waren, um es mit dieser Welt aufzunehmen.

Lorenzo war bereits seit drei Wochen fort und Rose hatte sich an das Leben in Hill House gewöhnt. Sie achtete in den Morgenstunden darauf, dass Geoffrey in seinem Arbeitszimmer nicht gestört wurde, was nicht ganz leicht war, denn er arbeitete bei offenen Fenstern und im Garten war man mit dem Anlegen neuer Gemüsebeete beschäftigt. Die dabei helfenden Kinder glichen einer übermütigen kleinen Schar von Kobolden, die zwar mit großem Eifer bei der Arbeit waren, doch zwischendurch herumsprangen, lachten und schrien, wie es Kinder nun einmal taten. Wenn es zu laut wurde, nahm Rose die Kleinsten mit hinunter zum Cottage, wo sie den Müttern bei der Wäsche oder dem Reinigen des Cottage helfen konnten.

Heute zogen Regenwolken auf und ein frischer Wind fuhr durch die Bäume. Das Rauschen der Blätter, Vogelgezwitscher und das Summen der Bienen klangen friedvoll. Alice, die sich gerade nach draußen gelegt hatte, seufzte. »Ist das nicht herrlich, Rosie?«

Rose holte eine Decke und legte sie ihrer Freundin über die Beine. »Pass auf, dass du dich nicht verkühlst, Allie. Doktor Harris hat gesagt, du darfst überhaupt nicht mehr aufstehen, wenn du nicht vorsichtiger bist.«

Alice zog eine Grimasse. »Der gute Doktor ist aber nicht hier und ich kann nicht den ganzen Tag da oben im Bett liegen. Oh, da kommt Grant. Guten Morgen!« Sie winkte dem Gärtner zu, der mit grimmiger Miene durch den Garten auf sie zustapfte. Ihm auf den Fuß folgte ein junger Offizier, der eine Augenklappe trug.

Grant war neben Newton der einzige männliche Angestellte, der noch für die Buxtons arbeitete. Die jüngeren Burschen hatten sich zum Kriegsdienst gemeldet. Manchmal kamen Offiziere, die sich bereits von ihren Verletzungen erholt hatten, von Mandeville herüber und halfen bei schweren Arbeiten. Die Männer freuten sich, wenn sie dem Sanatoriumsalltag entfliehen und einer sinnvollen Tätigkeit nachgehen konnten. Bisher hatte diese Zusammenarbeit recht gut funktioniert, doch heute schien Grant aus irgendeinem Grund aufgebracht zu sein.

»Guten Morgen auch, Mrs Alice.« Grant nannte seine Arbeitgeberin jetzt Mrs anstelle von Miss. Der Gärtner kannte sie seit Kindertagen und Alice musste sich erst noch an den Status der verheirateten Frau gewöhnen. »Bitte sagen Sie diesem Mann, dass ich genau weiß, was in meinen Komposthaufen gehört und was nicht. Asche, Winde, Holunder und Katzenkot gehören nicht dazu!« Grant lehnte sich auf seinen Spaten und starrte den Offizier verärgert an.

Wäre der Mann ein Insekt gewesen, Grant hätte ihm den Garaus gemacht, so viel stand fest, dachte Rose. Doch der hochgewachsene Mann, dessen eine Gesichtshälfte von Brandwunden entstellt war, wirkte unbeeindruckt. Seine Uniform wies ihn als Angehörigen des Royal Flying Corps aus und ihr Magen krampfte sich schmerzhaft zusammen. Wie mochte es Spencer gehen?

Alice sah die beiden Männer lächelnd an. »Ich hege keinerlei Zweifel an deiner Kompetenz als Gärtner, Grant. Wir machen es wie immer. Und Sie, Captain«, sagte sie mit Blick auf sein Rangabzeichen. »Sind Sie auch Gärtner von Beruf?«

Der Offizier hob leicht das Kinn. »Nein, Mrs Ranieri, ich bin Ingenieur, aber …«

»Gut, danke. Ich bin Ihnen sehr dankbar für Ihre Hilfe hier im Garten, aber wie etwas gemacht wird, entscheidet mein Gärtner. Er ist der Fachmann hier.« Bei ihren mit Nachdruck gesprochenen Worten strahlte Alice den Rekonvaleszenten an und fügte freundlich hinzu: »Und wie steht es um Ihre Genesung, Captain? Fühlen Sie sich gut in Mandeville untergebracht?«

Grant gab einen undefinierbaren Laut von sich und ging davon, woraufhin der Captain sich räusperte und schließlich höflich erwiderte: »Danke, ich kann nicht klagen. Man kümmert sich hervorragend um uns. Und Ihr Haus ist im Übrigen ein prachtvolles Gebäude«, sagte er an Rose gewandt. »Es ist mir und den Männern eine Ehre, dort untergekommen zu sein.«

Rose nickte verlegen, denn sie war seit der Hochzeit nur einmal in Mandeville gewesen. »Das freut mich zu hören, Captain.«

»Ich wünschte, ich wäre schneller wieder genesen. Dann hätte ich unsere Jungs auf Gallipoli unterstützen können. Aber mit diesem verdammten Ding hier lassen sie mich nicht fliegen.« Der Captain tippte auf die Augenklappe.

Tatsächlich schien das Kriegsglück aufseiten der Aggressoren zu sein. Vor einigen Tagen hatten die alliierten Truppen in der Schlacht am Scimitar-Hügel auf Gallipoli eine entscheidende Niederlage hinnehmen müssen und in Russland war Brest-Litowsk in deutsche Hände gefallen.

Nachdem der Captain gegangen war, sagte Alice: »Ich bin nur froh, dass Lorenzo nicht auf Gallipoli war. Ob er schon im schweizerischen Zimmerwald angekommen ist?«

»Die Konferenz beginnt am 5. September in Zimmerwald und heute ist der fünfte. Er wird sich bestimmt bald melden, Allie, mach dir keine Sorgen, Lorenzo ist erfahren und geht keine unnötigen Risiken ein. Und jetzt wird er noch vorsichtiger sein.« Rose strich Alice über die wilden braunen Locken, die ihre Freundin seit Tagen nur noch offen trug, weil sie das Gefühl hatte, alles engte sie ein.

»Ich bin schon sehr gespannt, was er zu berichten hat«, meinte Rose, während sie zwei Gläser Limonade einschenkte und sich neben Alice auf den Boden setzte.

Zimmerwald war ein kleiner Ort in der Nähe von Bern. Im Hotel *Beau Séjour* trafen sich Pazifisten und Sozialisten aus zwölf Ländern, um über einen möglichen Frieden zu diskutieren. Organisator der Anti-Kriegskonferenz war der Schweizer Sozialdemokrat Robert Grimm. Neben der Beendigung des Krieges verfolgte Grimm auch das Ziel, die Sozialistische Internationale neu zu organisieren.

»Und der *Woman's Dreadnought* hat dir tatsächlich grünes Licht für einen Artikel über die Konferenz gegeben?«, fragte Alice.

»Sie begrüßen alle Anstrengungen für den Frieden und da die Linken beteiligt sind, ist das Interesse groß. Es ist mehr als anständig von Lorenzo, mir seine Unterlagen zur Verfügung zu stellen. Wenn ich einen guten Bericht abliefere, darf ich vielleicht noch mehr schreiben.« Rose hatte bislang nur kleine Artikel für die Zeitung von Sylvia Pankhurst verfassen dürfen. Die Bezahlung war bescheiden und ohne die Unterstützung von Alice hätte sie kein Auskommen gehabt.

Rose drückte die Hand der Freundin. »Ich stehe so tief in eurer Schuld, Allie, und kann dir gar nicht genug danken!«

»Jetzt hör aber auf! Ich bin so froh, dass du hier bist, Rosie.« Plötzlich ging ein Ruck durch Alice und sie legte die Hände auf den runden Bauch. »Uh, es strampelt.«

»Atmen, ganz tief atmen, Allie«, ermunterte Rose sie, denn das hatten Doktor Harris und die Hebamme empfohlen. »Soll ich Mrs Limsey holen?«

Mrs Limsey war die Hebamme, die im nächsten Dorf wohnte. Die Frau war mittleren Alters und lebenserfahren, allerdings war ihre etwas ruppige Art nicht jedermanns Sache. Alice akzeptierte die Hilfe der Frau zwar, mochte sie jedoch nicht sonderlich gern. Doktor Harris hatte ihr die begleitende Unterstützung der Hebamme aber ans Herz gelegt und auch Gertie schwor auf Mrs Limsey.

Die Köchin kam nach wie vor täglich ins Haus, obwohl sie in ihrem eigenen Heim doppelt so viel Arbeit wie sonst hatte. Ihre beiden Söhne hatten sich zum Kriegsdienst bei der Marine gemeldet. Die Frau des jüngsten Sohnes hatte kürzlich Zwillinge zur Welt gebracht und lebte mit in Gerties Haus. Der Ehemann der Köchin war schon vor Jahren gestorben. Da die

Schwiegertochter mit den Kindern überfordert war, blieb die meiste Arbeit an Gertie hängen, die sich jedoch nie beklagte.

Ein Regentropfen fiel auf die Steine, dann noch einer und Alice reichte ihr die Hand. »Bitte hilf diesem Walfisch auf die Füße, Rosie. Ich lege mich oben hin.«

Lorenzo meldete sich noch am selben Tag sofort, nachdem die Konferenz vorüber und das Zimmerwalder Manifest verfasst und von den Teilnehmern unterschrieben worden war. Nachdem er mit Alice gesprochen hatte, gab diese den Telefonhörer an Rose weiter.

»Rose, hast du etwas zu schreiben?«

Die Verbindung war nicht gut und im Hintergrund bei Lorenzo war es sehr laut. »Ja!«, rief Rose. »Ich höre!«

»Nimm als Aufmacher nicht die Revolutionäre, deren Namen ich dir gleich nennen werde, sondern das Bestreben der Konferenzteilnehmer, gegen die Burgfriedenpolitik der kriegführenden Nationen vorzugehen. Wenn du gleich mit den Bolschewiken und Linken kommst, lesen es zu wenige und du erreichst nicht die potenziellen Leser, die auch schon kriegsmüde sind.«

»Verstehe, das mache ich!«, rief Rose. »Wer war dort?«

Lorenzo nannte eine ganze Reihe von Namen, allen voran Robert Grimm, Angelica Balabanova, Pavel Axelrod, Alphonse Merrheim, Carl Vital Moor, Karl Radek und Wladimir Iljitsch Uljanow (Lenin). »Sie haben lange gestritten und diskutiert, einig waren sie sich darüber, dass sie den Krieg verurteilen und einen Frieden ohne Annexionen fordern. Die Burgfriedenpolitik soll in den jeweiligen Ländern der Abgeordneten bekämpft und der Klassenkampf angefacht werden. Dazu sende ich dir noch mehr Details. Und dann gibt es noch ein Dokument, das alle gemeinsam unterzeichnet haben und das zur Konferenz von Den Haag passt. Darin sprechen sie allen Kriegsopfern und verfolgten Kriegsgegnern ihre Sympathie aus und weisen besonders auf das Schicksal der Belgier, Armenier, Polen und Juden hin. Hast du das?«

Rose kritzelte, so schnell sie konnte, auf einem Block mit. »Ja, habe ich.«

»Gut, daraus kannst du etwas machen. Viel Erfolg, Rose! Gib mir Allie noch einmal!«

Schmunzelnd hielt Rose den Hörer Richtung Treppe, wo Alice sich niedergelassen hatte.

»Liebling, geht es dir gut? Wohin musst du jetzt? Wann kommst du nach Hause?«, rief Alice mit schimmernden Augen.

An ihrem Gesicht konnte Rose ablesen, dass Lorenzo nicht so bald wie erhofft kommen konnte. Nachdem Alice aufgelegt und sich die Nase geputzt hatte, sagte sie zu Rose: »Sie wollen ihn wieder nach Italien holen. Costantino Lazzari, der Führer der italienischen Sozialisten, möchte ihn am liebsten für die Partei verpflichten, aber das lehnt Lorenzo strikt ab. Er will weiterhin als neutraler Beobachter und unbefangener Berichterstatter arbeiten können.« Alice verschränkte in bittender Geste die Hände ineinander. »Ich würde es furchtbar finden, wenn er den Linken beitritt. Diese radikalen Flügel, vor allem die Bolschewiki, machen mir Angst!«

»Man schätzt und vertraut Lorenzo gerade wegen seiner Überparteilichkeit. Das wird er nicht aufs Spiel setzen und soweit ich ihn kenne, schlägt sein Herz zwar für den Frieden, aber nicht für die Revolutionäre.« Seufzend fügte Rose hinzu: »Ich habe selbst viel lernen müssen – während meiner Zeit bei der WSPU. Und wenn ich eins begriffen habe, dann, dass Gewalt immer Gegengewalt erzeugt.«

»Ach Rosie, in was für Zeiten leben wir nur …« Alice umschlang ihren Leib schützend mit den Armen. »Dabei wünsche ich mir nur eine friedliche Welt für unsere Kinder.«

Am 30. September 1915 brachte Alice ein Mädchen zur Welt. Carolina Louise war rosig und gesund und ihr kräftiger Schrei erfüllte Hill House mit Hoffnung und neuem Leben. Rose würde nie das Gesicht von Geoffrey Buxton vergessen, der beinahe sein Whiskyglas fallen ließ und nicht wusste, ob er weinen oder lachen sollte, als er seine Enkelin das erste Mal sah.

28

These are the damned circles Dante trod,
Terrible in hopelessness,
But even skulls have their humour
(Dies sind die verdammten Runden, die Dante wanderte,
schrecklich in ihrer Hoffnungslosigkeit,
aber sogar die Schädel zeigen einen Anflug von Humor)
Frederick Manning (1882–1935): *Grotesque*

Am 17. Oktober 1915 begann die dritte Schlacht am Fluss
Isonzo. Die Frontlinie erstreckte sich vom Massiv des Monte
Nero bis hinunter zur adriatischen Küste. Die dritte italienische
Armee unter dem Kommando von General Herzog von Aosta
und die zweite italienische Armee unter General Frugoni standen den Streitkräften Österreich-Ungarns unter Feldmarschall
Rohr von Denta und Feldmarschall Svetozar Boroevic von Bojna
gegenüber. Lorenzo Ranieri hatte zuvor aus Triest berichtet und
befand sich nun mitten im Kriegsgebiet. Er konnte nicht zur
Taufe seiner Tochter kommen. Stattdessen berichtete er über
die verheerenden Verluste auf beiden Seiten. Am 3. November
1915 war die italienische Offensive gescheitert und man zählte
auf der italienischen Seite über zweiundsechzigtausend Tote

und Verwundete. Bei den österreichisch-ungarischen Truppen wurden die Verluste mit vierzigtausend beziffert.

Rose war in London, als die Nachricht von der Niederlage der Italiener publik wurde. Sie hatte gerade einen Artikel für den *Woman's Dreadnought* abgegeben und befand sich im Büro der Redaktion. Seit ihrem Bericht zur Zimmerwalder Konferenz hatte sie weitere Beiträge veröffentlichen dürfen. Rachel Gisborne, leitende Redakteurin, die für die Auswahl der Artikel mit verantwortlich war, mochte ihre Art zu schreiben, und wenn ein Thema unbesetzt war, bot sie es Rose an.

»Wir haben noch einen freien Platz, Rose. Haben Sie etwas über die *Land Girls*? Sie sind doch oft auf dem Land und kennen die Verhältnisse sicher besser als wir hier in London. Wie viele Frauen arbeiten im Schnitt auf den Feldern, wie ist es um den Gemüseanbau bestellt, wird die Versorgung sich weiter verschlechtern, wie halten die Frauen die doppelte Belastung aus? Solche Dinge. Wäre das etwas für Sie?«

Rose musste nicht lange überlegen. »Das kann ich liefern. Ich fahre morgen zurück nach Kent und gestern habe ich von Marinekadetten gehört, die in Ilford Essensreste sammeln, um daraus Schweinefutter zu machen. Die Nahrungsmittelsituation wird noch dramatischer werden.«

»Gut, dann ist das abgedeckt.« Rachel Gisborne war eine kleine Frau Mitte dreißig, deren Mann als Offizier bei den Lancashire Fusiliers diente. Das Bataillon war im April auf Gallipoli gelandet und kämpfte seither tapfer gegen die scheinbar übermächtigen Feinde.

»Mein George hat telegrafiert, dass sie weiter die Stellungen auf Gallipoli verteidigen«, sagte Rachel und sortierte einen Stapel Papiere in einen Ablagekorb.

In der Redaktion bestimmte ein ständiges Kommen und Gehen den Ablauf. Die Frauen um Sylvia Pankhurst waren rund um die Uhr mit der Suppenküche für die Bedürftigen des East End beschäftigt. Rose bewunderte ihre Professionalität und Härte im täglichen Kampf um das Dasein im kriegsgebeutelten London. Bis zu vierhundert Essen pro Tag wurden unentgeltlich ausgegeben und seit Kurzem gab es eine Stelle für die Verteilung von Milch an Mütter und ihre Babys. Sylvia Pankhurst war in ihren Bemühungen für die Notleidenden des East End unermüdlich und schrieb Hunderte von Briefen an den Premierminister. Ihre kompromisslose Art kostete sie zahlreiche Anhänger, doch ihr Erfolg gab ihr recht. Bald hatte sie mithilfe ihrer Unterstützer vier Kliniken für Mütter und deren Kinder eröffnet.

»Wie schätzt er die Lage ein?« Es fiel Rose schwer, die passenden Worte zu finden. Die Lage war beinahe aussichtslos und sie wollte Rachels Ängste um den geliebten Mann nicht verstärken. Dazu trugen die demoralisierenden Nachrichten von andauernden Niederlagen schon genug bei.

»George ist Realist. Das war er schon immer. In den Krieg ist er gezogen, weil er meint, dass es seine patriotische Pflicht sei.« Rachel hielt inne und legte einen Stapel Zeitungen auf den Tisch, wo sie gebündelt wurden. »Vielleicht hat er sich anfangs eingeredet, dass der Sieg ein Spaziergang werden würde. Das haben wohl die meisten getan. Hieß es nicht, bis Weihnachten sind unsere Männer wieder zu Hause? Sie werden dieses Weihnachten nicht heimkommen und ob sie es im nächsten Jahr können …« Sie seufzte. »Da kommt unser Rechtsbeistand. Hallo Michael!«

Rose fuhr herum und ihr Herz schlug schneller, als sie Michael Wodehouse durch die Tür treten sah.

»Guten Tag, die Damen«, begrüßte er sie freundlich, doch sie merkte ihm an, dass etwas nicht stimmte. »Rachel, können Sie auf Rose verzichten?«

»Oh, natürlich. Wir sind hier fertig. Sie haben alles, was Sie brauchen, Rose? Ich kenne übrigens die Mutter eines der

Kadetten, die Sie vorhin erwähnten. Ein paar Details können sicher nicht schaden.«

Rose bedankte sich und ging mit Michael hinaus in den feuchtkalten Novembernachmittag. Seit der Hochzeitsfeier in Hill House hatten sie sich erst einmal kurz gesehen. Die Sorge um Alice und das Neugeborene hatte Rose vollkommen in Beschlag genommen, und obwohl sie sich nach Michael sehnte, verunsicherte sie die Aussicht auf ein Wiedersehen, weil sie nicht wusste, was er von ihr erwartete. Sie selbst war sich ja nicht einmal darüber im Klaren, wie sie sich die Zukunft vorstellte. Er war noch immer verheiratet und alles in ihr sträubte sich gegen eine heimliche Affäre.

Er trug einen Mantel mit Pelzkragen, einen Hut und Handschuhe. Sein äußeres Erscheinungsbild war wie immer makellos, wie es sich für einen renommierten Anwalt gehörte, doch in seinem Inneren herrschte ein Gefühlschaos. Das sah sie an seinem enttäuschten und zugleich trotzigen Blick.

Sie schlang sich ihren Schal um Schultern und Hals und hakte sich bei ihm ein. »Was ist los, Michael? Du wirkst bedrückt.«

Die Straße war nass und ihre Stiefel bereits durchweicht. Es war unmöglich, allen Pfützen auszuweichen. Ein Frösteln durchlief sie, das Michael bemerkte und ihre Hand drückte. »Wir sollten dich aufwärmen. Nicht weit vom Kanal gibt es eine Teestube.«

»Gut, aber was ist los?«

»Ich habe heute einen wichtigen Klienten verloren. Und wenn ich ihn richtig verstanden habe, wird er nicht der Einzige bleiben, der die Dienste meiner Kanzlei nicht länger in Anspruch nehmen will.«

Entsetzt sah sie ihn an. »Und du denkst …?« Sie wagte nicht auszusprechen, was sie vermutete.

»Oh, ich weiß es sogar mit Sicherheit. Sie hat es mir ziemlich deutlich gesagt. Blanche macht keine leeren Drohungen.«

»Michael, das ist ja furchtbar!« Automatisch ließ Rose ihn los, doch er nahm ihren Arm und legte ihn sanft über seinen.

»Es ist mir egal, Rose, hörst du? Es macht mir nichts aus. Ich finde andere Klienten. Du bist es, mit der ich mein Leben verbringen möchte. Meine Heirat mit Blanche war ein großer Fehler, ein Irrtum, das Dümmste, was ich je in meinem Leben getan habe. Aber ...« Er blieb stehen und sah sie an. »Ich habe nicht vor, den Rest meines Lebens für einen einzigen Fehler zu bezahlen.«

Zwei junge Frauen gingen an ihnen vorbei und tuschelten miteinander. Rose kannte die Frauen nicht, fühlte sich jedoch unbehaglich und das wiederum machte sie wütend auf sich selbst. Warum konnte sie nicht so souverän sein wie Alice, die sich um die Meinung anderer nicht scherte? Andererseits war Lorenzo nicht verheiratet gewesen und Alice nicht in einer traditionellen Familie der Hocharistokratie groß geworden, in der Frauen nur zu etwas taugten, wenn sie vorteilhaft verheiratet werden konnten. Sie musste sich endlich von diesem Denken lösen. Immerhin hatte sie sich früh von ihrer Familie losgesagt und sich den gesellschaftskritischen Suffragetten angeschlossen. Warum nur verfiel sie ausgerechnet bei dem Gedanken an einen Ehebruch in ihr konservatives Gedankenkorsett zurück? Und wäre es überhaupt ein Ehebruch, wo doch Michael und Blanche schon lange getrennt lebten?

»Rose? Hast du gehört, was ich gesagt habe? Ist alles in Ordnung?«

Langsam tauchte sie aus ihren widersinnigen Überlegungen auf und seufzte. »Tut mir leid, Michael. Ich habe dir sehr gut zugehört.« In ihrem Blick lagen ihre Gefühle für ihn und auch ihre Zweifel, doch sie fuhr fort: »Es fällt mir so schwer, ich bin ...« Sie schwieg.

»Du bist dir nicht sicher, was aus uns werden soll? Das kann ich verstehen, aber ich kann dir genau sagen, wie ich mir unsere Zukunft vorstelle, Rose: als Ehepaar. Ich habe die Scheidung eingereicht und das Ergebnis ist, dass Blanche sich wehrt, um sich beißt, alle Hebel in Bewegung setzt, um mich zu schädigen, mir Steine in den Weg legt, wo sie nur kann, einfach, weil sie es kann und weil sie rachsüchtig ist.«

So offen hatte er noch nicht mit ihr gesprochen. Er meinte es ernst, wirklich ernst. Er war bereit, seine berufliche Zukunft für ein Leben mit ihr aufs Spiel zu setzen. Durfte sie das zulassen? »Michael, ich kann das nicht zulassen. Du könntest deine Kanzlei verlieren!«

Er nahm ihre Hände und zog sie an sich. »Und wenn schon, Rose. Ich kann neu anfangen, anderswo, mit dir. Gemeinsam bauen wir uns ein neues Leben auf.«

Ihre Lippen zitterten und Tränen stiegen in ihr auf. Es waren Tränen des Glücks und der Verzweiflung.

»Ich liebe dich, Rose Mandeville. Niemals hätte ich für möglich gehalten, dass mir das passieren würde, nicht nach dem, was ich mit Blanche erlebt habe. Ich will dich damit auch nicht belasten. Du bist intelligent und wunderschön, oh Gott, Rose, ich liebe deinen Kampfgeist und deine Loyalität deinen Freunden gegenüber, dein Mitgefühl und deine Sorge um deine Eltern, obwohl sie sie nicht verdienen. Ich …«

Bevor er weitersprechen konnte, küsste sie ihn auf den Mund und flüsterte: »Hör schon auf, ich liebe dich doch auch.«

Seine Stimme klang verdächtig brüchig, als er leise erwiderte: »Dann ist alles andere unwichtig.«

Er blinzelte und sie wischte ihm eine Träne von der Wange. »Du hattest eine Teestube erwähnt.«

Ganz unvorhergesehen war es passiert. Sie hatte sich entschieden. Vielleicht hatte sie sich schon längst für ihn entschieden, nur hatte sie nicht den Mut aufgebracht, sich ihre Gefühle einzugestehen, sich den Konsequenzen zu stellen. Es würde nicht einfach werden, das war sicher. Vor ihnen lag ein steiniger Weg, ein Weg voller Anfeindungen, öffentlicher Ablehnung und möglicherweise finanziellen Verlusten für Michael. War er sich der Tragweite seiner Entscheidung wirklich bewusst?

Nachdem sie Tee getrunken und etwas gegessen hatten, spazierten sie zum Kanal hinunter, zur Lee Navigation, einem Transportweg für die Güter der anliegenden Fabriken. Auf der anderen Seite befand sich der Victoria Park, den man bei Dunkelheit jedoch meiden sollte. Das East End hatte sich durch die Fabriken und die Eisenbahnlinie verändert. Wo früher Land bebaut und Gärten angelegt worden waren, standen nun Lagerhallen und triste Wohnblocks für die Arbeiter. Die Menschen hier kämpften jeden Tag ums Überleben, und Hunger und Elend starrten sie aus viel zu vielen Gesichtern an.

Michael beobachtete eine Gruppe von Männern, die sich hinter einem Schuppen herumdrückten. »Wir sollten gehen, Rose. Sie wissen nicht, dass wir auf ihrer Seite sind.«

Kaum hatte er seine Bedenken ausgesprochen, kamen zwei Männer von hinten auf sie zu und drei verstellten ihnen vorn den Weg. »Ihr habt euch wohl verlaufen, was? Na komm, gib uns deine Brieftasche, dann lassen wir dich vielleicht laufen. Die hübsche Lady kommt mit uns.«

Ein Messer blitzte auf und Rose wurde von hinten gepackt und zu Boden geworfen. Sie schrie und trat nach den Angreifern, doch die Männer waren stärker und würden sich nehmen, was sie wollten. Während sie um ihr Leben schrie, trat und biss, konnte sie nicht sehen, was mit Michael geschah, doch ein Schmerzensschrei und ein ersticktes Stöhnen ließen sie das Schlimmste vermuten.

»Michael!«, brüllte sie außer sich vor Angst, trat erneut nach den Kerlen, die sie festzuhalten versuchten, konnte sich losmachen und auf die Beine springen, als eine Tür in einem der Wohnblöcke aufgestoßen wurde.

»Was ist denn schon wieder los?«, rief eine Frauenstimme laut. Die Lichter in einigen Fenstern gingen an und eine junge Frau rannte auf die Straße.

Rose erkannte das Gesicht einer Frau, die öfter in der Suppenküche Essen für ihre Kinder holte. Die Frau musste sie ebenfalls erkannt haben, denn sie packte einen der Männer und sagte etwas zu ihm, woraufhin er den anderen ein Zeichen gab und die Kerle so schnell verschwunden waren, wie sie aufgetaucht waren.

Rose fiel neben Michael, der auf dem Boden lag, auf die Knie. »Michael, oh Gott, was ist mit dir?«

Er sah sie an, doch sein Blick ging durch sie hindurch, und dann entdeckte sie die Blutlache. Sie hatten ihn mit dem Messer erwischt. »So holen Sie doch einen Arzt! Helfen Sie uns!«, rief Rose verzweifelt und öffnete Michaels Mantel, um zu sehen, wo man ihn verletzt hatte.

Michael Wodehouse hustete und atmete flach. Als er die Augen schloss, tätschelte sie seine Wangen. »Bleib bei mir, Michael! Du verlässt mich nicht, nicht jetzt, hörst du? Wir haben noch eine Menge vor!«

Die junge Frau kam zu ihr und sagte: »Miss, das tut mir sehr leid. Aber Sie hätten nicht hier im Dunkeln herumspazieren sollen. Ich hab 'nen Arzt gerufen, aber wenn man mich fragt, gesehen hab ich nichts.«

Damit drehte sich die Frau um und verschwand in einem der Blocks. In der Ferne ertönte eine Trillerpfeife, jemand musste die Polizei alarmiert haben, dachte Rose erleichtert und sah, wie die Lichter hinter den meisten Fenstern wieder erloschen.

Rose hielt Michaels Hand und presste sie fest, damit er sie weiter ansah. »Hilfe ist unterwegs. Halte durch, Michael, tu es für mich, bitte!«

Sie redete weiter, bis nach endlosen Minuten endlich ein Arzt kam, der eine Trage organisierte und Michael in seine Behandlungsräume bringen ließ, die sich ganz in der Nähe befanden. Wie in Trance erlebte Rose, was mit Michael geschah. Der Arzt fragte sie, ob sie seine Frau sei, und bevor sie antworten konnte, sagte Michael vom Behandlungstisch aus: »Sie gehört zu mir, Doktor.«

29

Mrs Wodehouse

Doktor Asger, ein älterer Mann mit desillusionierter Miene, versorgte Michael nach besten Kräften. Nachdem er die Stichwunde gesäubert und genäht hatte, wusch er sich die Hände und bat die Krankenschwester, die ihm assistiert hatte, den Verband anzulegen. Rose hatte in einem Nebenraum warten müssen, durch die offene Tür jedoch Anteil an der Behandlung nehmen können.

Asger krempelte seine Hemdsärmel herunter und kam zu ihr. »Ihr Mann hatte großes Glück, Mrs …?«

»Lady Mandeville«, sagte Rose leise.

»Lassen wir ihn eine halbe Stunde ruhen, dann können Sie ihn mit nach Hause nehmen. Dort sollte täglich ein Arzt nach ihm sehen. Sie haben sicher einen Hausarzt?«

Rose nickte unglücklich.

»Die Klinge ist unter der letzten Rippe und am Lungenlappen vorbei und hat anscheinend keine Organe verletzt. Sollte sich irgendeine Komplikation einstellen, bringen Sie Ihren Mann sofort in ein Hospital.« Er musterte sie. »Genügend Geld haben Sie ja, da wird man sich anständig um ihn kümmern. Hier in der Gegend ist das etwas anderes. Da sind die Leute, die oft nicht bezahlen können, froh, wenn sie überhaupt behandelt werden. Ich war lange in Indien, wissen Sie? Was ich da gesehen habe, hat mich Demut gelehrt. Malaria habe ich mir eingefangen und die Fieberschübe zwingen mich immer noch regelmäßig in die Knie.«

Überrascht hörte sie dem Mediziner zu, als es an der Tür klopfte. Nervös sah der Arzt zum Nebenzimmer, in dem die Schwester mit seinem Patienten beschäftigt war. »Wenn Sie vielleicht nach Ihrem Mann sehen wollen, Lady Mandeville? Ich kümmere mich eben selbst um die …«

Hastig ging er zu einem Schrank und holte einen Schlüssel aus seiner Hosentasche. Im Gehen sah Rose, wie er ein kleines Fläschchen aus dem Schrank nahm und ihn sofort wieder verschloss. Aus dem Nebenraum hörte sie einen kurzen leisen Wortwechsel an der Tür, dann war der Arzt auch schon wieder bei ihr.

Rose zog ihre eigenen Schlüsse aus diesem Vorfall. Mediziner verfügten meist über größere Mengen an Rauschmitteln und viele Kriegsveteranen waren durch ihre Verwundungen oder den dauerhaften Konsum von Kokain und anderen Opiaten süchtig geworden und versorgten sich auch nach ihrer Heimkehr weiter mit ihrer Droge. Manchmal sah Rose solche traumatisierten Gestalten, die in einer alten Uniformjacke durch die Straßen wandelten, und konnte ihnen nicht einmal verübeln, dass sie versuchten, auf ihre Weise das Leben zu fristen. Was die Männer auf den Schlachtfeldern erlebten und mit welchen Bildern sie weiterleben mussten, konnte niemand beurteilen, der nicht selbst dabei gewesen war. Vera hatte ihr ein wenig über die bedauernswerten Männer in den Lazaretten erzählt und betont, wie viel grausamer die Wirklichkeit tatsächlich war.

Michael war inzwischen bei Bewusstsein und konnte mit ihrer Hilfe gehen. Eine Kutsche brachte sie zu Michaels Haus, das sich in einer Seitenstraße nahe dem Russell Square befand.

Kaum standen sie vor der Haustür, als diese bereits geöffnet wurde.

»Sir!«, war alles, was der Butler sagte, doch seine besorgte Miene sprach Bände.

Rose half Michael in die kleine Halle des Reihenhauses. Es handelte sich um ein repräsentatives zweistöckiges Haus mit Garten und einem Schmuckgiebel über dem Haupteingang. Das Innere war erleuchtet und wirkte hell und einladend. Grünpflanzen, Landschaftsbilder und eine Skulptur bildeten die Dekoration.

»Soll ich einen Arzt rufen, Sir?«, fragte der Butler und beäugte Rose misstrauisch.

»Nein, da kommen wir gerade her, Mereworth. Darf ich Ihnen Lady Mandeville vorstellen? Sie war bei dem Überfall zugegen.« Michael sah Rose an. »Ich lege mich am besten hin. Mereworth kann dir das Gästezimmer herrichten. Es ist zu spät, als dass du noch nach Hause fahren solltest.«

Die ganze Situation war schrecklich unangenehm. Was musste der Butler denken? Doch der verhielt sich formvollendet höflich. »Ich werde alles in die Wege leiten, Lady Mandeville. Darf ich fragen, wo sich das Unglück ereignet hat?«

Michael hielt sich am Treppengeländer fest und antwortete: »Im East End. Wir hatten eine Redaktionssitzung und sind danach Richtung Kanal gegangen, nun ja, das stellte sich als weniger gute Idee heraus. Die Kerle waren auf einmal da und einer zog sein Messer.«

»Sir! Haben Sie Anzeige erstattet? Man muss diese Verbrecher doch einsperren!«, entrüstete sich der Butler und wollte seinem Arbeitgeber unter die Arme greifen, doch Michael winkte ab.

»Es geht schon. Ich hatte Glück im Unglück. Die Polizei hat alles aufgenommen. Halb so wild.« Doch seine Gesichtsfarbe sagte etwas anderes. Er war plötzlich kreidebleich und wankte leicht, sodass der Butler ihn packte und festhielt.

Ein verschlafenes Dienstmädchen erschien und wurde von Mereworth instruiert, sich um Rose zu kümmern. Es fanden sich ein Nachtkleid und ein Morgenmantel für Rose, die nicht wissen wollte, wem die Kleidungsstücke gehörten. Ihr Gästezimmer war in hellgelben Tönen gehalten und das Fenster ging zum hinteren Garten hinaus, der erstaunlich groß war, wie sie am nächsten Morgen nach dem Aufstehen feststellte. Für weitere Überlegungen blieb ihr keine Zeit, denn plötzlich ertönte unten im Haus eine laute Frauenstimme. Rose erzitterte. Blanche! So schnell sie irgend konnte, kleidete sie sich an, hatte sich gerade die Haare gerichtet, da wurde die Tür zu ihrem Zimmer aufgestoßen und Michaels Ehefrau rauschte wutentbrannt herein.

Rose biss die Zähne zusammen, atmete tief durch und stellte sich der Furie. »Guten Morgen, Mrs Wodehouse«, sagte sie höflich.

Blanche starrte sie hasserfüllt an. »Guten Morgen? Sie wagen es, in meinem Haus! Ja, Wodehouse, das ist mein Name, denn ich bin seine Ehefrau. Und das werden Sie niemals sein, niemals, dafür werde ich sorgen! Haben Sie denn gar nichts gelernt? War es nicht genug, dass Sie Ihre Stelle im War Office verloren haben?«

Die erboste Frau gewann die Kontrolle über ihre Gefühle zurück und ihre Stimme schnitt nun hart wie Glas. Ihr Auftritt war makellos, der teure Schmuck und die edlen Federn an Hut und Mantel waren nicht zu übersehen.

»Sie haben nur den letzten Anstoß gegeben, Madam. Meine pazifistische Grundhaltung ging nicht konform mit den Leitideen der Pressestelle. Bevor wir uns weiter über so unwichtige Dinge unterhalten, würde ich viel lieber wissen, wie es Ihrem Gatten geht. Immerhin wurde er gestern Abend bei einem Überfall schwer verwundet. Ich war nur zufällig zugegen, denn wir kamen von einer Redaktionssitzung im East End.«

Blanche hob eine Augenbraue und meinte sarkastisch: »Zufällig, dass ich nicht lache. Sie haben sich doch an ihn herangeschmissen, seit Sie ihn bei diesen liederlichen Weibsbildern, diesen Suffragetten, kennengelernt haben.«

»Auch darin muss ich Sie korrigieren. Der Earl of Tredegar ist ein gemeinsamer Freund. Unsere Bekanntschaft ist also schon älter, als Sie vermuten, und rein freundschaftlicher Natur.« Sie wollte die Situation nicht eskalieren lassen und für die Scheidung wäre es denkbar ungünstig, wenn man sie als Geliebte, die sie schließlich nicht war, einstufen würde.

Etwas in ihren Worten schien Blanche zu beeindrucken, denn sie wurde ein wenig ruhiger. »Und warum hat mein Mann dann die Scheidung eingereicht und warum nächtigen Sie hier im Gästezimmer?«

In diesem Moment klopfte es an der offenen Tür und der Butler kam dazu. »Wenn ich zur Aufklärung der Situation beitragen darf, Madam, Lady Mandeville hat wesentlich bei der Rettung Ihres Gatten geholfen. Es war bereits nach ein Uhr und ihr die Gastfreundschaft zu versagen, wäre unmenschlich gewesen. Verzeihung, aber die Umstände waren außergewöhnlich.«

Verblüfft musterte Blanche den Butler, von dem sie eine solche Parteinahme anscheinend nicht gewohnt war. »Nun ja, wenn dem so ist. Aber man hätte mich sofort informieren müssen. Ich erfahre von der Tragödie durch die Polizei! Wie stehe ich denn da? Die Ehefrau erfährt als Letzte von dem Unglück ihres Gatten!«

Rose und der Butler wechselten einen einvernehmlichen Blick. Sie hatte sich bereits gefragt, woher Blanche von dem Vorfall wusste, nun war es klar. Der Polizist hatte ihre Daten aufgenommen und die Craftons benachrichtigt.

Mereworth nickte Rose zu. »Ihr Wagen ist vorgefahren, Mylady. So, wie Sie es gewünscht haben. Bitte, wenn ich Sie hinuntergeleiten darf.«

Rose griff nach Tasche und Mantel. »Danke, Mereworth.«
Der Mann war eine Zierde seines Standes. Als sie an Blanche
vorbeiging, sagte sie: »Auf Wiedersehen und bitte übermitteln
Sie Ihrem Mann meine Genesungswünsche.«

Ein hochmütiges Schnauben war die einzige Reaktion.

In der Halle half Mereworth ihr in den Mantel und sagte
leise: »Doktor Wodehouse wird sich umgehend bei Ihnen melden, lässt er ausrichten.«

»Geht es ihm besser?«, fragte Rose.

»Ja, Mylady, der Arzt wird heute noch kommen und sich
die Wunde ansehen. Sie möchten sich bitte keine unnötigen
Sorgen machen.« Der Butler räusperte sich. »Wir sind alle überrascht, denn Mrs Wodehouse war seit über einem Jahr nicht
hier im Haus.«

»Ich verstehe.«

Rose verstand nur zu gut. In dieser Situation schadete sie Michael
mehr, wenn sie in seiner Nähe gesehen wurde, als alles andere.
Sie reiste am selben Tag nach Kent ab. Einige Tage darauf saß sie
mit Alice und dem Baby im Salon von Hill House. Ein gemütliches Feuer knisterte im Kamin und Alice wirkte so zufrieden
und glücklich, wenn sie zu ihrem Kind sah, das friedlich in seiner Wiege schlief.

»Es war richtig von dir, herzukommen, Rosie. Mach dir
nicht so viele Gedanken wegen dieser grässlichen Frau.«

Rose streckte ihre Beine zum Feuer, um sich die kalten
Füße zu wärmen. Sie war den ganzen Tag über im Garten ge-
wesen und hatte geholfen, die heruntergefallenen Äste aufzu-
sammeln und umgestürzte Befestigungen zu richten. Gestern
Nacht war ein Sturm über Südostengland gefegt, der eine
Schneise der Verwüstung hinterlassen hatte. Die Küsten hatte
es weitaus ärger betroffen, vor allem in den Häfen hatten viele
Schiffe Schaden genommen.

»Allie, diese Hexe ist seine Frau! Das ist eine Tatsache. Da kann er noch so oft beteuern, dass er mich liebt, sie hat die Mittel, ihm seine Karriere zu zerstören.«

»Aber was hat sie denn davon? Ihr Mann liebt sie nicht und sie ihn ja anscheinend auch nicht. Also was soll das? Es geht ihr doch nur darum, ihr Gesicht zu wahren. Er hat sie verlassen. Das wurmt sie am meisten, da bin ich mir sicher. Eine Crafton, Gott bewahre, eine Crafton verlässt man nicht! Sie wird bewundert, angehimmelt, man bettelt um ihre Gunst, aber verlassen? Niemals!« Alice begleitete ihre Worte mit theatralischen Gesten.

Sir John, der rotbraune Kater, der in einem Sessel lag, blinzelte müde und Rose lachte. »Nicht einmal den Kater kann das erschüttern. Du hast ja recht, Alice, aber was wird nun?«

»Vertraust du ihm, Rosie? Das ist ganz wichtig. Ich hatte nie Zweifel an Lorenzo. Er hätte mich nicht heiraten müssen, ich weiß, dass er mich liebt und dass ich mich auf ihn verlassen kann.«

»In deiner Welt zählen andere Werte, Allie, als in der meiner Eltern und in der von Blanche Wodehouse. Da zählt nur das Ansehen. So traurig es auch ist, aber das ist die Wahrheit.«

»Aber du bist nicht wie sie und Michael ist auch anders, sonst hätte er sich nicht in dich verliebt. Außerdem arbeitet er für eure Sache, hast du das schon vergessen? Welcher Mann in seiner Position tut das sonst noch?« Alice griff nach einem Wollknäuel, in dem zwei Stricknadeln steckten, und sah es skeptisch an. »Das lerne ich nicht mehr. Da können sich die Frauen noch so sehr anstrengen, mir das mit dem lockeren Faden zu erklären …«

»Dafür bringst du ihren Kindern das Lernen bei. Und deine Tochter ist ein Engel. Sieh sie dir an, schläft und wenn sie aufwacht, lächelt sie.« Rose genoss die friedliche Stunde mit ihrer Freundin und seufzte tief. »Doch, ich vertraue ihm. Was würde es sonst für einen Sinn ergeben? Ich kann mit ihm reden und wenn er mich ansieht … so habe ich noch nie empfunden. Und dennoch, sobald ich daran denke, dass er verheiratet ist, fühle ich mich schuldig, sündig.« Sie rang die Hände. »Ist das nicht einfach schrecklich? So tief sind diese gesellschaftlichen Normen in mir verwurzelt. Ich will nicht darauf hören, aber es nagt in mir und macht mich ganz krank.«

Alice stieß leicht die Wiege an, denn ihre Tochter wurde unruhig. »Gib dir Zeit, Rosie. Nur wenn du mit dir im Reinen bist, kannst du dich frei entscheiden. Wie geht es ihm?«

»Oh, vorhin kam ein Telegramm. Die Wunde verheilt gut, er hat Neues über Celia herausgefunden und ich soll mir seinetwegen keine Sorgen machen.« Rose schniefte. »Ist das nicht verrückt? Er ist verwundet und ich soll mir keine Sorgen machen.«

»Das ist rührend von ihm. Und er hat etwas herausgefunden? Und was hast du geantwortet?«

»Ich kann ihm doch kein Telegramm senden, das womöglich von seiner Frau gelesen wird. Und anrufen kann ich auch nicht.«

»Warum nicht? Immerhin bist du auch überfallen worden und ihr arbeitet zusammen für die Zeitung und die Bewegung. Gibt es eigentlich Fortschritte in puncto Wahlrecht?«

Rose schüttelte den Kopf und sah auf, denn Geoffrey kam in den Salon. Als Erstes ging er zu seiner Enkeltochter. »Hallo, meine kleine Prinzessin«, murmelte er und betrachtete sie liebevoll.

Alice rollte mit den Augen. »Ich bin gar nicht mehr existent, seit dieses Kind da ist.«

Ihr Vater lächelte, drückte seiner Tochter einen Kuss auf die Stirn und sagte: »Ohne dich gäbe es dieses entzückende Wesen nicht, meine Süße.«

Der Schriftsteller hatte ein Notizbuch in der Hand und zog sich einen Stuhl heran, da der Kater den einzigen noch freien

Sessel blockierte. »Ich möchte euch etwas vorlesen und dann eure Meinung dazu hören.«

Geoffrey Buxton hatte den ersten Teil einer zu Herzen gehenden Geschichte um einen streunenden Kater geschrieben, der auf seiner abenteuerlichen Reise allerlei Gefahren durchstehen muss, bevor ein kleines Mädchen ihn findet, das sich um ihn kümmert, weil er verletzt ist. Als Geoffrey unvermittelt abbrach und sie erwartungsvoll ansah, beschwerten sich Alice und Rose gleichzeitig.

»Nein, nicht aufhören, das ist eine wundervolle Geschichte!«, meinte Alice.

»Zauberhaft und ich weiß auch, wer dich inspiriert hat, Geoffrey«, sagte Rose und sah zu Sir John, der zu schnurren begann, so als wüsste er, dass man über ihn sprach.

»Gut, danke. Ray hat ein paar Illustrationen dazu gemacht, die er am Wochenende mitbringt. Der große Roman muss vorerst warten. Mir geht zu viel im Kopf herum.« Geoffrey Buxton fuhr sich über sein unrasiertes Kinn. »Rose, an was arbeitest du eigentlich? Du hast einen guten Schreibstil und könntest dich an etwas Umfangreicherem versuchen.«

Errötend wehrte sie ab. »Danke, das ist sehr freundlich, aber ich kenne meine Grenzen. Für einen Roman fehlt mir die Fantasie. Mit den Artikeln bin ich gut bedient.«

Alice tippte ihre Freundin am Arm an. »Du musst Michael anrufen, Rosie. Ich platze sonst vor Neugierde!«

»Hm«, meinte Rose vage und dachte darüber nach, wie sie am geschicktesten und möglichst unauffällig Kontakt zu Michael halten könnte.

30

Auf Befehl Lord Kitcheners wurden die alliierten Truppen evakuiert und der Gallipoli-Feldzug damit beendet. Die Verluste waren groß, die medizinischen Zustände verheerend. Das Kriegsglück schien sich gegen die Alliierten zu wenden. Per Gesetz war vor wenigen Tagen die Wehrpflicht für Unverheiratete zwischen achtzehn und einundvierzig Jahren eingeführt worden.

Nervös ging Rose über die Straße und zuckte zusammen, als ein Rolls-Royce-Panzerwagen an ihr vorbeirollte. Überall wimmelte es von Soldaten und Militärfahrzeugen. Royal Tunbridge Wells war aufgrund seiner strategisch günstigen Lage zwischen London und der Küste zu einem Hauptstützpunkt der Armee geworden. Aus dem ehemals beschaulichen und eleganten Kurort für die High Society war ein Truppensammelplatz geworden. Die eisenhaltigen Quellen zogen Menschen auf der Suche nach heilenden Kuren seit Generationen an. Von der ursprünglichen Quelle, die auch heute noch in Betrieb war, führten die berühmten Pantiles, eine georgianische Kolonnade, zum Stadtzentrum. Hier war Rose mit Michael Wodehouse verabredet.

Als Kind war sie hier mit ihren Eltern durch die eleganten Säulengänge flaniert, hatte Eiscreme gegessen und in einem der Kurhäuser gebadet. Diese Erinnerungen schienen aus einer anderen Zeit zu stammen. Heute lehnte ein Offizier an einer Säule und musterte sie anzüglich, während er an einer Zigarette zog. Gern war sie nicht allein gefahren, doch sie hatte Michael seit dem Überfall nur einmal in London gesehen. Zwei Tage vor Weihnachten hatte er sie ins Theater eingeladen, in der Hoffnung, dass sie dort unbeobachtet waren. Doch in der Pause waren sie beinahe in Blanche und deren Freunde hineingelaufen. Michael war vollkommen überrascht, denn Blanche besuchte normalerweise weder diesen Teil der Stadt noch das kleine Theater. Blanche hatte eine Szene gemacht, Rose als Hure und Ehebrecherin beschuldigt – Vorwürfe, die unbegründet waren. Doch die Wahrheit interessierte niemanden, vor allem die Presse nicht. Wie es der Zufall wollte, war auch ein Reporter zugegen, der die Geschichte zum Skandal ausbaute und in die Tagespresse setzte. Rose glaubte nicht an Zufälle und war fest davon überzeugt, dass Blanche ihren Mann hatte beschatten lassen und nur auf diese Gelegenheit gewartet hatte.

Lady Phyllis hatte Rose daraufhin von ihrer Gästeliste gestrichen und auch Millicent Fawcett distanzierte sich von ihr. Nur Doktor Dalgrave und Sylvia Pankhurst zeigten sich unbeeindruckt und hielten weiterhin zu Rose. Für Rose war die Situation in London unerträglich geworden und sie flüchtete sich erneut zu ihrer Freundin Alice, die sie wie immer mit offenen Armen aufnahm. Zudem wurde ihr Bruder in der nächsten Woche zurückerwartet. Er sollte mit einem der Lazarettschiffe nach Folkestone kommen und dann nach Mandeville Park gebracht werden.

»Rose!«, rief eine männliche Stimme und sie fuhr herum.

Ihr Herz schlug schneller, als sie Michael zwischen den Säulen erblickte. Sein Gesicht war schmaler und er bewegte sich noch immer vorsichtig, doch er hatte ihr versichert, dass die Wunde vollständig verheilt war.

Sie lief die Stufen hinauf und ergriff seine Hände. Ein eisiger Wind fuhr durch die Kolonnaden. Zwei Jungen liefen mit einem Hund vorbei, ein Krüppel humpelte die Treppe hinunter und vor einer der Ulmen pries ein Mann heiße Kastanien an, die er auf seinem fahrbaren Grill röstete.

Ihre Blicke sagten mehr, als Worte es konnten, und Rose hakte sich bei Michael ein. »Wie geht es dir, Michael?«

Sie hatten zwar telefoniert, doch da sie nicht wussten, wer ihr Gespräch mit anhörte, tauschten sie keine Vertraulichkeiten aus.

»Es geht mir gut, Rose. Gott, ist es schön, dich zu sehen. Du hast mir so gefehlt!«

Sie strich über seinen Arm. »Du mir auch. Aber diese Begegnung mit Blanche im Theater, das war einfach zu viel.«

»Ich kann dir gar nicht sagen, wie leid mir das alles tut. Aber das hat nun bald ein Ende, Rose.« Er blieb vor einem kleinen Hotel stehen. »Hier bin ich bis morgen untergebracht worden. Das Essen ist ganz passabel und wir sind unter uns.«

Der Rezeptionist begrüßte sie und führte sie in ein hübsches kleines Restaurant, in dem kurz nach der Mittagszeit kaum Betrieb herrschte. An einem Tisch saßen zwei Uniformierte, an einem anderen zwei ältere Damen, die übrigen Tische waren nicht besetzt. Sie erhielten Plätze in einer Fensternische und nachdem sie einen Afternoon-Tea bestellt hatten und der Tee golden in ihren Tassen dampfte, fragte Rose: »Was bringt dich ausgerechnet nach Tunbridge Wells? Warum bist du hier untergebracht worden, Michael?« Eine dunkle Ahnung stieg in ihr auf.

Das Licht der Wintersonne fiel gedämpft durch die Vorhänge auf sein Gesicht, doch sie konnte die tiefen Linien um Nase und Mund erkennen und sah die Müdigkeit in seinen

Augen. »Ach Rose, ich wollte dich vorher nicht damit belasten. Was Blanche dir angetan hat, ist unverzeihlich. Ich habe diese Frau vollkommen falsch eingeschätzt, aber das ist mein Problem, für das es nur eine Lösung gibt.«

»Michael, bevor du weitersprichst, man hat die allgemeine Wehrpflicht ausgerufen. Du kannst dich jetzt nicht scheiden lassen, dann wird man dich einziehen!« Ängstlich griff sie nach seiner Hand.

Er nickte. »Ich war dabei, als die Entscheidung fiel, und sie ändert nichts an meinem Entschluss. Blanche wollte mich damit sogar erpressen. Stell dir vor, sie hat mich vor die Wahl gestellt – entweder ich bleibe bei ihr und entgehe so dem Wehrdienst, oder sie willigt sofort in die Scheidung ein und ich werde eingezogen. Nun …«

Rose schluckte und die Tränen stiegen ihr in die Augen. »Nein, das hättest du nicht tun dürfen, nein, nein, Michael. Nicht meinetwegen. Ich will nicht, dass du gehst, nein!«, flüsterte sie.

Er beugte sich vor und legte einen Finger unter ihr Kinn. »Sieh mich an, Rose. Es ist ganz allein meine Entscheidung, dich trifft keine Schuld. Denk das nicht, niemals, hörst du! Ich hätte mich schon viel früher von Blanche trennen müssen. Nun ist es eben so gekommen. Mich vor eine solche Wahl zu stellen, zeigt doch nur ihren schlechten Charakter. Sie hat tatsächlich geglaubt, dass ich mich darauf einlassen würde. Ihr Gesichtsausdruck, als ich sagte, dass mich nichts umstimmen könnte, dass ich mir lieber eine Kugel einfange, als weiter mit ihr verheiratet zu sein, war unbezahlbar.«

Rose konnte die Tränen nicht länger zurückhalten und schluchzte. »Michael, sag das nicht, das ist schrecklich.«

Sie saßen über Eck, sodass er den Arm um sie legen und sie aufmunternd drücken konnte. »Nicht doch, Rose, ich gehe ja nicht direkt an die Front, nicht in die Gräben. Im War Office habe ich schon für Cumming gearbeitet. Und das werde ich auch weiterhin tun, nur eben in den Niederlanden. Dort haben wir ein Hauptquartier an der Westfront.«

Um Fassung bemüht, drückte sie sich ein Taschentuch gegen Augen und Nase. »An der Westfront? Aber das heißt doch, ihr seid mitten im Kampfgeschehen!«

»Nein, sind wir nicht, Rose. Ich darf dir nicht genau sagen, wo und wie wir operieren, aber es geht um das Sammeln von Informationen, Beobachtungen von feindlichen Truppenbewegungen, und das machen unsere Agenten. Wir verarbeiten, organisieren und dechiffrieren.«

Sir George Mansfield Smith-Cumming war der Direktor des seit 1909 bestehenden Secret Intelligence Service, kurz SIS, anfangs zuständig für die Marine und nun für den gesamten Auslandsgeheimdienst. Viel mehr drang nicht an die Öffentlichkeit.

»Warum kannst du denn nicht weiter in London im War Office arbeiten?«

»Genau darum geht es Blanche und ich komme ihr mit diesem Schritt zuvor. Ihr Vater und Lord Sudworth sind befreundet und es ist ihnen ein Leichtes, mich versetzen zu lassen. Deshalb habe ich mich freiwillig für das niederländische Hauptquartier gemeldet. Cumming schätzt meine Arbeit und hat den Antrag durchgewunken. Das ist die beste Lösung, Rose, glaub mir. Die Scheidung wird in wenigen Wochen rechtskräftig sein.«

Er sah sie liebevoll an und es zerriss ihr das Herz. In wenigen Wochen konnte viel geschehen.

»Tu mir einen Gefallen, Rose, bleib hier auf dem Lande bei Alice. Es werden weitere Luftangriffe kommen, nicht nur London gehört zu den Zielen, auch Ashford, Tunbridge Wells und die Hafenstädte. Hill House und Mandeville Park sind relativ sicher und es gibt dort genug zu tun. Die Seeblockade führt zu Versorgungsengpässen und die Nahrungsmittel werden noch dramatisch knapp werden. Sagtest du nicht, dass dein Bruder nach Hause kommt?«

»Spence ist schwer verwundet, er wird mich brauchen. Meine Mutter ist keine Hilfe, sie wird ihn eher zur Verzweiflung treiben. Was mein Vater tut, weiß der Himmel.«

»Wenn es so weitergeht, werden sie alle waffenfähigen Männer einziehen.« Michael hatte sie losgelassen und legte ihr ein Sandwich auf den Teller. »Essen wir, solange es noch alles gibt.«

Vor dem Fenster wurde es lauter und eine Gruppe Männer und Frauen ging vorüber. Die Sprachmelodie war weder Französisch noch Italienisch.

»Das müssen die belgischen Flüchtlinge sein, die hier einquartiert wurden«, meinte Michael und goss Tee nach.

»Wie konnten die Deutschen das nur tun, einfach in ein neutrales Land einfallen? Was erwarten diese Bestien? Dass man ihnen die Stadtschlüssel übergibt und sagt: ›Schön, dass ihr da seid, nehmt euch, was ihr braucht.‹« In Rose wuchs die Wut auf die Aggressoren mit jedem Augenblick, den sie über das ganze Ausmaß des Grauens nachdachte, das sich über Europa und darüber hinaus ausbreitete.

»Ach Rose, wenn wir ehrlich wären, hätten wir diesen Krieg kommen sehen müssen. Wir sind alle ins offene Messer gelaufen. Der deutsche Kaiser lässt schon seit Jahren aufrüsten und seine Hegemonialansprüche hat er nie verheimlicht. Das Attentat von Sarajevo war nur der Auslöser, der letzte Funken, um ihm endlich den Anlass zu liefern, seine Pläne zu verwirklichen.«

Seufzend stimmte Rose zu. »Der Kaiser hat die Donaumonarchie ja geradezu angefeuert, gegen die Serben loszuschlagen, und dann jede friedliche Lösung des Konflikts durch seine Intrigen unmöglich gemacht. Und dennoch halte ich die Friedenskonferenzen für wichtig. Wir müssen doch ein Zeichen setzen und dürfen Gewalt nicht als die einzige Antwort akzeptieren, nicht wahr?« In ihrer Stimme schwangen Hoffnung und Verzweiflung mit.

Michael lächelte. »Das dürfen wir nicht, niemals.«

»Erinnerst du dich noch, wie du mich einmal gefragt hast, was ich gern tun würde, wenn ich alle Möglichkeiten hätte?«

Er nickte. »Natürlich.«

»Ich würde Rechtswissenschaften studieren und versuchen, die Gesetze zu ändern. Nur so lässt sich die Gesellschaft ändern. Davon bin ich überzeugt. Ich bin den anderen Weg gegangen und er hat uns nirgendwohin geführt.«

»Das würde ich nicht sagen, Rose. Ohne eure Aktionen, euer Lautsein würde sich noch heute niemand für das Frauenwahlrecht interessieren. Es wird kommen, glaub mir, es wird dazu kommen.«

Sie saßen lange zusammen, tranken Tee und später Sherry, während sich die Dunkelheit über die Stadt legte.

»Und ich hatte gehofft, dass wir gemeinsam nach Cornwall fahren würden, um den Kutscher der Sudworths zu befragen«, sagte Rose. Michael hatte ihr noch vor Weihnachten berichtet, dass er einen ehemaligen Kutscher der Sudworths ausfindig gemacht hatte, der Celia in jener verhängnisvollen Nacht fortgebracht hatte. Allerdings lebte der Mann in Cornwall und wollte weder schreiben noch hatte er ein Telefon.

»Warum fährst du nicht mit Alice hin? Ein kleines Abenteuer wäre genau das Richtige für sie. Vielleicht im Frühling, dann ist es in Cornwall besonders schön.« Er zahlte die Rechnung und half Rose in ihren Mantel.

Während er ihr den Schal umlegte, küsste er sie auf den Nacken, was sie dazu veranlasste, sich umzudrehen und ihm in die Augen zu sehen. Sie standen verborgen vor den Blicken anderer Gäste in einer Garderobe. Seine Lippen öffneten sich leicht und bevor er etwas Vernünftiges sagen konnte, küsste sie ihn, schlang die Arme um seinen Körper, darauf bedacht, die verwundete Seite nicht zu berühren, und schmiegte sich an ihn. Wenn er gehen musste, wollte sie sich an seinen Duft und den Geschmack seiner Küsse erinnern. Er strich sacht über ihren Rücken, zog sie an sich und küsste sie. Das Salz ihrer beider Tränen mischte sich auf ihren Lippen.

»Ich komme zurück und dann wirst du meine Frau«, flüsterte er.

31

Heimkehr

Does it matter? – losing your legs? ...
For people will always be kind,
And you need not show that you mind
When the others come in after hunting
To gobble their muffins and eggs.
(Ist es von Bedeutung? – deine Beine zu verlieren? ...
Die Leute werden sowieso immer freundlich sein,
Und du zeigst einfach nicht, dass es dich kümmert,
wenn die anderen nach der Jagd hereinkommen,
um Muffins und Eier zu essen.)
Siegfried Sassoon (1886–1967): Does It Matter?

Spencer Mandeville stieg mit bedächtigen Bewegungen aus dem
Krankentransporter des Roten Kreuzes, der ihn und vier weitere
Verwundete von Folkestone heraufgefahren hatte.

»Spence«, flüsterte Rose heiser und lief ihrem Bruder
entgegen.

Der Schnee knirschte unter ihren Stiefeln und die kalte
Luft biss ihr in Nase und Wangen. Den ganzen Vormittag über
wartete sie schon auf die Ankunft des Krankentransportes und
lief immer wieder aus dem Haus, um Ausschau zu halten. Sie

war heute in aller Frühe von Hill House herübergekommen. Ihr Vater hatte sich für den Nachmittag angekündigt. Rose sah der Familienzusammenführung mit gemischten Gefühlen entgegen, doch ihre einzige Sorge galt ihrem Bruder, und als sie den Mann sah, auf den ihre Eltern alle Hoffnungen zur Rettung von Mandeville Park setzten, musste sie all ihren Mut und ihre Kraft zusammennehmen, um nicht zu weinen.

Der große, hagere Mann mit den eingefallenen Wangen, den dunklen Schatten unter den einst leuchtenden Augen, die heute glanzlos und bar jeglicher Emotionen blickten, ging hölzern auf sie zu und stöhnte auf, als sie ihn umarmte. Durch die Uniform, die um seinen Körper schlotterte, fühlte sie seine Knochen und erschrak, wie mager er geworden war. Sie wusste nicht, ob sein Stöhnen ein Ausdruck des Schmerzes war, und wollte ihre Umarmung lösen, doch er hielt sie weiter fest, drückte sein Gesicht in ihre Haare und schluchzte. Nun konnte auch Rose sich nicht länger zurückhalten und weinte an seiner Schulter.

Um sie herum wurde gesprochen, Stiefel marschierten energisch über den gefrorenen Schnee und weitere Wagen fuhren in den Hof. Der Himmel hing voller grauer Wolken und plötzlich begann es zu schneien. Dicke weiche Flocken schwebten aus dem Grau auf sie herunter und legten sich auf den Wollstoff von Spencers Uniformmantel. Rose schniefte und musste blinzeln, um wieder klar sehen zu können, denn zu den Tränen gesellten sich nun Schneekristalle auf ihren Wimpern.

Ihr Bruder nahm ihre Hände und sah sie an. »Du bist noch schöner, als ich dich in Erinnerung habe, Rosie. Meine hübsche Schwester. Ich habe solchen Hunger auf Yorkshire Pudding und Roastbeef. Denkst du, das machen sie für uns?«

Etwas unsicher erwiderte sie: »Natürlich werden sie das für dich kochen. Ich kann das sofort veranlassen. Wie geht es dir? Hast du noch Schmerzen?«

Sein Gesicht war unversehrt, aber an seinem Hals sah sie dunkelrote Narben, die von den Verbrennungen herrühren mussten. Er deutete ein Lächeln an. »Ohne die Hilfe von Madeleine und ihrer Familie wäre ich nicht hier. Sie haben mich aus der Flammenhölle gezogen. Dass ich den Absturz überhaupt überlebt habe, ist ein Wunder.«

Ein junger Offizier humpelte mithilfe einer Krücke zu ihnen. Er war mit Spencer aus dem Wagen gestiegen. »Sie müssen seine Schwester sein, Lady Rose? Er hat nicht übertrieben. Major Steve Norbury, Mylady.« Er wollte Haltung annehmen, doch auf dem Schnee fand er keinen Halt und beließ es bei einem Nicken.

»Freut mich, Major. Es ist uns eine Ehre, Sie auf Mandeville Park willkommen zu heißen«, sagte Rose und bemerkte schockiert den fehlenden linken Fuß des Verwundeten.

Der Major schien sein Schicksal mit einer Art Galgenhumor zu tragen und das Beste aus seinem Zustand machen zu wollen. »Ihr Bruder wird es Ihnen sicher nicht erzählen, dazu ist er viel zu bescheiden, aber durch seinen mutigen Einsatz hat er unsere Kompanie gerettet. Wir wären sonst alle draufgegangen. Warum die da oben ihm keinen Orden verliehen haben, ist uns schleierhaft.«

Spencer Mandeville hustete und stützte sich auf der Schulter seiner Schwester ab. »Entschuldige. Die Überfahrt und jetzt die Kälte.«

Rose legte den Arm um die Hüfte ihres Bruders, denn er wirkte etwas unsicher auf den Beinen. »Komm, lass uns hineingehen. Zu den Quartieren der Offiziere geht es dort entlang, Major.«

»War mir eine Freude, Mylady.« Der Major humpelte davon.

Spencer setzte sich langsam mit ihr in Bewegung. »Tut mir leid, Rosie. Ich wünschte, du müsstest mich nicht so sehen. Ist Mutter nicht da?«

»Doch, sie wartet im Haus auf dich. Sie lässt sich kaum hier bei den Männern blicken, versteckt sich in ihren Räumen und traktiert die armen Dienstboten, die noch da sind. Vater hat sich auch angekündigt.«

Zwischen zusammengebissenen Zähnen stieß ihr Bruder hervor: »Was tut er eigentlich? Warum ist er nicht hier und kümmert sich um das Anwesen?«

»Ach Spence, das ist eine traurige Geschichte, die es nicht zu erzählen lohnt. Du bist hier, das ist viel wichtiger.«

Sie hatten die unterste Stufe vor dem Haupteingang erreicht und Spence stützte sich schwer auf ihre Schulter. »Ich muss mich noch ans Gehen gewöhnen, Rosie. Die Narben machen es mir nicht leicht.« Er stöhnte, als er die Stufen hinaufstieg. »Die Knie, es waren hauptsächlich meine Beine, die verbrannt sind.«

»Und dein Hals?« Vorsichtig berührte sie den Kragen seines Mantels unterhalb der Brandnarbe.

»Das ist nicht so schlimm, sieht nur hässlich aus.« Er ließ sie los und zog seinen Mantel gerade.

Rose öffnete die Tür und ließ ihn eintreten. Es war sehr still in der großen Eingangshalle. »Minnie!«, rief Rose.

Bald darauf klapperte Geschirr und ein junges Mädchen in Dienstbotenuniform kam herbeigelaufen.

»Oh, Mylady und der junge Herr.« Minnie machte einen ungelenken Knicks.

»Gib dir keine Mühe, Mädchen«, meinte Spencer. »Die hochherrschaftlichen Zeiten sind vorbei, auch wenn meine Mutter das nicht einsehen will.«

»Minnie, hast du das Zimmer hergerichtet?«

»Ja, Mylady, und Tee habe ich auch gekocht.«

Doch Spencer winkte ab. »Nicht notwendig. Ich schlafe bei den anderen Offizieren im Lazarett. Major Norbury weiß Bescheid.«

»Was? Aber warum denn? Du kannst doch in deinem alten Zimmer schlafen, da hast du einen Schreibtisch und deine Sachen …«, protestierte Rose schwach.

Sein verbitterter Blick ließ sie verstummen. »Ich schlafe im Lazarett, weil jemand meine Wunden einreiben muss, Rosie. Willst du das machen?«

»Ja, natürlich kann ich das …«

Verärgert unterbrach er sie. »Das war eine rhetorische Frage. Selbstverständlich kannst du das nicht machen, ich würde es nicht wollen. Du hast ja keine Vorstellung von meinem … Aussehen. Norbury begleitet mich, seit Madeleine und ihr Vater mich in unser Lazarett gebracht haben.« Sanfter fügte er hinzu: »Er weiß, was zu tun ist, Rosie.«

»Minnie, serviere den Tee doch bitte oben im Salon meiner Mutter. Wir kommen gleich hoch. Und dann geh in die Küche und bitte um Yorkshire Pudding und Roastbeef für das Abendessen«, wies Rose das Mädchen an.

Spencer sah sich in der Halle um, in der einige Skulpturen und Vasen fehlten. »Warum ist hier niemand? Die Männer könnten diesen Trakt doch auch nutzen.«

»Sollen sie auch. Es werden noch mehr Räume benötigt und ich wollte Mutter das heute sagen. Wenn du dabei bist, wird es einfacher, hoffe ich.«

Er nahm seine Mütze ab und fuhr sich durch die Haare. »Ich habe den alten Kasten nicht vermisst und ich werde ihn nicht vermissen.«

Sie folgte seinem Blick die Treppe hinauf bis zur Holzvertäfelung, an der noch einige Waffen und Ahnenporträts hingen. »Es hätte dir gehören sollen, Spence.«

»Ich weine dem allen hier keine Träne nach, Rosie, keine einzige Träne, glaub mir. In Frankreich werde ich neu anfangen.«

Überrascht sah sie ihn an. »Du willst wieder zurück? Aber du bist doch gar nicht in der Lage, ich meine, du bist noch nicht ganz genesen.«

»Noch nicht, aber bald, und dann gehe ich zurück und bleibe dort. Madeleine …« Er schwieg und lächelte.

»Ah, die Französin, die mir geschrieben hat, als du es nicht konntest. Du willst sie heiraten?«

»Wir sind verlobt. Was hältst du davon, Rosie?«

Sie umarmte ihn und küsste ihn auf die Wange. »Ich freu mich für dich, Spence. Sie muss eine besondere Frau sein, dass du sie liebst.«

»Das ist sie, eine außergewöhnliche Frau. Ihr Mann ist kurz vor Ausbruch des Krieges bei einem Unfall mit dem Automobil gestorben. Sie hat eine Tochter.«

Eine Klingel wurde energisch geläutet. »Rose!«, tönte die herrische Stimme der Duchess von oben durch die Halle.

Als Rose mit ihrem Bruder den Salon der Duchess of Mandeville betrat, stand ihre Mutter in manierierter Pose am Fenster und sah nach draußen. Als sie die Schritte ihrer Kinder auf dem Parkett hörte, wandte sie sich langsam um und öffnete ihre Arme, um den heimgekehrten Sohn zu begrüßen. Doch ihre theatralische Geste gefror, während sie zusehen musste, wie der Verwundete mühsam auf sie zuging. Sie machte nicht einen Schritt in seine Richtung und es brach Rose das Herz, ihren Bruder so zu sehen.

»Mein Sohn!« Die Duchess umarmte und küsste Spencer, doch dann trat sie zurück und musterte ihn beinahe kritisch. »Mein Gott, Junge, haben sie denn keine ausreichende Verpflegung für unsere Offiziere? Du siehst ja furchtbar aus. Wir werden dich aufpäppeln müssen. Dein Zimmer ist schon …«

Spencer schüttelte den Kopf. »Ich schlafe bei meinen Männern, Mutter. Wie ist es dir ergangen?«

Rose half ihrem Bruder aus dem Mantel. »Setz dich, Spence, und lass uns Tee trinken.«

Sie setzten sich an den Tisch, den Minnie gedeckt hatte. Es gab Scones, Marmelade und frische Sahne, von der Rose ihrem Bruder reichlich auf den Teller gab. Hungrig begann Spencer zu essen.

»Wie lange wirst du bleiben, mein Junge? Dein Vater kommt heute auch noch. Ihr solltet besprechen, wie es mit Mandeville Park weitergeht. Dieser Krieg wird irgendwann vorüber sein und dann müssen wir ...«, sagte die Duchess sachlich.

Rose warf ihrer Mutter einen missbilligenden Blick zu. »Siehst du denn nicht, wie krank er ist?«

Ihre Mutter schaute sie böse an. »Wo ist Minnie? Sie soll nachschenken!«

»Lass das arme Mädchen in Ruhe. Ich werde das machen.« Rose goss Tee nach und schaute zum Hof, hoffend, dass ihr Vater bald eintreffen möge.

Sie mussten bis zum Abend warten. Die Suppe war gerade aufgetragen worden und Major Norbury erzählte amüsante Geschichten aus seiner Jugend in einem Fischerdorf in Cornwall.

»Und wie heißt das Dorf, aus dem Sie kommen?« Rose freute sich, ihren Bruder so gelöst zu sehen. Spencer lachte und schien sich in der Gesellschaft von Norbury sicher zu fühlen. Der Major war ebenfalls verwundet, die Männer teilten ähnliche Erfahrungen und verstanden einander. Vor allem, dachte Rose, bemitleideten sie sich nicht. Hörte man dem Major zu, würde man nicht vermuten, dass ihm erst kürzlich ein Fuß amputiert worden und er durch die Hölle gegangen war.

»Coverack, Lady Rose. Ich stamme aus Coverack. Das liegt an der Ostküste, fast ganz unten auf der Halbinsel Lizard.

Ein wunderschöner Landstrich. Irgendwann gehe ich dorthin zurück, heirate ein Mädchen aus dem Dorf und knüpfe Fischernetze. Zu viel mehr wird es mit diesem Körper nicht reichen. Aber wissen Sie, ich habe mich damit abgefunden, was soll man auch anderes machen? Ich bin am Leben, viele meiner Kameraden sind es nicht mehr.« Sein Lächeln war aufrichtig und sie zollte ihm Respekt und Bewunderung für seine lebensbejahende Haltung.

»Es ist mir eine Ehre, Sie kennengelernt zu haben, Major Norbury«, sagte Rose und gab Minnie den Suppenteller.

Das Mädchen räumte ab, um Platz für den Hauptgang zu machen.

»Wenn Sie von dort unten stammen, dann ist Ihnen die Familie Sudworth sicher ein Begriff? Mowbray House dürfte gar nicht weit von Coverack liegen«, bemerkte Rose.

»Die Sudworths? Tja, die haben einen Ruf in der Gegend.« Der Major grinste vielsagend. »Beliebt sind sie nicht und alle hassen es, wenn die Jagdgesellschaft durch die Gärten und über die Felder prescht. Denen ist nichts heilig.«

»Kursieren eventuell Gerüchte über das Verschwinden der Tochter? Das war vor etwa acht Jahren.«

»Ich zumindest weiß davon nichts. Da müssen Sie eher die Leute aus dem Dorf bei Mowbray House fragen.« Norbury hob sein Weinglas. »Cheers! Danke, dass ich hier bei Ihnen zu Gast sein darf.«

Die Duchess schwieg verbissen, doch Rose sagte: »Wir haben Ihnen zu danken, Major. Sie sind meinem Bruder ein Freund in Zeiten, in denen man echte Freunde mehr als alles andere braucht.«

Spencer sah seine Schwester an und hob stumm sein Glas. Im Hof fuhr ein Wagen vor und kurz darauf wurde die Tür aufgestoßen und der Duke of Mandeville kam herein.

»Guten Abend zusammen!«, grüßte der Duke in die Runde und ging zu seinem Sohn, der sich mühsam erhoben hatte.

Als Douglas Mandeville das sah, wurde er blass, lächelte dennoch und umarmte seinen Sohn fest.

An diesem Abend saßen sie lange zusammen, sprachen über die alten Zeiten und ein wenig über den Krieg. Doch sobald das Gespräch sich dem Krieg näherte, wurden die beiden Invaliden einsilbig und Rose wechselte das Thema. Es war weit nach Mitternacht, ihre Mutter hatte sich bereits zur Ruhe begeben und ihr Vater saß mit glasigen Augen in seinem Sessel vor dem Kamin und starrte ins Feuer. Ihr Bruder und der Major wirkten müde und Rose fielen ebenfalls die Augen zu.

Als sie sich erhob, taten die beiden jungen Männer es ihr gleich, ihr Vater versuchte es, taumelte jedoch und ließ sich zurück in den Sessel sinken. »Gehen wir morgen früh gemeinsam jagen, meine Herren? Um zehn Uhr vor dem Stall.« Die Zunge von Douglas Mandeville war schwer und wollte die Worte nicht recht fließen lassen.

Spencer klopfte seinem Vater auf die Schulter. »Gute Nacht! Es wird Zeit für uns.«

Der Duke grunzte unverständlich und schwenkte sein Whiskyglas.

»Kommt, ich bringe euch zur Tür«, erbot sich Rose, die ihren Bruder unterhakte und ihn gar nicht wieder loslassen wollte.

Auf der Treppe sagte sie leise: »Es ist so schön, dass du gekommen bist, Spence. Du wolltest nicht, oder?«

Er sah sie mit traurigen Augen an. »Nein, ich wollte nicht, aber sie haben mir keine Wahl gelassen. Wie habe ich nur jemals denken können, dass der Krieg eine ehrenvolle Sache ist …«

Der Major humpelte mithilfe seiner Krücken hinter ihnen. »Ich bekomme sicher bald eine Prothese, Lady Rose. Ob wir mit Ihrem Vater auf die Jagd gehen können, bezweifle ich allerdings.« Er lachte trocken.

»Es tut mir leid, Major«, sagte Rose. »Sie müssen uns für eine schreckliche Familie halten.«

»Aber nicht doch! Ich habe eine Zigarre mit einem Duke geraucht. Was für ein Abend!« Diesmal kam sein Lachen von Herzen.

32

Der Unfall

Am 25. Januar 1916 gab David Lloyd George ein denkwürdiges Interview über die Bedrohung durch das Deutsche Reich, die Russen errangen einen Sieg im Kaukasus, dramatische Luftkämpfe über Frankreich führten zu Verlusten auf beiden Seiten, aber zu keiner Entscheidung, in Ägypten wurde gekämpft, genau wie in Kamerun, eine verheerende Flut suchte die niederländische Küste heim, Lord Plunkets Tochter heiratete und die Suffragetten der NUWSS ersuchten in einem öffentlichen Appell um Hilfe für die hungernden russischen Bauern.

In den frühen Morgenstunden des gleichen Tages fiel im Wald von Mandeville Park ein Schuss. Der unter Schlaflosigkeit leidende Sergeant Major Dauncey fand den Duke of Mandeville auf einer Lichtung im Schnee. Das Blut des Duke tränkte die frische Schneedecke. Man ging von einem Jagdunfall aus, bei dem der Duke gestürzt und sich ein Schuss aus seinem Gewehr gelöst hatte. Die großkalibrige Waffe riss ein hässliches Loch in den Oberkörper des Duke und die Frauen der Familie nahmen von einer Beschau des Leichnams Abstand. Der Sohn und nun Träger des Titels übernahm die notwendigen Pflichten und ließ eine schlichte Trauerfeier in engstem Kreise abhalten.

In den Tageszeitungen wurde der Tod eines Mitglieds der britischen Hocharistokratie mit knappen Zeilen gewürdigt, wobei ein Artikel durch seine boshafte Spitzzüngigkeit auffiel. Rose stand neben ihrem Bruder, der im ehemaligen Arbeitszimmer ihres Vaters über den Papieren am Schreibtisch saß, und strich die Zeitung glatt.

»Hör dir das an, Spence: *Wer von der Nutzlosigkeit der Aristokratie überzeugt ist, findet in dem jüngst verblichenen Duke of Mandeville das beste Argument für eine Reformierung der Gesellschaft. Der als notorischer Spieler und Trinker bekannte Duke kam im Morgengrauen ums Leben, als er über seine eigenen Füße stolperte und in sein Gewehr fiel. Ob der hochverschuldete Familiensitz vom bedauernswerten Sohn, einem verdienten Piloten des Royal Flying Corps, gehalten werden kann, steht in den Sternen.*« Sie ließ die Zeitung sinken und schaute ihren Bruder an. »Ist das nicht eine Frechheit?«

Spence schien das wenig zu berühren, er widmete sich weiterhin den Schriftstücken vor sich. »Es ist die Wahrheit, Rosie. Hier liegen so viele unbezahlte Rechnungen, dass einem nur schwindelig werden kann. Wir müssen verkaufen, je eher, desto besser. Vorher sollten wir uns einen Überblick über alle Vermögenswerte verschaffen. Am besten, wir rufen den Familienanwalt her. Stand Vater nicht schon mit einem Amerikaner in Verhandlungen?«

»Ich weiß es nicht, Spence. Kann sein, das ist lange her. Wenn, dann müssten sich doch Unterlagen finden lassen.« Sie lehnte sich an ihren Bruder und strich ihm über die Schulter. »Wie geht es dir heute? Dass du nun auch diese Bürde übernehmen musst. Als hättest du nicht genug zu tragen.«

Ihr Bruder fuhr sich durchs Haar. Das gute Essen zeigte schon Wirkung. Seine Wangen waren voller geworden und die Augen blickten nicht länger stumpf. Zum Grübeln war ihm keine Zeit geblieben und vielleicht war genau das die richtige

Medizin. Er hatte ihr ein Foto von Madeleine gezeigt, auf dem eine zierliche Frau mit kurzem schwarzen Haar und großen ernsten Augen zu sehen war. Ein auf ungewöhnliche Weise schönes Gesicht, fand Rose.

»Im Grunde bin ich froh, dass ich zugegen war, als Vater gestorben ist. Sonst müsstest du jetzt allein mit Mutter und der ganzen Situation fertigwerden.«

Sie verzog den Mund. »Ein Albtraum. Was wird mit ihr? Wohin kann sie gehen?«

Die Duchess musste unbemerkt eingetreten sein, denn sie stand plötzlich neben ihnen, in ihrer anklagend schwarzen Trauerkleidung, und verlangte mit scharfer Stimme zu wissen: »Was wird hier geredet? Wollt ihr etwa über meinen Kopf hinweg entscheiden? Ich bestimme noch immer selbst, wohin ich gehe. Und ich verlasse dieses Haus nicht!«

Spencer streckte sein linkes Bein aus und rieb es dort, wo die Narben schmerzten. »Du wirst dich der Realität beugen müssen, so simpel ist es. Sobald wir eine Aufstellung der Vermögenswerte, der Immobilien und vor allem der Schulden haben, wird sich weisen, wie viel Geld dir zum Leben bleibt. Notfalls solltest du dich mit dem Gedanken anfreunden, deine Schwester um Hilfe zu bitten. Sie wird dir sicherlich Unterkunft in ihrem Londoner Haus gewähren. Groß genug ist es ja.«

Entsetzt starrte sie ihren Sohn an. »Das wagst du mir ins Gesicht zu sagen? Ich bin die Duchess of Mandeville!«

»Mein Gott, das ist alles, was dich interessiert? Vater ist tot, das Vermögen verloren. Es ist nichts mehr da und das Haus gehört bald jemand anderem, einem amerikanischen Holzmillionär vielleicht.« Rose musste sich beherrschen, um nicht ausfallend zu werden. Der Tod ihres Vaters war ihr nähergegangen, als sie es vermutet hätte. Sie konnte sich des Gedankens nicht erwehren, dass ihr Vater seinem plötzlichen Ableben willentlich nachgeholfen hatte. Seine Krankheit hatte ihn gezeichnet und Rose hatte seinen Schock über Spencers Verletzungen wohl bemerkt. Vielleicht hatte ihn späte Reue für seinen ausschweifenden sorglosen Lebenswandel überkommen, vielleicht hatte er sich angesichts der Tapferkeit und des heldenhaften Einsatzes seines Sohnes im Krieg für sein eigenes Versagen geschämt, vielleicht hatte er sich selbst nicht länger ertragen können. Oder vielleicht war er einfach nur betrunken gestolpert.

»Ein Holzmillionär! Also das ist die Höhe! Das werde ich nicht zulassen!«, empörte sich Margret Mandeville.

»Und was willst du dagegen tun?«, erkundigte sich Spencer kühl.

»Ich … ich …«, stammelte die Witwe, ballte die Hände, kniff die Lippen zusammen und drehte sich abrupt auf dem Absatz um.

Rose sah ihr nach und sagte leise: »Sie tut mir leid, Spence. Ihre ganze Welt ist zersplittert wie ein Glashaus. Sie hat nichts mehr.«

Ihr Bruder schüttelte den Kopf. »Ich empfinde kein Mitleid und das solltest du auch nicht, Rosie. Sie empfindet nämlich auch keines für uns.«

Zwei Monate später wechselte Mandeville Park den Besitzer. Tatsächlich ging der Verkauf des riesigen Anwesens sehr diskret und unter Ausschluss der Öffentlichkeit vor sich. Es war Spencer und dem Anwalt gelungen, mit dem Verkauf aller Immobilien und Ländereien die Schulden ihres Vaters zu tilgen und Mandeville Park als Stiftung dem Roten Kreuz zu übergeben. So konnte das Lazarett bestehen bleiben und das Haus langfristig als Sanatorium genutzt werden. Für Außenstehende änderte sich also nichts und die Duchess konnte ihr Gesicht wahren. Das Rote Kreuz zeigte sich großzügig und überließ der Duchess vier Räume im ersten Stock auf Lebenszeit. Die

Bibliothek wurde den Patienten zugänglich gemacht, genau wie alle übrigen Teile des Anwesens.

Die Geschwister waren über diese Lösung mehr als glücklich und Rose fand, dass das Haus endlich einen sinnvollen Zweck erfüllte. Natürlich hatte die Dowager Duchess dazu eine gänzlich andere Meinung und strafte ihre Kinder mit Missachtung.

Lieber Michael, schrieb Rose in einem ihrer täglichen Briefe an Michael Wodehouse. *Wenn du nur Mäuschen spielen könntest in diesem Tollhaus! Meine Mutter verkörpert nach außen hin die Rolle der trauernden Witwe mit Hingabe, sodass man meinen könnte, sie hätte tatsächlich Gefühle für ihren Ehemann gehegt. Spricht sie allerdings in unserer Gegenwart über meinen Vater, dann sind ihre Worte voller Hass und Verachtung. Damit macht sie es Spence und mir unmöglich, Mitgefühl für sie zu empfinden, und ich frage mich oft, ob wir tatsächlich dem Schoß dieser Frau entsprungen sind. Sie sieht die Verwundeten, die armen Männer mit fehlenden Gliedmaßen, die Zitterer, die schreiend durch den Wald laufen, die Erblindeten und die Verstummten und hat für keinen ein freundliches Wort übrig. Es kommt mir so vor, als hätte sie sich von der Welt verabschiedet und führte nun ein Dasein allein in ihren Erinnerungen.*

Michael, ich bin keine schlechte Tochter, aber ich bin am Ende meiner Weisheit und meiner Geduld, wenn es um meine Mutter geht. Sie hat ein Dach über dem Kopf, ein hochherrschaftliches noch dazu, und es mangelt ihr an nichts. Das ist viel mehr, als die meisten Menschen haben, und dennoch ist sie voller Bitterkeit und Hochmut. Darf ich ehrlich sein? Ich schäme mich für sie und das sollte man als Tochter nicht sagen. Der Krieg hat sich in beinahe jedes Haus in England geschlichen und seine dunklen Schwingen ausgebreitet. Meine Artikel werden nach wie vor in Sylvias Zeitung veröffentlicht, was mich sehr froh macht, bringt es doch ein geringes Einkommen herein.

Alice ist schrecklich großzügig, wie immer, und zahlt mich für Arbeiten, die ich aus Freundschaft für sie erledige und für die ich keinen Lohn möchte. Doch sie besteht darauf, die Liebe. Sie ist eine wundervolle Mutter, die beste. Wie könnte es auch anders sein? Ihre Mutter war eine liebenswerte, fröhliche Frau und der Mittelpunkt des Lebens in Hill House. Alice hat nun ihren Platz eingenommen, was mich sehr glücklich macht, denn ohne Alice und nun ihre kleine Tochter wäre Geoffrey wohl längst verzweifelt.

Geoffrey Buxton vergöttert sein Enkelkind und er hat ein Kinderbuch geschrieben, eine entzückende Geschichte über einen streunenden Kater. Hach, du weißt, woher er seine Inspiration hat, nicht wahr? Sir John, dieser einmalig charaktervolle Kater, der so alt wie Methusalem sein muss, verbringt seine Tage dösend auf dem Sofa oder auf der Terrasse. Seit Kurzem streichen zwei Kätzchen um das Haus und es wird nicht lange dauern, bis sie eingezogen sind. Alice möchte auch einen Hund für ihre Tochter anschaffen.

Ich schreibe dir all diese alltäglichen Nebensächlichkeiten, die hier unser Leben bestimmen, damit du der Front zumindest in Gedanken entfliehen kannst, während du diese Zeilen liest. Fast hätte ich es vergessen: Kommende Woche fahre ich mit Alice nach Cornwall. Es hat sich ergeben, dass ein Kamerad von Spence, Major Norbury, aus einem Fischerdorf nicht weit von Mowbray House stammt. Wir werden also zu viert diesen Ausflug unternehmen. Spence wird der Tapetenwechsel guttun, nach dem, was er hier geleistet hat. Es ist ihm und dem umsichtigen Anwalt zu verdanken, dass Mandeville Park ans Rote Kreuz ging. Der Mann hat das sehr clever eingefädelt.

Ich sende dir Küsse und Umarmungen, die dich hoffentlich bei guter Gesundheit finden.

Rose unterschrieb den Brief und steckte ihn in einen Umschlag, den sie in eine Schale neben dem Telefon in der Halle von Hill House legte. Newton kam gerade mit einem Tablett aus der Küche.

»Guten Morgen, Lady Rose«, sagte er und der Duft von frisch gebrühtem Kaffee zog in Rose' Nase. »Ich nehme die Post nachher mit. Möchten Sie auch einen Kaffee trinken?«

»Danke, gern, das ist sehr freundlich.« Rose folgte dem Butler in den Salon, in dem die Familie am liebsten frühstückte.

Alice saß bereits am Tisch, ihre kleine Tochter schlief in einem Tragekorb auf dem Sofa und Geoffrey blätterte die Rohfassung eines Manuskripts durch.

»Ah, Rose, komm doch mal her und sieh dir das hier an. Hat Ray sich nicht selbst übertroffen? Ich finde, er hat den Gesichtsausdruck des Katers ganz hervorragend getroffen.« Der Schriftsteller schob ihr das Manuskript zu, während er sich von Newton eine Tasse Kaffee geben ließ.

Rose blätterte durch die Seiten und war ebenfalls begeistert von den humorvollen Illustrationen. »Wundervoll! Und hier, entzückend! Ich wusste gar nicht, dass Ray so gut im Zeichnen von Tieren ist.«

Alice war neben sie getreten und nickte. »Doch, er kann das. Ich denke nur an mein Hochzeitsbild, das war auch eher untypisch für ihn, aber exzellent. Wenn ihn etwas fasziniert und berührt, macht er es auf Leinwand oder Papier lebendig.«

»Dieses Kinderbuch wird ein Erfolg, da bin ich mir sicher, Geoffrey!« Rose ging zum Büfett und legte sich ein Milchbrötchen auf einen Teller.

»Rosie, ich will dich nicht enttäuschen, aber ich fürchte, ich kann dich nicht begleiten«, sagte Alice. »Caro ist heute mit erhöhter Temperatur aufgewacht und eine Reise will ich deshalb lieber nicht mit ihr unternehmen.«

Seufzend betrachtete Rose das schlafende Baby. »Armes Mäuschen, nein, da können wir ihr keine holprigen Straßen oder einen lauten Zug zumuten.«

»Willst du trotzdem fahren?«, fragte Alice.

»Ja. Spence und der Major freuen sich schon. Major Norbury möchte unbedingt seine Familie wiedersehen.«

Geoffrey legte das Manuskript zur Seite. »Fahr nur, Rose, der Krieg wird noch andauern und wir müssen unser Leben weiterleben, dürfen uns nicht alles diktieren lassen von den Generälen, die an ihren Tischen die Soldaten wie Schachfiguren hin und her schieben.«

Aber im Grunde waren sie das: Marionetten der Machthabenden, Schachfiguren der Kriegstreiber und das Spielfeld waren die Schlachtfelder.

33

Cornwall, April 1916

Mit dem Zug waren sie bis Exeter gefahren und dort in die Bahn nach Bodmin umgestiegen. Alle übrigen Züge, Truppentransporte, Lastwagen und Ambulanzen schienen derzeit nach Falmouth zu fahren. Der dortige Hafen war ein Navy-Stützpunkt.

»Haben wir ein Glück, dass es in Coverack keinen Stützpunkt gibt«, seufzte Rose.

Major Norbury zog sein verletztes Bein ein, an dem er nun eine Prothese trug. Er war mit dem künstlichen Fuß noch nicht ganz zufrieden, denn der Stumpf schmerzte empfindlich, wenn die Druckpunkte falsch saßen. Dennoch hatte er es sich nicht nehmen lassen, mit der neuen Prothese nach Hause zu fahren. »Bei uns ist nicht viel los, war es nie. Aber die Bucht ist hübsch, werden Sie noch sehen, Lady Rose. Gute Heringsgründe und Makrelen hatten wir auch immer reichlich.«

Ihr Bruder starrte abwesend aus dem Fenster. Das machte er schon die gesamte Fahrt über und Rose sorgte sich um Spencer. »Spence, wir sind bald da.«

»Hm«, murmelte er und tastete automatisch nach seinem linken Knie. Er konnte es noch immer nicht so bewegen, wie er es sich gewünscht hätte. Das Narbengewebe hatte sich verhärtet

280

und den Beugungswinkel verkürzt. Schlimmstenfalls musste erneut geschnitten werden, was Spencer jedoch ablehnte. Verdenken konnte es ihm niemand. Aber irgendwann würde er sich entscheiden müssen.

Die Landschaft, die an ihnen vorbeizog, war rau, teilweise grün, und überall spürte man die Nähe der See. Felsen, Wiesen, Schafe, kleine weiße Cottages, die auf Hügeln dem andauernden Wind trotzten oder sich in kleinen Weilern zusammendrängten, prägten die cornische Landschaft. Es gab Gegenden, die vom Zinn- und Kupferabbau zeugten, karge felsige Weidestriche, kaum Baumbestand und die Moore. Doch die Küste entschädigte für jegliche Kargheit mit exotischer Blumenpracht entlang der Uferstraßen und in den vielen kleinen Gärten. Je näher sie ihrem Ziel kamen, desto lebhafter wurde der Major.

»Waren Sie schon mal hier? Es gibt keine schöneren Buchten und Strände als die von Cornwall!«, schwärmte Norbury. »Wir haben viele Vögel, die es sich zu beobachten lohnt. Mein Onkel hat das immer sehr gern getan. Sogar Alpenkrähen finden Sie bei uns. Oh, und wussten Sie, dass am Leuchtturm von Lizard Point Marconi, ein Marineoffizier, 1901 die erste transatlantische Funkverbindung nach Amerika hergestellt hat?«

Rose schüttelte den Kopf. »Nein, aber als Kind habe ich in den alten Schmugglerhöhlen gespielt. Davon gibt es eine ganze Menge hier, nicht wahr?«

Spencer lachte. »Wahrscheinlich stammt unser Major aus einer berühmten Schmugglerfamilie!«

Norbury grinste. »Ich sag's mal so, wer nicht schmuggelte, war selbst schuld.«

Eine Weile flachsten sie über die alten Zeiten, in denen mit Lichtsignalen die Schiffe angelockt und die kostbare Fracht an Land gebracht worden war. Sie vergaßen, dass die Deutschen eine neue Offensive in Frankreich gestartet hatten, den Widerstand bei Verdun jedoch nicht hatten brechen können, dass das Deutsche Reich den U-Boot-Krieg auf Druck der Vereinigten Staaten wieder eingestellt und die Russen einen Rückschlag bei ihrem Vorstoß am Naratsch-See in Weißrussland erlitten hatten.

In Helston nahmen sie eine Kutsche, die sie nach Coverack brachte. Die Küste war hier steiler als weiter südlich und der Major zeigte auf einen Punkt vor der Küste. »Da hinten liegt das Riff Manacles. Daran sind jede Menge Schiffe zerschellt. Oft im Sturm und ja, ich bin nicht stolz darauf, viele wurden auch durch falsche Lichtsignale zum Kentern gebracht. Die Strandräuberei hat eine genauso lange Tradition hier wie das Schmuggeln.«

Rose war begeistert vom Anblick des kleinen Hafens und der sich ringsherum malerisch verteilenden Häuser. Sie waren ein seltsames Reisetrio, dachte Rose, während sie vor der Kutsche wartete, um ihrem Bruder notfalls zu helfen, doch er kämpfte sich allein den Ausstieg hinunter. Sein dankbarer Blick sagte ihr, dass er kein Mitleid wollte, und sie verstand, dass er sich seine Selbstachtung nur auf seine Weise erhalten konnte. Es war bereits dunkel, doch zwei Männer kamen mit einer Kiste voller Fische von einem der Boote die Treppen herauf. Der ältere der beiden stutzte, als er sie entdeckte, und stieß seinen Begleiter an.

»Da soll mich doch der Teufel holen! Steve!« Er rannte auf sie zu und schloss den Major in die Arme.

Steve Norbury klopfte dem Mann auf die Schulter und sagte: »Darf ich euch meinen Bruder Bran vorstellen?«

Der dunkelhaarige Fischer musterte sie interessiert. »Freut mich, gehört habe ich ja schon eine Menge über Sie, Sir, Commander«, sagte er zu Spencer mit Blick auf dessen Rangabzeichen.

Spencer war zwischenzeitlich zum Wing Commander befördert worden und man hatte ihm das Victoria Cross, die höchste militärische Auszeichnung, für Tapferkeit und seinen selbstlosen Rettungseinsatz verliehen. Vor dem Hintergrund der familiären Tragödie hatte sich Rose besonders für ihren Bruder gefreut. Er war zwar ein Duke ohne Besitz, aber ein hochdekorierter Offizier, und seinen Orden hatte er sich mehr als verdient, wie sie von verschiedenen Seiten gehört hatte. Seine Verdienste als Offizier im Kampf überwogen den schlechten Ruf seines verstorbenen Vaters bei Weitem und auch die Gesellschaft würde das anerkennen. Spencer gab zwar vor, dass ihm die Meinung anderer gleichgültig sei, doch Douglas Mandeville hatte zu viele Scherben hinterlassen, als dass die Gesellschaft darüber so bald den Mantel des Schweigens ausbreiten würde.

»Bran, ich bin stolz, an der Seite Ihres Bruders gekämpft zu haben«, erwiderte Spencer.

»Kommt mit, kommt, Mutter wartet bereits auf euch! Ihr mögt Fisch, hoffe ich!« Bran lachte und zeigte auf ein Haus am Ende des Hafenbeckens, vor dem eine Laterne im Wind baumelte. Als er sah, dass sich sein Bruder etwas unbeholfen fortbewegte, fragte er: »Wie geht es dir, Steve? Was haben sie mit dir gemacht, diese Feldscher?«

»Lass nur, die haben alles getan, was möglich war, aber der Fuß war nicht zu retten. Ich muss mich an die Prothese noch gewöhnen, aber das wird schon, Bran. Sag Mutter erst mal nichts, ja?«

Der Fischer nickte und nahm seine Kiste vom Boden auf. »Du schläfst bei uns, Steve, und für Sie haben wir Zimmer im Haus von Mrs Harbottle gemietet. Es liegt gleich dort vorn hinter der Kurve. Sie hat übrigens ein Telefon, das wir auch benutzen.«

Er gab dem Kutscher Bescheid, der das Gepäck zum Haus ihrer Vermieterin brachte. Man verabredete sich zum Essen, doch zuvor suchten Rose und Spencer ihre Unterkunft auf. Mrs

Harbottle war eine resolute Dame in den Fünfzigern, die vier Zimmer in ihrem hübschen Haus vermietete.

»Ich habe Ihnen die Zimmer mit Blick zum Hafen gegeben. Bei Sonnenaufgang ist die Aussicht einfach unvergleichlich. Ich hoffe, Sie fühlen sich hier wohl. Branok wusste nicht genau, wie lange Sie bleiben.« Fragend sah die Frau sie an. Ihre Haare waren zu einem Knoten aufgesteckt, ihre weiße Bluse mit aufgestelltem Kragen gestärkt und ihr schwarzer Rock war ebenso sauber wie die Zimmer.

Rose nahm einen frischen Duft von Lavendel wahr und freute sich über einen Ankleidespiegel und den Waschtisch. »Zwei Nächte auf jeden Fall, nicht wahr, Spence?«

Doch ihr Bruder war bereits in sein Zimmer gegangen und hatte die Tür geschlossen.

»Die lange Reise hat ihn angestrengt«, entschuldigte Rose ihren Bruder.

Doch Mrs Harbottle zeigte sich verständnisvoll. »Nicht doch, Mylady, der Commander soll sich nur ausruhen. Es ist mir eine Ehre, einen so hochdekorierten Offizier hier aufzunehmen. Mein Mann arbeitet in Falmouth auf dem Stützpunkt als Buchhalter. Mein Sohn ist als Kadett zur Navy gegangen. Er dient jetzt auf einem U-Boot. Meine Tochter, Mollie, hilft mir hier. Solange die Männer fort sind, vermiete ich alle freien Zimmer, normalerweise habe ich nur zwei Gästezimmer. So, nun will ich Sie nicht weiter aufhalten. Ich bin unten, falls Sie etwas brauchen, und das Telefon ist auch unten.«

»Haben Sie vielen Dank, Mrs Harbottle. Wir werden uns sicher sehr wohl bei Ihnen fühlen.«

Tatsächlich verbrachten sie einen angenehmen Abend mit der Familie von Norbury. Das Essen war einfach, aber ausgezeichnet und die Menschen offen und herzlich. Bran erklärte ihnen, was die cornische Sprache ausmachte und warum man Porthkovrek und nicht Coverack sagte. Steves Vater war erblindet, weshalb Bran der Kriegsdienst erspart blieb. Ohne seine Hilfe im Haus und auf dem Boot könnte die Familie nicht überleben. Rose beobachtete, wie ihr Bruder in Gesellschaft der Familie aufblühte, und wünschte ihm, dass er bald nach Frankreich und zu seiner Verlobten zurückkehren könnte. Eine Familie war genau das, was er brauchte, um das Trauma seiner Verwundung zu überwinden. Aber noch konnte niemand absehen, wann der Krieg vorbei sein würde.

Am nächsten Morgen fuhren Rose und Spencer mit einer Kutsche zum Landsitz der Sudworths. Das große Anwesen thronte grau und düster auf den Klippen über dem Meer. Der Kutscher hatte am Ende der Straße unterhalb von Mowbray House angehalten.

»Da ist jetzt niemand zu Hause!«, rief der Kutscher gegen den Wind. »Seit einigen Jahren kommt da kaum noch jemand. Ich glaube, nur ein Verwalter kümmert sich noch hin und wieder. Na, uns ist es recht. Die Jagdgesellschaften konnte hier keiner in der Gegend leiden.«

»Danke, wir wollten uns das Haus nur anschauen. Bitte fahren Sie in das Dorf auf der anderen Seite.« Rose zog die Decke enger um sich und sah ihren Bruder an. »Du warst nicht mit, wenn wir dort waren. Wie wirkt das Haus auf dich?«

Spencer hatte die Augen geschlossen und hielt sein Gesicht in die Sonne. »Scheußlicher Kasten. Ich bin nur froh, dass du nicht hineinwillst.«

Die Kutsche fuhr an und brachte sie zu dem kleinen Dorf, dessen Häuser ehemalige Pächterhäuser waren.

»Die glanzvollen Zeiten sind vorbei«, meinte Rose, als sie die ungepflegten Cottages sah. »Michael sagte, dass der Kutscher von Lord Sudworth hier wohnt. Gobberd heißt der Mann.«

»Wissen Sie, wo Mr Gobberd wohnt?«, rief Spencer.

Der Kutscher brachte seinen Zweispänner vor einem unscheinbaren Cottage am Dorfrand zum Stehen. »Das wäre dann hier. Zumindest haben die Gobberds mal hier gelebt. Ist lange her, dass ich hier war. Soll ich warten?«

»Wir bitten darum.« Spencer wollte die Tür der halb offenen Kutsche öffnen, doch der Kutscher war bereits von seinem Bock gesprungen und kam ihm zuvor.

»Bitte, Commander, lassen Sie mich das machen. Es ist mir eine Ehre.« Er salutierte militärisch.

»Haben Sie gedient?«

Der Kutscher war ein großer Mann Anfang sechzig. »Ja, Commander. Im Burenkrieg.«

Rose gewöhnte sich daran, dass man ihrem Bruder überall mit großem Respekt begegnete. In Gegenwart von Spencer nahm sie Abstand davon, ihre pazifistische Überzeugung zum Ausdruck zu bringen, denn das hätte ihn verletzt und sie war stolz auf die Anerkennung, die man ihm entgegenbrachte.

»Danke, dass du mitgekommen bist, Spence.« Sie nahm seinen Arm und ging mit ihm zur Haustür. Ein verholzter Ginsterbusch und ein paar Blumentöpfe säumten den Weg. Der Rest des Gartens war kürzlich umgegraben worden und an der Seite lagen entwurzelte Rosenbüsche.

Sie ließ den verwitterten Ring des Türklopfers gegen das Metall fallen. Es dauerte nicht lange und eine verhärmt aussehende Frau um die dreißig öffnete. Ihr Kleid sah verschlissen aus und die Schürze, an der sie sich die Hände abwischte, war schmutzig. Ein misstrauischer Blick traf sie. »Ja?«

»Verzeihen Sie, dass wir so unangemeldet hier hereinplatzen«, sagte Rose höflich. »Ich bin Lady Mandeville und das ist mein Bruder, Commander Mandeville. Wir sind auf der Suche nach Mr Gobberd. Der Mr Gobberd, der als Kutscher für Lord Sudworth gearbeitet hat. Er könnte uns in einer sehr wichtigen Angelegenheit helfen. Sind wir hier richtig?«

Die Augenbrauen der Frau zogen sich weiter zusammen. »Schon, aber wie könnte mein Vater Ihnen helfen?«

Aus dem Haus strömte der Geruch von Kartoffeln und Fisch.

»Elsie? Was ist denn? Wo bleibst du?«, rief eine brüchige männliche Stimme aus dem Hausinneren.

Die Frau hob die Schultern. »Ach, was soll's, kommen Sie herein, wenn es Ihnen nichts ausmacht, bei armen Leuten zu sein. Lord Sudworth ist nämlich ein verflucht mieser Arbeitgeber gewesen, das sage ich Ihnen mal so. Mein Vater ist dem alten Geizhals immer noch treu ergeben, weiß der Henker, warum. Vater, hier ist Besuch für dich. Ganz vornehme Leute!«, rief sie und ging voraus in ein kleines Wohnzimmer.

Dort saß ein alter Mann mit weißen Haaren, die ihm ungekämmt vom Schädel abstanden, in einem Schaukelstuhl. Ein Esstisch stand in einer Ecke, unter dem Fenster befand sich eine Holzbank mit bunten Kissen und neben dem Ofen stand ein abgewetzter Sessel, dessen Lehnen von gehäkelten Schonbezügen bedeckt waren. An einer Wand hing eine vergilbte Fotografie, auf der eine Kutsche zu sehen war. Rose nahm an, dass es sich um die Kutsche von Lord Sudworth handelte.

Der alte Mann blinzelte sie durch Brillengläser genauso misstrauisch an wie eben noch seine Tochter.

»Wollen Sie Tee?«, fragte diese widerwillig, doch sich ihrer Pflichten als Hausfrau bewusst.

»Danke, nein. Wir möchten nur wissen, was in einer Septembernacht des Jahres 1908 geschehen ist. Mr Gobberd, ich hoffe sehr, Sie erinnern sich an die Nacht, in der Celia Sudworth verschwand. Ich war ihre Freundin und damals zu Gast. Mich hat diese merkwürdige Geschichte nie losgelassen, wissen Sie?«

Ein Aufleuchten glitt über das Gesicht des ehemaligen Kutschers. »Was wollen Sie denn jetzt, nach so vielen Jahren?

287

Lassen Sie die alten Geschichten ruhen. Das habe ich auch dem Mann von der Regierung sagen lassen.«

»Sie haben mit Mr Wodehouse gesprochen?«

»Nein, habe ich doch gesagt. Einer aus dem Dorf unten war hier und hat mich gefragt, was ich von damals weiß. Nichts, habe ich gesagt, gar nichts und wenn ich etwas wüsste, würde ich es nicht sagen. Meine Loyalität gilt noch immer Seiner Lordschaft.«

Rose versuchte es weiter mit Geduld. »Aber irgendetwas müssen Sie doch mitbekommen haben. Wurde Celia damals aus dem Haus geschafft? Ich habe gesehen, dass man sie gegen ihren Willen fortgebracht hat.«

Der Alte schaukelte nervös vor und zurück. »Ich habe Hunger, Elsie. Und Ihnen habe ich nichts mehr zu sagen.«

Ihr Bruder, der sich bisher im Hintergrund gehalten hatte, trat aus dem Halbdunkel hervor und stellte sich so, dass Gobberd seine dekorierte Brust sehen konnte.

»Sie haben uns gar nichts zu sagen, Sir? Wir haben den langen Weg von Kent auf uns genommen, nur um mit Ihnen zu sprechen. In diesen schweren Zeiten müssen wir uns doch gegenseitig helfen.« Spencer konnte sehr eindringlich mit den Menschen reden und strahlte eine natürliche Autorität aus.

Leicht aus der Fassung gebracht, stotterte der Alte: »Jaja, habe die Tochter gefahren. Aber ich musste eine Erklärung unterschreiben, dass ich mit keiner Seele darüber spreche. Ich bin ein Ehrenmann, genau wie Sie, Commander.«

Spencer gab Rose einen Wink, der bedeutete, dass sie hier nichts mehr verloren hatten.

»Ich bringe Sie zur Tür«, erbot sich Elsie Gobberd rasch und als sie bereits draußen standen, senkte sie die Stimme und flüsterte: »Er hat das arme Mädchen nach Schottland gebracht. Ich war damals Dienstmädchen bei den Sudworths. Oh, wie ich sie alle gehasst habe! Celia war auch nicht besser, aber das hat sie nicht verdient.«

Erschüttert horchte Rose auf. »Was denn, um Himmels willen?«

»Na, dass man sie wegsperrt an so einem schrecklichen Ort. Irgendwo dort oben im Norden, wo es immer neblig ist, auf einer Insel, gibt es so eine Anstalt für Frauen. Ich habe das aufgeschnappt, als die Lady mit ihrem Mann gesprochen hat. Auf uns haben sie ja nicht geachtet. Wir waren unsichtbar für die feinen Pinkel.«

»Wohin?«, wollte Rose wissen. »Wie hieß die Insel?«

»Das weiß ich nicht mehr, aber wie viele solche Anstalten kann es da schon geben? So, ich muss mich jetzt um meinen Vater kümmern. Von mir haben Sie das nicht!«

Rose wollte noch etwas sagen, doch Elsie Gobberd schlug ihr die Tür vor der Nase zu.

»All die Jahre«, sagte Rose zu ihrem Bruder. »Wie ist so etwas möglich? Die eigene Tochter …«

Spencer nahm ihre Hand. »Das fragst du? Du bist es doch, die für Frauenrechte kämpft. Und ich verstehe dich heute besser denn je, Rosie.«

Dankbar drückte sie seine Hand.

34

Mrs Harbottles Telefon

Nach ihrem Ausflug zu den Gobberds bat Rose Mrs Harbottle um die Nutzung des Telefons. Michael hatte ihr eine Telefonnummer in den Niederlanden gegeben, die sie zu bestimmten Zeiten anrufen konnte, und heute war genau solch ein Tag.

Mrs Harbottle zog sich diskret in die Küche zurück und überließ Rose das kleine Wohnzimmer zum Telefonieren. Zuerst meldete sich eine Frau, die Niederländisch sprach, aber ins Englische wechselte, nachdem Rose einen mit Michael vereinbarten Satz gesagt hatte.

»Bleiben Sie in der Leitung!«

Es dauerte einige Minuten, bis sie endlich Michaels Stimme hörte. »Rose, bist du das?«

»Ja, oh Michael, es ist so schön, dich zu hören!«, sagte sie überglücklich.

»Wie geht es dir? Ist alles in Ordnung bei euch? Wie geht es deinem Bruder?«, wollte er wissen.

»Spencer schlägt sich sehr tapfer und er hat den Verkauf und die rechtlichen Dinge hervorragend abgewickelt. Ich bin sehr stolz auf ihn. Die Brandnarben machen ihm nach wie vor zu schaffen, aber er beklagt sich nie. Hill House und Mandeville

Park scheinen keine geeigneten Ziele für Bombardierungen zu sein. Mach dir unseretwegen keine Sorgen. Wo bist du denn jetzt?«

Er räusperte sich und sie wusste, dass er ihr seinen genauen Standort nicht verraten konnte. »Immer noch im Hauptquartier, Rose.«

»Oh, ja, natürlich. Ich bin in Cornwall, Michael, in Coverack! Nein, Porthkovrek, wie die Leute hier sagen. Spencers Freund, ein Major, stammt von hier und wir haben ihn nach Hause begleitet. Der Mann hat einen Fuß verloren, aber mit seiner Prothese merkt man es ihm kaum an. Diese Männer machen so viel durch und wozu das alles? Denkst du, der Krieg dauert noch lange an?«

»Rose, ich wünschte, ich könnte dir etwas anderes sagen, aber es tut sich nichts, weil es keine entscheidenden Siege oder Niederlagen gibt. Die Fronten haben sich verhärtet, man schlachtet sich gegenseitig ab und hofft, dass die andere Seite ein paar Hundert Soldaten mehr verloren hat als die eigene.« Er klang resigniert.

Rose bemühte sich um ein anderes Thema. »Das muss ich dir unbedingt erzählen, Michael. Der eigentliche Grund für unseren Ausflug nach Cornwall ist natürlich ein anderer.«

»Hätte mich auch gewundert, wenn du ohne Hintergedanken diese nicht ungefährliche Reise unternommen hättest. Lass mich raten, ihr habt den alten Kutscher aufgesucht?«

»Genau! Mr Gobberd ist ein harter Brocken, seinem ehemaligen Arbeitgeber immer noch treu ergeben. Er hat damals sogar eine Verschwiegenheitserklärung unterzeichnet. Alles, was Gobberd zugegeben hat, war, dass er Celia nachts gefahren hat. Warum er dem alten Sudworth die Treue hält, weiß ich nicht, denn so wie er lebt, kann seine Pension nicht hoch sein. Allerdings hat Gobberd eine Tochter, Elsie, die damals als Dienstmädchen bei den Sudworths war. Und die wiederum ist gar nicht gut auf Seine Lordschaft zu sprechen. Sie hat bestätigt, dass Celia gegen ihren Willen fortgebracht wurde, und sie behauptet, dass ihr Vater sie nach Schottland auf eine Insel im Norden gebracht hat. Dort soll es irgendwo eine Anstalt geben, in der man aufmüpfige Frauen wegsperrt.«

»Meine Güte, Rose, das wäre ja ein handfester Skandal für die Familie. Wenn das stimmt … aber wir müssen es beweisen. Ich stehe dir in Rechtsfragen zur Seite, das weißt du, und wenn du Geld für irgendwelche Unternehmungen benötigst, weise ich dir eine entsprechende Summe an. Hast du schon entschieden, was du tun willst?«

Sie schmunzelte, er kannte sie bereits sehr gut. »Herausfinden, wo diese Anstalt ist, und dann hinfahren und Celia da herausholen. Mit der ganzen Geschichte drumherum, die sich die Sudworths haben einfallen lassen, die Kabine auf dem Schiff, die Lügen und das Schweigegeld, das sie dem Franzosen gezahlt haben …« Sie pfiff durch die Zähne. »Daraus mache ich eine Story, die sich gewaschen hat. Wenn das veröffentlicht wird, kann sich Lady Sudworth neue Freunde suchen.«

Michael stöhnte. »Und du auch! Aber das Risiko ist es wert. Stell sich das einer vor, da sperren die eigenen Eltern die Tochter weg, nur, damit sie nicht unter ihrem Stand heiratet!«

»Hm, ich denke, an der Geschichte war noch mehr. Da muss noch etwas anderes vorgefallen sein, sonst hätten sie nicht so drastische Maßnahmen ergriffen. Oh Gott, hoffentlich lebt Celia noch! Man wird mich doch auch gar nicht vorlassen und wenn sie unter anderem Namen dort untergebracht ist, werde ich sie niemals finden!« Blitzschnell spielte Rose alle möglichen Szenarien im Geiste durch und ihre Zuversicht und ihre Hoffnungen schwanden.

»Warum wendest du dich nicht an Gerry? Der hat hervorragende Kontakte zu allen möglichen und unmöglichen Leuten, wenn ich das so salopp formulieren darf. Sein illustrer

Freundeskreis hat mich mehr als einmal in Verlegenheit gebracht und ...«

»Ach ja? Das ist interessant, inwiefern?«, warf Rose scherzhaft ein.

»Ich erröte, und wer weiß, wer mithört. Wenn wir allein sind, irgendwann in nicht allzu ferner Zukunft, wie ich hoffe, erzähle ich dir von Abenteuern mit Tredegar, dem Unverwüstlichen. Ernsthaft, Gerry kann dir weiterhelfen, mit Sicherheit. Er ist diskret und vertrauenswürdig und arbeitet nicht ohne Grund für den Geheimdienst.«

»Gerry?«, entfuhr es Rose.

»Behalte es für dich, Rose, wenn er es dir nicht gesagt hat. Das ist ohnehin am besten. Es gibt viele begabte Männer und Frauen, die ihre Fähigkeiten dem SIS zur Verfügung stellen. Gerade hier sind es oft die unscheinbaren normalen Berufstätigen, die uns die besten Informationen liefern. Sie fallen nicht auf und bewegen sich unbeachtet zwischen den Fronten.«

»Vielleicht kann ich auch helfen?«, erbot sich Rose. »Ich spreche Italienisch und Französisch!«

»Nein!«, kam es prompt und entschieden von Michael. »Bitte versuch das nicht, Rose. Ich könnte es nicht ertragen, dich zu verlieren. Bitte tu das nicht!«

Ergriffen von seinen flehenden Worten, flüsterte sie: »Gut, aber warum nicht? So gefährlich kann es doch nicht sein? Ich muss ja nicht wie Edith Cavell enden!«

Die Krankenschwester hatte im von den Deutschen besetzten Belgien alliierten Soldaten zur Flucht aus Lazaretten verholfen und war im Oktober des vergangenen Jahres von den Deutschen vor ein Kriegsgericht gestellt worden. Man hatte sie wegen Fluchthilfe verurteilt und hingerichtet. Seitdem galt Edith Cavell als Märtyrerin und Heldin in England und Belgien.

»Sie war nicht die Einzige, Rose.« Er senkte seine Stimme. »Ich könnte dir die Namen einiger Frauen, Französinnen und Engländerinnen, nennen, die in Ausübung ihrer geheimdienstlichen Tätigkeit entweder erschossen oder inhaftiert worden sind. Und ich weiß nicht, was schlimmer ist.« Er holte tief Luft. »Du kennst eine Krankenschwester, die ebenfalls für uns tätig ist, Rose.«

Sie stutzte und wollte schon den Gedanken verwerfen, denn sie konnte es nicht glauben. »Nein, nicht …«

»Sag nicht ihren Namen, Rose. Sie macht das sehr gut. Durch ihre Mithilfe haben wir viel über die Truppenbewegungen an der Westfront erfahren.«

Vera, natürlich konnte es sich nur um Vera handeln! Die unscheinbare, stille Vera spionierte für den britischen Geheimdienst. Rose war überrascht und gleichzeitig traute sie Vera diese Kaltblütigkeit und Raffinesse durchaus zu, die es brauchte, um Geheimnisse unbemerkt zu übermitteln. Wieder einmal zeigte sich, dass man niemals annehmen sollte, alles über einen Menschen zu wissen.

»Rose?«

Sie räusperte sich. »Ja, ich bin nur so überwältigt. Das sie … Mein Gott, geht es ihr denn gut? Sie ist doch nicht in unmittelbarer Gefahr?«

»Sie weiß genau, was sie tut und worauf sie sich eingelassen hat. Das wissen alle, die aktiv tätig sind. Rose, wenn das Verfahren abgewickelt ist, bin ich vielleicht schon im Juni ein freier Mann.«

»Noch in diesem Sommer? Ach Michael, das wäre einfach zu schön. Ich werde es glauben, wenn ich dich sehe.«

Er lachte leise. »Und deshalb darfst du keine gefährlichen Unternehmungen planen. Bitte warte auf mich, Rose. Der Gedanke an dich lässt mich die Tage hier überstehen, ohne verrückt zu werden.«

Es knackte und rauschte in der Leitung.

»Michael?«, rief sie und konnte nur noch einzelne Wortfetzen verstehen. Dann riss die Verbindung vollständig ab. Sie hängte auf und starrte eine Weile regungslos auf den Apparat.

Wie lange sie so gesessen hatte, wusste sie nicht. Irgendwann kam Mrs Harbottle ins Zimmer und fragte: »Schlechte Neuigkeiten, Mylady? Soll ich Ihnen einen Tee machen?«

Mit einem matten Lächeln erwiderte Rose: »Danke, das ist sehr freundlich gemeint, aber es geht schon wieder. Ich werde mich zu Bett begeben. Gute Nacht, Mrs Harbottle!«

Bevor sie in ihr Zimmer ging, klopfte sie an die Tür ihres Bruders. »Spence, schläfst du schon?«

»Jetzt nicht mehr, komm rein, Rosie.«

Sie öffnete die Tür und fand Spencer bereits im Bett liegend vor. Ein aufgeklapptes Buch lag auf seiner Bettdecke und die Leuchte neben seinem Bett brannte. Auf einem Tisch stand ein Salbentiegel und da sie den ganzen Tag unterwegs gewesen waren und den Major nicht gesehen hatten, konnte ihm niemand beim Einreiben seiner Narben geholfen haben. Der Ausschnitt seines Schlafanzuges gab den Blick auf eine zackige rote Narbe frei, die vom Hals abwärts verlief.

»Was liest du?«

»Ein Buch über den Weinanbau. Madeleine hat es mir geschenkt.« Er lächelte und klopfte auf die Bettkante.

Nachdem Rose sich gesetzt hatte und das Buch zur Hand nahm, fuhr er fort: »Sie ist eine sehr kluge Frau, Rosie. Stark und mutig und sehr um ihre Familie besorgt. Den Bertrands gehört ein Weingut, weißt du? Sie stellen einen exzellenten Champagner her. Nach dem Krieg werde ich ihr dabei helfen. Ich möchte Winzer werden.«

Er sah seine Schwester fragend an.

»Du und die Weinberge? Für den Garten hast du dich nie interessiert«, gab sie zu bedenken.

»Ich habe mich verändert. Der Krieg hat mich verändert und das hier.« Er klopfte auf seine Beine. »Es wird noch besser, das schon, aber ich mache mir nichts vor, Rosie. Ganz so beweglich wie früher werde ich nicht werden. Mit der Fliegerei ist es vorbei und mit der Juristerei war es das schon lange. Ich habe ja nicht einmal einen Abschluss gemacht. Dass ich Madeleine kennengelernt habe, war das Beste, was mir passieren konnte. Sie hat mir die Augen für neue Möglichkeiten geöffnet. Es gibt eine Welt, von der ich keine Ahnung hatte und die faszinierend und fordernd ist. Wein anzubauen, ist eine Kunst, eine Wissenschaft für sich, und ich bin bereit, alles zu lernen, um den Bertrands zu helfen, den bestmöglichen Champagner herzustellen. Und Rosie, es ist einfach wunderschön, dort, wo sie leben. Die Landschaft hat einen ganz eigenen Charme und ich mag die Leute dort. Sie sind eigen, knorrig, verwurzelt und dabei herzlich und lebensbejahend, das gefällt mir.«

Rose streichelte seine Hände und küsste ihn auf die Wange. »So, wie du darüber sprichst, hast du dich schon lange entschieden und ich freue mich für dich, Spence. Du wirst dir einen Platz in einem fremden Land, aber gemeinsam mit deiner Frau erkämpfen. Das wird sicher nicht immer leicht werden, aber du schaffst das.« Sie blinzelte gerührt.

»Nicht weinen, Rosie, ich bin zufrieden. Ich sehe der Zukunft hoffnungsvoll entgegen. Es gab Momente, in denen ich nicht mehr leben wollte. Madeleine kam wie der Lichtstrahl, der meine düstere Seele gerade noch rechtzeitig erhellen konnte, zu mir. So, jetzt aber genug von mir. Du hast mit Michael gesprochen. Was sagt er zu unseren Ermittlungsergebnissen?«

»Er findet das Verhalten der Sudworths skandalös und rät uns, die Anstalt in Schottland ausfindig zu machen. Und jetzt halte dich fest – er empfiehlt, Gerry um Hilfe zu bitten, weil der über weitreichende Kontakte verfügt. Außerdem arbeitet er für den Geheimdienst! Wusstest du das?«

Spencer nickte. »Ja, das ist mir nicht neu.«

Sie schnaufte. »Na, typisch. Die Männer halten mal wieder zusammen und wir Frauen erfahren nichts. Aber das wusstest du sicher nicht – Vera arbeitet in Michaels Spionageeinheit!«

Erstaunt hob Spencer die Augenbrauen. »Vera? Die kleine mausgraue Vera, die kaum die Zähne auseinanderbekam und immer schüchtern in einer Ecke stand?«

Rose grinste. »Genau die und dasselbe habe ich auch gedacht. Die unscheinbare, stille Vera. Na ja, so still auch wieder nicht. Sie kann auf ihre Art schon sehr spitzfindig und zickig sein. Ich konnte sie nie richtig einschätzen, hatte immer das Gefühl, sie beobachtet uns und ist neidisch. Das mochte ich nicht an ihr. Verklemmt, vielleicht, ja, so kam sie mir vor. Aber nun das! Ich kann mir überhaupt nicht vorstellen, wie sie sich durch die feindlichen Linien schleicht, im Schuh eine verschlüsselte Botschaft oder dergleichen.«

Spencer lachte. »Du hast Ideen!« Sofort wurde er ernst. »Sie ist Krankenschwester und ich muss an Edith Cavell denken. Die Deutschen machen kurzen Prozess mit Spionen, egal ob männlich oder weiblich. Sie sind überhaupt sehr grausam, Rosie. Vera muss entweder sehr mutig oder sehr naiv sein, wenn sie sich dieser Gefahr ausliefert.«

»Wahrscheinlich von beidem ein wenig«, meinte Rose. »Aber außer uns darf niemand von ihrer Tätigkeit für den SIS wissen.«

Spencer rollte mit den Augen und Rose biss sich auf die Lippen. »Ist schon klar. Ich bin nur so überrascht.«

Sie strich über die Bettdecke. »Soll ich dir beim Einreiben helfen?«

Doch ihr Bruder wehrte ab. »Nein, Norbury kommt morgen früh. Das genügt. Einmal geht es auch so.«

In dieser Nacht träumte Rose von frühen Kindertagen und wie sie die verschreckte Vera vor ihrem gewalttätigen Vater versteckten. Dann tauchte Celia auf und war plötzlich mit ihnen zusammen im Garten von Hill House. Donnerndes Getöse und schwarze Schatten rissen sie von ihren Freundinnen fort, Celia schrie und wurde von einem gesichtslosen Mann weggezerrt, während sich die Stimmen von Vera und Alice immer weiter entfernten. Als sie schweißgebadet aufwachte, dauerte das Getöse an und grelle Blitze erhellten den Nachthimmel. Rose sprang aus dem Bett und riss das Fenster auf. Doch es war nur ein Gewitter, kein Bombenangriff.

35

Erzürnt über die andauernde Seeblockade durch das Empire befahl der deutsche Kaiser in der Nacht vom 2. Mai einen massiven Luftangriff auf die englische Ostküste. Der Zeppelin LZ 59 startete vom dänischen Tondern aus und bildete auf seinem Weg nach Großbritannien mit sechs weiteren Luftschiffen ein Geschwader, das Fabriken, Bahnlinien und Schmelzhütten in Middlesbrough, Stockton-on-Tees und Hartlepool bombardieren sollte. Nach verheerenden Verwüstungen auch im Firth of Forth bei Edinburgh kehrten bis auf LZ 59 die Luftschiffe unversehrt zurück zu ihren Basisstationen. Das Kriegsglück schien weiterhin aufseiten der Aggressoren, denn zwei Wochen später eroberten die Deutschen den *Toten Mann,* eine wichtige Höhe vor Verdun.

Rose hatte einen Artikel über die verzweifelte Lage und die sich ausbreitende Angst geschrieben, genauso wie sie über die Hoffnung machende Arbeit von Sylvia Pankhursts Organisation im East End berichtete. Seit Ausbruch des Krieges gab es in vielen Bereichen Materialengpässe aufgrund fehlender Importe. Dies betraf auch den Spielzeugmarkt. Ausgerechnet den Kindern sollten nun auch noch die wenigen kleinen Freuden genommen werden, die ihnen noch geblieben waren. Sylvia engagierte kurz entschlossen zwei Studentinnen vom Chelsea College für die Designs von Spielsachen und ermutigte die Frauen, die in der Fabrik im East End arbeiteten, dazu, eigene Entwürfe zu machen. Alles, was sich verkaufen ließ, brachte Sylvia Pankhurst selbst zum Direktor von Selfridges und überredete ihn, die Produkte ins Sortiment seines Kaufhauses aufzunehmen. Rose betonte in ihrem Artikel außerdem, dass Sylvia einen deutschen Holzschnitzer, der sieben hungernde Kinder zu versorgen hatte, in ihrer Fabrik aufnahm und ihn für seine Arbeit in gleicher Höhe entlohnte wie britische Arbeiter. Darüber beschwerten sich einige Arbeiter, die behaupteten, Angst vor Angriffen durch Hurra-Patrioten zu haben.

Die Spannungen innerhalb der Bevölkerung waren überall deutlich zu spüren. Mit jedem andauernden Kriegsjahr wurde den Menschen eine neue Last auferlegt, die das tägliche Dasein zu einer noch bedrückenderen Mühsal machte. Und immer gab es die Furcht vor dem Telegramm, welches den Verlust der Liebsten verkündete. Rose zuckte zusammen, sobald sie die Türklingel in Hill House oder in Rays Londoner Atelier vernahm. Ray arbeitete noch immer an seinem Porträt von ihr, ließ sie aber keinen Blick darauf werfen. Es schien ihm Spaß zu machen, sie damit aufzuziehen, dass er sich mit diesem Werk ganz den modernen Wilden angeschlossen hatte.

Rose saß mit Ray im kleinen Salon. Sie hatten gerade gegessen und Ray zündete sich eine Zigarre an. »Hast du schon Nachricht von Gerald Tredegar?«

Sie hatten des Öfteren über Celia Sudworth gesprochen. »Nein, noch hat er sich nicht gemeldet, aber er trifft sich mit einer seiner illustren Bekannten von der Coterie und hofft, dass er so weiterkommt. Es wird schwierig genug werden, jemanden zu finden, der gegen Lord Sudworth aussagt. Nichts anderes ist es ja, wenn man das Geheimnis um Celias Verschwinden lüftet.«

Der Künstler stieß Rauchkringel in die Luft. »Es muss jemand sein, der Sudworth nicht fürchtet. Am ehesten wohl Lady Diana Manners. Mit ihrer Schönheit und ihrem Charme kann sie fast jeden um den Finger wickeln. Wenn sie will …«

»Du kennst sie?«

»Sie hat für mich Modell gesessen. Eigentlich wollte ich das Bild behalten, ein ausgezeichneter Akt, aber ihre Eltern hätten mich verklagt«, meinte Ray mit einem vielsagenden Grinsen.

»Du bist unverbesserlich. Jetzt fürchte ich mich noch mehr vor meinem Porträt.«

Er hatte die langen Beine übereinandergeschlagen und drehte die Zigarre hin und her. »Die Zigarren werden vielleicht auch bald knapp. Möglich ist alles. Diese verfluchten Pickelhauben!«

Ray konnte ausgesprochen großzügig sein und war ein loyaler Freund, doch wenn es um seine geliebten Zigarren oder seinen Portwein ging, verstand er keinen Spaß. »Hast du jemals mit dem Gedanken gespielt, dich zur Front zu melden?«

»Nein. Ich bin zu alt, um noch groß von Nutzen zu sein. Der erste Grabenkampf wäre mein Ende. Kälte und Nässe würden mich schneller erledigen als eine Kugel der Pickelhauben. Und für den Geheimdienst bin ich nicht tauglich. Sobald ich ein Glas Whisky zu viel getrunken habe, plaudere ich alles aus.«

Rose lachte. »Das merke ich mir …«

Er warf ihr einen amüsiert-strengen Blick zu.

Zwei Tage nach diesem Gespräch betrat sie gerade Rays Atelier, als eine der Studentinnen nach ihr rief.

»Rose? Sind Sie hier? Telefon!«

Rose beeilte sich, denn sie hoffte, dass es Michael war, doch stattdessen meldete sich Gerald Tredegar. »Hallo Rosie, ich habe gute Neuigkeiten für dich!«

Ihr Herz schlug schneller. »Ja? Celia? Lebt sie noch?«

»Ja, Rose, sie lebt noch. Wie es um sie steht, ist eine andere Frage, denn manche dieser sogenannten Sanatorien sollen schrecklich sein. Hast du etwas zu schreiben?«

In ihrer Tasche befanden sich immer ein Notizbuch und ein Bleistift. Beides holte sie hervor und sagte: »Ich bin ganz Ohr.«

»Vorweg nur eine Bitte, verrate niemandem deine Quelle, sonst bin ich genauso geliefert wie die Freundin, die es mir gesagt hat.«

»Gerry! Das versteht sich doch von selbst. Und von wem hast du die Adresse?«

»Belassen wir es einfach dabei, dass ich sie habe. Was du nicht weißt, kann nicht gegen dich verwendet werden. Sie stammt aus meinem Partyfreundeskreis, dem berüchtigten. Du verstehst?«

Sie holte tief Luft. »Ja, sicher.« Die Coterie also, dann musste es sich bei der Quelle um Lady Diana Manners oder eine ihrer Freundinnen handeln.

»Tut mir leid, ich mache sonst nicht solch ein Aufheben, aber Sudworth ist niemand, mit dem man sich freiwillig anlegt. Also, das Sanatorium für geistig verwirrte Frauen befindet sich auf der Isle of Coll. Es führt den poetischen Namen *Sgiath Geal*-Sanatorium, was so viel bedeuten soll wie weißer Flügel. Mein Kontakt verriet mir, dass es nichts anderes wäre als ein luxuriöses Gefängnis für ungehorsame Töchter oder widerspenstige Ehefrauen der besseren Gesellschaft.«

In der Leitung war ein Knistern und Knacken zu vernehmen und dann brach die Verbindung ab. Rose versuchte mehrfach, die Verbindung wieder herstellen zu lassen, doch die Telefonistin erklärte, dass dies nicht möglich sei. Und wenn die unterbrochene Verbindung kein Zufall war? Vielleicht hatte Lord Sudworth doch erfahren, dass der Aufenthaltsort seiner ungehorsamen Tochter preisgegeben worden war. Sie ließ sich mit Michaels Hauptquartier verbinden, doch er war nicht zu sprechen. Danach rief sie Allie an, die gerade aus dem Garten kam, wo sie mit ihrer Tochter gespielt hatte. Rose hörte die Kleine quietschen.

»So, Grandpa nimmt dich jetzt mit, mein Schatz. Rosie?«

»Ja, ich bin's. Du hörst dich glücklich an und deine Kleine auch. Das ist wunderbar, Allie. Ich freue mich für dich.«

Ihre Freundin seufzte. »Ja, es geht uns gut, trotz dieses verdammten Krieges. Aber ich vermisse Lorenzo so sehr, Rosie. Vielleicht kommt er im Juni nach Hause. Aber erzähl mir von dir. Wann kommst du zurück? Du fehlst uns hier!«

»Ihr fehlt mir auch. Hast du Spence kürzlich gesehen? Wie macht er sich?«

»Es scheint ihm immer besser zu gehen. Jedenfalls bewegt er sich leichter, kann schneller gehen. Manchmal begleitet er mich und Caro auf unseren kleinen Touren durch den Wald. Wir waren auch am See.« Sie kicherte.

»Der legendäre See. Was haben wir für schöne Sommer dort verbracht.« Sie seufzte und dachte an ihren Vater und den Verlust des Anwesens. Mandeville Park bestand zwar weiter, aber sie hatte kein Zuhause mehr. Zu ihrer Familie zählte sie nur noch Spencer und Allie mit ihrer Familie. Ihre Mutter existierte zwar noch, doch so herzlos, wie sie sich Spence gegenüber verhalten hatte, gab es für Rose keinen Grund mehr, sich um sie zu sorgen.

»Allie, ich habe Neuigkeiten!« Sie erzählte von Geralds Entdeckung.

»Oh, das ist ja großartig! Aber du denkst, Lord Sudworth könnte es bereits wissen? Das ist nicht gut. Was willst du tun? Vielleicht bringen sie Celia nun woandershin und dann findest du sie sicher nicht mehr.«

»Tja, das ist auch meine Befürchtung. Deshalb wollte ich eigentlich sofort nach Schottland reisen und nach Celia suchen. Falls ich mit ihr sprechen darf und sie Hilfe braucht, finde ich sicher einen Weg.« Rose knetete ihre Lippe.

»Das könnte gefährlich werden, Rosie. Die Reise und überhaupt alles. Ich kann hier nicht fort. Wir haben noch mehr Kinder aufgenommen und bauen gerade ein zweites Cottage. Was ist mit Ray oder Gerry? Hast du sie gefragt, ob sie dich begleiten können?«

»Nein. Gerry frage ich ganz sicher nicht und Ray hat so viel mit seiner Ausstellung zu tun. Nein, ich fahre allein. Was soll mir schon passieren?! Eine Zugreise ist überschaubar. Ich melde mich von jedem Ort, an dem ich Station mache. Außerdem bombardieren die Deutschen mehr die Ostküste.«

»Hm, Rosie, ich weiß nicht. Und Michael? Was sagt der dazu?«

»Ich konnte ihn noch nicht erreichen, aber bis morgen meldet er sich bestimmt zurück. Ich fahre morgen Vormittag.« Ihre Entscheidung war gefallen, als sie die Adresse erfahren hatte.

»Warte, wie wäre es, wenn Newton dich begleitet?«, rief Alice plötzlich.

»Aber das geht doch nicht, Allie. Er wird bei euch gebraucht. Jetzt mehr denn je. Ihr habt so viel Arbeit mit den Kindern!«

»Ach was, das ist eine hervorragende Idee. Spence kann uns doch mit ein paar Offizieren aushelfen. Die armen Männer langweilen sich zu Tode und mein Vater ist so vernarrt in Caro, dass er ein weiteres Kinderbuch schreibt. Newton ist also abkömmlich und er wird sich freuen, dich begleiten zu dürfen. Ihr könnt auch das Automobil nehmen.«

»Nein, auf gar keinen Fall! Das braucht ihr. Es kann doch immer ein Notfall eintreten und außerdem könnte das Benzin knapp werden. Die Rationierungen haben bereits begonnen.«

Sie verabredeten schließlich, dass Newton mit der Bahn nach London kommen und sie von dort aus gemeinsam hinauf nach Schottland reisen würden. Im Grunde war Rose sehr froh über die männliche Begleitung, der sie vertraute. Newton war ein Fels in der Brandung und wer konnte wissen, was sie auf der Insel vor der schottischen Westküste erwarten würde?

36

Sgiath Geal-Sanatorium, Isle of Coll, Schottland, Mai 1916

Hysterie (griech. v. Hystera, Gebärmutter, Mutterweh),
eine Krankheit des Nervensystems, eine zentrale Neurose,
die nur beim weiblichen Geschlecht auftritt.
Häufiges Vorkommen bei kinderlosen Frauen, jungen Witwen
und alten Jungfern, vorzugsweise in höheren Gesellschaftskreisen.
Meyers Konversations-Lexikon, 1897

Sie waren am Vormittag von Paddington Station aus gestartet. Über Northampton, Stoke-on-Trent, Manchester, Carlisle
und Glasgow führte die Route an die schottische Westküste.
In Glasgow würde Newton sie in einem gemieteten Automobil
zur Fährstation nach Oban bringen. Während der Zug durch
die englische Landschaft ruckelte, musste Rose an all die haar-
sträubenden Argumente denken, die von den Gegnern des
Frauenwahlrechts ins Feld geführt wurden. Dieser Denkweise
verdankten Institutionen wie das Sanatorium auf Coll ihre
Existenz.

Am meisten aufgeregt hatte sich Rose schon immer über
Mediziner, die erklärten, dass Frauen nicht von ihrem Gehirn,
sondern von ihrer Gebärmutter bestimmt würden. Während
der Pubertät, der Menstruation, Schwangerschaften und in den

Wechseljahren käme es daher zu gefährlichen Instabilitäten bei Entscheidungen der Frauen. Überhaupt stünden Frauen generell am Rande des Wahnsinns und könnten allzu leicht den Verstand verlieren. Sir Almroth Wright, ein bekannter Mediziner und Bakteriologe, hatte im Kampf gegen das Frauenwahlrecht eine unverfrorene Artikelserie in der *London Times* veröffentlicht, in der er behauptete, dass die Hälfte der britischen Frauen in den Wechseljahren geisteskrank werde. Die Streitbarkeit der Frauenrechtlerinnen sei ein deutliches Anzeichen für diese Krankheit. Die *Saturday Times* war noch einen Schritt weitergegangen und hatte gebildete Frauen als Ungeziefer beschimpft. Und immer wieder wurde die Hysterie als Wurzel allen Übels angeführt. Gemeinhin galten Frauen als hysterisch, emotional, unvernünftig und kindisch.

Rose ballte vor Wut über diese Ungerechtigkeit eine Faust und starrte angestrengt aus dem Fenster.

»Lady Rose, darf ich Ihnen eine Tasse Tee anbieten?«, fragte Newton höflich. Der Butler der Buxtons war ein angenehmer Reisebegleiter, umsichtig und mitfühlend.

»Sehr gern.« Im Stillen war Rose ihrer Freundin unendlich dankbar für Newtons Unterstützung. Ganz selbstverständlich zahlte er die Verpflegung und für den Wagen hatte er ebenfalls gesorgt. Natürlich hatte Alice das veranlasst, denn Rose' finanzielle Situation war nach wie vor überschaubar. Ihr Bruder hatte zwar eine kleine Summe aus der Abwicklung des Verkaufs von Mandeville Park für sie herausschlagen können, doch die hatte sie als eiserne Reserve zurückgelegt. Sie konnte jederzeit in Mandeville Park einziehen, in eines der Zimmer, die man ihrer Mutter gelassen hatte, doch das kam für Rose nicht infrage. Sobald der Krieg vorüber war, würde sie sich eine Festanstellung bei einer Zeitung oder einem Verlag suchen und sich bei ihren Freunden für deren selbstlose Unterstützung revanchieren. Bevor es so weit war, musste sie jedoch endlich das Schicksal von

Celia Sudworth aufklären. Celia, die junge Frau, die stellvertretend für so viele Frauen in England stand. Intelligente, begabte Frauen, die eigene Vorstellungen von ihrem Leben hatten.

Newton reichte ihr eine Tasse dampfenden schwarzen Tees und einen Teller mit Butterkeksen. »Haben Sie denn schon einen Plan für unser Vorgehen auf der Insel Coll? Die Insel ist nicht groß, elf Meilen lang und drei Meilen breit, wenn ich das richtig gelesen habe. Da kennt man sich und jeder Besucher wird sofort registriert.«

»Ja, darüber habe ich schon nachgedacht, aber mir fällt nichts ein. Ich hoffe nur, dass wir dort ankommen, bevor Lord Sudworth seine Tochter wegbringen lässt.«

»Wissen Sie denn noch, wie die junge Lady aussieht? Das heißt, würden Sie sie wiedererkennen? Sie wird sich in den Jahren verändert haben.«

»Celia war bildschön, dunkelhaarig und ihre Augen hatten etwas Exotisches. Doch, ich denke schon, dass ich sie erkennen würde. Sie hatte Talent als Künstlerin. Das haben ihre Eltern nicht ernst genommen. Sie dachten, dass Celia das Malen nur als eines von vielen Hobbys betreibt und dass sie den richtigen Mann heiratet und sich dann nur noch ihren repräsentativen Aufgaben und der Familie widmet. Aber das wollte sie nicht.«

»Es ist traurig, dass den Frauen im Allgemeinen nicht mehr zugetraut wird«, erwiderte Newton mit einem feinen Lächeln.

»Sie würden uns das Wahlrecht zugestehen?«

»Aber sicher. Meine Mutter war eine kluge Frau, klüger als mein Vater. Wie sie den Haushalt mit dem wenigen Geld, das er nach Hause brachte, geführt, uns gekleidet, versorgt und zur Schule geschickt hat, weiß ich bis heute nicht. Sie wäre eine gute Büroleiterin gewesen, aber sie ist kaum zur Schule gegangen, konnte gerade ein wenig schreiben und lesen.« Nach dieser ungewöhnlich langen Rede räusperte sich der Butler und ordnete die Utensilien in dem kleinen Reisekoffer, in dem sich

Geschirr, Besteck und Verpflegung befanden. Er holte eine Zeitung hervor und reichte sie Rose.

»Lesen Sie den kleinen Artikel auf der vierten Seite. Es geht um eine Scheidung.«

Rose nahm die Zeitung und schlug die Seite auf. Dort berichtete man von einem Fall aus York. Ein Mann wollte sich von seiner Frau scheiden lassen, die jedoch nicht einwilligte, denn dann hätte sie mittellos auf der Straße gestanden. Im Gerichtsverfahren war herausgekommen, dass der Ehemann seine Frau über Jahre des Lügens und des anstößigen Verhaltens bezichtigt hatte und ihr heimlich den sogenannten Hurensaft verabreicht hatte, sodass sie mehrere Fehlgeburten erlitten hatte. Der Mann verdiente nicht viel und wollte deshalb keine Kinder. Durch die erzwungenen Abtreibungen war die Frau trübsinnig geworden und hatte einen Selbstmordversuch unternommen. Der Richter gab dem Ansinnen des Mannes dennoch nach und die Scheidung wurde vollzogen. Allerdings wurde die Frau nicht, wie vom Ehemann gewünscht, in eine Irrenanstalt gesperrt.

»Meine Güte! Die arme Frau! Was für ein Martyrium und der Ehemann hat nun doch noch erreicht, was er wollte«, entrüstete sich Rose.

Die Fahrt gestaltete sich ohne größere Zwischenfälle. Sie übernachteten hinter der schottischen Grenze und setzten ihre Reise am nächsten Tag fort. Auf dem Bahnhof in Glasgow fiel Rose ein Mann auf, der sie mehrfach heimlich beobachtete und der sich jedes Mal, wenn sie den Kopf in seine Richtung drehte, abwandte. Er war mittelgroß, drahtig und seine linke Gesichtshälfte war von einer hässlichen Narbe entstellt.

»Haben Sie den Mann gesehen, Newton? Er beobachtet uns.«

»Er ist mir nicht entgangen. Ein ehemaliger Soldat, würde ich sagen, und jemand, dem man nicht im Dunkeln oder auf einsamer Landstraße begegnen sollte. Für solche Leute habe ich ein Gespür. Kommen Sie, Mylady, unser Wagen wartet dort hinten.«

Überall sammelten sich Truppen und vor den Rekrutierungsbüros standen die Männer in Schlangen an. Die schottischen Soldaten wurden sehr für ihre Tapferkeit und ihren Mut geschätzt und der Anblick eines schottischen Regiments war beeindruckend. Stolze breitschultrige Männer in Kilts und mit bajonettbestückten Gewehren marschierten am Clyde entlang, bevor sie eingeschifft wurden. Begleitet wurden sie von der Melodie der Dudelsäcke. Jedes Regiment hatte seinen eigenen Tartan, die berühmten Royal Scots Fusiliers trugen stolz den Hunting-Erskine-Tartan.

Die Straßen waren vom Regen aufgeweicht und während der gesamten Fahrt nach Oban hingen dunkle Wolken über den Highlands. An einem Gasthaus tankten sie Benzin und Rose glaubte, den Mann aus Glasgow in einem vorbeifahrenden Transporter gesehen zu haben. Aber sie konnte sich getäuscht haben, vermutete sie doch seit ihrer Abreise aus London in jedem Fremden einen Verfolger, geschickt von Sudworth. Der Wind hatte aufgefrischt und die See schlug in kabbeligen Wellen gegen das Hafenbecken in Oban. Sie kamen gerade noch rechtzeitig, um die Fähre nach Coll zu nehmen. Das Dampfschiff war nicht groß und schien dringend einen neuen Anstrich zu benötigen. Die Hälfte des Decks war mit Kisten und Säcken beladen, in einem Käfig saßen drei Hühner, ein Junge und ein kleines Mädchen zogen ein Schwein an einem Strick hinter sich her, zwei Frauen hatten auf dem Festland Stoffe eingekauft und ein Offizier war auf Heimaturlaub.

Unter Deck stank es nach Dieselöl, Teer und anderen Dingen, die Rose den Magen umdrehten. Obwohl der starke

Wind frisch war und es zu regnen begann, zog sie es vor, im Schutz des Fahrerhäuschens auf Deck zu bleiben. Newton legte ihr ein wasserdichtes Wachstuch um die Schultern. »Auf See wird man schnell krank, wenn man die raue frische Luft und den Wind nicht gewohnt ist.«

»Danke, Newton, was würde ich nur ohne Sie tun?«, brachte sie zwischen zusammengebissenen Zähnen hervor. Sie dachte an Michael, der sich nicht mehr gemeldet hatte, und vermisste ihn schmerzlich.

Durch den Sound of Mull ging es bei aufgewühlter See an Tobermory und dem Hafen von Ardnamurchan vorbei, bis sie nach beinahe vier Stunden den Anleger von Arinagour auf Coll erreichten. Es begann zu dämmern und der Wind fegte mit noch größerer Kraft vom Meer über die Insel. Rose hatte sich einen Schal um den Kopf gewunden und hielt krampfhaft ihre Tasche fest. Die Böen waren so heftig, dass sie sich mit ihrem Körpergewicht dagegenstemmen musste. Newton kam mit dem Reisegepäck hinterher und sah sich nach einer Transportmöglichkeit um. Die beiden Kinder zogen mit ihrem Schwein über die Mole auf die karge Felslandschaft und das einsame Haus am Ufer zu, das windschief den Elementen trotzte. Newton wandte sich an die beiden Frauen mit ihren Stoffballen, die sie in einen Karren luden, der auf der Mole stand.

»Verzeihung, gibt es hier eine Kutsche oder ein Automobil, das uns nach *Sgiath Geal* bringen könnte?«

Die Frauen warfen sich einen vielsagenden Blick zu und musterten Rose mitleidig. »Normalerweise werden neue Patientinnen hier abgeholt. Haben Sie denn nichts vereinbart?«

»Nein, nein, wir sind nur Besucher!«, versicherte Newton eilig.

»Oh, dann!« Die Frauen wirkten erleichtert und lächelten Rose zu, die sich bewusst zurückhielt. Die jüngere der beiden winkte dem Offizier, der in seinem Kilt und mit einem Seesack auf den Schultern an ihnen vorbeigehen wollte. »Callum, mein Lieber, komm doch mal her. Diese beiden Leute hier wollen nach *Sgiath Geal* rauf. Kannst du sie nicht mitnehmen?«

Der schottische Offizier ließ den Seesack auf den Boden gleiten und musterte die Fremden. »Aye, das kann ich wohl tun. Shona, ich komme morgen bei euch vorbei. Dann musst du mir noch was nähen.«

Die Frauen nickten. »Gut denn, gehen Sie mit Callum. Sie sind doch gut zu Fuß?«

Newton und Rose sagten einstimmig: »Ja!«

»Eine Frage noch, wo können wir übernachten?«, fragte Newton.

Shona, eine kräftige Frau mit Sommersprossen und kastanienrotem Haar, sagte: »Aye, Sie haben sich ja gar nicht kundig gemacht, was? Na, dann kommen Sie nachher zu uns. Wir haben zwei Kammern, die wir vermieten, wenn die Vogelkundler kommen. Callum zeigt Ihnen den Weg. Wir müssen, ich will vor dem großen Regen zu Hause sein.«

Der Offizier nahm seinen Seesack wieder auf und ging voraus. Rose griff nach einer kleinen Tasche, denn Newton konnte unmöglich alles allein tragen, und dann versuchten sie, Schritt mit dem durchtrainierten Schotten zu halten. Seine kräftigen Waden und die muskulösen Oberschenkel zeugten von langen Fußmärschen. Der Wind machte eine Unterhaltung schwierig, doch während sie durch die raue Felslandschaft, die zum Ufer hin in Dünen auslief, marschierten, erfuhren sie, dass Callum zum Clan der Mackenzies gehörte. Sein Regiment waren die Seaforth Highlanders, deren zweites Bataillon Teil der zehnten Brigade, vierte Division des britischen Expeditionskorps an der Westfront war.

»Ich hatte zwei Jahre keinen Urlaub!«, rief er, um den Wind zu übertönen. »Meinen Jüngsten habe ich noch nicht gesehen. Und nach mehreren Schussverletzungen, die vergleichsweise glimpflich verlaufen sind, haben sie mich für zwei Wochen heimgeschickt.«

Zwei Wochen nur, dachte Rose und bewunderte die Tapferkeit der Männer, die ihr Leben für ihr Vaterland und damit für die Freiheit aller aufs Spiel setzten. Und zugleich wünschte sie, dass das Töten endlich ein Ende hätte.

Sie waren einem schmalen Trampelpfad oberhalb des Strandes gefolgt und kamen nach einer Stunde und einsetzenden Ermüdungserscheinungen auf einer Erhebung an, von der aus man über eine Senke blicken konnte. Wenige weiße Häuser drängten sich dort unterhalb einer Kirche und abseits lag ein größeres Gebäude, das düster und grau aus den Felsen aufragte.

»Das dort hinten ist es. Shonas Haus liegt dort unten, gleich das erste, wenn Sie von *Sgiath Geal* kommen. Ich wünsche Ihnen Glück. Wir fragen uns immer, welche armen Seelen dort für Jahre eingesperrt werden.« Callum packte seinen Seesack fester. »Nachts hört man manchmal Schreie. Einmal wurde eine Frau im Wasser gefunden. Sie war aus dem Sanatorium geflohen, nur um sich zu ertränken.«

»Wir hoffen, jemanden mitnehmen zu können«, wagte Rose zu sagen, als sie aus seinen Worten hörte, dass er dem Treiben in der Anstalt kritisch gegenüberstand.

»Aye, das ist gut. Wenn Sie Hilfe benötigen, kann Shona mich benachrichtigen. Meine Familie lebt dort auf der anderen Seite.«

Im letzten Licht des Tages erreichten Rose und Newton schließlich das Tor von *Sgiath Geal*.

37

Flügel der Freiheit

Aber frei will ich sein und ganz mein,
und was ich gebe, das soll mich nicht binden.
Bettina von Arnim (1785–1859)

Die hohen Mauern des zweistöckigen Anwesens ragten unheilvoll vor ihnen auf. Spitze Giebel und Türme mit Erkerfenstern erweckten den Eindruck einer Festung. Vergittert waren die Fenster nicht. Warum auch, dachte Rose, von dieser Insel gab es kein Entrinnen. Newton warf den schweren Türklopfer gegen das Messingschild. Rose hatte beschlossen, es mit Ehrlichkeit zu versuchen. Als die Tür langsam aufgezogen wurde, setzte sie ein freundliches Lächeln auf.

Eine Krankenschwester sah sie skeptisch an. »Guten Abend. Was bringt Sie denn noch so spät zu uns? Wir bekommen nur selten Besuch und der ist immer angemeldet.«

Newton neigte formell den Kopf. »Verzeihen Sie unser überraschendes Eindringen, Gnädigste. Der Krieg verlangt uns allen Opfer ab. Mylady war es nicht anders möglich, als sich heute von ihrer lieben Freundin zu verabschieden. Wir sind auf dem Weg nach Übersee.«

Gut gemacht, Newton, dachte Rose und bewahrte eine aristokratische Haltung.

Die Miene der Schwester wurde etwas freundlicher und sie zog die Tür weiter auf. »Bitte, Mylady, kommen Sie doch herein. Und Sie sind?«

»Der Butler, Gnädigste.« Newton hob das Gepäck auf und ließ Rose vorausgehen.

Sie betraten eine von gedimmten Gasleuchten erhellte Halle mit einem halbrunden Treppenaufgang. Steinerne Bänke entlang der hellen Wände und Landschaftsgemälde mit italienischen Szenen widersprachen dem düsteren Äußeren des Hauses. Aus einem Raum war leises Klavierspiel zu vernehmen und irgendwo wurde geplaudert und gelacht. Eine ältere Schwester kam mit einem Tablett, auf dem Medizinfläschchen und Verbandszeug lagen, aus einem Zimmer, um sofort in einem anderen zu verschwinden.

»Und wen wünschen Sie zu sprechen?«, wollte die Schwester wissen.

»Lady Celia Sudworth«, sagte Rose und sah ein kurzes Aufflackern im Blick der Schwester.

»Jemand dieses Namens ist mir nicht bekannt und ich arbeite seit fünf Jahren hier. Tut mir sehr leid, dass Sie die beschwerliche Reise umsonst auf sich genommen haben.« Die Schwester wollte sie sogleich wieder zum Ausgang drängen, doch Rose ging an ihr vorbei und folgte dem Klavierspiel.

»Mylady, das dürfen Sie nicht!«, hörte sie die Schwester hinter sich rufen, doch Newton begann laut über die Reise und den Erschöpfungszustand seiner Herrschaft zu lamentieren, woraufhin die Schwester ihn irritiert zu beruhigen versuchte.

So schnell sie konnte, lief Rose zu der nur angelehnten Tür, hinter der das Klavierspiel erklang, riss sie auf und fand sich in einem Salon wieder, der einem besseren Herrenhaus alle Ehre gemacht hätte. Ein Dutzend Damen unterschiedlichen

Alters saß in eleganten Sesseln um einen Flügel und lauschte der Musik, blätterte in Büchern oder starrte einfach vor sich hin. Überhaupt fand Rose, dass die Damen, die allesamt gut gekleidet waren, so als wären sie auf einer Abendgesellschaft, recht teilnahmslos waren. Ihr Blick erfasste eine dunkelhaarige Frau, die in Celias jetzigem Alter sein konnte. Ihre Züge waren makellos, die dunklen Augen jedoch leer und der Zug um ihren schönen Mund verbittert.

»Celia!«, rief Rose, denn auf dem Gang ertönten bereits eilige Schritte.

»So geht das nicht!«, polterte eine männliche Stimme und eine weibliche erwiderte: »Ich hatte ausdrückliches Besuchsverbot erteilt, Doktor. Ich weiß nicht, wie das geschehen konnte.«

Rose lief zwischen den Damen hindurch, von denen nur einige den Kopf wendeten oder den Blick hoben. Als sie Celia erreicht hatte, packte sie die Frau an den Schultern und rüttelte sie. »Ich bin es, Rosie Mandeville! Erinnerst du dich noch an mich, Celie? Wir waren zusammen auf dem Internat und ich habe euch im Sommer in Cornwall besucht.«

Langsam kam Leben in den Körper und die dunklen Augen begannen zu fokussieren.

»Du hast so wunderschön gemalt, Celie! Du wolltest Künstlerin werden, weißt du noch?«

Plötzlich leuchteten die Augen auf und füllten sich mit Tränen.

In diesem Moment stürmten ein Arzt und zwei Schwestern in den Salon. »Was fällt Ihnen ein, hier so einfach einzudringen? Sie bringen die Patientinnen ja ganz durcheinander.«

»Und das ist gut so. Sehen Sie doch, wie sie sich freut. Das ist Celia, meine Freundin aus Schulzeiten. Ich wusste doch, dass sie hier ist, warum haben Sie mir das verschwiegen?« Sie ging neben Celias Sessel in die Hocke und streichelte den Arm der jungen Frau, die sie nun neugierig musterte. Rose glaubte, Celias alten Kampfgeist auflodern zu sehen.

»Das können Sie nicht beurteilen. Wir haben Anweisungen der Familie. Bitte folgen Sie uns augenblicklich!«, sagte der Arzt, ein großer Mann mit grauem Schnauzbart und Brille, packte Rose am Arm und wollte sie mit sich fortziehen.

»Rose«, flüsterte Celia plötzlich, erhob sich, machte zwei unsichere Schritte und fiel Rose in die Arme.

»Wir holen dich heute Nacht hier raus, Celie«, flüsterte Rose ihr ins Ohr. »Gibt es einen Hinterausgang?«

Celia schien wieder ganz wach und ihr Verstand geschärft zu sein. Laut sagte sie: »Komm morgen wieder, Rose, ja? Ihr besucht mich doch wieder?« Kaum hörbar murmelte sie in Roses Haare: »Mitternacht, hinten zum Meer.«

Dann ließ sie Rose los und strich ihr über die Wange. »Mein Gott, wie lange ist das her.«

Rose' Augen füllten sich mit Tränen. »Viel zu lange, Celia, viel zu lange.«

»So, Mylady, nun ist es aber genug. Die Patientin darf nicht aufgeregt werden, sonst bekommt sie wieder nervöse Anfälle und wir müssen eine Therapie anwenden, die gar nicht beliebt ist, nicht wahr?«, sagte der Arzt mit drohendem Unterton.

Celia schreckte bei diesen Worten zusammen und erbleichte. Sofort zog sie sich zurück und sackte in sich zusammen. Ohne ein weiteres Wort verließ Rose den Salon und fand Newton mit der Schwester in der Halle. Er sah sie angespannt an. Rose nickte kaum merklich und er ergriff die Koffer.

»Gut, Mylady, dann lassen Sie uns das Nachtquartier aufsuchen. Dürfen Sie morgen wiederkommen?«

Rose wandte sich um, der Arzt war ihr gefolgt und brummte mit gerunzelter Stirn: »Kommen Sie am Nachmittag vorbei, dann werden wir sehen, ob die Patientin in der Verfassung für einen Besuch ist.«

Rose spürte die feindseligen Blicke des Arztes noch im Rücken, als sie schon eine Weile neben Newton den Weg hinunter zum Dorf gelaufen war. Die Lichter der Häuser zeigten ihnen die Richtung in der ansonsten stockfinsteren Nacht an. In der Ferne rauschte das Meer und die Wellen brachen sich donnernd am Strand. Der Wind hatte etwas nachgelassen, dafür regnete es jetzt.

»Wir sollen sie um Mitternacht am Hinterausgang Richtung Strand abholen. Am besten, wir bitten den netten Offizier um Hilfe. Ich weiß nicht, wie wir sonst mit Verfolgern fertigwerden sollen. Vielleicht bricht sie auch vor Schwäche zusammen«, überlegte Rose.

»Das scheint mir eine vernünftige Idee, sofern in diesem Zusammenhang von Vernunft die Rede sein kann«, antwortete Newton.

Nach einem Fußmarsch von zwanzig Minuten erreichten sie das Haus von Shona, die sie bereits erwartet hatte. Es handelte sich um ein Gebäude, das typisch für die schottischen Inseln war: niedrige Decken, kleine Räume, doch ein gemütliches Feuer erwärmte das ganze Haus, in dem es nach Eintopf roch. Shona wies ihnen zwei winzige Kammern im ersten Stock zu und lud sie zum Essen ein.

»Mein Mann dient im selben Regiment wie Callum«, sagte die robuste Frau. »Mein Sohn ist im November gefallen. Die Frau, die mit mir auf der Fähre war, ist meine Cousine Brianna. Sie wohnt nebenan. Meine älteste Tochter arbeitet als Krankenschwester in einem Lazarett in Frankreich, meine beiden jüngsten sehen Sie gleich. Bitte, nehmen Sie Platz.«

Rose und Newton setzten sich an den gedeckten Tisch in der Küche der Schottin. Vom Pragmatismus der Frau beeindruckt, überließ Rose sich der Wärme des Feuers und den Düften des herzhaften Eintopfs. Die Töchter, Effie und Isla, mochten zwölf und fünfzehn Jahre alt sein. Sie hatten rosige

Wangen und Hände, die von der Arbeit mit den Tieren gezeichnet waren. Nach dem Essen halfen sie beim Abwasch. Danach wurden sie von ihrer Mutter zur Cousine hinübergeschickt. In dem kleinen Wohnraum stand auf dem Kaminsims ein Foto mit einem schwarzen Trauerband. Es zeigte Shonas Sohn in der Uniform der Seaforth Highlanders. Er war ein stattlicher junger Mann gewesen.

Rose schluckte und knetete ihre Hände. So viel Leid und wofür? Newton fragte: »Mrs Duffey, wir benötigen nun tatsächlich die Hilfe von Major Mackenzie.« Er umriss mit wenigen Worten die Situation und Shona hörte aufmerksam zu.

Schließlich nickte sie zustimmend. »Warten Sie hier.«

Sie stand auf, zog sich einen Mantel an und verschwand durch die Haustür. Es dauerte etwas mehr als eine Stunde, bis sie in Begleitung von Major Callum Mackenzie zurückkehrte. In der Zwischenzeit hatten Newton und Rose hin und her überlegt, wie sie Celia am besten von der Insel schaffen oder zumindest bis zum Morgen verstecken konnten. Auf der kleinen Insel schien das ein aussichtsloses Unterfangen.

Doch der Major wusste Rat. »Wir haben hier alte Schmugglerverstecke, von denen die Zugezogenen nichts wissen. In *Sgiath Geal* arbeitet niemand von uns. Das sind alles Fremde. Sie können also nichts von den Höhlen am Strand wissen.«

»Gut, dorthin können wir Celia bringen, aber wie bekommen wir sie von der Insel, ohne dass man sie auf dem Festland gleich aufgreift? Gibt es ein Telefon hier?«, wollte Rose wissen.

Shona schüttelte den Kopf. »Nein, kein Telefon, kein Telegraf. Wir bekommen nur Post mit der Fähre.«

»Deshalb weiß man in der Klinik wohl noch nichts von meinen Nachforschungen. Sonst hätte Sudworth doch schon alles in die Wege geleitet, um Celia fortzubringen«, sagte Rose.

»Das denke ich auch, Mylady«, meinte Newton. »Aber morgen wird man ganz sicher Bescheid wissen.«

»Der Mann meiner Cousine ist Fischer und kann Sie nach Mull rüberbringen, gleich mit den ersten Sonnenstrahlen. Von dort kommen Sie schnell nach Oban«, schlug Shona vor.

In Oban stand ihr Automobil und damit konnten sie Umwege fahren, um etwaigen Verfolgern zu entkommen. »Gut«, nickte Rose. »So machen wir es. Und kommen wir ungesehen zu diesem Hinterausgang, Major?«

Der Offizier grinste. »Das überlassen Sie mir. Ich könnte mich hier blind bewegen, ich kenn auf diesem Eiland jeden Felsen und jede Düne.«

Und so machten sich eine Stunde vor Mitternacht drei dunkel gekleidete Gestalten auf den Weg zum Sanatorium, dessen weiße Flügel den Frauen, die dort leben mussten, keine Freiheit, sondern Albträume bescherten. Der Major führte sie zielsicher im Schutz von Bäumen und Buschwerk zum hinteren Ausgang des festungsartigen Gebäudes. Nur der Wind und die See waren zu hören, während sie zusammengekauert auf Celia warteten. Einige Minuten nach Mitternacht schob sich tatsächlich eine schmale Gestalt durch die Tür, anscheinend ein Lieferanteneingang, zu dem sich Celia einen Schlüssel hatte beschaffen können. Unschlüssig starrte die Frau in die Dunkelheit. Dass es eine Frau war, zeigte die Silhouette, die sich im plötzlich hervorbrechenden Mondlicht abzeichnete. Rose lief geduckt auf Celia zu und nahm sie an der Hand. »Komm«, flüsterte sie.

Celia folgte ihr wie in Trance und brach bereits hinter dem Baum, an dem Newton und der Major warteten, zusammen.

»Ich bin so schwach, Rosie, so schwach. Sie geben uns immer diesen Saft und wir dürfen nicht laufen, nur gehen«, brachte sie mühsam heraus.

»Wenn Sie erlauben, trage ich Sie«, bot der Major an. »Ich habe manchen Kameraden vom Feld getragen und ein Mann ist sehr viel schwerer als eine zarte Frau.« Er reichte ihr seine Hand und Celia ließ sich widerstandslos auf den Arm nehmen.

Sie hatten gerade den unteren Strandabschnitt erreicht, an dem sich die Schmugglerhöhle befand, als sie Lärm oben am Sanatorium hörten. Lichtkegel erhellten die Rasenflächen um das Haus und eine Pfeife ertönte.

»Ich hoffe nur, dass sie keine Hunde haben«, meinte Rose. »Dann sind wir geliefert.«

»Haben sie nicht«, meinte Celia. »Sie denken, dass es sowieso niemand von der Insel herunterschafft, zumindest nicht lebendig. Und bisher hat es auch keine der Frauen gewagt. Jedenfalls keine von denen, die mit mir dort waren.«

Nach ein paar Metern steilen Abstiegs und einiger Kletterei erreichten sie die Höhle. Rose und Newton hatten Rucksäcke mit Verpflegung, zwei Decken und einen Pullover für Celia mitgebracht. In der Höhle schaltete der Major eine Feldtaschenlampe ein und führte sie durch ein weitverzweigtes Labyrinth aus Gängen bis zu einem Raum, in dem mehrere militärisch aussehende Kisten standen.

»Wir sind auf alles vorbereitet, auch auf die Deutschen«, meinte der Major lapidar. »Darin finden Sie Pistolen, Gewehre, Handgranaten und Tarnnetze.«

Sie wickelten Celia in die Decken und setzten sich auf die Kisten. Newton bereitete auf einem Gaskocher Tee zu, den sie beim Schein einer Kerze tranken. Der Major sparte die Taschenlampe für den Notfall auf. Irgendwann verebbten draußen alle Stimmen und nur die See war noch zu hören.

»Vielleicht denken sie, dass Celia ins Wasser gegangen ist«, sagte Rose leise.

Major Mackenzie nickte. »Gut möglich, aber Sie brauchen nicht zu flüstern. Hier hört uns niemand. Wir sind über hundert

Meter vom Eingang entfernt und können im Morgengrauen auf der anderen Seite hinaus.«

Vor Erschöpfung schlief Celia ein und erwachte erst kurz vor der Dämmerung. Rose drückte ihr einen Becher Tee in die kalten Hände und strich ihr über den Rücken. »Wie fühlst du dich?«

Dunkle Augen, noch müde, doch mit neu erwachtem Feuer, sahen Rose neugierig und erstaunt zugleich an. »Verwirrt, erschöpft, alt und irgendwie neu zugleich. Warum? Warum hast das getan, Rosie?« Sie griff nach Rose' Hand und drückte sie an ihre Wange. »Ich dachte, alle hätten mich vergessen und mein Vater hätte gesiegt. Ich hatte mich aufgegeben. Ich wusste, wo der Schlüssel zum Hinterausgang hängt, schon lange, habe aber keinen Mut mehr gehabt zu fliehen.«

»Oh, arme Celia! Diese Nacht im September damals, als sie dich fortbrachten. Ich habe das zufällig beobachtet und konnte deine Schreie und deine Verzweiflung nie vergessen. Aber deine Eltern haben Gerüchte gestreut. Du wärest mit deinem französischen Zeichenlehrer durchgebrannt. Nun, ich habe selbst irgendwann meine innere Stärke entdeckt und mich gegen die Wünsche meiner Eltern gestellt. Ich bin eine Suffragette, ich kämpfe für die Rechte der Frauen.«

Celia riss die Augen auf. »Du? Die kleine, zarte Rose Mandeville, das hübscheste Mädchen der Schule? Ich habe immer gedacht, dass du mal eine ganz reiche Partie machen wirst, vielleicht sogar einen Duke oder einen Prinzen heiratest.«

Ein leises bitteres Lachen entrang sich Rose. »Genau das haben sich meine Eltern vorgestellt. Wir haben alles verloren, Celia, alles. Das Haus, die Ländereien, alles. Mein Vater hat sich vor einigen Monaten das Leben genommen. Aber das bedeutet mir nichts. Ich habe Spencer, meinen Bruder. Er kümmert sich um mich und für Mutter hat er gesorgt. Sie hat nichts gelernt. Gar nichts.«

Sie schwieg.

»Sie ist wie meine Eltern. Meine leben noch, das ist schlimmer, denn wenn sie mich finden, sperren sie mich wieder ein. Sie hassen mich.«

»Haben sie dich besucht?«

»Nein. Meine Mutter hat mir damals zum Abschied gesagt, dass ich mir mein Schicksal gewählt habe. Sollte ich zur Vernunft kommen, würden sie mit sich reden lassen. Meine Eltern behaupten, dass ich den Ruf der Familie ruiniert hätte.« Celia presste die Lippen aufeinander. »Ich habe ihnen keine einzige Zeile geschrieben. Hast du von Pierre gehört?«

Celia drückte den Becher an sich. »Ich habe oft an ihn gedacht und mich gefragt, was wohl aus ihm geworden ist. Haben sie ihn umbringen lassen? Zutrauen würde ich es ihnen.«

»Nein, das nicht. Sie haben ihm eine Schiffspassage nach Frankreich gezahlt und eine Abfindung, nehme ich an. Er hat einige Jahre in Paris gemalt, ist aber im ersten Kriegsjahr gefallen.«

»Tot«, wiederholte Celia tonlos.

»Wir sollten langsam aufbrechen«, sagte der Major und Newton begann, die Sachen zusammenzupacken.

Als sie aufstanden, packte Celia Rose' Arm. »Ich will nie wieder eingesperrt werden. Nie wieder. Eher bringe ich mich um.«

»Das wirst du nicht. Ich habe mir eine Strategie überlegt«, versprach Rose mit einem zuversichtlichen Lächeln.

38

It is not in the stars to hold our destiny
but in ourselves.
(Nicht die Sterne bestimmen unser Schicksal,
sondern wir selbst.)
William Shakespeare (ca. 1564–1616)

Das Fischerboot setzte sie im Schutz der Morgendämmerung nach Mull über. Newton gab dem Fischer eine großzügige Entlohnung für seine selbstlose Hilfe. Der Major hatte sich auf Coll von ihnen verabschiedet und ihnen einen Farmer auf Mull empfohlen, der sie mit seinem Fuhrwerk nach Craignure brachte, von wo aus sie die erste Fähre nach Oban nahmen. Die ganze Zeit über schaute sich Celia ängstlich um und wurde immer nervöser, je näher sie dem Festland kamen. Und tatsächlich sank auch Rose' Mut, als sie im Hafen von Oban den Fremden erkannte, der sie in Glasgow angestarrt und den sie später noch einmal gesehen hatte.

»Newton, schauen Sie doch! Der Mann dort!«, sagte sie zu dem umsichtigen Butler, der ihnen wie ein guter Freund zur Seite gestanden hatte.

»Mylady, jetzt wird es ernst. Aber ich vertraue auf das hier.« Er klopfte auf seine Manteltasche, in der sich ein Revolver verbarg, den Major Mackenzie ihm mitgegeben hatte.

Celia hatte das Gespräch mit angehört und schüttelte den Kopf. »Meinetwegen habt ihr schon genug auf euch genommen. Wenn es hart auf hart kommt, muss ich mich eben fügen.«

Die grauen Steinmauern der Hafenanlage unterschieden sich kaum von den dunkelgrauen Wolken, die über dem Ort hingen. Über der Kleinstadt, die durch den Fährverkehr zu den Hebriden und die Anbindung an die West Highland Line neuen Zulauf erfahren hatte, wachte die Ruine von Dunollie Castle, eine ehemalige MacDougall-Burg, auf einem Granitfelsen. Oberhalb des Hafens reihten sich viktorianische Häuser, in deren Gärten Palmen wuchsen. Das war jedoch der einzige erfreuliche Anblick in der ansonsten tristen Hafenstadt. Einige Fischerboote machten sich gerade bereit zum Auslaufen, auf der Kaimauer lagen Netze und dahinter drängten sich Lagerhäuser und eine kleine Werft. Eine Seite des Hafens war zum Sammelplatz für die Regimenter geworden. Militärfahrzeuge, eine Baracke, die zum Hauptquartier des kleinen Stützpunktes umfunktioniert worden war, und patrouillierende Soldaten ließen die Menschen den Krieg nicht für einen Moment vergessen.

Als sie die Fähre mit drei weiteren Passagieren verlassen hatten und über die Mole gingen, trat der Fremde auf sie zu und stellte sich ihnen in den Weg. Sein dunkler Mantel erinnerte vom Schnitt her an die Uniform eines Angehörigen der Royal Navy. Stechende graue Augen musterten sie ernst, als er mit Nachdruck sagte: »Lady Celia Sudworth, im Namen Ihres Vaters, des Lord Sudworth, bin ich befugt, Sie hier und jetzt in Gewahrsam zu nehmen. Mein Name ist Richard Brown, ich arbeite für die Detektei Brown & Stewart. Ich habe einen richterlichen Befehl dabei. Machen Sie also bitte keine Umstände. Wir können das alles ohne Aufsehen klären.«

Eine Gruppe Soldaten schlenderte vorbei, eine Fischersfrau säuberte Muscheln, während ihre drei kleinen Kinder mit einem Hund um sie herumliefen. Was sollten sie tun? Rose sah Newton an, der in seine Brusttasche greifen wollte, doch Celia kam ihm zuvor und trat vor.

»Das ist mein Schicksal. Lassen Sie nur, Sie haben so viel für mich getan. Rosie, wenn es so sein soll, dann ist es eben so. Für eine Nacht hatte ich den Traum von einem neuen Leben.« Mit einem traurigen Lächeln wollte sie auf den Detektiv zugehen, als plötzlich lautes Hupen ertönte und ein Automobil bis zur Mole raste.

»Rose! Nicht! Wir haben eine Aussetzung der Festnahme erwirken können!« Niemand anderes als Michael Wodehouse und Gerald Tredegar winkten und sprangen aus dem Wagen, sobald sie ihn zum Halten gebracht hatten.

»Michael«, flüsterte Rose überglücklich. Die Strapazen der Reise und seiner Arbeit für den Secret Intelligence Service hatten Spuren in seinem Gesicht hinterlassen.

Tredegar nahm Celia am Arm und führte sie einfach zum Wagen, den protestierenden Detektiv zur Seite stoßend. Newton seufzte erleichtert und ließ die Hand wieder sinken.

Michael umarmte Rose kurz und sagte: »Komm, wir müssen los, bevor Sudworth große Geschütze auffahren kann. Noch sind wir im Vorteil.«

Newton schleppte das Gepäck bereits zum Automobil, wo Tredegar ihm beim Verstauen half. Der Wagen bot gerade Platz für fünf Personen. Rose, Celia und Newton drängten sich hinten nebeneinander, Gerry setzte sich ans Steuer und Michael auf den Beifahrersitz.

Detektiv Brown kam an das Automobil und schlug mit der flachen Hand aufs Dach. »Das können Sie nicht machen! Ich werde mich an die Polizei wenden und dann werden wir ja sehen!«

Michael zog ein Dokument aus seiner Manteltasche und wedelte dem Mann damit vor seiner Nase herum. »Tun Sie das. Dieser Erlass des königlichen Gerichtshofes ernennt mich zum offiziellen Rechtsvertreter von Celia Sudworth und erlaubt die Wiederaufnahme aller laufenden Verfahren sowie eine Überprüfung der Vorgänge, die zu ihrer Gefangennahme geführt haben. Das alles fand gegen den Willen meiner Klientin statt.«

»Die Frau ist verrückt. Deshalb wurde sie weggesperrt!«, brüllte der Detektiv.

»Ach, halten Sie doch den Mund. Sieht diese arme Frau geistig verwirrt aus?«, erwiderte Michael.

Der Detektiv starrte ihn grimmig an. »Das kann man nie wissen bei den reichen Weibern.«

»Sie sollten jetzt besser die Hände von unserem Wagen nehmen.« Gerry trat auf das Gaspedal und fuhr los.

Der Detektiv machte einige Schritte mit ihnen, gab dann aber auf und blieb fluchend am Hafen zurück.

Sie brachten Celia nach London, wo sie sie in Raymond Saulls Haus einquartierten. Eine Unterbringung in Michaels Haus hätte zu unerwünschten Spekulationen geführt. Der Künstler hatte sofort zugestimmt, Celia bei sich aufzunehmen, und war nicht nur von ihrer Schönheit, sondern auch von ihrem künstlerischen Talent angetan. Er und auch May nahmen die junge Frau unter ihre Fittiche und vermittelten ihr neuen Lebensmut. Ray prophezeite Celia eine Karriere als moderne Malerin, wenn sie ihre Ausbildung vervollständigte.

Rose schrieb den geplanten Artikel über Celias Schicksal, der in Sylvia Pankhursts *Woman's Dreadnought* veröffentlicht wurde und für großes Aufsehen sorgte. Auch der *Daily Telegraph* und die *London Times* hatten angekündigt, einen exklusiven Bericht drucken zu wollen. In einem Gerichtsverfahren, bei dem zahlreiche Frauen, vor allem Kampfgefährtinnen von Rose, zu ihrer Überraschung unter anderem Lady Phyllis, anwesend waren, wurde Lord Sudworth öffentlich ausgebuht. Es zeigte sich, dass Sudworth mehr Feinde als Freunde hatte. Vielleicht lag es auch am Krieg, dass die Menschen kein Verständnis mehr für das brutale konservative Verhalten der Oberschicht aufbrachten. Überall in den Straßen diskutierte man das Schicksal der Tochter, die einen Maler geliebt hatte und dafür weggesperrt worden war. Lady Sudworth wurde von vielen Damen der Gesellschaft geschnitten und musste von ihrem Posten als repräsentative Leiterin eines Hospitals zurücktreten. Celia kämpfte sich langsam ins Leben zurück, wobei ihr vor allem die Kunst half, sich selbst neu zu finden.

Michael Wodehouse, dessen Scheidung bewilligt und erfolgreich abgewickelt worden war, hielt im Juni um Rose' Hand an und sie heirateten standesamtlich in Ashford. Alice und ihr Vater, Newton, Gerry, Ray, Celia, May und Spencer waren dabei und anschließend feierten sie im kleinen Kreis in Hill House. Gerry und Alice fungierten als Trauzeugen. Vera hatte ihre Glückwünsche per Telegramm gesandt und Rose versprach allen, dass es nach Kriegsende eine große Hochzeitsfeier geben würde.

Währenddessen lockte der deutsche Vizeadmiral Reinhard Scheer die Royal Navy in eine für beide Seiten verheerende Seeschlacht vor dem Skagerrak. Die britische Marine verlor vierzehn Schiffe, die Deutschen neun, über sechstausend britische Soldaten ließen ihr Leben in den kalten Fluten vor Dänemarks Nordkap und über zweitausendfünfhundert deutsche Seeleute starben. Dennoch behielt die Royal Navy ihre unerschütterliche Übermacht bei den Überwasserschiffen.

Nach vierzehn Tagen neigte sich Michaels Heimaturlaub dem Ende zu. Rose war in das Londoner Haus ihres Ehemannes gezogen, das ihm nach der Scheidung allein gehörte. Die Sonne schien warm durch das geöffnete Fenster in ihr Schlafzimmer. Rose lag in Michaels Armen und hatte ihre Beine mit seinen verschlungen. Sie genoss das körperliche Zusammensein mit ihm und mochte nicht daran denken, dass die neu gefundene Zweisamkeit bald schon wieder vorüber sein sollte.

»Was wirst du jetzt unternehmen, Rose?«

»Weiter Artikel schreiben, denke ich. Das Haus ein wenig umräumen.«

Seine Brust hob und senkte sich, als er zu lachen begann.

»Das machen Frauen nun einmal!«, sagte sie und drückte einen Kuss auf seinen Hals, weil er dort so gut roch.

»Natürlich, ich habe doch auch gar nichts dagegen, aber das meinte ich nicht. Hattest du mir nicht einmal gesagt, dass du gern Rechtswissenschaften studieren möchtest?«

Erstaunt hielt sie inne. »Ja, schon …«

»Nun, meine Bibliothek führt alle gängigen Werke, mein Archiv steht dir zur Verfügung. Warum schreibst du dich nicht an einer Universität ein und hörst in die ersten Semester hinein? Du wirst schnell merken, ob es dir gefällt oder ob du lieber etwas anderes studieren möchtest. In diesem hübschen Kopf steckt so viel mehr. Ich möchte, dass du glücklich bist, Rose, wirklich glücklich. Vielleicht haben wir irgendwann Kinder, aber du brauchst mehr als das. Das ist mein Hochzeitsgeschenk für dich, Rose.«

Mit tränenerfüllten Augen sah sie ihn an. »Michael Wodehouse, du bist der unglaublichste Mann, den ich kenne. Niemand sonst hätte mir solch ein Geschenk gemacht. Niemand! Ich liebe dich!«

»Und ich liebe dich, Rose!«

Sie schloss die Augen und wusste zum ersten Mal seit vielen Jahren, dass die Zukunft voller Hoffnung war.

Nachwort

Am 6. Februar 1918, dem Jahr des Kriegsendes, verabschiedete das britische Parlament endlich ein Gesetz, das Frauen über dreißig Jahren unter bestimmten Voraussetzungen das Recht zu wählen gewährte. Erst zehn Jahre später erhielten alle Frauen über einundzwanzig das allgemeine Wahlrecht.

In Österreich wurde Frauen das allgemeine Wahlrecht am 12. November 1918 zugestanden, am 30. November zog Deutschland nach, sodass Frauen bei der Wahl zur Deutschen Nationalversammlung am 19. Januar 1919 ihr Stimmrecht nutzen konnten.

Neuseeland führte bereits 1893 als erste selbstregierte Kolonie das aktive Frauenwahlrecht ein. 1906 erteilte Finnland als erstes europäisches Land den Frauen das Wahlrecht. In Dänemark und Island wurde das Frauenwahlrecht 1915 eingeführt.

Am 5. Oktober 1944 stimmte die Provisorische Regierung der Französischen Republik dem Recht der Frauen auf eine eigene Stimme zu. In Liechtenstein mussten die Frauen bis 1984 warten, ehe sie für mündig genug befunden wurden, selbst wählen zu dürfen.

Am 12. Dezember 2015 erlaubte man Frauen in Saudi-Arabien erstmalig, an Kommunalwahlen teilzunehmen.

Allerdings besitzt die Mehrzahl der saudischen Frauen keinen Personalausweis, die Grundvoraussetzung, um überhaupt wählen zu dürfen.

Es ist allein dem Einsatz und jahrelangen unermüdlichen und entbehrungsreichen Kampf von Frauen wie Emmeline Pankhurst (Gründerin der WSPU, der Women's Social and Political Union), Millicent Fawcett (Präsidentin der NUWSS, der National Union of Women's Suffrage Societies), Thora Daugaard (Dänemark), Aletta Jacobs (Niederlande), Madame Mirowitch (Russland), Anna Bugge (Schweden), Anna Howard Shaw (USA), Anita Augspurg (Deutschland) und vielen anderen zu verdanken, dass Frauen eine Stimme erhielten.

Der Begriff *Suffragette* wurde als Schmähung von einem männlichen Autor erstmalig 1906 in der *Daily Mail* verwendet. Bis heute verbinden viele mit diesem Begriff Negatives, dabei ist er alles andere, nämlich eine Ehrenbezeichnung. Der Begriff *Suffragette* steht für mutige und entschlossene Frauen, die für ihre Rechte kämpften. Für Rechte, die ihnen von Natur aus zustehen, aber in einer von Männern beherrschten Gesellschaft vorenthalten wurden und werden. Lila, Grün und Weiß wurden die Farben der Suffragetten, an denen niemand vorbeisehen konnte. Frauen, die Banner oder Abzeichen in diesen Farben trugen, ketteten sich aus Protest an, wurden geschunden, geschlagen, geschmäht und inhaftiert. Ihre Taten beflügelten auch andere politische Bewegungen. So heißt es, dass Mahatma Gandhi sich durch die britischen Suffragetten zu seiner Methode des gewaltlosen Widerstandes inspirieren ließ – gewaltloser Widerstand, der in seiner Konsequenz bis zum Tode führen konnte.

Das Besondere der britischen Suffragettenbewegung war auch, dass sich in ihr Frauen aller Gesellschaftsschichten für ein gemeinsames Ziel vereinigten: *Votes for Women!*

Von den Suffragetten gelang keiner der Schritt ins Parlament, aber das hat sich heute glücklicherweise geändert.

Als Literaturhinweis möchte ich Diane Atkinsons umfassendes Werk *Rise Up, Women!* empfehlen, das einen breiten Überblick über die Frauenrechtsbewegung gibt.

MIX

Papier | Fördert
gute Waldnutzung

FSC® C083411

Zeitfracht Medien GmbH
Ferdinand-Jühlke-Straße 7
99095 Erfurt, Deutschland
produktsicherheit@kolibri360.de

Druck:
CPI Druckdienstleistungen GmbH
im Auftrag der
Zeitfracht Medien GmbH
Ein Unternehmen der Zeitfracht - Gruppe
Ferdinand-Jühlke-Str. 7
99095 Erfurt